空に響くは竜の歌声

花盛りの竜の楽園

MIKI IIDA
飯田実樹

ILLUSTRATION
HITAKI
ひたき

この物語はフィクションであり、
実際の人物・団体・事件等とは、いっさい関係ありません。

序章 8
第1章 46
第2章 91
第3章 242
第4章 332
第5章 378
終章 391
異世界湯けむり事情 403

人物紹介 Character

フェリシオン

長い時を生きるエルフの王。人間たちには「魔の森」と呼ばれているリズモス大森林地帯の主。

ウエン

リューセーの側近。竜族（シーフォン）に庇護されている種族アルピン出身。察しが良く、頼りになる有能な青年。

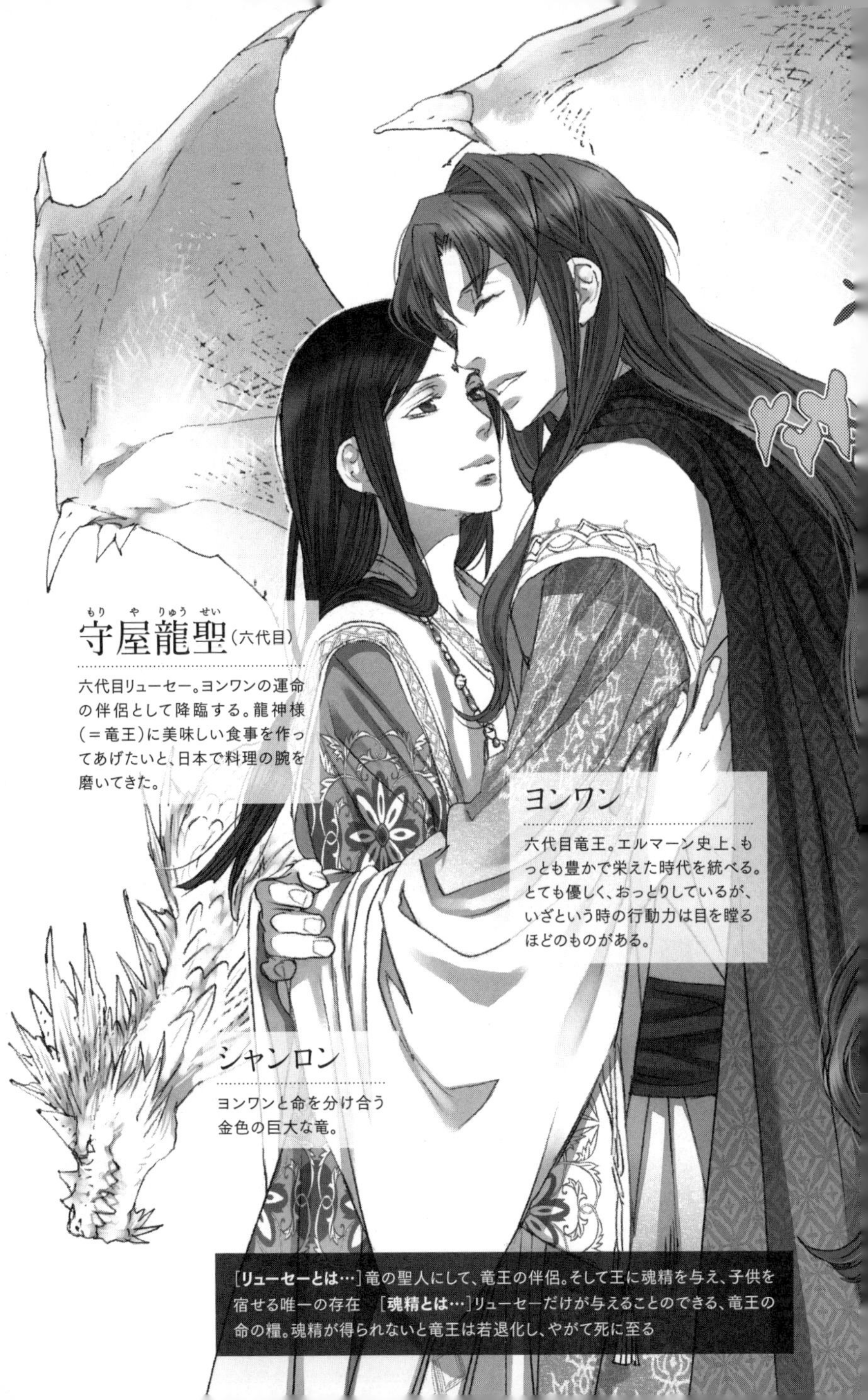

守《もり》屋《や》龍《りゅう》聖《せい》（六代目）

六代目リューセー。ヨンワンの運命の伴侶として降臨する。龍神様（＝竜王）に美味しい食事を作ってあげたいと、日本で料理の腕を磨いてきた。

ヨンワン

六代目竜王。エルマーン史上、もっとも豊かで栄えた時代を統べる。とても優しく、おっとりしているが、いざという時の行動力は目を瞠るほどのものがある。

シャンロン

ヨンワンと命を分け合う金色の巨大な竜。

［**リューセーとは…**］竜の聖人にして、竜王の伴侶。そして王に魂精を与え、子供を宿せる唯一の存在　［**魂精とは…**］リューセーだけが与えることのできる、竜王の命の糧。魂精が得られないと竜王は若退化し、やがて死に至る

Family tree

エルマーン王家家系図

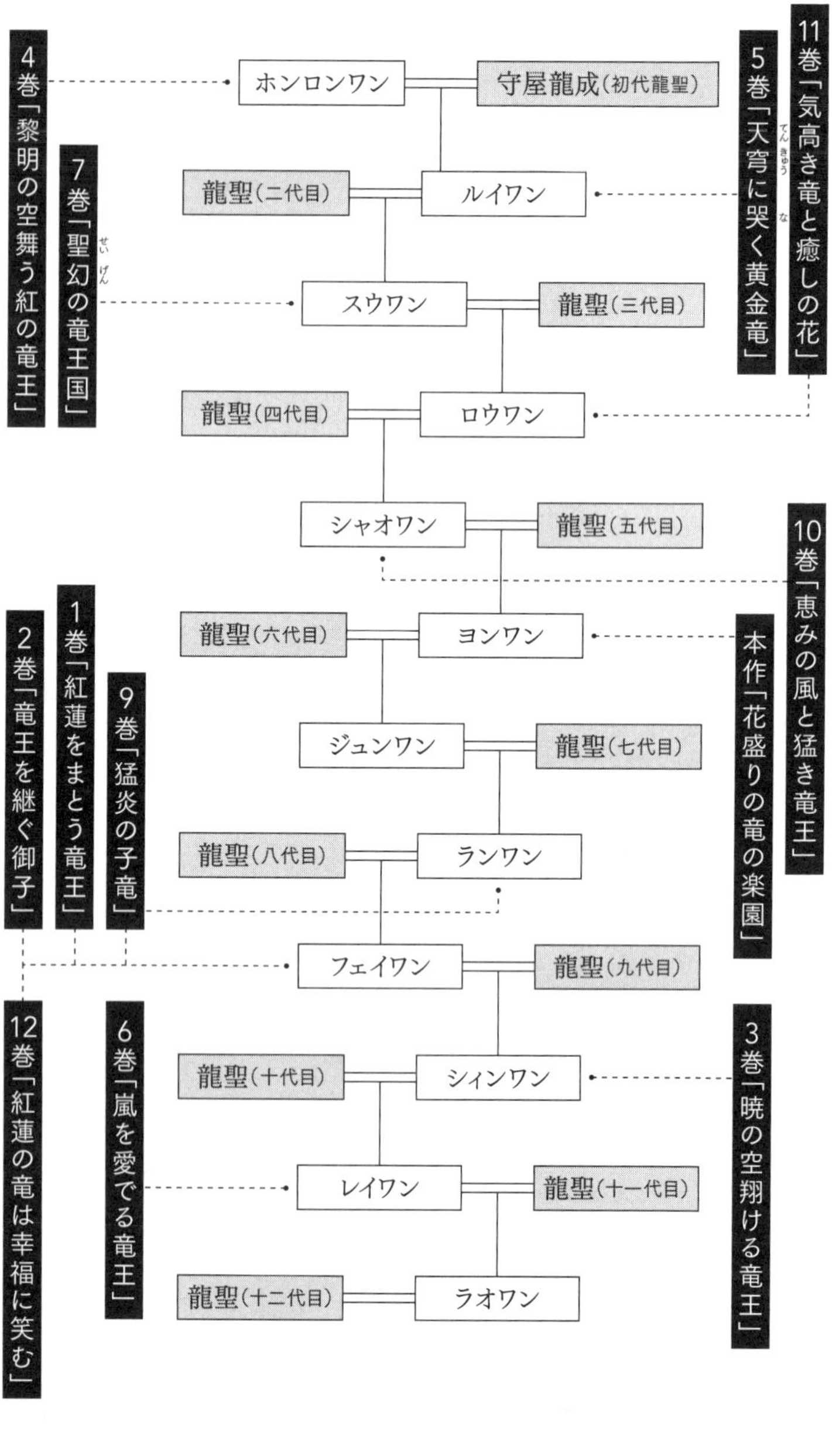

空に響くは竜の歌声　花盛りの竜の楽園

序章

　岩山に貼りつくように建つ巨大な王城。その城に並ぶ三基の塔のひとつ、最上部の部屋の窓から景色を眺める青年の姿があった。

「青、赤、緑」

　それは誰にも聞こえないほどの小さな呟《つぶや》きだった。二度繰り返して呟き、うっすらと口元に笑みを浮かべる。その金色の瞳に映る風景は、雲ひとつない空と、険しく切り立つ赤い岩肌の山々、そしてその麓《ふもと》に広がる豊かな森と草原。

　少し熱を孕《はら》んだ乾いた風が、窓から吹き込んできて、彼の深紅《しんく》の髪を乱した。

「ん？」

　服の裾が引かれて、視線を足下に向けると、青い鱗《うろこ》に覆われた小さな竜が、服の裾を口に咥《くわ》えてこちらを見上げていた。

「どうしたんだい？」

　少し体を屈《かが》めて微笑みながら子竜に話しかけた。すると子竜はキュウキュウと甘えるような声で鳴く。

「遊んでほしいんだね？　ん……そうだなぁ」

　困ったように笑いながら首を傾げる。どうしようかと考える暇もなく、それまで遠巻きにしていた他の子竜達が、一斉に彼の下へ集まってきた。

「殿下！　あまり構われませんように！」

そこから始まる騒動を予見して、離れたところにいた子竜の世話係のタミールが、慌てた様子で駆けてくる。

「……だよね」

タミールの言葉に、それもそうだと苦笑して頭をかきながら立ち上がった。だがもうすでに収拾がつかなくなるほどに、子竜達がキュウキュウ、グウグウと賑《にぎ》やかに鳴きながら、我も我もと集まってきている。

「殿下、危険ですからこちらへ！」

「大丈夫だよ。彼らが私を危険な目に遭《あ》わせるはずがないでしょう？」

「ヨンワン殿下、確かにそうですが、これらはまだ子供です。加減を知りません。本人達はただじゃれているつもりでも、人間の体には暴力となります。私のような防具を身につけていなければ、大変危険です」

ひどく焦った様子のタミールの言葉を聞きながら、エルマーン王国の皇太子ヨンワンは、落ち着いた様子で興奮気味に集まってきた子竜達を、さてどうしたものかと頬に手を当てて思案しながらみつめた。

この部屋は子竜の養育部屋……託児所のようなものだ。シーフォンの男子は、半身の竜と共に生まれる。生まれてしばらくは、人の身である半身と共に育てられるが、ある程度育つと養育部屋に預けられる。

子竜も中身は人の子と変わらない。まだ理性はなく、感情のままに動く。人の子であればそれもまたあどけなくかわいいと思えるが、子供とは言っても竜である。力はとても強く、爪や牙は鋭い。遊びで暴れれば、椅子や机は壊され、人に当たれば大怪我にもなりかねない。炎や雷撃を発する竜もいる。半身の人の子では、まだそれを抑えることは出来ない。そのため家族から離されて、養育部屋に預けられるのだ。

子竜達も一所に集められると、不思議なことに統率が取れてひどく暴れるようなことはなくなる。時々それぞれの半身が家族と共に会いに来るが、当事者の子竜が喜んではしゃぐことはあっても、他の子竜達がそれに釣られて興奮して暴れるということはない。むしろ静かに遠巻きに見ている。人見知りするのだ。それは人の子と同じだった。

そんな養育部屋でも例外はある。竜王とリューセー。その存在は特別だ。シーフォン達が敬《うやま》うように、子竜達も側《そば》に寄りたいと集まってくる。

今、ヨンワンが置かれている状況がまさにそれだ。

「みんな、静かに！」

ヨンワンは少しばかり声を張った。それは子竜達の賑やかな鳴き声より、通る声を出しただけで、怒りや威圧などは一切ない声だ。だが一瞬にして、子竜達は鳴くのをやめた。

子竜達はきょとんとした顔で、きょろきょろと辺りを見まわしている。だが一頭ずつ導かれるように、その視線はヨンワンの顔に向けられた。部屋にいる二十頭あまりの子竜達が、動きを止めてヨンワンに注目する。

ヨンワンは子竜達を見まわして、ニッコリと微笑んだ。

「私のことは構わないでおくれ」

優しく穏やかな口調で一言そう言うと、それまで動きを止めていた子竜達が一斉に動き始めた。静かに何事もなかったかのように、それぞれが別々に動き出す。散歩をするように歩きまわる子、羽をぱたぱたと動かしている子、他の子とじゃれ合う子……騒ぎになる前の部屋の状態に戻っていた。

「ああ……さすがです、殿下」

タミールが感嘆の声を漏らした。

「一言で子竜達を制するなど……感服いたしました」

タミールはしみじみと言いながら、ヨンワンに歩み寄った。ヨンワンは少しばかり照れくさそうに笑った。

「最初にこの部屋に来た時に、この子達と約束をしていたのです」

「約束……ですか？」

「ええ、タミールにも最初の日に言ったけど、私は気晴らしをしたい時にここに来るから、こちらから話しかける時以外は構わないでもらいたいと……それと同じことを子竜達にもお願いしていたんです。時々は遊んであげるからと言ってね」

ヨンワンは子竜達を眺めながら、微笑まし気に目を細めて説明を始めた。タミールも釣られるように、ヨンワンの視線の先を眺める。子竜達はそれぞれ自由にしながらも、やはりヨンワンが気になるのか、時々チラリと視線を向けてきていた。

「だけどやっぱり子供だから、ちょっとしたきっかけでお願いごとを忘れてしまうし、興奮すると言うことを聞かなくなるでしょう？　私の弟達もそうだから分かります。だけど言い聞かせればちゃんと分かってくれるから……叱る必要はないんですよ」

穏やかに話すヨンワンをみつめながら、だけどそれは竜王の世継ぎであるヨンワンだから可能なことで、自分にはそう簡単に言い聞かせることなど出来ないのだけど……と、タミールは心の中で溜息をついた。

タミールは世話係になって二十年になる。子竜の扱いには慣れているし、子竜達もタミールに懐き、良く言うことを聞く。だが先ほどのような興奮状態になってしまったら、それを鎮《しず》めるのはかなり大変だ。少し気を抜けば、怪我をしそうになることもしばしばで、だから防具は必需品だった。

『さすがヨンワン殿下』

タミールは改めて心の中で賞賛しながら、我がことのように嬉しげにうんうんと頷《うなず》いた。

ヨンワンが時折ふらりとこの部屋に現れては、一刻ほどぼんやりと外の景色を眺めて過ごすようになったのはいつ頃からだったか……タミールはふとそんなことを考えた。

最初にヨンワンが、部屋を一人で訪れたのは四年ほど前だったように思う。もちろんそれ以前にも何度か来たことがあったが、その時は弟のダイレンと共に、ダイレンの半身である竜に会うために来ていた。

タミールの母方の曾祖父は、三代目竜王スウワンの弟ファーレンだ。ロンワン《王族》ではないが、血筋としてはそれほど悪くない。中の上くらいだ。だから大事な子竜を管理するという役職についている。それでも竜王やその家族に会う機会など、そうそうあるものではない。親しく会話を交わすなどもってのほかだ。だからヨンワンがある日突然ふらりとやってきて、『構わないでほしい』と言われた時は、それはそうだろうと思ったし、自分からはとても話しかける勇気はなかった。

しかしヨンワンは、そう言ってはいたものの、タミールに対してぞんざいな態度を取るというわけではない。部屋に入れば穏やかな表情で挨拶《あいさつ》をしてくれるし、時々は他愛もない会話を交わしてくれる。子竜達に対しても同じで、時折話しかけたり遊んでくれたりしていた。

『そういえば』とタミールはあることに気づいた。

今までも何度かヨンワンが、子竜達と遊んだことはあったが、今回のような騒ぎは起きなかった。いつも最初にヨンワンの方から、子竜達に対して何か話をしていたように思う。

それがあまりにも自然だったので、タミールは今まで気にしたことはなかったのだが、恐らく先ほどヨンワンが子竜達を鎮めたように、何かを言い聞かせていたのだろう。それは言葉だけではなく、子竜達が無意識下に竜王の威厳に傅《かしず》くような、ヨンワンの秘めた力の影響もあるのだろう。

『さっきは約束を破った子竜のせいで、不意打ちみたいになってしまったから騒ぎになったのだろうな。だけど殿下があまり慌てる様子もなかったのは、やはりさすがだと言うべきだろう』

タミールがヨンワンをみつめながら、一人で納得して思わず頬を緩めていると、それを見てヨンワンが不思議そうに小首を傾げた。

「どうかしましたか？」

「え？　あっ……いえっ……し、失礼をいたしました！」

ヨンワンから尋《たず》ねられて、タミールは自分が挙動不審な態度を取ってしまっていたことに気づき、赤面して謝罪した。だがヨンワンは、なぜいきなり謝罪されたのかも分からずに、さらに不思議そうな顔をしている。

「で、殿下はいつも窓から何をご覧になっているのですか？」

タミールは苦し紛れか、どさくさかという勢いで、話を逸《そ》らすように質問をしていた。

「え?」

ヨンワンが驚いたように目を丸くしたので、タミールは自分の発言がとても失礼だったかと我に返り、みるみる血の気が引いていく。少しばかり調子に乗ってしまったと、今更ながら取り返しのつかない失態に、息をするのも忘れてその場で硬直してしまった。

ヨンワンは何度か瞬きをして、ひどく顔色が悪いタミールを、さらに不思議そうにみつめた。そして柔らかく微笑んだ。

「そうですよね。普通に考えたら、何をしに来ているのかと思いますよね。不信な行動かもしれない」

「え! いやっ! そ、そ、そういうわけでは っ……」

タミールはひっくり返ってしまった声で、なんとか弁明をしようとしたのだが、頭の中が真っ白になっていて、謝罪の言葉ひとつ思い浮かばない。

「今の私には半身の竜がいないので、少しでも高いところからエルマーン王国を眺めたくて、ここに来ていたんです」

「え?」

「気落ちしたり、迷いが生じたりした時に、この美しい景色を眺めながら、心を落ち着けていたのです。私は今、世継ぎとして父から王としての役目を教わっているのですが、自分の未熟さに落ち込むことが多くて、私などに竜王が務まるのかと迷いが生じるのです。そんな時にここからエルマーン王国の景色を眺めていると、こんなに美しい国の王となるなんて、なんて幸せなのだろうと……そう思えて心が落ち着いてくるのです」

ヨンワンはそこまで話して、チラリとタミールを見た。顔色が少しばかり戻ってきていることを確認して、ニコニコと笑う。

「それにここへ来るのはもうひとつ理由があって……この部屋にいる子竜達は次代の……いつか私が目覚めた時に、私を支えてくれる家臣となる者達の半身です。人の身の方は、まだ幼いので私に会うことは出来ないけれど、この部屋でこの子竜達と少しでも慣れ親しむことができれば、いつか私が目覚めた時に、彼らが私を覚えていなくても、どこか懐かしく思ってくれるでしょう。子竜達に私の魔力の影響がない程度の距離で、こうして少しずつ交流しているのです」

ヨンワンはそう言って、少しばかり悪巧みをしているような悪戯《いたずら》っぽい顔で笑った。それを聞いたタミールは、はっとした顔でヨンワンと周囲の子竜達を見比べた。

ヨンワンが『構わないでくれ』と言っていたのは、そういう真意があったのかと驚いていた。

シーフォンの子供は、自身が持つ竜の魔力を自身で操ることが出来ない。そのため六十歳（外見年齢十二歳）までは家族以外のシーフォンには、会えないことになっている。

自身で抑えられない魔力がだだ漏れの状態で、シーフォンの子供同士が会えば、そこで無意識下の上下関係が出来てしまう。ロンワンに近いほど魔力は強く、下位の者ほど魔力が弱い。これは血筋の問題であり、トンビが鷹《たか》を生むような突然変異はあり得ない。

下位のシーフォンの子供が、上位のシーフォンの子供と対面すれば、下位のシーフォンの子は強い魔力に恐れを抱き、まともな交流など出来なくなってしまう。それは根深くて、大人になっても抗《あらが》うことが出来ない枷《かせ》になってしまうのだ。

竜王は、シーフォン達に上下の関係なく、それぞれの得意分野で活躍出来る機会を与えている。そこに血筋による理不尽な差別が起きないようにするために、幼少期に他者から隔離するのだ。

半身である竜の体の方は、人の身に比べると魔力耐性が強い。だからこうして一所に集めても、子竜同士であれば特に問題は生じなかった。

しかしそれでも竜王は別格で、その強大な魔力は影響を与えかねない。だからヨンワンは、子竜達にあまり構わずに距離を置いていたのだ。

タミールは思わずその場にひざまずいた。そして恭《うやうや》しく一礼をする。

「ヨンワン殿下の御代《みよ》は、きっとより豊かに栄えることでしょう」

ヨンワンは目を丸くして何度か素早く瞬きをした。だがすぐに目尻を下げながら、恥ずかしそうに頬を染めて笑みを浮かべた。

「期待に沿えるように努力します」


ヨンワンが塔の階段を降りてくると、最下段の前に一人の男性が立っていた。腰まで伸びた純白の髪は、ゆるくひとつに結んでいる。スラリとした細身の長身で、ヨンワンよりも頭ひとつ分高い。青緑の瞳が、ガラス玉のような冷たさを感じさせるのは、鋭い眼光のせいだ。

「テイラン、こんなところで何をしているんだい？」

ヨンワンはその姿を見つけるなり、破顔して嬉しそうに近寄った。

「殿下を待っていたのです。遊んでいるように見えますか？」

テイランと呼ばれた青年は、表情を変えずに淡々と言葉を返した。だがその声音は決して冷たくはない。その証拠に、ヨンワンはニコニコと笑っている。

「明日の打ち合わせを……何をニヤニヤと笑っているんですか？」

テイランは、ニコニコ顔で正面に立つヨンワンを見て、眉間にしわを寄せた。

「ニヤニヤとはひどい言い方だな。ニコニコだよ。ニコニコ」

「……ニヤニヤでもニコニコでもどちらでもいいでしょう？　それでなんです？」

「え？　いや、私が降りてくるまで待っててくれるなんて、テイランはやっぱり優しいなと思って」

のほほんとした様子で言うヨンワンの顔を、眉間にさらにしわを寄せてねめつけて、テイランは小さく舌打ちをした。グニッと思いっきりヨンワンの右耳を引っ張って「行くぞ」とぼそりと呟き、涙目で耳をさすりながら抗議の声を上げるヨンワンを無視して、テイランは身をひるがえして歩き出した。

テイランはヨンワンの従兄弟《いとこ》だった。ヨンワンの父である竜王シャオワンの弟シャイール（現宰相）の嫡男《ちゃくなん》で、ヨンワンよりも十六歳年上だった。歳が最も近いこともあり、従兄弟の中でも一番仲良くしていた。

テイランは沈着冷静な人柄で、その美しい容姿とひょろりとした細身のせいで、学者系統に見られがちだが、こう見えて剣の腕はエルマーン王国一を誇る。現在は国内警備長官補佐として働いており、ヨンワン専属の護衛任務にも携わっている。

二人は王の執務室の扉の前に辿《たど》り着いた。テイランが扉を叩く。

「テイランです。ヨンワン殿下をお連れしました」

テイランの呼びかけに、中から了承の返事が返ってきたので、ちらりと一度ヨンワンへ視線を向けてから、ゆっくりと扉を開いた。

テイランに誘われて、ヨンワンが先に執務室の中へ入る。部屋の中には主である竜王シャオワンだけではなく、他に二人の姿があった。

「お待たせしてしまったでしょうか？」

ヨンワンは部屋の中央まで進み入ったところで、部屋の中にいる者達へ視線を送りながら、穏やかな口調でそう尋ねて小首を傾げた。

「いえ、約束の時間の前です。殿下は遅れておりませんよ」

優しく返事をしたのは、宰相のシャイールだ。シャオワンの側に立ち、束ねた書簡を手にしている。

「こちらを片付けてから始めるから、先に座っていなさい」

シャオワンが書きかけの手を止めて、ヨンワンにそう告げた。

「はい」

ヨンワンは素直に頷き、すぐ側にあるソファへ足を向けた。その脇に控えるように立っている人物と視線を交わして、笑みを浮かべる。

「ハイジャン殿、このたびは世話になります」

「殿下、公務の場では敬称は不要ですが、呼びにくければ長官で結構です」

ハイジャンは笑みを浮かべてさらりと言った。ヨンワンは見抜かれていることに苦笑して、同意の意味で小さく頷いた。

大きな体軀《たいく》には隙がなく、歴戦の勇士を思わせる威厳を持った壮年の男性。国内警備長官を務めるハイジャンは、竜王シャオワンの姉アイシャの長子で、ヨンワンの従兄弟になる。

父よりも年上の従兄弟に、ヨンワンが敬称をつけて呼んでしまうのは仕方のないことで、昔から幾度となく『呼び捨てになさってください』と言われても『ですが目上の方に不敬は出来ません』とヨンワンが拒否してきた。

その流れからの今の発言になるのだ。先に釘を刺されてしまったので、ヨンワンは苦笑するしかなかった。

ヨンワンがソファに座ると、テイランがその後ろに立つ。

「遅くなりまして申し訳ありません」

そこへ少しばかり慌てた様子で、執務室にやってきたのは外務大臣のアズワルだった。腕にいくつもの書類の束を抱えている。アズワルは、シャオワンの妹ミンランの長子で、彼もまたヨンワンの従兄弟に当たる。歳はシャオワンより少しばかり若いくらいなので、やはりヨンワンとは歳がとても離れている。ハイジャンと同じく、ヨンワンにとっては従兄弟といっても、友人のように親しくは出来なかった。

「いや、遅れてはいないよ。時間ぴったりだ」

シャイールが笑いながら返して、視線をシャオワンに向けた。シャオワンは書いていた書簡の最後に、ちょうど自署を記し終えたところだった。ペンを置くのを見届けて、シャイールが書簡に封をする。

「さて、全員揃《そろ》ったところで、打ち合わせを始めようか」

シャオワンはにこやかにそう宣言して立ち上がった。

片方のソファに、シャオワンとヨンワンが並んで座り、向かい側にアズワル、シャイール、ハイジャン、テイランの順に並んで座る。

「それでは明日出発する外遊の内容について打ち合わせをいたします。今回の外遊は、ガルダイア王国とバストラル王国の二国を訪問します」

シャイールが説明を始めると、アズワルがテーブルの上に地図を広げた。

「我が国はここ、ガルダイアがここで、バストラルがここになります」

シャイールの言葉を補足するように、アズワルが地図上の国の位置を指で示した。それをひとつひとつ確認するように、ヨンワンが真剣な顔で頷いている。

外遊の訪問先についての情報はすでに皆が把握済みで、このように改めて打ち合わせをする必要など、本来はないのだが、今回はヨンワンの初めての外遊であるため、確認の意味も込めて、最初から説明をしていた。

だからヨンワンも、知っていても真剣に聞いているのだ。ちなみにテイランも、初めての外遊だった。

シャイールは、外遊の目的とそれぞれの国で話し合われる議題について、予定されている見学場所など丁寧に説明をした。

「ガルダイア王国には昼前に到着予定ですので、恐らく先に歓迎の宴《うたげ》が開かれて、食事の後に会談となります。夕方に出立後、日の入り前にはバストラル王国に到着し、こちらでも歓迎の晩餐会が開かれてその日は宿泊、会談は翌日の午前中になると思われます。午後に出立をして、エルマーン王国には夕方までには帰国の予定です」

外遊日程を簡単に説明されたところで、少しばかり雰囲気が変わったような気がして、ヨンワンは見ていた地図から視線を上げた。正面に座るシャイール、ハイジャン、アズワルと視線を交わし、そのまま隣に座るシャオワンを見た。

シャオワンは目が合うと、ニッコリと微笑んで頷いた。

「ヨンワン、ここまでの話はすでにお前も知っていたと思う。今更打ち合わせをするまでもなかったのだが……お前には初めての外遊だ。改めて教えておかなければならないことがある。それは他国での宴についてのことだ。つまり食事のことだよ」

「食事ですか？　それは……国ごとにマナーが違ったりするのでしょうか？」

ヨンワンは、シャオワンの表情を窺《うかが》いながら、探るように言葉を選んで尋ねた。ヨンワンも外交先での社交的なマナーとして、宴での食事の仕方を学んでいる。だがこうして改まった形で、シャオワンが言うのだから、ヨンワンが学んでいるものとは、別の何かがあるのか？　と思ったのだ。

「いや、それほど大きくマナーの違いはない。ヨンワン、他国で食事をすることの危機感は理解しているかい？」

「危機感……？」

ヨンワンは少しばかり戸惑った様子で、その言葉を反芻《はんすう》してから、視線を落として考え込んだ。

『危機感……食事で危険なことという意味だよね？　それってやっぱり獣の肉が混入しているとかそういう話のことだろうか？』

ヨンワンは咄嗟《とっさ》に思い当たることについて考えた。養育係から学んでいる外交先での食事のマナーの中には、当然ながら『安全な食べ物を自ら確認して食べる』というものがある。宴の和《なご》やかな席で、相手国の国王や大臣達に悟られないように、皿に盛られた料理の材料を確認し、注意を払いながら食べる、という技術も教わっている。

シーフォンは神の天罰により獣を食べてはならないと枷を負わされている。万が一出された料理に獣肉と疑わしき食材が入っていた場合、もしくは判断のつかないものが入っていた場合、上手にそれを避けなければならない。それを相手に気取《けど》られないように、自然に振る舞いながら行うための技術だ。

「料理に使われている食材に注意をしながら食べるということでしょうか？」

「そうだ。我々は獣を食べてはならないという天罰を受けている。外交先でそれを上手《うま》く回避するために、国交のあるすべての国には『宗教上の理由で獣の肉を食べられない』と伝えてある。だから悪意を持ってわざとでない限りは、料理に獣の肉などが使われることはないはずだ。だがそれでも絶対ではない。たとえ相手に悪意はなくとも、なんらかの偶然で料理の中に、獣の肉や骨などが入ってしまうこともある。そのために危機感を持って、注意しながら食べるという技を学ばなければならないんだ。それは理解しているね」

シャオワンがとても丁寧に説明をしてくれたので、ヨンワンは言葉のひとつひとつを飲み込むように、真剣な表情で頷きながら聞いていた。

「我らの間では長いことこの天罰について誤《あやま》った認識をしていた。獣の肉を食べると死んでしまうと思っていたのだが、それは誤りだったと分かった。口の中に入れると激痛を味わうことになるが、死にはしない」

ヨンワンはその言葉に、一瞬眉間に深くしわを寄せたが、気を取り直して頷いた。

「死なないと分かってもやはり獣を食することは避けるべきなので、外遊へ行く者は皆、食事のマナーと共に注意しながら食べる技術も学ぶんだ」

シャオワンがそこまで話したところで、二人の侍女がお茶を持って現れた。シャオワンは話を止めて侍女に目配せをすると、全員の前にお茶の入ったカップが並べられた。

シャオワンはカップを持ち、ゆっくり一口お茶を飲んで、人心地ついたというように軽く息を吐いた。

「緊張しているようだ。お茶でも飲みなさい」

隣に座るヨンワンに、笑顔でそう声をかけた。ヨンワンはシャオワンの顔をみつめて頷き、カップを手に取った。緊張しているのを指摘されて照れくさく、恥ずかしかった。

ヨンワンはお茶を飲む前に、一度テイランへ視線を送った。テイランはその視線に気づき、少しばかり眉根を寄せて同じようにカップを手に取った。それを見てヨンワンはクスリと笑う。

テイランも同じように緊張していたようだ。ヨンワンからそれを指摘されたと思ったのか眉根を寄せたものの、事実でもあるので、一息つこうとテイランもお茶を飲むことにしたのだ。

そんな二人の様子に、シャイール達も表情を崩してカップを手に取る。その時だった。

「グッ……カハッ……」

突然ヨンワンが口に含んだお茶を吐き出して、激しく咳き込み始めた。それから一呼吸ほど遅れて、テイランまでもが、お茶を吐き出して激しく咳き込む。

「殿下！　テイラン！」

苦悶《くもん》の表情で口を押さえながら、背中を丸めて激しく咳き込む二人のただならぬ様子に、シャイール達は驚いて狼狽《うろた》えながら立ち上がった。だがシャオワンだけは、落ち着いた様子で二人を眺めている。

「いかがなさったのですか殿下！　……え？　陛下？」

シャイールはヨンワンに声をかけたが、その隣で静かにお茶を飲んでいるシャオワンを、思わず二度見してしまった。困惑の表情でシャオワンをみつめるシャイールに釣られるように、アズワルとハイジャンもシャオワンの様子を見て、やはり困惑している。

シャオワンはゆっくりとした仕草《しぐさ》で、持っていたカップをソーサーの上に置いた。

ヨンワンとテイランは、侍女から渡されたコップの水を勢いよく飲んでいる。侍女達は零《こぼ》れたお茶を拭《ふ》いていた。

「ヨンワン、お茶を飲んでどんな感じがした？」

いつもと変わらぬ様子で尋ねるシャオワンに対して、ヨンワンは涙目になってハンカチで口元を押さえながら、まだ少しむせている。

「どんな……って……口の中を幾本もの針で刺されたような……激しい痛みがありました」

「それが獣を食した時の感覚だよ」

サラリと言ったシャオワンの言葉に、ヨンワンだけではなくシャイール達も、飛び上がるほど驚いた。

「陛下！　今、なんとおっしゃいましたか!?」

「ち、父上！」

「聞いた知識だけでは分からないだろうと思って、二人に体験してもらったんだ。ヨンワンとテイランのお茶には極少量だが、獣の骨からとったスープを混ぜてあったんだ」

続けて明かされた事実に、皆が騒然となった。いや、言葉も出ないほど驚いて、皆が驚愕の表情で固まっている。

シャオワンは皆の顔を見まわして、肩をすくめて苦笑する。

「ひどいことをする父親だと思っただろう。だけど発案者はリューセーだからね？　あ、それに事前に私もそれを口にしているから、二人だけにひどい仕打ちをしたわけではないよ」

「へ、陛下！　なんということをなさるのですか！　ヨンワン殿下だけではなく陛下ご自身までとは……なぜこのようなことをなさったのか説明をしてください！」

険しい表情で問い詰めるシャイールに、シャオワンは悪びれる様子もなく頷いた。

「順を追って説明するよ。君達はもちろんだが……今回の被害者であるヨンワンとテイランも知りたいだろうし、そもそも理由を話さなければ、こんな無茶なことをした意味がなくなってしまうからね」

シャオワンはヨンワンの顔を覗《のぞ》き込むように少し首を傾げた。ヨンワンはハンカチを持った手で口を押さえていたが、シャオワンにみつめられて、慌てて口から手を離した。まだ口の中がジンジンと痛む。舌が痺れているが、少しはマシになったので我慢出来る。ヨンワンは姿勢を正して聞く体勢を取った。

そんなヨンワンの様子を見て、向かいに座るシャイール達は、とりあえず無事のようだと安堵して、ソファに座り直した。ちなみにテイランは、とっくに復活している。

「まずは今回の外遊……ヨンワンの初めての外遊について、実のところヨンワン本人よりも、私の方が緊張しているんだ。それというのも……もうすでにここには当時のことを知る者がいないので、私自身が告白するしかないんだが……私がちょうど今のヨンワンと同じように、初めての外遊へ向かった時、ひどく緊張してしまって宴の席で失敗をしてしまったんだ。それというのも、私は他国で出される食事を食べるということに、恐怖を感じていたからなんだ。もちろんそれを表面に出さないように心掛けたが、そう意識すればするほど余計に緊張してしまって、結局失敗をしてしまった。失敗と言っても、特に問題にもならないような些細なことだ。だけど私はそれをとても大きな失敗だと感じてしまって、ずっと心に引っかかっていた」

シャオワンは、懐かしむように目を閉じて薄く笑みを浮かべた。

「その失敗がどんなことだったかお尋ねしてもよろしいですか？」

シャイールが恐る恐る尋ねた。シャオワンは目を開けて真っ直ぐにシャイールをみつめて、恥ずかしそうに笑った。

「なかなか食べ始めることが出来なくて、とうとう父上から食べるように促されて、ようやくフォークを手に取ったものの手が震えてしまってね……世継ぎとして、次期竜王として、父上と同じことが出来るようにならなければと、自分を追い詰めすぎていたんだ。だけど相手国の国王達も、その辺りは十分分かっていた。成人前のまだ子供のような王子が、初めての外遊で、初めて来訪した他国で……慣れない宴の席での食事に緊張して、食べ物もろくに喉を通らないだろうなんてことは、あの場にいた誰もが分かっていたことなんだ。だからガチガチに強張《こわば》った表情で、いつまでも食事に手を付けられずにいたとしても、誰も気に留めないし、それを不快に思う者などもいない。ましてや他国の料理に恐怖しているなど誰が思うだろう。私だけが一人、悟られないようにきちんとしなければと焦っていただけだったんだ」

シャオワンは自嘲気味にククッと喉を鳴らして笑った。ヨンワンはそんなシャオワンを、驚きとも困惑ともどちらともつかないような眼差《まなざ》しで、食い入るようにただみつめていた。

「まあ父上達のおかげもあり、回数を重ねるうちにすっかり平気になったし、上手に上辺を取り繕う術も覚えた。と、ここまでが私の経験談だ。少なからずシャイール達も共感出来るだろう？」

シャオワンの話を聞いているうちに、なんとも複雑な面持ちに変わっているシャイール達を見て、クスリと笑いながら同意を求めた。シャイール達は互いに顔を見合わせながら、渋々というように頷き合う。

「確かに……初めての外遊での緊張感は、実際に行った者でなければ分かりません。国内で初めて政務に携わる緊張感とはまったく別のものです。ましてや宴の席での緊張感は……食事に対する恐怖も分からなくはないです。それは我々と陛下では、比べようもないはず……ですが、それと今回のこの無茶ぶりがどう繋がるのですか？　これではヨンワン殿下にさらなる重圧と恐怖心を植えつけかねません」

一度はシャオワンの気持ちに共感したものの、そこは冷静なシャイールだけあって、すぐに厳しい口調で異《い》を唱《とな》えた。アズワルとハイジャンも同意見のようで、両隣りで大きく頷いている。

「まあまあ、順を追って説明すると言っただろう」

シャオワンはおかしそうに目を細めて、もう一度カップを手に取りゆっくりとした仕草でお茶を飲んだ。ヨンワン達のお茶も新しいものに替えてあるのだが、さすがに手が出ないようだ。ヨンワンは眉根を寄せながら、時々視線をカップに向けている。

そんなヨンワンの様子を目の端でとらえながら、シャオワンは満足そうに小さく頷いて、カップをソーサーの上に置いた。

「ヨンワン、外遊の際の宴の席では、私やお前のための毒味役が付くのは知っているね？」

「え？　は、はい」

突然シャオワンから質問をされて、ヨンワンは慌てて返事をしたが、すぐに微妙な表情に変わった。それは明らかに毒味役という存在を不本意に思っている顔だ。分かりやすい反応に、シャオワンは心の中で溜息をついた。

「お前が外遊先でのマナーなどについて教わっている内容は、すべて報告を受けている。それで私は少しばかり不安になったんだ」

シャオワンが真剣な表情でそう言って、ヨンワンの顔をじっとみつめるので、ヨンワンは目を丸くして何度か瞬きをした。

「不安……ですか？　あの……私が何か失態を犯しているのでしょうか？」

まさかという様子で尋ねるヨンワンに、いつもならば微笑み返して優しく擁護《ようご》するはずのシャオワンが、真面目な顔のまますぐには返事をしなかった。

「お前の性格を考えれば、外遊先での食事に不安や恐怖を感じるはずだと思っていたんだ。当時の私と同じようにね。だけどお前はまったく不安がる素振りもないと報告を受けた。養育係のホウエンは、度胸があると褒めていたが、私はそうは思わなかった。ヨンワン、本来このようなことを家臣の前で言うべきではないのだが、ここにいるのは家臣と言っても身内だけだ。だからはっきり言おう。私の不安は、お前が竜王にそぐわないと感じてしまったことだ」

「え……」

シャオワンの言葉に、ヨンワンは絶句してしまった。大きく目を見開いたまま、微動《びどう》だにせずに、息をするのさえも忘れてしまったように呆然《ぼうぜん》としているヨンワンを、シャオワンは静かにみつめ返している。驚いたのはヨンワンだけではなかった。シャイール達も同じように絶句していた。

「ヨンワン、お前はとても優しい。お前ほど心根の優しい者はそうそういないだろう。明るく穏やかで、怒ったり苛立《いらだ》ったりすることもない。だが決して惰弱《だじゃく》というわけではない。とても我慢強くて、芯が強くて勇気もある。正義感も強い。誰にでも分け隔てなく優しくて、自分のことよりも人のためを一番に考える。その優しさは美徳ではあるが、竜王としてはふさわしくない。不安要素になるんだよ」

シャオワンはじっとヨンワンをみつめたまま淡々と語った。それを聞いていたヨンワンの表情は、次第に強張り色を失くしていく。

「お前はきっとこう考えているはずだ。獣の肉を食べても死なないのならば、わざわざ毒味役に辛い役目を負わせる必要はないのではないか？　と。毒味役は獣の肉の対処のためだけではなく、人間が使う毒への対処の意味もあったのだが、研究の成果で我々には人間が扱う数種類の毒に耐性があり、通常の致死量ならばほとんど効かないことが分かった。もちろん多量に摂取すれば危険ではあるが、警戒するのはやはり獣の肉だけで、それならば毒味役を置かなくても、万が一の時に自分が我慢するだけで良いだろう……と」

シャオワンの指摘が図星だったのか、色をなくしていたヨンワンの頬が、羞恥でみるみる朱《しゅ》に染まっていく。

「そ、そんなつもりはありません。私は父上から竜王として必要なことはすべて学びたいと思っています。外遊もそうです。確かに……確かに毒味役の話を聞いた時は驚きましたし、そういう役目を家臣に負わせるのはあまり好きではないと思いました。だけどだからと言ってそれを断る術は私にはありません。決まりに従います」

「今は……だろう？　私はともかくシャイール達が許すはずはないから、いやでも従うだろう。だがお前の御代になった時はどうだ。その時にはお前を叱れる我々はいない。ここにいる者の中で、お前が目覚めた時に残っているのは、恐らくテイランだけだろう。絶対にお前が、毒味役の制度をなくさないと言いきれるか？　私はそれが不安なんだ」

ヨンワンはクッと眉間に深くしわを寄せて、うっすらと潤んだ両目でシャオワンを強くみつめた。

「私は竜王にふさわしくありませんか？」

ヨンワンは微《かす》かに声を震わせていた。両手は拳《こぶし》を強く握りしめている。

「毒味役をしてくれる家臣の身を案じるのは、竜王としてふさわしくないのですか？」

ヨンワンはもう一度そう言った。自分の信念を疑っていないのだ。毒味役の制度は以前はなく、シャオワンの治世で作られた制度だと聞いていた。尊敬する父が作った制度を否定するつもりはない。それが必要なことも分かっている。だが竜王としてシーフォンを守ることが、何よりも第一だとも教わった。それならば他の手段はなかったのかという疑いも持っていることは事実だ。

自分の代になった時に、毒味役の制度をなくそうとまでは考えていなかったが、やり方を考え直したいと思ったことが、過《あやま》ちだとは思えなかった。なにより『竜王としてふさわしくない』と言われたことがショックだった。

「殿下、シャオワン陛下はそのようなことを言われているわけでは……」

思わずシャイールが宥《なだ》めようと声をかけたが、それをシャオワンが手を上げて制した。

「民を思い、家臣を思うお前の優しさは、決して間違ってはいない。王として立派だ。人間の王ならば……な。だがお前は竜王だ。この国のエルマーン王国の王だ。人間の王とは違うんだよ。竜王の命は、シーフォンすべての命だ。竜王が自らの命を危険に晒《さら》すということは、シーフォン全員の命を危険に晒すということだ。それは分かっているのかい？」

シャオワンは努めて冷静に、穏やかな口調でヨンワンを窘《たしな》める。

「それに獣を食べても死なないとは言っても、ひどい痛みと苦しみを伴うのは事実だ。それは今、お前も体験したから分かるだろう。もしもお前が外遊先の宴の席で、今のように食べた物を吐き出して、悶《もだ》え苦しみだしたらどうなると思う？　大変な事態になるだろう。たとえ相手国側に悪意はなく、獣の肉を使わないように気をつけていたとしても、絶対ということはない。直接肉を食さなくても、スープに獣の骨からとったものが使われているだけでも、我々は痛みと苦しみを味わうことになる。友好国の王をそのような目に遭わせてしまって、相手国はただで済むと思うか？　その国の王は、叛意《はんい》がないことを証明するために、自国の料理人をはじめたくさんの者を処刑するだろう。たとえお前が許すと言っても、謝罪だけでは済まされないし、そもそもお前は許してはならない」

シャオワンの言葉は厳しかった。口調はとても穏やかだが、表情は真剣で真っ直ぐにヨンワンを見据えている。一時は羞恥で赤くなっていたヨンワンの頬も、今はまた色をなくしている。

「毒味役の家臣が被害に遭ったのと、国王が被害に遭ったのでは、意味が違う。そこに悪意があるかないとかいう話ではないんだ。王を害するということは、戦争になってもおかしくないほどの事態だ。もしもお前が『わざとじゃないから』と許してしまえば、我が国は王を殺されかけても許す国と思われてしまう。それが外交の面でどういう意味をもたらすか……分かるな？」

ヨンワンは蒼白になって力なく頷いた。ようやく意味を理解したのだ。そして理解すると共に自分の浅はかさに愕然《がくぜん》とし、余計に『竜王にふさわしくない』という言葉が、重く心にのしかかった。

「ヨンワン、そんな絶望的な顔をするな。お前は今竜王として必要なことを学んでいる最中だ。外遊だって未経験だ。これから外遊に向かうにあたって、大きな失敗をしないために、こうして事前に様々なことを学んでいるんだから……」

「ですが……私は……竜王にふさわしくありません……父上がどれほど……私に対して失望なさったかと思うと……」

ヨンワンは苦しげに顔を歪めながら、絞り出すようにして胸の内にある苦い思いを口にした。そんな思い詰めているヨンワンとは対照的に、シャオワンは明るい表情で大仰《おおぎょう》に肩を竦《すく》めてみせる。

「失望だって？　なぜ私がお前に失望しなければならないんだい？　むしろ逆だ。私はお前を誇りに思っている。さっきも言っただろう？　私がお前くらいの頃、他国での食事に恐怖を感じて、初めての外遊で失態を犯してしまったんだ。だがお前は同じように、きちんと学んだにもかかわらず少しも怯《おび》えていない。自身が傷つくことを少しも恐れない。その胆力は素晴らしいと思うよ。お前が恐れるのは、家族や家臣や民が傷つくことだ。それは本当に立派だと思う。ただ竜王として、お前がどうあるべきかをまだきちんと理解していないだけだ。きっとこの初めての外遊では、何事もなくそつなくこなしてみせるだろう。だからこそ心配していたんだ。お前が竜王になった時に、私のような失敗をしてしまわないかと……」

シャオワンはそう言って自嘲気味に笑った。そしてヨンワンに語って聞かせた。かつてウィラン王国で起きた『獣の骨のスープ事件』の話だ。

　宴の席で出されたスープを飲んだ若いシーフォンが、突然吐瀉《としゃ》して倒れた。ウィラン王国は信頼する友好国で、エルマーン王国に対してなんら悪意はなかった。原因を調べた結果、出されたスープに獣の骨が使われていたことが判明した。

　倒れたシーフォンは、数日で回復したが、ウィラン王国は叛意がないことを示すために、料理人や従者などの宴の関係者だけではなく、重臣である宰相までエルマーン王国に差し出して、処刑することで許しを請うた。

　シャオワンは当然ながら、ウィラン王国の国王を許し、差し出してきたウィラン王国の家臣達も赦《しゃ》免《めん》して解放した。

　だがこの事件のおかげで『獣を食しても死ぬわけではない』ことが判明した。それと同時に、他国での宴の席に、毒味役を伴う必要性を痛感した。

「毒味役が必要だと言ったのはリューセーなんだ。私も当初はお前と同じように考えた。自分の代わりに家臣が毒味をするなんてダメだ……と。だけど護衛の者達が、竜王を守るために戦って怪我を負ったりすることと、毒味役が竜王の代わりに毒を飲むのは同じことだとリューセーに言われたんだ。皆が竜王を守るために命を懸けてくれる。だがそれは当然のことなのだ。竜王が死ねばシーフォンも全員死ぬ。竜王の存在は、人間の王の存在とはまったく別の意味を持つのだ。だから我々竜王は、シーフォンのためになんとしても生き続けなければならない。たとえ毒味役や護衛の者を身代わりにしたとしても……それくらいの強い覚悟を持たなければ、竜王は務まらないのだ。ヨンワン、分かるかい？」

先ほどよりもずいぶん柔らかな口調で、シャオワンが尋ねると、ヨンワンは両目を潤ませて「はい」と小さく答えた。その消え入りそうな返事に、シャオワンは相好《そうごう》を崩して、そっとヨンワンの白い頬を撫でた。

「私もずいぶん悩んだんだよ？　どうすればヨンワンを正しく導くことが出来るだろうって……そしたらリューセーが……『身をもって理解させたらよろしいのでは？』と言って、獣骨のスープを飲ませることを提案してきたんだ。だけど痛い思いをしたら、余計に毒味役をかわいそうに思って、逆効果にならないだろうか？　と私は思ったのだけどね。リューセーから『きちんと話せば分かります。ヨンワンは愚かではありません』と言われたんだ」

シャオワンはヨンワンの顎《あご》に手を添えて、そっと唇を指で撫でた。ヨンワンは驚いたように目を見開いてシャオワンの顔をみつめた。シャオワンは優しく微笑み返す。

「まだ口の中は痛いかい？」

「い、いえ……最初は突然の刺すような痛みに驚きましたが……すぐに痺れも引きましたし……大したことはありません」

ヨンワンは恥ずかしそうに答えた。それを聞いて、シャオワンは満足そうに何度も頷く。

「実験した甲斐《かい》があった。あまりに痛いとかわいそうだから、お茶に一、二滴垂らすだけにしようと思ったんだけど、さすがにそれだと全然痛みも感じなくて……どれくらいだときちんと痛くて、でもそれほどひどくならないかの加減をね……私が幾通りも試して確かめているから大丈夫だよ」

とんでもないことをさらりとシャオワンが言うので、ヨンワンもシャイール達もとても驚いてしまった。

「父上！」

「陛下！」

「ん？　なんで獣骨のスープがあるのかと驚いたんだね？　ヨンワンは知らないと思うけれど、毒味役の者達は、体に異常をきたさない程度に薄めたそのスープを、時々飲んで耐性を作っているんだよ。特に外遊の前にはね。だからそのスープを使って……」

「父上！」

「陛下！」

「ん？」

にこやかに説明を続けるシャオワンに、再び驚きの声が上がったので不思議そうに皆の顔を順に見返して首を傾げる。

「父上！　そういうことではなく……」

ヨンワンが困惑したように眉根を寄せている。

「陛下！　なぜそれを我々にご相談くださらないのですか！　何も陛下自らがそのような危険なことをなさらずともよろしいのです」

ハイジャンが焦りながら言った。

「だって愛する我が子のためだよ？　愛する我が子に経験のためとはいえ痛い思いをさせてしまうのだ。親である私がこの身で試して確認するのは当たり前だろう」

シャオワンの言い分に、ハイジャンは何も言い返せなくなり、シャイールとアズワルは頭を抱えている。だがヨンワンは感動して、頬を上気させながら瞳を輝かせてシャオワンをみつめていた。

「さて、話は逸れてしまったが……どうだい？　毒味役について納得したか？　宴の席で向かい側には他国の国王や近臣達が並び、談笑しながら皆の視線を浴びつつ、先ほどの痛みを上手に誤魔化《ごまか》すことが出来るかい？　毒味役は元々相手に失礼がないように、目立たないところでひっそりと毒味をするから、万が一の時にも騒ぎを起こすことはないし、さっきも言ったようにある程度は耐性を付けている。何より護衛の家臣だ。どんな状況になろうとも、後でどうにでもできる。だがお前は違う。顔色ひとつ変えただけでも、相手に気遣わせてしまうだろう。外遊先でのお前の立場をよく理解しなければならない。そしてお前自身が竜王として、もっと覚悟を持たなければならない」

真剣な顔に戻り、だが少し柔らかな口調で諭《さと》すようにシャオワンが告げると、ヨンワンもまた真剣な表情で聞き、少し考えるように間を置いて「はい」と力強く答えた。その瞳に迷いはなく、『竜王にふさわしくない』と言われた時のような絶望の色もなかった。

「ヨンワン、失敗は皇太子である今のうちにしておくことだ。今なら私達がお前を助けて、正しい方向に導くことが出来る。王になってからでは遅い。もちろんお前が失敗することなく、優秀なまま即位してもいいのだけどね」

シャオワンはそう言って笑ったので、ヨンワンも安堵して笑った。

「では改めて明日からの外遊について打ち合わせをしよう」

シャオワンが明るい声で場の空気を一新した。

ヨンワンの初めての外遊は、何事もなく無事に終了した。

エルマーン王国への帰路につく竜の群れ。その先頭を行く巨大な金色の竜の背に、シャオワンとヨンワンが乗っていた。

「さすがに気が抜けたようだな」

脱力しきった様子で座り込んでいるヨンワンに、シャオワンが笑いながら声をかける。ヨンワンは自覚がなかったのか、言われて初めてビクリと肩を震わせて、赤い顔でシャオワンを見上げた。立ち上がろうとするのを手で制して、隣にシャオワンが腰を下ろす。

「行きは緊張していたから、下手に話しかけない方が良いと黙って見守っていたけど、どうしてどうして……いざとなると度胸がある。ガルダイア王国でも、バストラル王国でも堂々としていて、アズワルとハイジャンも感心していたよ。留守番のシャイールが心配しているだろうから、まったく問題なかったと胸を張って言うと良い」

「すべては父上や皆様のお力添えのおかげです。自分では無我夢中で」

ヨンワンは照れたように俯《うつむ》いて頭をかいた。

「お前は私よりもずっとしっかりしている。だから何も心配していないよ。だが不思議なもので、何も心配していないはずなのに、色々と気を揉んでしまう。これは親心なのだが……こうしていると、私の父もそんな気持ちでいてくれたのだろうかと、嬉しいような、せつないような、不思議な気持ちだ」

シャオワンは遠い眼差しで、懐かしむような表情で言った。ヨンワンはそんなシャオワンを、黙ってじっとみつめている。

「お祖父様はどのような方だったのですか？　肖像画を拝見すると、とてもお優しそうに見えるのですが、叔父上は『とても真面目な堅物だった』とおっしゃるので……なんとなく印象が違う気がして……」

ヨンワンに尋ねられて、シャオワンは嬉しそうに微笑んだ。

「そうだな。とても真面目で堅物というのは当たっているし、とても優しそうだというのも当たっている。肖像画は母上が描かせていたものだから、どの絵もとても優しい表情をしていると思うよ」

「真面目で堅物だけどお優しいのですか？」

ヨンワンが不思議そうにしている。

「ああ、私は父上から一度も叱られたことがないんだ。別に私が良い子だったからというわけではないよ？　誰に対しても……父上が声を荒らげるようなことはなかった。何か失敗をしたとしても、責めるようなことはなく、まずなぜ失敗したのかを静かに問いただして、二度と失敗しないようにするにはどうすればいいのかを考えさせて反省させる。生真面目だから何事も理論立てて言われたけれど……それでも私は、父上は誰よりも優しい人だと思うよ。だって父上の真似をしようとしても、私には到底出来ない。何があっても怒らないなんて出来ない。私は結構短気なところがあるからね」

笑顔で語るシャオワンの顔をみつめていたヨンワンだったが、ふいに寂しそうな表情に変わり視線を落とした。

「私はテイランと仲良くなるまで、お祖父様やお祖母様という存在は、とっくに亡くなっているものだと思っていたのです。普通は皆お祖父様お祖母様にかわいがられて、孫には甘いのだとか……そういう話を聞いてもなんだかよく分からなくて……羨《うらや》ましいとかそういうのとは違うのですが……その存在がどういうものか分からないので、羨ましいという気持ちにもならないのですけど……いや、でもやっぱり羨ましいかな」

ふいに頭を撫でられて、ヨンワンは驚いて顔を上げた。シャオワンが優しい眼差しを向けていた。

「気持ちは分かるよ。私もお祖父様とお祖母様を知らないからね。そもそも両親とだって百歳までしか一緒にいられないんだ。竜王の宿命とはいえ、辛くもあり寂しくもある……。お前が目覚めた時、私もリューセーもいないが、ダイレン達兄弟はいる。それにお前のリューセーもやってくる。ああ、そうだ。お前は悩んだり、心配したりしないのかい？」

「何をですか？」

ヨンワンが首を傾げて聞き返すので、シャオワンは少し意地悪な笑みを浮かべた。

「お前はお前のリューセーのことで悩んだりしていないのか？」

「私のリューセーのことで……ですか？　何を悩むのですか？」

ヨンワンは心底意味が分からないようで、大きく見開いた目を幾度か瞬かせて、さらに首を傾げた。

「それはもちろん……リューセーがお前のことを好きになってくれるだろうか？　とか、ちゃんと愛し合えるだろうか？　とか……そういう心配はないのかい？」

「ありません」

ヨンワンがきょとんとした顔で即答したので、逆にシャオワンの方が戸惑った顔に変わった。絶句してしまったシャオワンを、ヨンワンはさらに不思議そうにみつめた。

「父上？」

すると二人を乗せている黄金の竜ジンヤンが、長い首を曲げて二人の方を振り向いて、グルルルッと鳴いた。

それを聞いたシャオワンは、バツが悪そうに顔をしかめて、ヨンワンは目を丸くしてジンヤンとシャオワンの顔を交互にみつめた。

「それは本当ですか？」

どちらにというでもなく尋ねると、シャオワンは眉間にしわを寄せてジンヤンを睨《にら》みつけて、ジンヤンは笑っているかのようにグッグッグッと喉を鳴らした。

ジンヤンは『シャオワンはリューセーどころか、人間を好きになれるだろうかと悩んでいたくらいだからな』と言ったのだ。

「いや、ジンヤンの言い方には語弊がある。私がちょうどヨンワンくらいの頃に、父上から『人間を好きになれ』と言われて、その言葉の意味に悩んでいただけだ。人間のことは嫌いではないけれど、良く分からなくて……もちろんアルピン達は我が民だから別だぞ？　父上の言っていたのはそういうことではないだろうと思って、ちょっと深く悩んでしまっただけだ。結論としては、リューセーのおかげで人間が好きになったけどね」

シャオワンが仕方なく弁明をすると、ヨンワンがクスリと笑った。

「父上も若い時には色々と悩まれていたのだと知ると、なんだか嬉しくなります」

「それよりもどうなんだ？　お前はまったく不安はないのか？」

再び問われてヨンワンは少しばかり考え込んだ。

「そうですね……確かにリューセーが私のことを好きになってくれるかどうかは気になりますが……でも私自身はリューセーを好きになりますから、きっと大丈夫だと思います」

あっさりと答えたヨンワンを、シャオワンは啞然《あぜん》としてみつめた。

「母上が言っていました。母上と父上の出会いは、色々とあったせいで最悪だったけれど、そんな困難も後になればどうでも良いことだったと思えるくらいに、母上は父上に惹《ひ》かれていったのだと……竜王とリューセーの縁は、遙か昔から決められているけれど、それはしきたりとかではなくて魂《たましい》が結ばれているからだと……そもそも異世界で別々に生まれたのに、出会うという選択しか絶対にしないのだから、その時点でリューセーは竜王に惹かれているのだと言われました。だから私のリューセーが、私のためにこの世界に来てくれるだけで十分だと思うのです。私はそんなリューセーを、全身全霊を捧げて好きになるだけです」

ヨンワンは頬を染めて瞳を輝かせながら語った。そのキラキラと輝く期待と自信に満ちた表情を、シャオワンは眩《まぶ》しげに目を細めてみつめる。

「ヨンワン、お前は誰よりも竜王にふさわしいよ」

シャオワンが誇らしげに言い、ヨンワンは満面の笑顔で「ありがとうございます」と答えた。

「ほら、ヨンワン、下を見てごらん」

ヨンワンは促されて眼下をみつめた。そこには大きな森林地帯が広がっている。中央付近は木々の密集部分が黒く見え、そこが巨木の生い茂る日の光を遮るほど深い森であることが、上空から眺めるだけでも分かる。

行きがけには通らなかった場所だ。ヨンワンの記憶では大陸の南側に位置している。

「あそこは人間達が魔の森と言って、決して近づかない場所だ。我々も入ることはない」

「魔の森」

ヨンワンは不思議そうに少し首を傾げた。世界の情勢を学ぶ上で、この辺りについては特に何も学ばなかった。交易が出来るような人間の国が南には存在していなかったと記憶している。

「人間が近づかないから、人間の国がないのですか？　森の向こうには少しばかり平地もあるように見えますが……」

「魔の森……正式にはリズモス大森林地帯という。古き者達の国がある」

「古き者達ですか？」

聞き返すヨンワンに、シャオワンは深く頷いた。

「亜人と呼ばれる獣人達……狼族、虎族、犬族、猫族、トカゲ族、色々な獣人達の集落が点在している。中でも森の主と言われるのはエルフの民だ。皆、我らと同じく長い時を生きる。太古の昔から存在する者達だ。どれくらいの数が、今なおあの森に存在しているかは分からないが……人間達が近づかないのならば、きっと今も存在しているのだろう。我々は近づくことが出来ないから、確かめる術はないのだけどね」

シャオワンが、表情を曇らせた。その視線は、真っ直ぐに森をみつめている。ヨンワンは、森とシャオワンの顔を交互に見て、それ以上突っ込んで聞いても良いのかと迷っていた。

「我らが世界を滅《めっ》するほど暴れた時、怒りを買ったのは神だけではないんだ。紅蓮《ぐれん》の炎はあの森を半分近く焼失させてしまった。エルフの民の逆鱗《げきりん》に触れ、我らは森に近づくことが出来なくなったんだ。この距離がせいいっぱい。これより低い位置を飛び森に近づけば、エルフの攻撃を受けるだろう」

「攻撃されるのですか？」

ヨンワンが驚いて森の方を二度見した。

「昔はね。近づかなくなってずいぶん経つから今は分からないが……エルフの弓の腕はすごくて百発百中だ。エルフは光輪の矢という光魔法を矢に帯びさせた武器を持っている。人間の弓矢とは違う。その矢が当たれば竜も傷を負う。翼の薄いところは貫通して穴が空くだろう。矢は小さいから致命傷にはならないが、数多く当たればそれなりの深手になる。だから近づいてはいけないよ」

「そうなんですか……」

ヨンワンは想像したのか、少し強張った顔を青ざめさせてゴクリと唾を飲み込んだ。

「エルフ達は堅物で気難しいが、我らが竜だった頃は特に敵対関係ではなかった。とても深い知識を持つ森の賢者だ。我らはこのような姿になって、人間達と共存する道を選んだが、もしもエルフと敵対することなく、彼らの助言を得られていたら、我らの生きる道も少し違っていたかもしれない」

「そうなんですか?」

ヨンワンが驚きの声を上げた。先ほどまで怖がっていたのに、よくコロコロと表情が変わるものだと、シャオワンはおかしくなったが笑うのは堪《こら》えた。

「私の父がそんなことを言っていたんだよ。だからこれは父の受け売りだ。まあ……それはともかくとして、私は出来ればエルフに会ってきちんと謝罪をしたいと思っている。そんなに簡単なことではないと思うし、私には実現出来ないと思うけれど、いつか……関係を修復出来れば良いなと思うよ」

「それは……エルフの知恵を借りたいということですか?」

「いや……」

ヨンワンの素直な問いを、シャオワンは即座に否定したが、少しばかり考え込んで苦笑した。

「確かにそういう気持ちもないわけではないが……我々が人間と共存する道を選んで、千年以上の時が経《た》つ。今はもう国としてずいぶん栄えてきたし、人間との関係も悪くない。だから別の道を模索しようとは思わない。だけど……それでも我々は人間ではない。亜人だ。かつては共に生きた古き者達と、このまま断絶したままでは寂しいと思うんだよ」

シャオワンは森をみつめながらそう言って、小さく溜息をついた。そしてその沈んだ気持ちを振り払うように、真っ直ぐに前をみつめる。シャオワンがジンヤンに指示を出したのか、ジンヤンが大きく翼を羽ばたかせて、体の向きを変えた。進路を少し北上させる。

「お前にこの話をするために、いつもより南側を通ったんだ。そういうわけだから、あまり南には近づかないようにな」

「分かりました……」

ヨンワンは次第に遠ざかる森林地帯を、複雑な面持ちでみつめた。

第1章

　江戸時代中期、加賀藩《かがはん》の城下町金沢《かなざわ》は、たくさんの人々で賑わっていた。

　この頃にはそれまで一日二食だった日本人の食生活も、行燈《あんどん》などの灯《あか》りの普及により、活動時間が長くなったため一日三食の習慣が定着していた。

　そのため江戸の町では、庶民の間でも外食が盛んとなり、屋台や茶屋の数が軒並み増えていた。ここ金沢も例外ではなく、蕎麦、天ぷら、寿司、おでんなどの屋台が通りのあちこちに並び、屋台だけではなく土間に床几《しょうぎ》を並べて、店の中で酒や料理を振る舞う一膳飯屋（今でいう大衆食堂）も数多くあった。

　時は申《さる》の刻を一つほど過ぎた頃、町に数ある料理茶屋のひとつ『笹乃《ささの》』の台所では、人々が慌ただしく夕餉《ゆうげ》の仕込みに追われていた。

『笹乃』は一膳飯屋などとは違い、小上がりの座敷や個室などもある庶民向けの高級茶屋だ。裕福な商家の者や、時折下級武士なども客として利用している。

　昼餉《ひるげ》の後片付けも一段落して、料理人や仲居は休憩を貰って、ほっとしたのも束の間、今は夕餉の仕込みを始めている。

「龍聖《りゅうせい》さん、こっちでごぼうを切ってもらえないかい？　きんぴらにするから」

「はい、これですね……四本で足りますか？」

「ああ、四本で良い」

壮年の板長から頼まれた龍聖と呼ばれる青年が、周りの人々の邪魔にならないように気を遣いながら場所を移動して、指示されたごぼうを切り始めた。丁寧で手際の良い包丁さばきに、料理長はちらりと一度視線を向けただけで、信頼しているというように無言で自分の仕事に戻る。そんな板長の様子を遠巻きに見ていた仲居頭が、笑うのを堪えながら肩を竦めた。

「お清《せい》さん、何を笑っているんだい？」

たまたま通りかかった女将《おかみ》が声をかけた。

「いえね、あの偏屈な板長が、ずいぶんかわいがっていると思ってさ」

含み笑いをしながら仲居頭が遠回しな言い方をしたが、女将はその相手が誰なのかすぐに気づいて、台所の隅に視線を送った。

それは初見の者ならば、あまりに場違いな人物が混ざっていると、思わず二度見してしまうだろうという光景だ。真剣な顔で一心に包丁を振るう青年の横顔は、歌舞伎役者のように美しい。額に浮かぶ汗さえも輝いて見えるほどだ。

台所にいるむさ苦しい男どもどころか、下働きの若い娘でさえ、彼の前では煤《すす》けて見える。

「そりゃあそうさね、弟子達の何倍も料理への好奇心と探求心があるからね。その上素直だし、謙虚で我慢強くて呑み込みも早い……で、あの綺麗《きれい》な顔でいつも笑顔を向けられたら、誰だって手ずから教えたくなるだろうさ」

「そうですね、何しろ女将さんも部外者の彼を台所に入れてやったくらいですからね」

仲居頭が笑いながらそう言ったので、女将は眉根を寄せて咎《とが》めるように仲居頭の肩を軽く叩いた。

「あたしはね、輪田屋《わだや》さんからの紹介だったから入れてやっただけだよ」

「あら、そうだったんですか？　輪田屋さんって味噌と醤油の？　じゃああの子は、輪田屋さんのところの人なんですか？」

「いやいや、それがね、違うんだよ」

女将は苦笑しながら首を振った。仲居頭は不思議そうに首を傾げた。

「本人が言うには、森乃屋《もりのや》（守屋《もりや》家分家の屋号）の居候《いそうろう》だっていうのさ」

「森乃屋さんって……米雑穀問屋の？　大店《おおだな》じゃないですか！　居候って……次男か三男ってことですか？」

「遠縁だって言っていたよ。勉学のために三年前から城下に来ているんだってさ。里は兜山《かぶとやま》方面だとかって言ってたかね。なんでも店で卸《おろ》している豆とか麦とか、そういうのがどんな店にどのように売られているのか興味があって、酒蔵とか饅頭屋《まんじゅうや》とか、色んなところを訪ねていたみたいだ」

「それで輪田屋さんにも？」

仲居頭は呆《あき》れ顔で言ったが、女将は面白そうにニヤリと笑った。

「味噌と醤油の作り方を、それは熱心に学ぼうとしていたそうだ。何日も通ってね。別に職人になりたいというわけでもないのに、でも誰よりも好奇心旺盛にね」

女将の言葉は、まるで今さっき話したことと重なるようで、仲居頭は目を丸くして思わず龍聖へ視線を送った。その様子を見て、女将は思わず失笑した。

「え？　だって……」

「そうなんだよ。あの子は酒蔵でも饅頭屋でも味噌蔵でも……職人よりも熱心に学ぼうとしていたのさ」

「それで……うちに？」

仲居頭は理解しがたいという顔でいる。女将は溜息と共に肩を竦めた。

「元々料理に興味があったようなんだよ。それで料理の素となる酒や味噌、醤油がどうやって出来るかも知りたかったんだとさ……だけど料理人になる気はない。なにしろ今月の末には里に帰っちまうそうだからね」

「え!?　帰っちゃうんですか？」

仲居頭が驚いて、思わず大きな声を上げてしまったので、女将が「これ！」と叱りつけて、仲居頭は赤くなりながら手で口を塞いだ。

二人が恐る恐る台所へ視線を送ると、こちらの声には気づかれなかったようで、変わらず皆が働いていた。仲居頭は安堵の息を漏らしながら、改めて残念そうに眉根を寄せた。

「今月の末って、あと五日しかないじゃないですか……仲居の子達ががっかりしちゃうね。私だってたまにこうして見かけるぐらいで、ほとんど話もしたことないんですから、あの子達なんて『その日見れたら良いことがある』というくらいに、見かけるだけでも楽しみにしていたのにね」

仲居頭の言葉に、女将は『ご利益でもあるっていうのかね』と、内心呆れながら再び龍聖へ視線を向けた。まあ確かに仏様のような優しげなお顔ではあるけれど……と少しばかり納得した。

「商《あきな》い中は邪魔になるからと、仕込みの時間だけ手伝いに来るって、龍聖の方からの約束だからね。料理を運ぶ商い中くらいしか、仲居達は台所に入れないから、まあそれも仕方ない話だね」

今日はたまたま仲居頭と龍聖の話になったので彼の事情を話したが、龍聖がこの店に来てふた月になるというのに、仲居頭が龍聖について知らなかったのも、そういう理由があったからだ。

「頭のいい子だよ。料理人になるわけでもないから、弟子達と一緒に学ぶのは、彼らに失礼だろうという配慮さ。だから板長が贔屓《ひいき》したところで、弟子達から不満の声が上がることはないのさ」

女将はそう言って「惜しいねぇ」と最後に小さく呟いた。

仲居頭はそれを聞かなかったことにして、龍聖をみつめながら無意識に「本当にね」と呟いていた。


金沢の城下から五里《ごり》余り離れた山間にある小さな村、二尾《ふたお》村。名主《なぬし》の屋敷の門前に、たくさんの人の姿があった。何かを待ちわびているかのように、そわそわとしながら、皆が同じ方角をみつめていた。

やがて皆がみつめる道の向こうから、一人の男が大きく手を振りながら、こちらに向かって走ってくるのが見えた。男は何か懸命に大きな声で叫んでいる。

「おーい！　お帰りになったぞー！」

ようやくその声がはっきりと聞こえて、皆が一斉に歓喜の声を上げた。

「おお！　あれだ！　あれに違いない！」

すぐに誰ともいわず、そう叫びながら道の先を指し示すと、男が走ってきたその遙か後方に、駕籠《かご》の姿が見えてきた。するとまた歓声が上がった。

老若男女村人全員が集まってきたかのような騒ぎの中、やがて駕籠は皆の待つ屋敷前へ辿り着いた。駕籠舁《かごかき》がゆっくりと駕籠を地面に下ろした。駕籠から出てきた青年は、目の前に大勢の出迎えの人々がいるのに驚いて、しばらく目を瞠《みは》っていたがすぐに笑顔に変わり、ペコリと頭を下げた。

「皆様、ただいま戻りました」

「おかえりなさいませ！　龍聖様！」

若者の言葉に、皆が一斉に返事をしたので、龍聖は嬉しそうに頷いた。

「龍聖、ご苦労だったね」

人垣が割れて一人の男性が進み出た。名主の守屋利兵衛《りへえ》、龍聖の父親である。

「父様、守屋龍聖、ただいま戻りました」

龍聖は丁寧に頭を下げて挨拶をした。利兵衛は、力強く頷き返す。

「さあ、中に入りなさい」

「はい……皆さん、お出迎えありがとうございました。後ほどゆっくりお話をしましょう」

龍聖は村人達に礼を言って、父と共に屋敷の中へ入っていった。村人達は口々に、龍聖の元気な様子を喜び合ってそれを見送った。

「龍聖、おかえりなさい」

屋敷の玄関には、母や兄弟達が待っていた。皆が満面の笑顔で龍聖を出迎える。龍聖は一度足を止めて、皆の顔を一人一人確かめるようにみつめると、改めて笑顔になり歩きだした。

「ただいま戻りました」

龍聖は玄関口で立ち止まり、丁寧に頭を下げて皆に挨拶をした。

皆が心待ちにしていたのも無理はなかった。龍聖は、金沢城下にある守屋家の分家筋が営《いとな》む商家に、奉公に出されていたのだ。その年季が明けて三年ぶりに実家へと戻ってきた。奉公に出ていたのだから、年季が明けるまで里帰りはしていない。父や兄は、用事で幾度か城下町へ来ることがあって、その時に会いに来てくれたが、母や他の家族とは三年ぶりになる。

「背が伸びたわね」

母が優しく声をかける。その顔は息子のことを心から案じていたという顔だ。龍聖は微笑みながら頷いた。

「私ももう十八歳になるのですから、いつまでも小さくはありませんよ。母様にはご心配をおかけしました」

「龍聖！」

龍聖が母との再会に、胸を熱くしていると、突然名前を呼びながら飛び出してくる青年がいた。がしりと龍聖に抱きつき、嬉しそうに笑っている。龍聖は一瞬驚いたが、すぐに満面の笑顔で抱き返した。

「龍二《りゅうじ》も大きくなったね」

「同じくらいだろう？」

少し体を離して、龍聖が相手の顔をまじまじとみつめた。二人は瓜《うり》ふたつである。龍聖の双子の弟の龍二だ。

「頭……月代《さかやき》を剃ったんだね」

「元服したからな」

龍二はそう言って、照れくさそうに笑いながら自分の頭を撫でてみせる。

「似合ってるよ。でもこれで私達の見分けがつきやすくなったね」

龍聖がそう言って笑ったので、そこにいた家族も一緒に笑った。龍聖の頭は総髪《そうはつ》だ。

「いつまでこんなところで話をしている。早く中に入りなさい」

後ろから父に咎められて、龍聖と龍二はまた顔を見合わせて笑うと、急いで家の中へ入っていった。

その夜は、当然ながら宴会になった。村人達にも酒が振る舞われ、皆が龍聖の帰宅を喜んだ。それは家族にとっても、村人達にとっても、龍聖が特別な存在であるからに他ならない。

「龍聖、思う存分学ぶことは出来たのかい？」

長兄の勝馬《かつま》に尋ねられて、龍聖は箸《はし》を置き、兄の方を向いて「はい」とにこやかに返事をした。

「剣道場を一年前に辞めたそうだが、代わりに何をしていたんだ？」

「え？」

勝馬がニヤリと笑って言ったので、龍聖は驚いて目を丸くした。だがすぐに気まずいという顔で、ちらりと父の方に視線を送った。父の利兵衛は龍聖の視線に気づいたが、特に何も言わず平然と酒を飲んでいる。

「誰に聞いたのですか？」

龍聖は父の様子を気にしながら、恐る恐る勝馬に聞き返した。だがそれに答えたのは勝馬ではなく利兵衛だった。

「正蔵《しょうぞう》に聞いたに決まっているだろう。去年、私が店を訪ねた時に聞いたんだ」

正蔵とは、金沢で龍聖が世話になっていた森乃屋の主人だ。城下町には守屋家の分家筋で、商家を営んでいる家がいくつかあり、森乃屋はそのうちのひとつだった。正蔵の祖父と利兵衛の祖父（龍聖の曾祖父）が従兄弟同士で、分家筋の中でも割と血縁が近いこともあり、龍聖の奉公先として選ばれたのだ。

「正蔵おじさんにも知られていたのか……」

龍聖は唖然とした様子で呟き、すぐに気を取り直してきまり悪そうに笑みを浮かべた。

「私は龍二と違って、元々剣術の才がなかったのです。ですからこれ以上習っても仕方がないと自分に見切りをつけたのです」

龍聖の言い訳に、仕方がないなと溜息を漏らす者、面白そうに一笑する者、驚いている者……と家族の反応は様々だった。利兵衛は苦笑し、勝馬は面白そうにニヤニヤと笑い、龍二は溜息をついている。

「別に才がないというわけじゃないだろう。オレと一緒に寺に通っていた頃は、なかなかに筋が良いって言われていたじゃないか。まあオレにはいつも負けていたけど……でも弱くはないと思うぞ」

龍二は村の菩提寺である龍成寺《りゅうじょうじ》に、子供の頃から剣術を習いに通っていた。寺には出家した元侍《さむらい》という僧侶がいて、龍聖達に時々剣術を教えてくれていた。

「うん、まあだからさ、それは農民にしてはって意味だと思うんだ。城下町の剣道場に行って、それはつくづく感じたよ。武士の子はやっぱり違うって……まあ、私もてんでだめというわけではないと、自負しているけれど、それでも……ね。有事の際に、普通に戦えるくらいには剣の腕を磨《みが》いたから、それ以上にはなれないというところで辞めたんだ。せっかくだからその時間を他のことに使いたいと思って……私には時間が限られているから」

龍聖が最後に零した呟きに、その場はシーンと静まり返ってしまった。龍聖はその反応に気がついて、自分がうっかり余計なことを口走ってしまったと、慌ててなんとか取り繕おうとした。

「えっと……あの……」

「それで？　その空いた時間に何してたんだ？　面白いことを見つけたか？」

龍聖の発言に気づかないのか、周りの空気を読まないのか、はたまたすべて承知の上で知らぬふりをしているのか、龍二が先ほどと変わらぬ調子で質問を続けた。

「あ、うん、見つけたよ。すごく楽しいこと……私がお世話になっていたのは、米雑穀問屋でしょう？　この村で採《と》れた米や大豆や小豆、麦などを卸していて、私達は作物を作るばかりで、それがどのように売られているのかなんて知らないじゃないですか。それで私はそれを知りたいと思ったんです」

先ほどの空気など吹き飛ばすように、明るい声で話を始めた龍聖の様子を見て、皆は胸を撫で下ろした。

「町の人々に売り歩く行商の小売人は別として、大口の買い手を調べたら、酒蔵や味噌蔵などで、そこに行って見学させてもらったのです。味噌はうちでも自家製で作ったりしていますが、やはり職人さんが作るのは、まったく質も違うのでとても勉強になりました。醬油の作り方も教わったし、酒の作り方も、餡子の作り方も……しまいに行き着いたのは料理茶屋で、そこで料理を教わりました」

「料理まで!?」

「はい！」

母達が驚いているのも気にせずに、龍聖は嬉しそうに頷いている。父や兄は呆れているようで、だが特に注意する気配はない。龍聖がやりたいことを、好きなようにやらせるというのが、奉公に出した時に家族で決めたことだった。

龍聖は守屋家にとって、いやこの二尾村にとってとても大切な存在だった。

二百年ほど前、二尾村に金色に輝く龍と深紅の髪の龍神が現れた。龍神は守屋家の龍成《たつなり》という青年をたいそう気に入り、龍神の国に連れていってしまった。その時に龍神は守屋家当主と契約を交わした。今後、龍神の証《あかし》を持って生まれる男子には『龍聖』と名前を付けて大切に育てて、十八歳になったら儀式を行い龍神に捧げるようにと。

その対価として、守屋家の繁栄が約束された。その年、飢饉《ききん》に喘いでいた二尾村は、龍神の加護により救われたのだった。それ以後、龍神との約束は守られ続けている。

龍聖は守屋家に双子として生まれたが、龍神の証を持っていたのは一人だけで、片割れの龍二にはなかった。

龍神の証を持っていた龍聖は、将来龍神に捧げられる者として育てられた。代々『龍聖』は、剣術を学び、あらゆる学問を学んだ。初代の龍成が神童と呼ばれるほど文武両道に秀でていたため、それに倣《なら》ったと言われている。また龍神様に仕《つか》える者として、戦国時代の武将に仕えていた小姓を手本にしたともいわれている。

龍聖もまた幼い頃より剣術と学問を学んだ。そのほとんどは、菩提寺である龍成寺の僧侶達が指南したが、ある程度の歳になるともっと高等の教育を受けるために、金沢城下に行かされることになったのだ。

だがこの時代、たとえ名主とはいえ農家の次男、三男が勉学のために修業に出るなどあり得ないことだった。

守屋家では、役人などの目を誤魔化すために『年季奉公』という名目で、龍聖を分家に預けた。実際には奉公ではないから、丁稚《でっち》として下働きをさせられることはない。剣術道場に通い、学問所に通い、必要ならば茶道や三味線なども習わせた。

その奉公に出ていた三年間に、何を学ぶかは龍聖の好きなようにさせる……と、利兵衛達は決めていたのだ。それは生まれながらに、龍神へ身を捧げなければならないという運命を背負った我が子を不憫《ふびん》に思ってのことだ。

「明日、皆さんに私の料理を食べていただこうと思っています」

龍聖はそう言って、自信満々というように皆の顔を見まわした。

「それは楽しみだけど……龍聖、なんで料理なの？」

まだ困惑している様子の母が、思わずそう尋ねていた。聞かれた龍聖は一瞬考えたが、すぐにニッコリと笑った。

「だって龍神様に美味しい食事を召し上がっていただきたいじゃないですか」

「神様も食事をするのか？」

龍二がご飯をかき込みながら、突っ込むように尋ねる。

「神社仏閣では供物《くもつ》をお供《そな》えするでしょう？　だからもちろん食事をすると思うよ」

「なるほどね」

龍聖の答えに龍二は素直に納得して、味噌汁で口の中のご飯を流し込んだ。二人の他愛もないやり取りに、家族みんなが不思議と和んでいた。

龍聖が帰ってくると決まった時から、守屋家の中はどこか張り詰めた空気が漂っていた。それは龍聖が儀式をする日が近いということでもあるからだ。

家族はみんな龍聖を大切に思っている。誰も手放したくはなかった。しかし先祖代々のしきたりを、破ることは出来ない。

家族以上に、当の龍聖は嫌だと思っているだろうし、気落ちしているのではないだろうかと、皆が案じていたのだ。

しかし三年ぶりに帰宅した龍聖は、以前と何も変わっていなかった。明るくどこかのんびりとした性格で、常に周囲に気を配る気遣い屋だが、神経質ということはなくおっとりとしている。そんな龍聖に、皆が安堵したがそれと同時に憐《あわ》れむ気持ちも強くなる。

『龍神様に捧げられる神子』と言えば聞こえはいいが、大抵の村の者は生贄《いけにえ》のようなものだと思っていた。それは守屋家の者達も同様で、儀式を行った後消えてしまった龍聖がどうなったのかは誰も知らない。

儀式に立ち会えるのは当主と跡取りのみ。彼らは『光と共に忽然《こつぜん》と消えてしまった』と、後に語り伝えているが、それを本気で信じている者は少ない。

夕食の宴の場は、次第に賑やかさを増していき、皆が笑い合って酒を酌《く》み交わす様子を、一番安堵した表情で見ていたのは龍聖だった。


夜も更けた頃、ようやく皆から解放されて龍聖が自室に戻ると、すでに布団が敷かれていた。持ってきた灯りを、部屋の行燈に移し、着物を脱いで夜着に着替えた。布団の上に腰を下ろし、ほっと息を吐く。

穏やかな行燈の灯りに照らされた部屋の中を、懐かしそうにぐるりと見まわした。帰ってくるなり、皆に囲まれて息つく間もなかった。こうして三年ぶりの自室を眺めるが、何ひとつ変わっておらず、埃《ほこり》ひとつなく綺麗に掃除されている部屋は、まるでずっと龍聖が使っていたかのようだ。

文机の上には、漆塗りに螺鈿《らでん》が施された硯箱《すずりばこ》が置いてある。その脇には花台が置かれていて、小ぶりの水盤に桔梗《ききょう》の花が生けてある。龍聖の好きな花だ。母が生けてくれたのだろう。

龍聖は、ほうっと息を吐いて側に置いていた荷物に手をかけた。ここにあるのは学びに使った帳面や本などだけだ。着物などは行李《こうり》に入れて別に運んだので、母が片付けてくれているだろう。

風呂敷の結び目を解いて広げると、筆入れや本や帳面が綺麗にまとめられている。帳面を手に取って、パラリと捲った。びっしりと文字が書かれている。

龍聖が酒蔵や味噌蔵、料理茶屋など見学させてもらったところで見聞きした事柄を、書き留めたものだった。その中から、料理について書いた部分のいくつかに目を通す。

「明日はどれを作ろうかな」

材料がこの村ではすぐに手に入らないような料理は作れない。大人数だから、量を多く作れるものが良い。父上は茄子が好きだったな、などと考えながら、思わず顔を綻《ほころ》ばせて献立を悩むのも楽しんでいた。

「龍聖……いいかい?」

障子《しょうじ》の向こうから龍二が声をかけてきた。

「いいよ」

龍聖が答えると、障子が開いて夜着姿の龍二が現れた。

「一緒に寝てもいいか?」

龍二はそう言って、照れ隠しのようにニッと笑う。

「いいよ」

龍聖が笑顔で頷くと、龍二はそそくさと部屋の中へ入り障子を閉めた。

龍聖が置いてある枕を端にずらして一人分の空間を空けると、そこに龍二が持ってきた枕を置いた。

龍二は龍聖の隣に腰を下ろして、龍聖が見ていた帳面を覗き込んだ。

「何を見ているんだ？」

「料理茶屋で教えてもらった料理の作り方を書いたものだよ。明日は何を作ろうかと考えていたんだ」

龍二は「へえ」と言いながら、しばらく見ていたが飽きたのか顔を上げて、今度は龍聖の顔を覗き込んだ。

「何？」

あまりに顔を近づけてくるので、龍聖は思わず吹き出しながら尋ねた。

「泣いていたんじゃないかと思って」

龍二はそう言ってニヤニヤと笑った。

「なんで泣くのさ」

龍聖が不思議そうに尋ねると、龍二は少し不機嫌そうに眉根を寄せて龍聖から離れた。

「なあ、オレが代わりになろうか？」

「なんの？」

「龍神様の儀式」

「……何を言い出すかと思えば……」

龍聖は溜息をついて、帳面を畳の上に置いた。

「そういえば母様からの手紙で、龍二に縁談の話があるって書いてあったけど、その後どうなったの？」

「知らねえ……そのうち祝言《しゅうげん》あげることになるんじゃねえかな」

「そんな他人事みたいに……」

龍聖が声を上げて笑いそうになるのを、両手で口を押さえて堪えていると、龍二が少し赤くなりながらも、顔を歪めて睨みつけた。

「仕方ねえだろ？　そういうのは親が勝手に決めるもんだし、オレが知らされるのはたぶん祝言の直前か当日くらいなんだ。相手が誰だかも知らないし」

「坂下村《さかしたむら》の名主の娘さんだって。器量良しだそうだよ？」

「なんで龍聖が知ってるんだよ」

「母様の手紙に書いてあったんだ。龍二にも言ってるはずだよ？　どうせ面倒くさがってちゃんと聞いてなかったんだろ？」

龍聖に図星を指されて、龍二はふくれっ面《つら》で龍聖を睨みつけた。そんな龍二をからかうように、龍聖は少しばかりおどけてみせた。

「龍二の祝言、見てみたかったな」

「だから代わろうか？」

「そんなに祝言をしたくないの？」

「誤魔化すなよ。そっちじゃなくて……」

「代われるわけがないでしょ？」

龍聖は仕方がないなと言いながら、龍二を窘めるように言った。その言い方がなんだか大人びていて、龍二はひどく癇《かん》に障《さわ》った。三年ぶりに帰ってきた龍聖は、ずいぶん変わっていた。見た目の問題ではない。中身の問題だ。

見た目は断然、龍二の方が変わっただろう。元服して月代を剃ったというだけではなく、背も龍聖より高くなったし、体格も筋肉がついてガッシリした。毎日、父や兄の仕事を手伝って荷運びなどの力仕事もしている。剣術の稽古も欠かさずやっている。

すべては龍聖のためだった。心優しくて皆から慕われ慈《いつく》しまれている龍聖。臆病で怖がりな龍聖。自分が守ってやらなければ。龍聖の身代わりになろう。周りに止められたら、力ずくでもやるつもりだ。（龍神様がいるとは信じていないけれど）龍神様とだって戦う覚悟でいる。そのために体を鍛《きた》えた。

龍二はずっとそう思って頑張ってきた。しかし三年ぶりに帰ってきた龍聖は、とても落ち着いていてなんだか別人のようだった。

「儀式をするためにわざわざ帰ってくるなんて……龍聖はそれでいいのか？　いいはずないだろう？」

「いいよ」

「そうだよ！　いい……え!?」

龍二は驚いて、口をポカンと開けたまま龍聖をみつめた。龍聖はとても穏やかな表情で微笑んでいる。

「いいよ。私は龍神様にお仕えする覚悟をしているのだから……それでこの家は守られてきたんだ。村だって……私で六代目だよ？　今までずっと守られてきたしきたりなのだから、私だけが嫌だなんて言えないだろう？」

「言っていいさ！　それでもどうしても誰かが生贄にならないといけないというなら、オレが代わる！　双子なんだからオレが行っても誰も分からないさ」

「龍二は龍神様の証を持っていないだろう？　それに生贄ではないよ。儀式をして龍神様の住む世界に行くんだ。そして龍神様にお仕えするんだよ」

　龍聖は龍二の言葉を訂正した。だが龍二は眉間にしわを寄せている。

「お前、本気で龍神様がいるなんて思ってるわけじゃないよな？」

「いらっしゃると思っているよ。初代の龍成様を迎えに金色の竜が空から舞い降りたのを、村中の人が見たって、ちゃんと覚え書きが残っているんだから……」

「そんなの作り話に決まっているだろう！　そりゃあ、神様への信仰はあるよ……我が家の氏神様なんだから、大切にお祀《まつ》りしなきゃって思う……だけど生贄を捧げなきゃいけないなんて……龍聖の命と引き換えの幸せなんて、オレはいらない」

　龍二は、ぎゅっと両手の拳を握りしめて、悔しそうに歯を食いしばった。龍聖は龍二の右手にそっと手を添えた。

「龍二が私の身代わりになるというのなら、私だって龍二の命と引き換えに助かっても嬉しくなんかないよ」

「だけどっ」

　龍聖は龍二の右の拳を包み込むように両手で握った。

「ねえ……私達は二人で一人だって、よく言っていたよね。私が持っていないものを龍二が持っていて、龍二が持っていないものを私が持っている……龍二がお嫁さんを貰って、子供を作って、幸せになってくれたら、それは私がお嫁さんを貰って、子供を作って幸せになるのと同じなんだよ。だから私が龍神様の生贄になって村が栄えたら、それは龍二が生贄になって栄えさせたのと同じだと思ってほしいんだ。長生きして、この村のことを見守ってほしい。私は私にしか出来ないことをやるから、龍二は龍二にしか出来ないことをやって！」

龍二は黙って唇を噛みしめたまま俯いて聞いていた。龍聖は龍二の拳がまたぎゅっと強く握られるのを感じた。龍聖は困ったように、手元をみつめる。沈黙が流れる。庭から鈴虫の鳴く声が聞こえる。

「笑うかもしれないけど……」

やがて龍聖が、静かな口調でそう切り出した。

「本当に私は龍神様がいらっしゃるんじゃないかって思ってるんだ。たとえ話ではなく。龍神様は実在すると思っている。代々の龍聖は、生贄として儀式で命を落とすのではなく、本当に龍神様の下に旅立っているんじゃないかって……そう信じているんだ」

龍二は俯いていた顔を上げて、隣にいる龍聖を見た。少し俯き気味のその顔はとても穏やかで、怒っても悲しんでもいない。真剣な表情にも見えた。

「龍二は入れないけど、龍成寺の本堂の奥に、龍神池《りゅうじんいけ》があるのは知っているよね？　龍神様のお住まいになっている世界と繋がっていると言われている池。とても小さな池だけど、底が見えないほど深くて、でも澄んだ水が、今も滾々《こんこん》と湧き出している。私はその池に行くと、いつも不思議な気持ちになるんだ。なんていうか……胸が騒ぐというか……嬉しいような、懐かしいような……幸せな気持ちになれるというか……いつまでもそこにいたくなってしまう。そうすると池の向こうの世界に行き

たくなる……儀式をするというのは、命を絶つのではなく、本当に龍神様の世界に行くのではないかと……そんな風に思うようになったんだ」

「龍聖……」

龍聖は顔を上げて、龍二とみつめ合うと、笑みを浮かべた。

「今までだって、龍二みたいにこの儀式に反対した家族はたくさんいると思うんだ。だけど守屋家では、二百年近くも大切に守り続けられてきた。それには必ず理由があるはずだよ。龍二も儀式に立ち会って、その目で見て確かめてほしい。龍二みたいに疑っている人こそ、儀式に立ち会うべきだと思うんだ。父様に頼んでみるよ」

龍二はじっと龍聖をみつめたまま、すぐには返事をしなかった。やがて龍二は一度目を閉じて、ひとつ溜息をついてからゆっくりと目を開けた。

「龍聖が命を取られそうになったら、暴れて邪魔するかもしれないぞ」

「いいよ。その時は、一緒に叱られよう。昔みたいに」

龍聖が笑顔でそう言うと、ようやく龍二も笑顔を見せた。

二人は一緒に布団に横になり、龍聖が行燈の火を消した。障子越しに月の光が、部屋中をぼんやりと照らす。二人は黙ったまま暗い天井をみつめていた。

「龍聖」

「なに？」

「お前、龍神様が本当にいらっしゃると思っているって言ったけど、どんなお姿だと思う？」

「え？　それは……和尚様から、本堂に祀られている仏像のお顔が、龍神様にとても似ているという言い伝えがあると聞いたんだ。だからとても綺麗なお顔の方だと思うよ」

「だけど大きな龍の姿になるんだろう？　お前、怖がりだから、龍が現れたら腰を抜かして、粗相《そそう》をしてしまうんじゃないか？」

龍二がわざと冷やかすような口調で言ったので、龍聖は少しむっとした様子で反論した。

「もう子供ではないのだから、私は大丈夫です。夜も一人で厠《かわや》に行けるし、龍を見ても腰なんて抜かしません」

二人はクスクスと、声を潜《ひそ》めて笑い合った。やがて龍二がぎゅっと龍聖の手を握ったので、龍聖も強く握り返すと、目を閉じて眠りについた。


「龍聖、ちょっといい？」

龍聖が外に出かけようかと、縁を歩いていると、母から声をかけられた。足を止めて部屋の中を覗くと、母が着物を縫っていた。龍聖は部屋の中へと入り、母の向かいに正座をした。

「どこかへ出かけるところだったのかい？」

「はい……ただちょっと村の中を見て回ろうかと思っただけで、特に急ぎの用事ではありません」

龍聖がニッコリと笑って答えると、母は繕い終わったようで、糸を歯で切り、着物をふわりと広げた。真っ白い着物。龍聖には、それが儀式用の自分の着物なのだとすぐに分かった。

「龍二の寸法で作ったんだけど……お前の方が少しばかり背が低いようだね？　ちょっと合わせてみておくれ」

「はい」

龍聖は着物を受け取ると立ち上がり、軽く羽織ってみた。とても肌触りの良い生地だ。上質の正絹《しょうけん》で織られた白羽二重《しろはぶたえ》の小袖。母はどんな気持ちで仕立てたのだろうと思う。

「ああ、丈は大丈夫だね……おや！　まあ、なんてこと……袖が少しばかり足りないじゃない」

「そうですか？　別に気になるほどではありませんが……」

龍聖は言われて、両手の袖口を摘《つま》んでみる。

「ダメだよ。こういうものはちゃんとしないと……お前の方が腕は長いんだね」

母はそう言って苦笑して、龍聖から着物を受け取り、座り直すと袖の縫い目を丁寧にほどき始めた。

龍聖もその場に正座し直す。

「お前達は瓜ふたつだと思っていたけど、やっぱり別々の人なんだね。背は龍二が少しばかり大きくて、腕はお前が少しばかり長くて……性格も穏やかで繊細なお前が、意外と細かいことを気にしない大雑把《おおざっぱ》なところがあったり、そうかと思えば、気が強くて奔放《ほんぽう》な龍二の方が、頭が固くて細かいところがあったり……ふふふ……子供は一人一人違うものだね」

糸を解きながら、独りごちる母の姿は、どこか寂しそうに見えた。龍聖は何も言わずにただ黙って見守るしかなかった。

「男三人産んだけど、二人になってしまうのでは、お家の先行きが心配で、もう一人二人産まなければならなかったんだろうけど……結局授《さず》からなかった……これればかりは、龍神様のご加護も関係ないのだろうね」

「兄様達のところにもじきに子が生まれますよ。龍二ももうすぐ嫁を取るのでしょう？　この家も賑やかになりますね」

龍聖は明るく振る舞ってそう言ったが、母は困ったような表情で龍聖を見た。

「龍聖、そのことだけど……」

「お義母様、油売りが来ているのですけど……あ、龍聖さん……」

母が何か言いかけた時、部屋に義理の姉の佐和《さわ》が入ってきた。龍聖がいたので、驚いたように慌てて入り口に膝をついて頭を下げた。

「ああ、義姉様どうぞ、私の用事は済みましたから。ねえ母様、もういいんでしょ？」

「ええ、そうね、寸法も分かったからもういいよ」

母が頷いたので、龍聖も頷き返すと立ち上がり、佐和に会釈《えしゃく》しながら部屋を出た。

「龍聖さん……お出かけですか？」

縁に出たところで、佐和が呼び止めるように龍聖に声をかけた。

「ええ、でもすぐに戻ります」

龍聖は振り返って笑顔でそう答えると、玄関へと向かった。


龍聖は村の中をぶらぶらと歩き、そのまま山の上の、守屋家の菩提寺である龍成寺へ向かった。

住職に帰郷の挨拶をして、龍神池へ参るつもりだ。

本堂のさらに奥に建つ、頑丈な造りの蔵のような建物の中に龍神池があった。そこには限られた者しか入ることが許されない。

龍聖は火皿に火を灯《とも》しただけの簡易行燈を片手に、建物の中へ一人で入った。中は天井近くに小さな明かり取りの窓がいくつかあるため、真っ暗ではない。

中央には、三間ほどの大きさの池がひとつあるのみで、他には何もなかった。静寂の中、池から湧き出る水が、ちょろちょろと微かな音を立てて、溝《みぞ》を通って外へと流れ出ている。

龍聖は行燈を地面に置き、池の縁まで行ってしゃがみ込むと両手を合わせた。池の水面は鏡のように澄んでいる。そこからは、不思議な『気』が発せられているようで、建物の中は清浄な気に満ちている。

龍聖は、ほうっと息を吐いた。ここに来るととても心が満たされる。龍二に話したことは、決して嘘ではなかった。

「龍神様、もうすぐ儀式を行います。私は本当に貴方様にお会い出来るのでしょうか？」

龍聖は両手を合わせながら、池に向かってそう語りかけた。だが答えは返ってこない。龍聖はしばらくの間、祈り続けたが、やがて小さく溜息をつくと立ち上がった。

「ただいま戻りました」

空が茜色《あかねいろ》に染まり始めた頃、龍聖は家に戻った。玄関で帰宅の声をかけると、少しして佐和が手《て》桶《おけ》を持って現れた。桶を置き正座して「おかえりなさいませ」と頭を下げると、手拭いを手桶の水で濡らして固く絞り、玄関に降りて龍聖の足を拭いた。

「ああ、自分でやりますよ」

「いえ、お気になさらず」

佐和は手際よく足を拭き終わると、また一礼した。彼女のよそよそしい態度に、龍聖は内心苦笑する。まあそれも無理はない。佐和がこの家に嫁いできたのは、龍聖が奉公に出る少し前だった。だから一緒に暮らしたのは、半月ほどしかなく、龍聖も彼女のことをあまりよく知らない。

佐和にしてみれば、恐らく龍聖は『義理の弟』というよりも、『神子』のようにしか感じられないのだろう。よそよそしい態度も、どこか貴人に対するもののように感じられる。

「ありがとうございました」

龍聖は礼を言って家の中へ上がろうとしたが、佐和がその場に立ち尽くしたままで、もじもじとしているので気になった。何か龍聖に対して物言いたげに見える。

「義姉様、どうかなさいましたか？」

「あ、あの……龍聖さん……実はお願いしたいことがあるのですが……」

彼女は言いにくそうに、少し顔を強張らせて言った。龍聖は首を傾げる。

「なんでしょう？　私に出来ることならば言ってください」

「じ、実は私に……」

「ただいま戻りました……ん？　龍聖、お前も戻ったところだったのか？　ん？　佐和、どうした？」

佐和が何か言いかけた時、兄の勝馬が出先から戻ってきた。

「ああ、義姉様が私に何か頼みごとがあると言われて……」

「あっ！　いえ、なんでもありません！」

途端《とたん》に真っ赤な顔をして、佐和が慌てて否定したので、龍聖は不思議そうに黙ってみつめた。

龍聖は驚いて二人の様子を戸惑いながらもみつめていた。

「なんでもありません、なんでもありません」

急に兄が顔色を変えて佐和に詰め寄ったので、龍聖は驚いて二人の様子を戸惑いながらもみつめていた。


「頼みごと？　佐和……お前まさか……」

「なんでもありません、なんでもありません」

急に兄が顔色を変えて佐和に詰め寄ったので、龍聖は驚いて二人の様子を戸惑いながらもみつめていた。

「何事ですか？」

「違います！　旦那様……なんでもありません、なんでもありません」

そこで騒ぎを聞きつけた母が、玄関先に現れた。

「佐和、ちょっと来なさい」

兄の勝馬は厳しい顔つきで、佐和の腕を摑んで外へ強引に連れ出してしまった。

「あ、兄様！」

「どうしたんだい？　何事だい？」

龍聖が驚いて引き留めようとしたが、状況の把握が出来ない母が、龍聖を止めて尋ねたので、困ったように首を傾げた。

「それが……義姉様が私に何か頼みごとがあるとおっしゃって、それを聞こうとした時に兄様が帰っていらしたのです。それでどうしたのだと尋ねられたのですが、なんだか急にあのように……」

母はそれを聞いて、何かを察したような表情になった。

「龍聖、ちょっと奥まで来てくれるかい？」

龍聖は母に促されて、奥の部屋へ母と共に向かった。

「実はお前が先ほど出かける前に、話をしていた時に言いかけたことなんだけど……もしかしたら、佐和がお前に、龍神様に子宝を授けてくださるように頼んでほしいと言ってくるかもしれないから、相手にしないようにって……そう言うつもりだったんだよ」

「え!?」

母の言葉に、龍聖はとても驚いた。

「子宝ですか……」

聞き返すと、母は眉根を寄せて溜息と共に頷いた。

「佐和が嫁いできて、もう三年になるだろう？　だけどまだ子が出来なくてね。それをとても気に病んでいるようなんだよ」

「でも頼まれても、私にはどうすることも出来ません」

「ええ、もちろん分かっています。だから相手にしないようにと言っておこうと思ったんだけどね……私達がいけなかったんだよ。あの子が嫁いできた時に、健康で丈夫そうだから、これはたくさん子を産んでくれそうだと、皆で喜んでそんなことを言ってね。守屋家と龍神様との秘密を教えると共に、後継ぎを残すために、たくさん子を産んでほしいと言ったものだから、責任を感じたんだと思うんだよ。私もそうだったから、あの子の気持ちは痛いほどよく分かってね……かわいそうなことをしたと思っているよ」

母の話に、龍聖はどう答えればいいか分からずに、困ったように俯いて、しばらく考え込んでしまった。

「先日、お前が帰る前に、あの子が勝馬に『龍聖さんが戻ってきたら、子宝のことを頼めますね』と言いだしたらしいんだ。勝馬もそれには驚いてね。龍聖にはそんな願いを叶える力はないのだと、言って聞かせたらしいんだけど……まさかそこまで思い詰めていたなんて……」

母がそう言って項垂《うなだ》れる姿を、龍聖は眉根を寄せてみつめていた。

「私にはよく分かりませんが……三年で子が出来ないとだめなものなのですか？」

「そんなことはないよ。佐和は若いし、まだまだこれからいくらでも……私だって、勝馬を身籠《みごも》ったのは、嫁いで二年目だったからね。そんなにすぐにというわけでもないんだよ。もちろんすぐに子宝に恵まれる人もいるけれど、これればかりはね……」

「私に何か出来ることはありますか？」

龍聖が尋ねると、母は苦笑して首を振った。

「お前は気にしなくていいよ。龍神様のご加護は、こういうことではないんだから」

「だけど義姉様は、このままだと気を病んで、床に臥してしまわれるのではないですか？」

「そうだね……何か気晴らしが出来ればいいんだけどね」

母はそう言って、大きな溜息をついた。


その日の夕餉は、龍聖が腕によりをかけて料理を作った。母の手伝いの申し出を断り休んでもらうことにして、下女に下ごしらえの手伝いをしてもらった。

無心に料理をしているようで、実はずっと義姉の佐和のことを考えていた。自分に何か出来ることはないのだろうか？　そうずっと考えていた。

佐和は夕餉の席に現れなかった。

龍聖が兄に尋ねると、具合が悪いので横になっているという。気にしなくていいと言われたが、そういうわけにもいかない。

龍聖は雑炊を作って、佐和の下へ持っていくことにした。


「義姉様、龍聖です。少しばかりよろしいでしょうか？」

龍聖は縁から障子越しに、部屋の中にいる佐和に向かって声をかけた。

しばらくして「どうぞ」という声が返ってきたので、龍聖は障子を開けた。慌てて片付けたのか、畳まれた布団が隅に置かれていて、佐和は夜着姿で正座していた。

「このような姿で申し訳ありません」

「ああ、こちらこそ申し訳ありません。お見舞いに参っただけですから、横になってくださってよろしいのですよ？」

「いいえ、大丈夫です」

佐和は恥ずかしそうに、少し頬を染めながら首を振った。面やつれしているように見える。

「あの……これ、私が作ったんですけど、召し上がりませんか？」

龍聖はそう言って、雑炊の入った汁椀と小鉢を乗せた膳を、佐和の前にそっと置いた。

「これを……龍聖さんが？」

「はい、今日の夕餉は私が作ったのです。昨日話したように、少しばかり料理茶屋で料理の仕方を覚えたものですから、皆に食べてもらいたくて……義姉様は具合が良くないと伺《うかが》ったので、雑炊にしました。良かったら少しでも良いので食べてください」

龍聖がにこやかに説明をするのを聞きながら、佐和はじっと膳をみつめていた。湯気の立つ椀を手に取り、少しばかり口に運んだ。

「美味《おい》しい……」

佐和は小さくそう呟いて、僅《わず》かに顔を綻ばせた。だが龍聖の視線に気づき、今の呟きは無意識だったようで、赤くなって頭を下げた。

「ごめんなさい。あまりに良い匂いでつい口にしてしまったけれど……いただきますも言わずに、はしたないことをしてしまいました」

「そんな、褒めてもらえて嬉しいです」

龍聖は本当に嬉しそうに頬を上気させながら微笑んだ。佐和も釣られるように笑う。

「お出汁《だし》はなんですか？」

「夕餉に茄子の揚げ浸しを作ったので、それの残り汁を出汁にしました。あとは鶏の卵を落としただけですけど……女の人は体を冷やしたらいけないって聞いたから、雑炊にしたんです。気に入ってもらえて良かったです」

佐和は、龍聖の説明を感心したように、何度も頷きながら聞いていた。そして一口、二口と口に入れては、美味しそうに咀嚼《そしゃく》するのを、龍聖も安堵しながら見守っていた。

「龍聖さんは、どうして料理を学ぼうと思われたのですか？」

すっかり気を許したのか、佐和は他愛もない質問を投げかけた。龍聖は頬に手を添えながら、しばらく考えて「私が食いしん坊だからですかね？」と明るく答えたので、佐和は一瞬目を丸くしたが、すぐに吹き出して笑いだした。

「そんなにおかしいですか？」

龍聖が困ったなと頭をかきながら尋ねたので、佐和は口に手を当てて笑うのを止めようとしながら「ごめんなさい」と謝った。

しばらくしてようやく笑いが収まった佐和は、椀と箸を膳の上に置き、小さく息を吐いた。

「龍聖さん、先ほどは失礼なことをしてしまって、本当に申し訳ありませんでした」

佐和は膳を少しばかり横に動かして、深々と頭を下げた。

「義姉様、どうか頭を上げてください。私は別に何も気にしていませんから」

「龍聖さんは、皆さんから聞いた通り、本当にお優しい方なのですね」

佐和はそう言って、今度は大きな溜息をついた。

「私、何か勘違いをしていたと思うのです。この家に嫁いできた時に、この家に伝わる大切なしきたりについて教わりました。龍聖さんのお役目のことも……龍神様のことは村の人達もみんな信じていて、守屋家では寺まで建てているし、作り話などではないのだなと思って……龍聖さんは神子なのだと……そういう尊い存在なのだと、そう思ったらなんだかとても遠い存在の人みたいに思い込んでしまったんです。義理の弟だなんてとても思えなくて……」

佐和は静かに語り始めた。時々自嘲気味に笑って、自分の過ちを恥じているようだった。

「離れて暮らしていたせいもあると思うんです。そうしているうちに、私になかなか子が出来ないので、思い悩むようになってしまって……いつしか龍聖さんにおすがりするしかないなんて、勝手にそんなことまで考えるようになっていました。本当に愚かだと思います」

「私が尊い存在じゃないことに気づいていただけました？」

龍聖が少しからかうような口調で言ったので、佐和は驚きながらも首を振った。

「龍聖さんは、龍神様に選ばれた大切なお方です。尊い方だと思いますが、それと同時に旦那様の弟であり、龍二さんの双子の兄弟……私の義理の弟です。こんな美味しい料理を作れる方です」

佐和が微笑みながら言った言葉のひとつひとつに、龍聖は嬉しそうに頷いた。

「さっきの質問……真面目にお答えしますね。なぜ私が料理を学ぼうと思ったのかというと、それは龍神様に食べていただきたかったからなんです。おかしなことを言うと思われるかもしれませんが……龍神様と約束した儀式は、守屋家で代々伝え続けている大切なものです。でも家族の中にはそれを『生贄だ』と思っている者もいます。龍神様のご加護は、この村の誰もが知っているし感謝していますが、神への信仰と神が実在するのかという疑問は別のことのようです」

龍聖はそこまで言って、視線を落として少しばかり口籠った。眉根を寄せてきゅっと口をつぐむ。

佐和は急に黙り込んで表情を曇らせてしまった龍聖を、心配そうにみつめた。龍聖はふとその視線に気づき我に返った。顔を上げて佐和と視線を交わし、困ったように微笑む。

「私はずっと龍成寺に通って、私しか入れない龍神池に行き、龍神様の波動をこの身で何度も感じているし、住職様から色々なお話も伺っています。誰よりも龍神様のことを教わり、龍神様の存在を身近に感じています。それでも……儀式の後どうなるかは誰も知らなくて……怖いと思っています。

『生贄なんかじゃない』と否定しながら、私自身その不安を拭いきれずにいるのです」

佐和は、はっとして思わず両手で口を塞いだ。思わず何か声をかけてしまいそうになったが、今はそうすべきではないと察したからだ。目の前にいる人は、確かに凡人とは明らかに違う高潔な空気をまとう神子ではあるのだが、その一方で自分達と同じように、不確かな存在に不安と恐れを抱く普通の青年でもあるのだと分かった。

つい先ほどまで、近寄りがたい神子だと思っていた人が、佐和の体を気遣い思いやりのある優しい料理を作ってくれる義弟でもあったのだと、気がついたばかりだというのに、それはまだ認識が甘く彼のことを分かっていなかったのだと気がついた。

だから思わず『龍聖さん』と義姉の慈愛を持って声をかけたいという衝動に駆られたのだが、それもまた違うのだと悟った。

龍聖はそんな佐和をみつめながら、静かに話を続けた。

「料理を学びたいと思ったのは些細なことがきっかけです。奉公先で扱っている品は、米や豆や麦など……私達の村で収穫したものもあります。奉公先は問屋なので、町の人達に小売りはしませんから、それがそのまま家々の食卓に並ぶわけではありません。何俵もたくさん買っていくお客様が、それを何に使うのか興味が湧き、買った先を訪ねて見学させてもらいました。米からは酒やみりんが作られ、麦や大豆からは味噌や醤油が作られ、小豆からは餡子が作られ、またそれらがたくさん買われて、茶屋で料理として出される。私は屋台や茶屋のことは前から知っていたし、酒や味噌や醤油なども、普通に家で使われているのを知っていて、なんでも当たり前のように知っているつもりだったのに、実は何も知らなかったのです」

龍聖は明るい表情に戻り、少し頬を上気させながら熱心に語り始めた。佐和は時々頷きながら話を聞いた。

「そして行く先々で耳にするのは『美味しいものを食べて生き返った！』『寿命が延びた！』って笑顔で言う言葉です。ああ、そうかって思ったのです。村のお百姓さん達が一生懸命作った作物が、職人さん達が一生懸命手をかけて料理にして、それを食べた人達がみんな元気になって、幸せになっている。これは龍神様にぜひお伝えしなければと……神への供物は作物をそのまま献上するでしょう？手をかけたものはお酒くらいだと思います。龍神様がもしも米や麦をそのまま召し上がられているのだとしたら、もっと美味しくして感謝を表したいなって……龍神様に食べていただくためだと、そういう目標が出来たら『生贄』などという不安が薄れたのです」

そこで龍聖は、ぷっと小さく吹き出して恥ずかしそうに上目遣いになった。

「もしも私が龍神様の住むところに行って、米や麦を生で食べなければならないとか嫌でしょ？　食いしん坊だからというのも本音です」

龍聖はそう言って明るく笑った。佐和も一緒に笑った。

「義姉様は普段から食が細いと聞きました。たくさん食べないと元気にはなりませんよ？　村の女の人達とは交流はありますか？　みんな元気でたくましいでしょう？　子供を背負ったまま畑仕事をしたり、洗濯をしたり……米俵だって平気で担《かつ》いだりしています。みんな子だくさんだし……もしかして村の人達が、龍神様のおかげで子だくさんだと言っているのを聞いたのではないですか？」

「え……」

佐和はとても驚いて言葉を失った。龍聖の指摘が図星だったからだ。その反応に「やはり」と龍聖は頷いた。佐和はひどく動揺している。今までの龍聖の話から、自分が何かを勘違いしていたというのは、すでに分かっているのだろう。

龍聖は佐和を安心させようと、一呼吸置いてから穏やかな口調で話を続けた。

「私が思うに、『龍神様のおかげ』というのは、龍神様の加護で芳醇《ほうじゅん》に実った作物を、毎日食べているからだと思うんです。この村は他の村に比べて、毎年豊作ですから、年貢を納めた後の村人達の取り分も十分に残ります。ですから村人達は食べるのに困らない。元気だからよく働くし、子も生まれる。そういうことだと思います。義姉様もたくさん食べて元気になってください。兄様を抱え上げられるくらいに強くならないと」

最後はからかうように言って、佐和は赤くなって両手で顔を覆った。

「義姉様が元気でたくましくなると約束してくださったら、私も龍神様の下へ無事に行くことが出来たら、龍神様にお子を授かるようにお願いすると約束いたします」

「龍聖さん……」

佐和は驚いて目を大きく見開いた。顔を覆っていた両手の指の隙間から、優しく微笑む龍聖をみつめて、その大きく見開いた目には、みるみる涙が浮かんできた。

龍聖とこんなにたくさん話をする前だったら……佐和が思い詰めて龍聖を神子としか見ていない時だったら、きっとこの言葉を神のお告げのように、ただありがたいと手を合わせて聞いていただけだろう。

でも龍聖と話をして、龍聖の人となりを知り、龍神様の神子として役割の辛さや不安などを垣間見て、それでも佐和のためにそう言ってくれる龍聖の心を思うと、涙が溢《あふ》れて止まらなかった。

「約束します……必ず元気になると……旦那様を抱え上げられるくらいに元気になると……約束します……ですから龍聖さんも……」

『どうか幸せになってください』

それは口に出すことが出来ずに飲み込んだ言葉だった。

外から嫁いできた身としては、守屋家のしきたりにとやかく言える立場ではない。この村の繁栄を目の当たりにすれば、確かに何か神がかった加護があるのだろうと、信じてしまう。だから佐和も龍神様への信仰心は少なからず持っている。

だけど龍聖が言うように、佐和はどちらかと言えば『龍神様は実在しない。これは生贄だ』と考える側の立場だ。

だから今は、この心優しい義弟が犠牲になることなく、本当に龍神様の下で幸せになってほしいと願うしかなかった。

佐和は泣きながら両手を合わせて深々と頭を下げた。


儀式の日――。

龍聖は、龍神池の水で体を清め、母の縫ってくれた白羽二重の小袖に着替えた。総髪に結《ゆ》っていた髪は下ろされていた。長い前髪は、額の中央でふたつに分けて、後ろ髪と共に項《うなじ》の辺りで一つにまとめられ、紙縒《こよ》りで結んでいる。

懐《ふところ》に小さな守り袋を、そっと忍ばせた。中には龍二の髪が入っていた。前の晩、龍聖は龍二と互いの髪を少し切り取り、龍聖が作った小さな守り袋に入れて交換したのだ。

本堂に行くと、紋付き袴《はかま》姿の、父と兄と龍二が、神妙な面持ちで座っていた。龍聖は三人に頭を下げると、中央に置かれた紫色の座布団の上に座る。

背筋を伸ばして目を閉じて、心静かにその時を待った。

しばらくして住職が現れた。皆に一礼をして、須弥壇《しゅみだん》の前まで進み逗子《ずし》の扉を開いて、両手を合わせて深く一礼をした。そして中から、鏡と小さな箱を取り出し、龍聖の前へと歩いてきた。

龍聖の前に住職が立つと、龍聖は深く頭を下げる。それに合わせて、後ろに控える父達も頭を下げた。

住職はそのまま龍聖に背を向けて座り、須弥壇に向かってお経を唱え始めた。龍聖達は頭を下げたままでそれを聞く。本堂の中に、住職の朗々《ろうろう》とした声が響き渡った。空気が張り詰めているように感じる。

やがてお経を唱え終わると、住職はゆっくりと龍聖の方へ向かい合うように座り直した。

「龍聖、指輪を嵌《は》めなさい」

住職に促されて、事前に話に聞いていた通り、前に置かれた小箱を開き、中に入っている銀製の指輪を手に取った。赤い石の嵌まった龍の頭の彫り物が施された指輪だ。それを左手の中指に嵌めた。

『不思議な指輪……』龍聖がそう思いながら、じっと左手の指輪をみつめていると、突然左手全体に激しい痛みと痺れを感じた。

「あっ！」

思わず呻《うめ》いて左手を胸に抱えるように押さえると、後ろで龍二も同じように小さく呻き声を上げた。

龍二も左手が少し痺れたような気がしたのだ。

生まれた時から、二人には不思議な繋がりがあった。一人が熱を出せば、もう一人も同じように熱を出し、一人が転んで怪我をすれば、もう一人も同じ場所に痛みを感じた。それは離れていても変わらなかった。

成長するごとに、その感覚は少しずつ薄れていくようだったが、それでも大きな痛みなどには、互いに反応してしまうようだった。

龍聖は痛みが去ったので、恐る恐る自分の左の袖を捲ってみた。腫《は》れているかもしれないと思ったからだ。だがそこには、腫れはなく、代わりに藍色の刺青《いれずみ》のような模様が、手の甲から肘の辺りまで浮かび上がっていた。

「ああっ！　こ……これは……」

龍聖が驚いて思わず声を上げると、龍二達も何事かと立ち上がりかけた。だがそれを住職が制した。

「慌てるでない。これは正しき龍神様の証を持った者が、指輪を嵌めれば現れる文様だ。龍聖、事前に話したであろう？」

「は、はい、すみません……まさかこのようなものだとは思わなくて……失礼いたしました」

龍聖は恥ずかしさに頬を染めて謝罪した。ちらりと後ろを振り返り、龍二と目が合うと、ニッコリと笑ってみせる。だが龍二はとても心配そうな顔で、龍聖をみつめていた。

「無事に見事な文様が腕に浮かんだな。これは龍神様がそなたを受け入れてくださるという印だ。さあ、鏡を手に取り、龍神様のことだけを思いながらみつめなさい」

住職に促されて、龍聖は鏡を手に取った。銀製のとても美しい鏡だった。表には細かい模様が彫られていて、裏の盤面は少しの曇りもなく磨き上げられており、龍聖の顔がよく映っていた。こんなに顔が綺麗に映る鏡は初めて見たと思った。

『龍神様、龍神様』と心の中で何度も呼びかけながら鏡をみつめた。するとやがて、盤面が光ったように見えた。それと同時にどこからか『リューセー』と低い男の声が聞こえてきたような気がした。

龍聖は驚いたように、まじまじと鏡をみつめた。光ったと思ったのは、間違いではなかった。どんどん鏡から光が溢れ出し、それはみるみる龍聖の体を包み込んでいった。

「龍聖！」

龍二が驚いて名前を呼びながら立ち上がった。

「龍二！」

龍聖はなんだか怖くなって龍二の方を振り返る。龍聖の体の輪郭《りんかく》が、光の中に溶けていくように見えて、龍二は龍聖の名前を叫びながら駆け寄ろうとした。だがその腕を、隣に座っていた兄が慌てて摑む。

「龍二！」

龍聖は思わず龍二の方へと手を伸ばした。龍二が伸ばす手に触れそうなほどの距離で、龍聖の手も光に包まれその形が眩しさで分からなくなり、やがて部屋全体に弾けるように激しく光が放たれた。

皆が思わず眩しさで目を閉じる。それはほんの一瞬の出来事であった。

ゴトッという硬いものが落ちる音がして、皆が一斉にハッとして目を開けた。床の上に鏡が落ちて、ゆらゆらと揺れている。コロコロという小さな音がして、コツンと龍二の足のつま先に何かが当たった。龍二が足下を見ると、指輪が転がっている。先ほど龍聖が嵌めていた指輪だ。

「龍聖！」

我に返り龍二が名前を呼びながら前を向くと、そこには龍聖の姿はなかった。ただ向かいに座る住職が、誰もいなくなった紫の座布団に向かって両手を合わせていた。

「りゅ、龍聖は？　和尚様！　龍聖は!?」

「龍神様の世界に行ったのだよ」

住職は静かに答えた。龍二は驚いた顔で、住職をじっとみつめた。住職は表情も変えずに、真面目な顔で龍二をみつめ返している。

『嘘だ』と言いたかった。だが今目の前で起きたことが、夢でないのならば、信じるしかなかった。確かに龍聖は消えてしまったのだ。光に包まれて……。

「ああ……本当に……本当に龍神様はいらっしゃるのだ……」

父が突然呻くような声を上げてそう言うと、震えながら両手を合わせて拝み始めた。兄の勝馬は、まだ信じられないというような顔で、龍聖が先ほどまでいた場所を、じっとみつめている。

「龍聖……」

龍二は、胸元をぎゅっと握りしめた。懐には、龍聖と交換した守り袋が入っている。龍二の両目からポロリと涙が零れ落ちた。


「龍二！」

左手を伸ばしながら名前を叫んだが、一瞬目が眩《くら》んで意識が途切れた。だがすぐに意識が戻ると、そこは先ほどまでいた寺の本堂ではなかった。一面の草原……一陣の風が龍聖の体を撫でる。

「えっ⁉」

龍聖は驚いて辺りを見まわし、何度も瞬きをした。

「え？」

驚きすぎて言葉が出ない。ただきょろきょろと辺りを見まわした。広い草原で、辺りには何もなかった。遠くに森が見える。上を見上げると青空が広がっている。そこは明らかに『外』だった。それも見知らぬ風景だ。寺の外でもなければ、村の中でもない。

龍聖はのろのろと立ち上がり、改めて辺りを見まわした。遠くには森以外に、人家のような建物も見える。そしてさらに遠くには、赤茶けた岩山が見えた。ぐるりと見まわすと、四方すべてに赤茶けた岩山が見える。

見慣れた緑豊かな山ではない。こんな広い草原も知らない。すべてが見たことのないものばかりだ。

「え？　何？　ここはどこ？　龍二……龍二！　父様！　兄様！」

思わず大声で叫んでみたが、誰の姿も見えない。草原に立ち、風に吹かれながら呆然とする。

「もしかして……ここは龍神様の住んでいらっしゃるところ？」

ふとそんなことを口走っていた。自分のその声に我に返って、何が起きたのかを思い出そうとした。

つい先ほどまで、龍成寺の本堂で儀式を行っていた。指輪を嵌めたら腕に痛みが走って、刺青のような不思議な文様が腕に浮かび上がっていた。

それを思い出して、慌てて左の袖を捲り上げた。確かに腕には藍色の模様が、刺青のように入っている。手でこすっても消えそうにもなかった。

「あれ？　指輪……指輪がない！」

中指に嵌めていたはずの指輪がなくなっていることに気づいた。サアッと血の気が引いた。足下を探すが見つからない。

「どうしよう……龍神様の大切な指輪なのに……」

辺りを一生懸命探すがどこにも見つからなかった。龍聖は半泣きになり、やがて諦めてその場に座り込んでしまった。途方に暮れて、ぼんやりと辺りを見まわした。

草原を撫でるように、心地よい風が吹いている。

「龍神様はどこにいらっしゃるんだろう……私はどうしたらいいんだろう……」

溜息交じりに呟いていると、頭上で何か獣の鳴き声のようなものが聞こえた。龍聖は不思議に思って空を見上げた。すると青空に何かが飛んでいるのが見える。とても高い所のようだが、その飛んでいるものはどう見ても鳥ではなかった。翼はあるけれど、馬のような四つ足の獣……いや馬よりも首が長くて、尻尾も太くて長い。あれは一体……そう思いながら見ていると、その獣は次々とどこからか集まってきて、数を増やしていった。

「不思議な生き物……もしかして……あれが龍なのかな？」

龍聖は目を凝《こ》らしてじっとみつめていた。とても遠くに見えるせいか、不思議には思っても怖くはなかった。だが次第に高度を下げて近づいてきているように感じた。それと同時に、その生き物がとても大きな体をしていることが分かってきた。

「こっちに降りてきたらどうしよう……」

ふとそんなことを考えて、不安になってくると一気に心細さによる恐怖心が湧いてきた。辺りには身を隠せそうなものはない。すっと影が差して思わず上を見上げると、一頭の竜が先ほどよりも近くを飛び過ぎていくのが見えた。鋭い爪を持った脚が視界に入り、ぞくりと背筋が震える。さすがに身の危険を感じて、遠くに見える人家まで逃げようかと考えた。だが足が竦んで動けない。龍聖は涙目になってその場に座り込んでしまった。

その時、オオオオオォォォッという咆哮《ほうこう》が空に響き渡った。龍聖は驚いて空を見上げた。龍聖の頭上に集まっていた不思議な獣達が、サーッと散り散りにどこかへ去っていく。まるで何かから逃げているようにも見えた。獣達が去った後の青空に、日の光を受けてキラキラと輝く黄金色の巨大な獣が現れた。大きな翼を持つ獣。

「え……」

龍聖は思わず身を竦めた。得体の知れない巨大な獣の姿に驚いて、怖くて体が震える。だがその一方で金色に輝くその姿を美しいとも思った。

「金色の……翼を持った獣……もしかしてあれが……龍神様？」

金色の巨大な生き物は、次第に高度を下げてきて龍聖の下に向かってきているようだ。

龍聖はその圧倒的な存在感に、体が硬直していた。逃げようにも体が動かない。心臓が早鐘のように鳴る。逃げなければと頭の片隅で思うけれど、恐怖心を覆い隠すほどの高揚が湧いてくる。小さな頃から何度も話に聞いていた『金色のとても大きな龍』が目の前にいる。龍聖の知っている龍の姿とは異なるが、それは間違いなく龍神様だと思った。

本当に存在したのだ。龍神様はいたのだ。

立ち竦む龍聖の目の前に、金色の竜が舞い降りた。凄まじい風が巻き起こり、吹き飛ばされてしまいそうになる。

「リューセー！」

誰かが名前を呼んだ。

金色の竜の背中から、人が飛び降りてこちらに向かって走ってくる。眩《まばゆ》いほどの深紅の長い髪を風になびかせながら……。

「ああ……龍神様……」

龍聖はうわ言のように呟いて、そのまま意識を失ってしまった。

第2章

少しばかり時を遡《さかのぼ》る。

エルマーン王国。大陸の西側に広がる荒涼とした赤い大地にある竜族シーフォンの治める国。

遙か昔、残虐で獰猛《どうもう》な竜は、地上の生き物を殺戮《さつりく》し神の怒りを買った。神は竜に罰を与え、その体を竜と人とに分けた。永遠の命は失われ、弱い人の体で生きていくために、彼らはシーフォンという種族を名乗り国を造った。それがエルマーン王国の始まりである。

国を築いた偉大なる初代王ホンロンワンから数えて六代目の竜王ヨンワンは、その永い眠りから目覚めた。

竜王の世継ぎである皇太子は、百歳で成人を迎えると、眠りにつかなければならない。同じ時代に竜王は二人存在出来ない。その圧倒的な魔力が、仲間を支配してしまうからだ。現王が崩御《ほうぎょ》し、自身が王として戴冠する時まで、若き竜王は眠りにつきその時を止めるのだ。

五代目竜王シャオワンが崩御し、入れ替わるようにヨンワンが目を覚ました。

迎えに行った弟のダイレンと共に、ヨンワンは約百七十年ぶりに王城へと戻ってきた。ダイレンの竜が、城にある竜の乗降場に降り立つと、二人の妹が出迎えた。

「お兄様！　おかえりなさいませ」

「ああ、リアンとシュエンだね？　あの小さかった子が……美しい貴婦人になって……見違えたよ」

ヨンワンは、竜の背から降りると、嬉しそうに両手を広げて、二人の妹達を抱きしめた。

「おばさんになってしまったでしょ？」

「そんなことはないよ、二人とも母上に似て本当に綺麗だ」

ヨンワンの言葉に、妹達は嬉しそうに笑い合った。

「さあ、中に入りましょう」

ダイレンが急かすように皆を中へ入るように促す。兄弟四人は、久しぶりの再会に喜び沸いた。


「さあ、ここが今日からお兄様のお部屋よ。お兄様の好きな紫色を配した壁紙や絨毯《じゅうたん》にしてあるの」

妹達はヨンワンを、王の私室へ案内した。ヨンワンは入り口に佇んで、言葉もなく驚いたように部屋の中を見まわしている。

「気に入ったかしら……お兄様!?」

リアンが佇んだままのヨンワンを見て驚きの声を上げた。ヨンワンが、目に涙を浮かべて、今にも泣きだしてしまいそうだったからだ。

「まあ！　やだ！　お兄様！」

「お兄様！　泣かないで！　どうなさったの？」

「だって……ここは父上達の部屋だった。家族で過ごした部屋だった。でも壁紙も絨毯も家具も、全部新しくなって、面影が何も残っていないなんて……」

小さな声でヨンワンが呟いた。眉根を寄せてとても辛そうにしている。ダイレン達は顔を見合わせた。

「兄上がそうお悲しみになるだろうと、敢《あ》えて家具の雰囲気もすべて変えさせていただきました。今の竜王は兄上、貴方なのですから……」

ダイレンは慰めるように声をかけた。ヨンワンは、目を閉じて悲しみに耐えている。

「分かってる……分かっているよ。だけど今は……父上達を思って悲しんでも良いだろう？　……私はお二人に会えなかったのだから……」

ヨンワンにそう言われると、皆は何も言えなくなった。仕方ないというように、ヨンワンの気が済むまでそっとしておくことにした。

兄といってもまだ成人したばかりの若き青年だ。百七十年前の姿のまま、一人だけ時を止めてしまっていたのだ。あの時まだ七十五歳だったダイレンは、とうに兄を追い越し、あの頃の父と同じくらいの歳になってしまった。むしろ息子の方が兄と歳が変わらない。

ダイレンはそんなことを思いながら、目の前で悲しみに暮れるヨンワンをみつめていた。

『まあ、それでも兄上は、外交に長けていて頼りになる。きっと良き王になられるはずだ。兄上が目覚められるまでの一年を、代役として務めてきたけれど、これでやっと解放される』

そう思って小さく溜息をついた。


ヨンワンが目覚めてからひと月は、ひたすらに体力回復に努《つと》めた。長い間仮死状態にあったのだ。城に戻るまでの数日間、北の城で歩けるまでには回復していたが、まだ元の体力は戻っていなかった。

竜王として戴冠すれば、忙しい日々が訪れることは目に見えている。徐々に体を動かすことから始めて、剣を振るえるまでになった。

目覚めてからひと月後に戴冠の儀が行われた。エルマーン王国第六代竜王の誕生である。

それからは父や母の死を悲しむ暇などはなかった。王が不在の間に滞《とどこお》っていた公務や混乱していた内政、諸外国との外交。ヨンワン王の治政の第一歩としてそれらの秩序を回復させなければならなかった。

先王シャオワンの時代には、国力も付き、国民であるアルピンの数も増え、シーフォンの数も少しばかり増える形で安定していた。

竜王の力を失うと、途端にシーフォン達に影響が出る。シーフォン達を安心させ、活気を取り戻すことが先決であった。

ヨンワンは、内政や外交に力を入れると同時に、シーフォン達一人一人と面談し、王として彼らと強い信頼関係を結ぼうと尽力した。ヨンワンの寝る間もないほどの働きに、ダイレンは舌を巻いた。

王の執務室には、ダイレンと外務大臣のヘイヨウ、国内警備長官のテイランが揃っていた。ヨンワンとソファに向き合って座り、テーブルの上には地図が広げられている。

「陛下におかれましては、すでにご承知かもしれませんが、改めて現在の我が国と国交を結んでいる国について、ご説明をさせていただきます」

外務大臣のヘイヨウが、先陣を切って説明を始めた。ヘイヨウは、テイランの弟でヨンワンの従弟にあたる。弟のダイレンよりも十歳ほど年上だ。

ヨンワンを側で支える重臣は、ロンワン《王族》であることが望ましい。血の力が強くなければ、王に直接進言することが出来ないからだ。

ヨンワンには男の兄弟が、ダイレンしかいないため、要職には従兄弟達が就いている。三人とも、ヨンワンが眠りにつく時は、まだ少年だった。だが今は、ヨンワンが眠りにつく前の父シャオワンよりも年上になっている。

彼らはシャオワン王の下で、あらゆる経験を積んで、若き次代の竜王を支えるために今目の前にいるのだ。

「現在交易のために国交を結んでいる国は八ヶ国あります。セイラム王国、デュマ王国、トゥーラン侯国、グラーハ王国、カオーロ王国、メリリ公国、エヴラ王国、リムノス王国。そのうち相互援助条約を結んでいる友好国は四ヶ国、セイラム王国、デュマ王国、メリリ公国、リムノス王国です」

ヘイヨウは地図を指しながら説明をした。黙って聞いているヨンワンの表情に、動揺の色が浮かんでいることに三人は気づいている。

「知らない国ばかりだ……それにずいぶんと少ない……」

ヨンワンは呆然とした様子で呟いた。ヨンワンが眠りにつく前は、国交を結んでいた国は十四ヶ国、友好国は七ヶ国あった。父シャオワンは外交に積極的だったので、敢えて減らしたわけではないはずだ。

「私が知っている国はリムノス王国だけですね……私が眠りにつく前に国交を結んでいた国はどうなったのですか？」

「すべて滅びました」

「え！」

ヨンワンはひどく驚いてしまった。大きく目を見開き、言葉を失っている。それも当然の反応と、三人は静かに見守っていた。

「滅びると言っても様々です。戦争に負けて滅んだ国もあれば、疫病が蔓延《まんえん》して滅んだ国もあります。トゥーラン侯国は、元イグリム王国のことで、メリリ公国は、元ルーガ王国のことです。両国とも王家の血筋が絶えてしまい。それぞれに力を持っていた侯爵家、公爵家の当主が君主に変わりました。ただ頭がすげ替えられて終わりというわけではなく、派閥争いによる内乱で多数の犠牲を出してようやく国を治めていますから、以前よりも規模としては小さくなっています」

　ヘイヨウは説明を続けたが、ヨンワンは動揺を隠しきれずにいる。

「たった……たった百七十年だ。たった百七十年でそんなにも変わってしまうのか……」

「人間の寿命は長くてせいぜい六、七十年。百七十年もあれば、王は四代変わります。世継ぎが生まれず絶える王家もありますが、その多くは生まれないことよりも、継承争いのため兄弟同士で殺し合い絶えることが多いのです。我らと人間は、王の存在の意味が違うのです」

　ダイレンがヨンワンを気遣いながらも諭すように言った。ヨンワンはその事実に眉根を寄せた。

「兄弟同士で殺し合うなど……肉親よりも王位の方が大事だとでもいうのか？　確かに私達は竜王が唯一無二の存在で、兄弟でも王にはなれないから、人間の王とは意味が違うかもしれないけれど……それでも兄弟を手に掛けるなんて信じられない……ダイレンを殺すくらいならば自分が死んだ方がマシだ」

　ヨンワンの言葉に、三人は反論も同意もしなかった。気持ちは十分に分かる。だがヨンワンのたとえ話は、たとえとして成立しないので難しいものだった。世継ぎのないままヨンワンが死んだら、シーフォン全員が死ぬことになるのだ。そういう場面になったとしたら、ヨンワンはダイレンを殺す方法を取るしか道はない。いやそもそも結果として自分も死んでしまうので、ダイレンにヨンワンは殺せない。

三人が同じことを考えて黙っていると、それに気づいたヨンワンが顔を上げてムッと三人を睨んだ。

「今のたとえは、私が人間の王だったならば……というたとえだぞ！」

少しむきになってヨンワンが言うので、三人は思わず顔を綻ばせて「そうですよね」と頷き合った。

「私が初めての外遊で行ったガルダイア王国とバストラル王国も、今はもうないのだね」

「はい」

ヨンワンはしんみりとした顔で、再び地図に視線を落とした。

「それでこんなに少ない理由は？」

「シャオワン陛下は、崩御される三十年ほど前から、新しく国交を結ぶことをお辞めになりました。ご自身の残りの時間がお分かりだったせいもあると思いますが、確固な信頼関係を結ぶ時間を持てないままの国を、ヨンワン殿下に引き継ぎたくないからとおっしゃっていました」

「……そうですか」

ヨンワンの脳裏に、共に外遊した時の父の笑顔が浮かんだ。

「状況は分かりました。話を続けましょう。最初の外遊日程も決めなくてはなりません」

ヨンワンはヘイヨウに、説明を続けさせた。

ヨンワン王の初外遊は、戴冠から八ヶ月が経った頃に行われた。ヨンワンの半身である竜王シャンロンは、初めての遠方への飛行となる。シャンロンは、まだ完全な成体にはなっていなかったが、体もずいぶん大きく育ち、遠くまで飛行が可能だと判断された。

初の外遊先は、リムノス王国に決定した。通常は二、三ヶ国を回るのだが、今回は戴冠後初めてということで、リムノス王国だけの予定だ。

「リムノス王国の国王陛下より、新国王戴冠の祝いの品がたくさん届いています。一度ご来訪いただきたいとのご招待のお手紙もありました」

「お礼を言いに行かないといけないね」

こうして初外遊先が決定した。

『何も変わっていない……』

ヨンワンは、リムノス王国の城の中を歩きながら、以前来た時に見た景色と変わらないことに安堵した。

「ヨンワン陛下、こちらでございます」

案内してくれたリムノス王国の宰相が、貴賓室へと続く豪奢《ごうしゃ》な扉の前で足を止めて、恭しく会釈をした。ヨンワンが軽く頷くと、扉が開かれて中へ入るように促される。

美しい調度品の並ぶリムノス王国の貴賓室は、以前来訪した時と同じく洗練された品格のある部屋だった。

部屋の中央に置かれたソファから、国王と王妃が立ち上がり、ヨンワンの方へ数歩歩み出て礼をした。

「エルマーン王国ヨンワン陛下、はるばるお越しいただきありがとうございます。まずは先の王、シャオワン陛下に哀悼の意を捧げます。そして新しき王ヨンワン陛下のご即位を、心よりお祝い申し上げます」

「ジェルヴェ国王陛下、ディアーヌ王妃殿下、祝いの品をいただきありがとうございます。初めてお目にかかります。エルマーン王国第六代王ヨンワンと申します。これからも変わりなくお付き合いいただけますように、よろしくお願いいたします」

双方が挨拶を交わし、ヨンワンはソファに座るように勧められた。向かい合って座り、互いを改めて観察し合った。

ヨンワンが以前会ったのは、ジェルヴェ王の曾祖父のはずだ。まだ三十代の若き王だった。目の前に座るジェルヴェ王とは、残念ながらあまり似ていない。髪の色も目の色も顔立ちも異なっていた。もっともジェルヴェ王は、五十代の威厳ある壮年の王で、比べて違うと感じても仕方がないのかもしれない。

「ヨンワン陛下は、父上によく似ておいでですね」

王妃が優しい微笑みをたたえて、そう声をかけてきた。

「そう言っていただけるととても嬉しいです。私は父のように勇猛ではないので、頼りなげに見られているのではないかと、少しばかり不安に思っています」

若者らしい返答に、国王夫妻は顔を綻ばせて頷いている。

三人はしばらく他愛もない会話を続けていたが、そのやり取りでヨンワンという人物を信頼出来ると感じたのか、ジェルヴァエ王は何かを決意したように、隣に座る王妃と視線を交わし頷き合った。

「ヨンワン陛下……失礼ながら……人払いをさせてもらってもよろしいですか?」

急に真面目な顔になったジェルヴァエ王からそう切り出されて、ヨンワンは一瞬戸惑いながら、二人の顔を交互に見た。王も王妃も真剣な眼差しをヨンワンに向けている。その意図は分からないが、友好国としての信頼を強固にするために、それに応じることにした。

ヨンワンは振り返り、後ろに控えているテイランとヘイヨウに目配せをした。二人は頷いてジェルヴァエ王に一礼をすると、他の家臣達に合図を送って退室することにした。リムノス国側の家臣達が、テイラン達を連れて退室していく。侍女もいなくなり、部屋の中には三人だけになった。

「突然のご無礼をお詫びいたします」

ジェルヴァエ王が陳謝し、王妃もそれに倣って頭を下げた。

「あ、いえ、どうか頭を上げてください。それよりも人払いをした理由をお伺いしてもよろしいですか?」

「はい、実はヨンワン陛下にどうしても聞いていただきたい話があるのです。ですがこれから話すことは、貴国にご迷惑をおかけしかねない内容のため……まずは国家間の外交問題としてではなく、我々だけの個人的な話にとどめていただければと思い、このように人払いをさせていただきました」

ヨンワンは王の態度や、言いにくそうに言葉を選ぶ様子から、とても難しい問題なのだと感じて、真剣な顔になり背筋を伸ばした。

「承知いたしました。お話を伺います」

ヨンワンの快い返事に、ジェルヴァエ王は少しばかり安堵した。

「実は我が王国は、私の代で滅びます」

静かに語り始めた王の第一声は衝撃的すぎて、ヨンワンは一瞬意味を理解することが出来ずに、何度か激しく瞬きをして息を呑んだ。だがジェルヴェ王は、その反応も予想の範囲内とばかりに、特に言い直すことはなく話を続けた。

「私達には世継ぎがいません。正確には貴方様より少しばかり年上の世継ぎがいました。しかし二年前に肺を患《わずら》い早逝してしまいました。皇太子は未婚でしたので、当然ながら子供もおりません。皇太子の他に、私達には二人の娘がいます。皇太子の姉になりますが、二人ともすでに他国へ嫁いでおります。私達はもうこのような年齢ですから、今更子を授かることは無理です。側室もおりませんし……。恥ずかしい話ですが、私が即位をする前に我が王家では、お家騒動がありました」

ジェルヴェ王はそこでひとつ溜息をついた。眉根を寄せて嫌な記憶を呼び覚ましてしまったというように、苦々しく顔を歪める。そんな王の膝に、王妃がそっと手を添えたので、王は我に返りテーブルの上に置かれた紅茶のカップを手に取った。

苦々しい思いをお茶で飲み下し、気を取り直して話を続けた。

「私の母は、私を産んだ時に体を壊してしまい、よく床に臥《ふ》していました。そのため私には実の兄弟がいません。父である先王は、その状況に不安を覚えた家臣達の勧めで側室を迎えました。側室は王子と姫を一人ずつ産みました。私の異母兄弟です。側室はとても気位の高い方でした。出自は私の母と同じくらいの地位にある公爵家。本来ならば自分が正妃であったかもしれないという思いもあったのでしょう。彼女を使って貴族達が派閥を作り、王子を世継ぎにと担ぎ上げたのです。父は側室をかわいがってはいましたが、世継ぎは皇太子のみと公言していましたから、それも側室には面白くなかったのだと思います」

ジェルヴェ王は一気に話して、一口お茶を飲むとカップを置いた。

「王子は元々の激しい気性もあったかもしれませんが、周りの甘言にそそのかされて、私に対して公然と反抗的な態度を取るようになりました。私は争いを好まないので、すべて無視をし続けて……それが逆の効果を生んでしまい……とうとう側室と王子は、私を殺そうとしたのです」

「えっ……」

ヨンワンは驚いて、思わず声を上げてしまった。その素直な反応に、ジェルヴェ王と王妃も硬くなっていた表情を、少しばかり和らげた。

「ヨンワン陛下からすれば信じがたい話でしょうが……我が国に限らず、どこの国でもこのようなお家騒動は珍しい話ではありません」

ジェルヴェ王は自嘲気味に笑った。

「それで……家臣達のおかげで私は難を逃れ……側室と王子は処罰されてしまいました。そんなことがあったので……私は側室を迎えなかったのです」

「私は今も陛下に、若い側室を迎えるように話しているのです。昔のお家騒動はともかく、今は世継ぎのいない深刻な状況ですから、側室の王子は世継ぎとして大切に育てられて、何も問題は起きるはずもないからと……私にはもう無理ですから……でも若い側室ならば、陛下の子を身籠ることは出来るでしょう」

王妃が付け加えるように語った言葉に、ヨンワンは驚いたがそれも一理あると思った。視線をジェルヴェ王に向けると、王は微笑みながら首を振る。

「確かにそうかもしれません。王妃の気持ちはありがたいが、側室を迎えたとして必ず王子が生まれるとは限らないし……それに万が一、上手くいったとして……私は、五十六歳になります。長生きしたとしてもあと二十年生きるかどうかも分かりません。生まれてくる王子を、自分の力で立派に国を治められるまでに、この手で育てられそうもない。かつてのお家騒動のことを思うと、不安で仕方ないのです」

「お話に口を挟んで申し訳ありませんが……でも王国が滅びてしまうよりは、賭けてみるのもひとつの手ではないのでしょうか？　実際のところ、我が国はご覧のようにまだ成人したばかりの私のような青二才が、王として即位するのです。私に足りないところは、家臣が助けてくれるので、私は王として学びながら政務を行っております」

「恐れながら……ヨンワン陛下はご兄弟仲がよろしいと伺いましたが……」

ヨンワンは思いがけない問いかけに、一瞬目を丸くした。だがその質問の意図を疑うことなく、素直に微笑みながら頷いた。

「はい、弟が一人、妹が二人いますが、兄弟仲は良いです。弟は宰相として私を支えてくれています。誰よりも信頼しています」

ヨンワンの表情からは、嘘偽りは感じられない。ジェルヴェ王は目を細めて頷いた。

「羨ましい限りです。兄弟以外の血縁とも良好なのですよね？」

「はい、本日、共に来ている外務大臣のヘイヨウと、警備長官のテイランは従兄弟でもありますし、幼馴染《おさななじみ》でもあります。とても頼りにしています」

ジェルヴェ王は何度も頷いた。

「本当に貴国が羨ましい。シャオワン陛下もおっしゃっていたが、親兄弟親戚、皆がとても仲が良く信頼し合っていると……エルマーン王国は強固な一枚岩である。これは世界中に類を見ないことでしょう。しかし我が国は違う。もちろん周辺諸国の中でも、長い歴史のある国です。大国と言われています。資源も何もない国ですが、商業・文化が発展しており、それは他にはない財産であると自負している。でも王族の血筋を正しく継ぎ続けることは、どんな大国であろうと容易なことではないのです」

ヨンワンは少しばかり眉根を寄せて考えるように視線を落とした。ジェルヴェ王の言葉に対して、言いたいことはあるが、それは言えないことでもある。子供の出来にくいシーフォンにとってみれば、後継ぎ以前に種として滅亡の危機にあるのだ。だが繁殖力が強いと思っている人間達でさえ、こうして王位の継承に悩み血が絶えようとしている。

「申し訳ない。少しばかり話が逸れてしまったようだ。それで……私は王としての責務を果たさなければなりません。このまま絶えてしまうと分かっている国を、放置して死ぬわけにはいかない。王妃や宰相と何度も話し合いを重ねました。その結果、王国は一度滅亡させて、別の者を君主に擁立《ようりつ》しようと考えたのです」

再び驚きの発言を耳にして、ヨンワンは勢いよく顔を上げた。こちらをみつめるジェルヴェ王の眼差しは真剣だ。

「そんな話を……私にしても良いのですか？」

「最初に申し上げた通り、これは国家間の外交の話ではなく、個人的な話です。そして私がこの話を聞いていただきたいのはエルマーン王国の王である貴方様だけです」

ジェルヴェ王は穏やかだがしっかりとした口調で断言した。そんな風に言われると、ヨンワンには何も言い返せない。

「驚かせてしまって申し訳ありませんが、最後まで話を聞いていただきたい」

「わ、分かりました」

ヨンワンが戸惑いながらも承知したので、ジェルヴェ王は安堵したように息を吐いて再び話し始めた。

「ご存じの通り、我が国は商業が大変盛んです。我が国で確立した商業組合のおかげで、安心して商売が出来ると、世界中の商人たちが集まってきています。その商業組合の後見人になっている侯爵家があるのですが、その当主を次の君主にするつもりです。商人達の評判も良く、国民の支持を集めやすい。きっとこの国の伝統を変えることなく、上手くやってくれるはずです。ただもちろん何も問題が起きないはずはありません。他の貴族達からの不満の声も上がるでしょう。でも王家が絶えて王国が滅びれば、貴族達もまた地位を失うことになります。だからほとんどの貴族達は、事前に話し合いの場を設けて、私が上手く説得を出来ればそれほどの問題ではない。それよりも私が懸念《けねん》するのは、他国の干渉です」

ジェルヴェ王の表情が少し険しくなった。

「最も用心すべきは、二番目の姫が嫁いだ先……ヌヴァール王国。ほんの五十年ほど前までは、特に目立たない小国でした。今の国王が即位してから、みるみる力をつけています。国王はとても野心的な男です。軍備に力を入れていて、近隣の小国や集落は力ずくで配下にして、近年領土を広げていきます。他国と戦争をするほどには、まだ力はありませんが油断出来ません。力だけでの支配ではないのが面倒なのです。間者を送り込み暗殺や諜報を行って、他国を内部から操作します。ずる賢い男です」

ヨンワンも表情を曇らせた。

「でも……姫君を嫁がせているのですよね？」

「防衛策です。彼《か》の国は我が国の商業権を欲していて……つまり彼の国に我が国の商業組合の支部のようなものを作らせようと目論《もくろ》んでいるのです。だが支部とは名ばかりで、恐らく乗っ取ろうとしているのは容易に想像出来ます。断り続けましたが、あまりにも執拗《しつよう》で……やむなく婚姻をもって、ヌヴァール王国との親密化を図り、今のところはなんとか良い関係を保っています」

人間達の間では結婚で政治的な関係を築く政略結婚が、普通に行われていることをヨンワンは知っているが、何度聞いても納得出来ない話だった。

「そのような国に大切な姫君を……姫君は大丈夫なのですか？」

ヨンワンが眉根を寄せて心配そうに尋ねると、ジェルヴェ王はそのヨンワンの表情から、色々と察したようで険しかった顔を少しばかり緩めて目を細めた。

「我が国を訪問された皇太子が、姫に一目惚れされて望まれての婚姻です。夫婦仲は良くて姫も大切にされていると聞いています。ヌヴァールの王は強引で抜け目ない男ではありますが、決して恐怖政治を行っているわけではありません。国民も平和に過ごしていると聞きます。ただ私が懸念しているのは、私が死んで王国が滅び、侯爵に国を任せた時に、我が姫と皇太子の間に生まれた子を、正統なる王国の後継ぎだと言い出して、我が国を奪おうとしないかということです」

それを聞いて、ヨンワンは確かにそうだと頷いた。ジェルヴェ王は、ふいに姿勢を正して真剣な顔でヨンワンをみつめた。

「説明がずいぶん長くなってしまいましたが……今の話を踏まえて、私からヨンワン陛下にお願いがございます」

「な、なんでしょうか?」

ヨンワンも思わず姿勢を正していた。

「この国が侯爵を君主として、新たに建国された暁《あかつき》には、一番に国交を結んでいただきたいのです」

「国交を結ぶ……」

ヨンワンは数度目を瞬かせた。

「リムノス王国が滅んだ時点で、エルマーン王国との国交はなくなります。侯爵が新しい君主になったとしても、王が世継ぎに代替わりするのとは違います。先ほども申し上げた通り、簡単に引き継げるものではなく、国家として成立するまでに多少の時間はかかるでしょう。新国家として外交がすぐに出来るかどうかも怪しい……ですが貴国が一番に国交を結んでくだされば、対外的な脅威を退けることが出来ます。特に先ほど話したヌヴァール王国の件……エルマーン王国が侯爵を君主として認めたとなれば、後継者問題に他国からの干渉が出来なくなります」

ジェルヴェ王はそこまで話すと、両手を膝に置き深々と頭を下げた。

「もちろん……そのような我が国の問題に、貴国を巻き込んでしまうのは、筋違いというのは重々承知しています。貴国にとって何ひとつ利益のない話です。たとえ今の話を受けてくださらなくても、我が国と貴国の信頼関係に、なんら差しさわりはありません。今聞いたことは綺麗に忘れていただき、この王国が続く間今までと変わりない国交を続けていただければそれで十分です」

王妃も同じように頭を下げている。ヨンワンはそんな二人をしばらくの間みつめていた。この場合、どうすることが一番正しいのか、竜王としての判断、エルマーン王国としての立場、あらゆる面から最良と思われる道筋を探っていた。

「ジェルヴェ陛下。王妃殿下、どうぞ頭を上げてください。陛下の願い……承知いたしました。我が国は新国家との国交も引き続き結びたいと思います」

「ほ、本当ですか？　承知していただけるのですか⁉」

ジェルヴェ王は勢いよく顔を上げて、信じられないという顔をしている。それを見てヨンワンは思わず破顔した。

「陛下、なんというお顔をなさっているのです。それほど信じられないような返事でしたか？　戦争には加担いたしませんが、新しい国の後見ならば喜んでいたします。もっともその新しき国が、リムノス王国を正しく引き継いでいくならば……です。この国の図書館は、祖父が『世界一の至宝』と称《たた》えたものだと父から聞いています。祖父が愛した図書館を失いたくはありません」

ヨンワンとジェルヴェ王は固い握手を交わし合った。

個人的な話し合い……とされていたので、その後の宴ではそのことに一切触れずに、ヨンワンも何事もなかったかのように過ごした。

ヨンワンは、テイラン達にも何も話さなかった。少なくともまだリムノス王国内では、何も起こっていない。王は家臣達にもまだ話していない。だからリムノス王国内で不用意に話していいことではないと思ったのだ。

ヨンワンはエルマーン王国に帰国後、ダイレン、テイラン、ヘイヨウに詳細を伝えた。

「あれほどの大国であっても、血筋が絶えるということがあるのかと、私はそのことにひどく衝撃を受けた」

ヨンワンが表情を曇らせて、ポツリとそう零した。ダイレン達にとっても、聞かされたその話はかなりの衝撃だったようで、硬い表情で黙り込んでいる。

「しかし……さすがと言うべきですね」

ヘイヨウがしみじみとした口調で、溜息と共に唸《うな》るように言った。他の三人はそんなヘイヨウの言葉に、不思議そうな視線を向ける。

「いえ、リムノス王国の起こりは、初代王が今はないある国の没落貴族の家に生まれ、独立して商人になり、その類まれな商才によって財を増やし、人を集め、何もない土地に町を作ったのが始まりだったと聞いています。才能のある者は家柄に関係なく雇い入れ、教育を施して家臣に取り立てた。そもそもその始まりが王立学舎だったそうです。商業の発展のために市場を自由にし、運用を国民に任せて商業組合を作らせた。そうして大国にまでなっても、王家は初代王の理念を守り続けたからこそ、ジェルヴェ王は王家を廃する判断が出来たのでしょう。他国とは根本から違う。さすがと言うべきだと、私は感動いたしました」

「確かに……権力にしがみつき、王家の血筋こそが君主にふさわしいと思い込むようならば、側室でもなんでも作って、世継ぎに固執《こしつ》していたでしょう。国を支えるのが国民だと分かっているから、頭をすげ替えても国を存続させる道を選んだジェルヴェ王は賢王ですね」

ダイレンも感心したように意見を述べた。ヨンワンは二人の言葉を聞きながら、まだ暗い表情で考え込んでいる。

「陛下？　何か心配事でもありますか？」

そんなヨンワンの様子を見て、テイランが声をかけた。ヨンワンは、はっとして顔を上げ、テイラン達の視線に気づき少しばかり気まずいというように視線を逸らした。

「心配というわけじゃないんだ。ただ……私は今まであまり深く考えてこなかったんだけど……我々は人間達とは違う。竜王をすげ替えることは出来ない……だから絶対に世継ぎを残さなければいけないのは当然なんだけど、兄弟も多い方が本当は良いのだろうなって……そんなことを考えていたんだ。ただこればかりは竜王の力ではどうすることも出来ないのだろうなとも思って……」

ヨンワンはそう言いながらダイレンと視線を合わせた。ダイレンはなぜ見られたのか分からないというように、少しばかり首を傾げる。

「私の男の兄弟はダイレンだけだ。外交を含めた政治的な場面で、家臣として仕えられるのはシーフォンの男だけだから、妹達は近臣にはなれない。もちろん内政の部分では助けにはなるけれど……」

ヨンワンが懸念していることが何か分かったダイレン達は、思わず失笑していた。

急に笑いだしたダイレン達を見て、ヨンワンは戸惑いながら首を傾げる。

「何がおかしいんだ？」

「失礼いたしました。陛下がもう子作りに悩まれているのかと思うと、なんとも微笑ましく思ってしまいまして……」

「まだリューセー様にも会われていないのですよ？　まずはリューセー様と仲良くなれるのかと不安に思われる方が先ではないのですか？」

「兄上は眠りにつく前から、リューセー様との関係については何も心配されていないのです。自分が一番愛するから心配ないとおっしゃっていたそうですよ」

三人が口々に勝手なことを言うので、ヨンワンは唖然としていたが、みるみる顔を赤くし始めた。

「君達のように妻子ある身で歳も重ねていれば、私のような若造の悩みなど大したことではないかもしれないが、これでも真剣に考えているんだぞ……というか、言葉遣いが砕けているじゃないか。完全に私をからかっているな？」

赤い顔で憤慨《ふんがい》しているヨンワンに、三人はニヤニヤと笑いながら、姿勢を正して頭を下げた。

「これは陛下、失礼をいたしました。決してからかってなどはおりません」

テイランが真面目な顔を取り繕いながら謝罪したが、とても本気で謝っているようには見えず、ヨンワンは眉根を寄せて口をつぐんだ。

「まあ、ともかくリムノス王国の件は承知いたしました。こちらでもこの件は我々だけの間でとどめておきましょう」

ダイレンがその場をまとめるようにそう言って、皆も承知するように頷き合った。


ヨンワンが初めての外遊から戻ってきて以降、急激に王としての政務が忙しくなった。新王即位はすでに対外的に知らせてはいたが、外遊に出たことが話として広まると、ヨンワンの噂が諸外国に一気に広まったのだ。

長命であるシーフォンは、当然ながら王の任期も長い。シャオワンの治世は二百七十年余り続いた。二百七十年といえば、ほとんどの国の王が、父も祖父も数代に渡ってシャオワンと交流を深めてきたことになる。シャオワンはいわば伝説的な人物とまでなっていたし、崩御の知らせは誰もが信じられずにいた。だから新王に代替わりしたという知らせも、皆が半信半疑で聞いていたのだ。

ヨンワンが外遊に出て、皆の前にその姿を見せたことによって、伝説になりかけていたエルマーン王国の王が、若き王に代替わりしたのだと証明されたのだった。

国交を結んでいた国々は、崩御の知らせの後エルマーン王国が喪に服していたこともあり、一年以上も外交が止まっていた。

新王即位の知らせと共に、交易は再開していたが、新王への謁見は可能なのか、皆が様子を見ていたのだ。

ヨンワンの下へは、一気に来訪を希望する各国の使者が押し寄せて、その対応にダイレンとヘイヨウが走りまわった。

当然ながらヨンワンの仕事は、謁見や来賓対応だけではない。シャオワンから引き継いだ国事がある。

休む暇もないほどに忙しい日々が続き、気がつけば目覚めてから一年半の月日が流れていた。

「そろそろでしょうか？」

ふいにダイレンが呟いた。

「え？　何がだい？」

友好国宛の書簡を書いていたヨンワンが、のんびりとした口調で尋ねた。ダイレンは同じように書簡を書いていた手を止めて、書簡を書き続けているヨンワンの横顔をじっとみつめた。

「リューセー様ですよ。竜王が目覚めてから一、二年で降臨すると言われているでしょう？　そろそろではないかと思いまして……」

ヨンワンは手を止めて、目を丸くしながらダイレンへ視線を送った。

「そんなに？　私が目覚めてからそんなに経ったかい？」

「一年半ほど経っています」

「本当に？　そうか……毎日が夢中で、そんな月日が経っていたなんて気づかなかったよ」

ヨンワンは笑いながらペンを置いた。

「私のリューセーは、どんな人だろうね」

頬杖をつきながら、少し遠い目をしてヨンワンが呟いた。

「兄上はどんなリューセー様だったら良いと思いますか？」

「ん？　そうだね……特にこれといった希望はないかな？　だってリューセーだろう？　それだけで十分だよ」

おっとりと夢見るように答えるヨンワンに、ダイレンは不思議そうに首を傾げる。

「それはどういう意味ですか？」

「異世界の大和《やまと》の国という遠い見知らぬ土地で、私の伴侶として生を受けた人だろう？　そして私のために一人で来てくれるのだ。それだけでも十分に尊いじゃないか。それ以上何を望むというんだい？」

ダイレンは何度か首を左右に傾げた。納得いくようないかないような、なんとも不思議な気分になってしまったからだ。

「いや……兄上がおっしゃることはごもっともなのですが……なんというか……私が聞きたかったこととは違うような……？　そもそも兄上が、リューセー様はどんな人だろうねとおっしゃったので、どんな人なら良いと思うのかと尋ねたわけで……私の聞き方が悪かったのでしょうか？」

ダイレンはペンを置いて、腕組みをしながら考え込んでしまった。ヨンワンは苦笑した。

「そうだよ、それはダイレンの聞き方が悪いよ。どんな人だと良いかなんて聞くのが悪いんだよ？ そういう時は、どういう人だと思うか？ と聞いた方が良いと思うんだ。だって私はどんな人だっていいに決まっているのだから……リューセーに良し悪しはないよ？」

気がつくとやんわり説教されたのだと気づいて、ダイレンは少しばかり赤くなった。いい歳をした中年の男が、成人したばかりの若者に説教をされている……だけなら別に良いのだが、やんわりと窘《たしな》められているのだ。どっちが大人か分からない。

「それは大変失礼をいたしました。では改めてお尋ねしますが、どんな方だと思いますか？」

ダイレンはコホンとひとつ咳払いをして、新たに質問をした。ヨンワンは笑いながら腕組みをして「う～ん」と考えている。

「私に似た人かもしれないね」

「兄上に似た人ですか？」

「ほら、よく似たもの夫婦というじゃないか。父上と母上もどこか似ているというか、息がぴったりという感じがしていた。二人ともしっかりしていて、行動力があって、好奇心も旺盛だった。二人でよく私達に悪戯を仕掛けたりしていたじゃないか」

「そういえば、そうでしたね」

二人は揃って思い出し笑いをした。

「ならば兄上のリューセー様は、明るくて優しくておっとりとした人ですね」

「私は明るくて優しくておっとりとしているのかい?」

「ええ、その通りです」

ダイレンがおかしそうに同意すると、ヨンワンは「そうかな?」と呟きながら首を傾げる。

「聞いた話では、お祖母様がそのような方だったみたいだけど……でもお祖父様は堅物だったんだろう? 似ていないね」

ヨンワンが思い出したように言うと、ダイレンも「確かに」と頷く。

「そういえばダイレンは、真面目で物静かだけど、奥方はきびきびとしていてしっかり者だよね」

「そ、そうです……かね?」

ダイレンは、急に自分達夫婦のことを言われて、少しばかり動揺してしまった。

「う～ん……色々な夫婦がいるのだね。じゃあますますリューセーがどんな人なのか会うのが楽しみだよ」

ほのぼのと微笑みながら言うヨンワンに、ダイレンは安心する。シーフォンの中には、リューセーはまだかと不服を漏らす者が僅かだがいる。もちろんそういう者達は、単に気が短いだけで、ダイレンに言わせれば二年くらいは想定の範囲内だ。

ただ待ちわびるのはむしろ竜王の方のはずなので、そろそろヨンワンが気にし始めているのではないかと、少しばかり懸念していたのだ。

待つことさえも楽しみにするヨンワンには恐れ入る。自分には出来ない芸当だな……と思い、先ほどヨンワンから『真面目で物静か』だと評価されたことを思い出す。

『兄上は評価の仕方まで優しい』

ダイレンはクスリと微笑した。

「そういえばウエンはどうしてる？」

ヨンワンは、降臨する龍聖の側近であるウエンのことをふいに思い出した。即位してすぐに紹介されたが、ヨンワンの家臣ではないため、あまり接点がなかった。

「ウエンですか？　いつリューセー様が降臨なさっても良いように、毎日準備を整えているはずです」

「そうか……私はまだ自分のことでせいいっぱいで、城の中のことをとかすべて皆に任せきりで申し訳ないと思っている。むしろ今のこんな状態の私の下に、リューセーが来てくれたとして、きちんとかまってやることが出来るかどうか……その方が心配だよ」

ヨンワンは眉を下げて首を竦めた。

「それは大丈夫でしょう。兄上がリューセー様を放っておかれるはずがない。それにもしもそのような事態に陥《おちい》りそうになれば、私が全力で兄上の公務を減らす努力をいたしましょう」

ダイレンが力強く言うので、ヨンワンは苦笑した。なんとも頼りがいのある弟である。ヨンワンがリューセーと過ごす時間を作るためには、本当になんでもやりそうだなと真面目な弟をみつめながら思った。

だがヨンワンの笑顔は、すぐにかき消えた。突然眉根を寄せて緊張した表情に変わったヨンワンを、ダイレンは何事かと怪訝《けげん》そうにみつめる。

「兄上、いかがなさいましたか？」

「竜達が……ひどく騒いでいると、シャンロンが言っている」

「竜達が？」

シャンロンとは、ヨンワンの半身の竜のことだ。ひとつの命で、竜と人間の体に分けられたシーフォンは、自分の半身である竜と心で繋がっていた。特に竜王は、半身との繋がりが強い。遠く離れていても、心で会話をすることが出来る。

ガタンと音を立てて、勢いよくヨンワンが立ち上がった。

「兄上?」

血相を変えたヨンワンの様子に、ダイレンもただ事ではなさそうだと立ち上がる。

「リューセーが……リューセーがいる」

「リューセー様が!?」

いきなりダッとヨンワンは駆けだした。

「兄上!」

ヨンワンは執務室を飛び出し、廊下を全力で駆けていく。

「兄上!」

「陛下!」

後を追うように執務室から飛び出したダイレンと、廊下で警備に当たっていた兵士達が、ヨンワンを呼び止めるが、ヨンワンは振り返らなかった。

廊下を駆け抜け、階段を上り、シャンロンのいる塔へ向かう。塔の螺旋《らせん》階段を、一気に駆け上がり、最上階の大きな部屋へと辿り着いた。

そこには巨大な金色の竜が、ヨンワンの到着を待ちわびていた。外へと続く大きな扉が開け放たれ、強い風が吹き込んでいる。

「シャンロン！　リューセーのところへ連れていってくれ！」

ヨンワンは叫びながら、大きな頭を地につけたシャンロンの首を伝ってその背に飛び乗った。

シャンロンは大きく翼を広げて、ドスドスと大きな足音を立てて駆けだし、その巨体を宙へ投げ出した。

大きく広げられた翼が、風を孕んで巨体をふわりと宙に持ち上げる。大空に舞い上がる金色の竜は、日の光を浴びて眩しいほどに輝いていた。

「竜達が集まっている……ひどく興奮しているようだ。あの下にリューセーがいるのだね？」

ヨンワンが尋ねると、シャンロンがグググッと喉を鳴らして答える。

「ああ、竜達を鎮めておくれ」

ヨンワンの言葉にシャンロンは頷いて、大きく息を吸い込みオオオオォォォッと咆哮を上げた。

大気がびりびりと震えて、興奮気味だった竜達の群れは、さっと四方に飛び去っていった。

シャンロンはゆっくりと高度を下げて、龍聖のいる場所を目指す。

「リューセーをみつけたかい？」

ヨンワンの問いかけに、ググググッとシャンロンが喉を鳴らした。ヨンワンは身を乗り出して、地上に視線を向けると、緑の草原に白い衣をまとった人の姿が確認出来た。黒い髪が風に揺れているのが見える。間違いなくリューセーだ。

「かわいそうに……こんなところに降臨するなんて、さぞ怖かっただろう」

ヨンワンは眉根を寄せながら、逸《はや》る気持ちを抑えてシャンロンが地上に舞い降りるのを待った。

「リューセー！」

シャンロンが着地するかしないかというところで、ヨンワンは待ちきれずに飛び降りた。マントをひるがえしながら地上に着地して、龍聖の下へ駆け寄る。

「龍神様……」

龍聖はそう呟き、そのまま崩れるようにその場に倒れた。

「リューセー！」

ヨンワンが慌てて龍聖の体を抱き上げる。

「気を……失っているのか？　リューセー……なんて綺麗な人なんだ……」

ヨンワンは腕の中でぐったりと目を閉じたままの龍聖をみつめながら、その美しい顔に見惚れていた。


『なんだろう……体がふわふわする……それに甘い香り……』

龍聖はぼんやりとそう思った。ゆっくりと目を開けると、そこには見慣れない天井があった。

しばらくぼんやりと定まらない視点で、見慣れない天井をみつめていたが、だんだんと意識がはっきりとしてきた。

「ここは……」

自分が布団に寝かされているのだと分かった。そっと両手を動かしてみると、さらさらとした、とても肌触りの良い布だった。こんなに柔らかな布団に寝たことはない。

自分はなぜここにいるのだろう？　ここはどこなのだろう？　と考えて、再び目を閉じて一生懸命思い出そうとした。

最初に浮かんだのは、必死の形相《ぎょうそう》で龍聖の名を叫びながら、手を伸ばしている龍二の姿だった。それが光に遮られるように、視界が真っ白になって、やがて真っ黒になった。次に気がついた時は、広い草原にいて、見たこともない大きな獣が集まってきて、そして……。

「お目覚めになられましたか？　リューセー様」

声をかけられてハッと我に返り、目を開けて声のする方を見た。そこには優しそうな男性が微笑んで立っている。

見たこともないような服装で、髪は明るい茶色で、顔立ちも日本人とは少し違う。異国の人のようだと思った。

「お体はどこも痛みませんか？」

「え？　あ……は、はい」

龍聖は尋ねられて、慌てて自分の手足を動かしてみた。どこにも痛みはない。

「あのっ……ここはどこですか？　貴方は？」

「申し遅れました。私はウエンと申します。リューセー様の側近として、これからお側に仕えさせていただきます。そしてここはエルマーン王国。竜王ヨンワン様が治める国です」

「うえん？　えるまあん？」

初めて聞く言葉に、龍聖は首を傾げた。

「はい、リューセー様は、約束通り儀式を行って、大和の国からこのエルマーン王国にいらっしゃったのです。竜王ヨンワン様の伴侶となるため……ああ、竜王とは、あなた方の世界で、『龍神様』と呼ばれているのでしたね」

「龍神様……あっ！　ではここは、龍神様のいらっしゃる世界なのですか？」

「そうです」

ウエンがにこやかに微笑みながら頷くと、龍聖は慌てて体を起こした。

「ではここは……」

「ここは、竜王の城……その中に用意されたリューセー様のお部屋です」

「私の部屋……？」

龍聖は驚いて部屋の中を見まわした。とても広い部屋だ。白い壁と白い床。床と言っても何か布のようなものが敷かれている。箪笥《たんす》のようなものがいくつか置かれていて、それらはどれも金で装飾された美しいものばかりだ。

ここが龍神様のお城の中だというのならば、これほど豪奢な造りなのも頷ける。

起き上がって自分が不思議な衣《ころも》を着ていることに気づいた。淡い水色の衣はゆったりとしていて帯は結ばれていない。足下まで隠れるほど長く、袖は『振り』の部分がなく幅広の筒状になっている。袖口には細かい刺繍《ししゅう》が施されていて綺麗だ。首元は丸く空いていて、袷《あわせ》の部分は丸い留め具のようなものがいくつも付いていた。

龍聖が自分の着ている着物を不思議そうに眺めていることに気づいたウエンは「おそれながら……」と声をかけた。

「リューセー様がお召しになっていた着物は、お倒れになった時に土や草の汁で汚れてしまっていたので、失礼とは思いましたがお召し替えをさせていただきました。それはこの国の着物です。寝る時に着るものなので、飾りも少なく楽なものになっています。リューセー様がお召しになっていた着物は、今洗濯させてもらっています。身に着けていらした物は、そちらに置いてございます」

ウエンが指し示した寝台脇の小さな机の上に、赤い小さな袋守りと袋に入った護り刀が置かれていた。袋守りの中には龍二の髪が入っている。それを見て龍聖はほっと息を漏らした。

「突然草原に一人で放り出されて、どれほど驚かれたことか……私も初めてその知らせを聞いた時は、心臓が止まるかと思うほど驚きました。どこもお怪我がなくて良かったですね。竜を見るのも初めてだったと思いますが……怖かったでしょう？」

ウエンは押してきた台車の上で、お茶の用意をしながら龍聖に優しく話しかけてきた。龍聖はまだ自分の置かれた状況を把握出来ず、途方に暮れてベッドの上に脱力して座っている。

「リューセー様、どうぞ」

ウエンがカップを差し出した。白い茶碗のようなものに、薄い茶色の液体が入っている。そこから立ち上る湯気は、とても甘い香りがした。この世界のお茶のようだ。皿に乗せられた茶碗を受け取ると、取っ手のようなものを持って、茶をすすってみた。不思議な味だが、美味しいと思う。甘い香りのせいか、不思議と心が落ち着く。

「あ、ありがとうございます」

龍聖は礼を言って、少しずつ静かにお茶を飲んだ。次第に気持ちが落ち着いてくると、ウエンという人物が気になり始めた。

異国の人のようだけど、日本語を話しているし、優しそうな面立ちをしていて物腰も柔らかいし、とても親しみやすい人だと思った。歳は兄の勝馬よりも少し上くらいだろうか？　二十五、六歳くらいに見える。

　さっき彼は『リューセー様の側近』と名乗ったけれど、側近とは側衆のような者のことだろうか？　では私の家来？　と思ったが、まさかと自分で否定した。

「あ、あの、うえん様は、私の言葉が分かるのですね？」

「はい、大和の言葉を習いましたので、普通に話せます。ですがこの国では別の言葉を使いますので、リューセー様には、この国の言葉を覚えていただかなくてはなりません。この城に仕える侍女や兵士達はもちろん、シーフォンの皆様は大和の言葉は分かりませんので……」

　分からない言葉がいくつか出てきたが、たぶんそれは種族とかの名称だろうと理解して、龍聖は何度も頷いた。

「龍神様も大和の言葉は分かりませんか？」

「いいえ、陛下は先のリューセー様から教わっていらっしゃるので、大和の言葉をお話しになれます。それからリューセー様、私のことは『ウエン』とお呼びください。敬称は不要でございます」

「え、でも……」

「先ほども申し上げましたように、私はリューセー様の側近、リューセー様にお仕えする家臣です。主人が家来に敬称を付けるなどおかしいでしょう？」

　ウエンは諭すように優しく説明をした。龍聖は戸惑いを隠せない。

「え、あ、主人って……私が主人ですか？　で、でも私は龍神様にお仕えするために参ったのです」

「そうですね。リューセー様が戸惑われるのもごもっともだと思います。大和の国では、リューセー様が儀式によりこちらの世界に来た後、どのようにお過ごしになっているのか、誰もご存じないのだと伺いました。これから少しずつ順を追ってご説明をさせていただきます」

ウエンの話し方は、早すぎず遅すぎず、とても言葉が分かりやすかった。柔らかい声は耳に心地いい。まだ出会って半刻も経っていないというのに、龍聖の不安や警戒心を見事に取り払ってくれた。

龍聖はウエンの言葉を聞き逃すまいと、寝台の上に正座をして姿勢を正した。

ウエンはそんな龍聖の様子を見て、もう少し楽な姿勢で聞いてもらいたいと思ったが、大和の民はこの『正座』という座り方が落ち着くのだと聞いていたので、特に何も言わずにいた。

「先ほどもお伝えしましたが、ここは竜王ヨンワン陛下が治めているエルマーン王国という国の城の中です。ヨンワン陛下は、大和の国では『龍神様』と呼ばれている方です。昔、大和の国に行き守屋家とリューセーの契約を交わしたのは、この国を建国された初代竜王ホンロンワン陛下で、竜王はリューセー様と共に、エルマーン王国をその寿命が尽きるまで治めて、次の代へと引き継ぎ続けています。新しい竜王が即位した時に、大和の国から新しいリューセー様が降臨なさいます。現在のヨンワン陛下は六代目竜王、一年半ほど前にご即位されました。そして本日貴方様が降臨なさったのです。六代目リューセー様です」

ウエンの話を真剣に聞いていた龍聖だったが、次々と知る驚きの事実に目を丸くしている。

「ここまでの話はご理解いただけましたか？　ご質問があればなんでもおっしゃってください」

驚いている龍聖を見て、ウエンは一度話を止めて優しく問いかけてみた。龍聖は目を丸くしたまま硬直してしまっている。だが息を吐いて気を取り直した。

「それでは今までの龍聖達も皆、私のようにこの世界に来ていたのですね？」

「はい、そうです」

「これは夢ではなく、本当に龍神様が存在する世界なのですね？」

「はい、その通りです」

ウエンは思わず笑みを零した。一生懸命に確認する龍聖が、かわいいと思えたからだ。

すると龍聖はふいに大きく息を吐いて、脱力したように肩を落とした。

「リューセー様？　大丈夫ですか？」

ウエンが気遣うように声をかけて、寝台の側に膝をついた。

「あ、申し訳ありません。なんだか安堵したら気が抜けてしまって……」

龍聖はぼんやりとした顔で呟くように言った。龍聖の儀式は『生贄』になるための儀式ではなかった。少なくとも龍成寺での儀式で命を取られることはなかった。光に包まれて真っ白い視界になった時に、きっと龍聖の体はあの場所から消えてしまったのだろう。そしてこの世界に来ていた。

龍神様の不思議な力なのだろうと思えば、それも納得出来た。『神隠し』というものがあると聞いたことがある。きっとこれもそういうことなのかもしれない。神様のいる世界は、龍聖達が住んでいる世界とは違うところにあって、そこへ引き入れられると元いた場所では消えたように見えるのだろう。そしてそれは神力というか、神様にしか出来ないことなのだ。

なにしろ神様なのだから当然だ。事実、ここはもう龍成寺でもなければ、二尾村でも加賀国でもない。万が一、ここは大和の中だと言われたとしても、一瞬で見たこともない景色の場所へ来てしまったのだ。これが神の御業《みわざ》以外の何物だというのだろうか？

それだけで信じるに値すると思った。本当に龍神様はいたのだ。この後どうなるのか分からなくても、もう龍聖としては、これだけでも十分だと思った。本当に本物の龍神様に会えるのであれば、その後命を取られることになったとしても本望だ。儀式という形ばかりのもので、誰かから殺されてしまうよりはずっと良い。

龍聖はそんなことを思ったら、一度に気が抜けてしまったのだ。

「確かに私は六代目龍聖です。龍神様……竜王様も六代目とおっしゃいましたか？　神様にも寿命があるのですか？」

「はい、寿命がございます。ですが私達のような普通の人間とは違います。何百年も長く生きられるのです」

「何百年も!?」

神様にも寿命があるのだと知って驚いたが、何百年も生きるのだと聞いてまた驚いた。でもすぐに『神様だから当然だよね。だって死なないと思っていたのに、寿命があると聞いてびっくりしたのだから……何百年も生きて当然だよね』と思い直して、自分で勝手に納得していた。

「先代の竜王シャオワン陛下は、三百七十年余り生きていらっしゃいました」

補足するようにウエンが教えてくれたが、龍聖には想像もつかない年月だったので、目を丸くしている。

「そ、それでは今の龍神様は、何歳でいらっしゃるのですか？」

「ヨンワン陛下は百歳……正確には百二歳でいらっしゃいます」

「百!?」

いちいち驚く龍聖を見て、その素直さにウエンは感動すら覚えた。そしてこれほどヨンワンに似合いの相手はいないと思った。

「百歳と言っても、見た目はとても若いのです。成人されたばかりなのですよ」

ウエンは吹き出しそうになるのを堪えながら、ひとつひとつ丁寧に説明をしていく。

「それで……私は龍神様にどのようにお仕えすればよろしいのでしょうか？　そもそもこのように呑《のん》気《き》に寝具の上で座って話をしていても良いのでしょうか？」

龍聖は驚きすぎて少しばかり混乱しているようだ。そわそわと落ち着きのない様子でいる。

「これからのことにつきましては、また明日にでもお話しいたしましょう。リューセー様はこの世界に降臨されたばかりで、それもあのような形で……心身共にお疲れでしょうから、今日はこのままゆっくりとお休みになられてください。陛下からもそのように言われております」

「龍神様が？　龍神様は私が来ていることはご存じなのですか？」

龍聖がびくりと体を震わせて、きょろきょろと視線をさ迷わせながら尋ねた。

「草原にいらしたリューセー様を助けに行かれたのはヨンワン陛下です。気を失っていらしたので、陛下をご覧になっていらっしゃらないのですね？　陛下が抱えてここまで運んでいらしたのですよ」

「え!?」

今日一番の驚きだった。龍聖は本当に飛び上がるほど驚いて、赤くなったり青くなったり、目を白黒させたりしている。手に持っていたティーカップを落としそうになり、ウエンが慌てて受け取った。お茶は飲み干していたので、零れることはなかった。

「リューセー様、大丈夫ですか？」

かなり動揺している龍聖を、ウエンは落ち着かせようと優しく背中を撫でた。龍聖はぱくぱくと口を動かしているが、言葉が出てこない。

『龍神様が私を抱えて運ばれた？　私はなんという失態をしてしまったんだろう』

龍聖は恥ずかしさに頬が熱くなり、大変な失態という事実に頭が冷えるようで、血が上がったり下がったり、大忙しになった挙句《あげく》、ぐったりとしてしまった。

「リューセー様、どうかお休みになってください。詳しい話は明日にいたしましょう」

ウエンに言われるままに、龍聖はベッドに横たわった。混乱して何も考えられない。そのまま気を失うように目を閉じた。


「そうか……リューセーは、どこも怪我などしていないんだね？」

ヨンワンは、ウエンの報告を聞いて、心から安堵したように大きく息を吐いた。側にいたダイレンも、安堵したように頷く。

「はい、どこも体の不調はないようでした。目をお覚ましになったので、リューセー様の今の状況をご説明いたしました。まだ色々と混乱なさっているようで、しばらく話をした後、お疲れになってまたお休みになりました」

「リューセーと話をしたんだね。リューセーはどんな人だった？」

「恐れながら……リューセー様はとても素直でかわいらしいお方だという印象を持ちました」

「素直でかわいい……それはどうしてそんな風に思ったんだい？」

ヨンワンは興味が抑えられないというように、少しばかり前のめりになって質問を続けた。ウエンは真面目な顔で頷いた。

「はい、リューセー様はいくつか質問をなさって、その答えからこの世界が、大和の国とは別の世界……龍神様の住んでいる世界なのだと理解なさって、それと同時に色々なことに新鮮な驚きをお見せになられるので、とても素直なお方なのだと思いました。笑ったり、驚いたり、安堵されたり、表情もころころと変わりますし、その様子がとてもかわいらしく思えました」

ヨンワンは話を聞きながら、瞳を輝かせて何度も頷いていた。

「驚いていたのかい？　怖がっていたりしていないか？」

「怖がってはいらっしゃいませんでした。ここが龍神様のいる世界だとお分かりになった時、とても安堵されておいででした。それで陛下のことを色々とお尋ねになりました」

「私のことを？」

ヨンワンは一瞬驚いて、チラリと側にいるダイレンと視線を交わした。ダイレンも興味深そうな顔で聞いている。

「陛下が六代目の竜王であるという話をしたところ、神様なのに寿命があるのかと驚きになられて、それで陛下は今何歳なのかとお尋ねになりました。百二歳だとお答えしたところ、またとても驚きになって……」

ウエンはその時の龍聖の表情を思い出して、思わず笑みを零した。だがヨンワンと目が合い、竜王の御前《ごぜん》であることを思い出して、慌てて姿勢を正して真剣な顔に戻った。

「私が駆けつけた時、一瞬目が合ったようにも思ったんだけど、距離があったし、それにすぐに気を失って倒れてしまったから、たぶん私の姿を覚えていないと思うよ。そもそも私が竜王だとは知らなかっただろうしね」

ヨンワンはそう言って肩を竦めた。だがウエンは少しばかり浮かない表情に変わっていた。

「陛下……そのことなのですが……リューセー様を助けたのはヨンワン陛下だとお伝えいたしました。そして陛下が自らリューセー様を抱きかかえて城まで運ばれたことも……ですがそれを聞いたリューセー様は、ひどく動揺されてしまって、気疲れをなさっておいでしたので、そのままお休みいただきました」

「え？　どうしてそんなに気疲れするほど動揺してしまったんだい？　やっぱり何か怖い思いでもしたのか？　まさか私が怖かったのか？」

「いえ、違います！　決してそのようなことはありません！」

それを聞いたヨンワンまでもがひどく動揺し始めたので、ウエンは驚いて慌てて訂正した。

「おそらくですが……龍神様のお手を煩《わずら》わせてしまったと、恐れ多いことをしてしまったと、そんな風に思って委縮されてしまったのではないかと思っています。リューセー様や大和の方にとって、竜王は龍神様、神様なのですから……。私達アルピンにとっても王様という存在は恐れ多いものです。ましてやそれが神様だなんて、と思うと……リューセー様のお気持ちは理解出来ます」

ウエンの言葉を聞き、ヨンワンは困ったようにダイレンを見た。ダイレンは何度も頷いている。ヨンワンは「そうか？」と気を取り直した。

「明日、お目覚めになりましたら、様子を見て少しずつ陛下のことや、ご自身の役割などをお教えしていくつもりです。そうすれば大丈夫だと思います」

「では……婚姻の儀式はいつ行えばいいだろうか？　慣例通りであれば五日ほど後ということになる

けれど……」

ヨンワンは言いかけて、少しばかり考え込んだ。腕を組み、右手を顎に添えて視線を落とし、しばらく思案にふけっていたが、考えがまとまったのかウエンを見た。

「あのような場所に降臨してしまい、精神的にもかなりまいっていることだろう。特に竜を怖いと思っているかもしれない。少し様子を見た方が良いと思うんだ。明日、話をしてリューセーの様子を確認してから、判断しても良いと思うんだが……ウエンはどう思う？」

ウエンはヨンワンとダイレンを交互に見て、発言に躊躇《ちゅうちょ》しているようだった。

「ウエン、かまわない。君の率直な意見を言ってくれ」

ヨンワンから促されて、ウエンは緊張した面持ちで頷いた。

「それでは……失礼を承知で申し上げます。今日のリューセー様を拝見した印象では、とても繊細な方だとお見受けいたしました。先ほどとても素直な印象を受けたと申し上げましたが、それもつまりは繊細さからきていると思います。龍神様の……陛下のことをいたく気にされていたのも、そのことで気疲れしてしまわれたのも、繊細なせいだと思います。ですから竜を怖いと思っているかもしれませんし……ここは慎重に対応することが賢明かと思います。先のリューセー様も、降臨の際に生じた事件のせいで、心を痛められたと伺っております。婚姻の儀式も延期されたとか……」

ウエンは言葉を選びながら、言いにくそうに語った。いくらリューセーの側近だと言っても、リューセーの体には異常は見られないと言った手前、婚姻の儀式を延期しろとは、簡単には進言出来なかった。

「リューセー様が精神的にまいっていらっしゃるようであれば、元気になられるまで時間を置いた方が良いと思います。何事も明日、様子を見てからの判断になります」

「ウエン、君はリューセーのことを一番に考えてほしい。リューセーのためになることならば、どんなことだろうと非礼にはならないから、よくよく慎重に判断してほしい。延期が必要ならば必ずそう言ってくれ。遠慮はいらない。分かったね」

「はい、承知いたしました」

ウエンは深々と頭を下げた。

ウエンが退室してから、ダイレンが「やれやれ」と言って大きな溜息をついた。

「兄上がリューセー様を抱いて戻ってこられた時には、本当に驚きましたよ。兄上は真っ青な顔をしているし、リューセー様も死んだようにピクリとも動かないし……なにより竜王とリューセーは、婚姻の儀式をするまでは、互いの香りのせいで近づけないと聞いていましたから……」

「リューセーが気を失ってくれたおかげで、香りはしなかったんだ。正確には僅かに香ったんだけどね。でも私も必死だったから、まったく気にならなかったんだ」

ヨンワンも安堵したせいか、少し脱力したように椅子の背にもたれかかって微笑んだ。

「まあとりあえず意識は回復されて、ちゃんとした会話も出来たようですし、体に異常は見られなかったと、医師からの報告もありましたし、安心しましたね」

ダイレンは侍女を呼んでお茶の用意をするよう指示した。ヨンワンは頬杖をついて、なにやらぼんやりと物思いにふけっている。

ダイレンは特に気にせず、運ばれてきたお茶を飲んで一息ついた。何気なく視線をヨンワンへ向けると、ヨンワンはお茶には手を付けず、まだ何か思案中だ。

「兄上、何か気にかかることでもありますか？」

尋ねたが何も反応がない。ダイレンは首を傾げた。

「兄上？」

もう一度呼びかけると、ヨンワンがはっとしたようにダイレンに顔を向けた。

「何か言ったかい？」

「……兄上が先ほどから考え込んでいらっしゃるので、何か気にかかることでもあるのかと思って尋ねただけです。リューセー様のことですか？」

するとヨンワンがほんのり頬を上気させた。視線をゆるゆるとさ迷わせている。

「そうなんだ……リューセーのことを考えていた」

ヨンワンは恥ずかしそうに鼻の頭を擦ってぽつりと言った。その反応に、ダイレンは『おや？』と思ったが、ヨンワンが話してくれるまで無理に催促しないように黙り込む。

「あんなに美しい人だと思わなかった……あ、あ、もちろん母上を見ていたから、リューセーが美しいことは知っているよ？　だけどそうじゃなくて……なんというか……ごめん、上手く言えない」

ヨンワンはみるみる耳まで赤くなって頭をかいている。ダイレンは思わず頬が緩みそうになるのを抑えつつ、目を細めて照れるヨンワンを見守った。

「目を開けた顔を見てみたいと思った。面立ちは母上に似ているように感じたけれど……どうだろう？　目を開けたら印象も変わるだろうし……」

「一度お会いになられたらいかがですか？」

ダイレンが優しく促すように言った。ヨンワンは目を見開いて、ダイレンを凝視している。頬はまだ赤い。少し間を置いて「え?」とヨンワンが小さく声を漏らした。それからまた動揺しているように視線をさ迷わせる。

「婚姻の儀式の前に会うのかい? 大丈夫かな?」

「会ってはならないという決まりはありません。父上もお会いになったと聞いています。婚姻の儀が延期になるのならばなおさら、一度お目にかかられた方がよろしいでしょう。リューセー様もその方が安心されると思います。ずっと会わずに婚姻の儀式でいきなり顔を合わせる方が、お互いに良くないと思います」

ダイレンはヨンワンの表情を窺いながら、背中を押すように色々な言い方をして、会わせる方向に持っていこうとした。ヨンワンがどんどんやる気になっていくのが分かる。それもまた微笑ましいとダイレンは思った。

「遠く離れていれば大丈夫だよね?」

「はい、まずはウエンの報告を待って、良いと思われる時期に一度対面なさってみてはいかがでしょうか?」

「そうだね……そうしよう」

ヨンワンは嬉しそうに頷いた。

ふと自然に目が覚めた。明るい光が差し込む方向へ無意識に顔を向ける。壁に掛けられた長い布の隙間から、暗い部屋の中に日差しが差し込んでいるのが見えた。眩しくて何度か瞬きをして、手で両目を擦った。

龍聖はそこで、違和感を覚えた。何がいつもと違うのだろうか……と寝起きのぼんやりとした頭で考える。

「枕？　布団？」

いつもの寝具と違うことに気がついた。枕は首を支える箱枕ではなく、綿がたくさん入った柔らかなものだった。布団も敷き布団はともかく、上から掛けてある厚手の柔らかな布は、絹のように肌触りが良い。着物（掻巻《かいまき》）ではなく一枚布だ。天井を見ると布で覆われている。

龍聖はそこでようやく意識がはっきりとして、勢いよく起き上がった。

広い部屋には、龍聖が寝ていた寝台と脇に置かれた小机があるだけだ。寝台はとても大きくて部屋の半分ほどを占めている。四人くらいは寝られそうだ。寝台の四隅には柱が立っていて、上から被《かぶ》せられた美しい布が、柱に巻きつけてある。

龍聖は忙しなく部屋の中を見まわして、ようやく記憶を手繰《たぐ》り寄せた。

「そうだった……ここは龍神様のお城の中だった」

夢でなければ、昨日儀式をした後龍神様の世界に招かれていた。降り立ったのが広い草原で、空を飛ぶ不思議な大きな生き物がたくさんいた。そして金色に輝く翼の生えた獣も……あれは語り継がれている龍神様の龍に違いないと、確かそんなことを思いながら気を失ったのだ。

そして気がつくと今と同じように、この部屋で寝かされていて『うえん』という異国人から、龍神様の話を聞かされた。

儀式の後本当に神様の世界に来たのだ。生贄として死なずに済んだのだ。そう分かってとても感激した。だが感激も束の間、『うえん』という者から聞かされたのは、自分があろうことか龍神様の前で気を失い、龍神様に抱かれて城まで運ばれたということだ。

あまりの衝撃にまた気を失ってしまったようだ。

「夢じゃないよね」

龍聖は心細げに呟いて、寝台から下りた。床がふわふわと柔らかで驚いた。亜麻色のそれは獣の毛皮かと思って、屈んでそっと触ってみたが少し違うようだ。部屋の床一面に敷き詰められている。

龍聖は立ち上がり日差しの差し込む方へ歩み寄った。天井付近から吊るされている長い布は、厚手で少し重みがある。そっとめくると、そこには外の景色が広がっていた。

「赤い……そして青い……」

思わず呟いた。目に飛び込んできた鮮やかな色に、少しばかり眩暈《めまい》を覚える。目の前に広がるのは真っ青な空と、赤い山並みだ。山が赤いのは草木がひとつも生えていないせいだ。岩山の地色が赤いのだ。そんな景色は今まで見たことがなかった。何よりも遠くの景色しか見えないというのはどういうことなのか。

龍聖は目の前に透明な壁があることに気づいた。そっと触れてみると、冷たくて硬い。

「これは……もしかしてびーどろ?」

龍聖は目を丸くした。びーどろ(ガラス)の器は何度も見たことがあるが、小さな湯飲みくらいの大きさでも割と高価だった。こんなに大きな板状のものは初めて見るし、何よりも透明度がすごい。僅かに表面が波打っているが、気泡は少なくて向こうの景色が良く見える。

龍聖は頬を上気させながら、その表面を何度も指で撫でた。

「この景色も、この部屋の中にあるものも、すべてが初めて見るものばかり……やはり夢ではなかったんだ」

龍聖は安堵して、ほうっと息を吐いた。

その時扉を軽く叩く音がした。少し間を置いてゆっくりと扉が開かれて、昨日会った『うえん』という人物が入ってきた。彼は窓辺に立つ龍聖に気づいて、優しい笑みを浮かべた。

「リューセー様、おはようございます。もうお目覚めになられていたのですね」

「う、うえんさん……昨日は大変失礼をいたしました」

龍聖がペコリと頭を下げたので、ウエンは少しばかり驚いたが、すぐに首を振った。

「何も失礼などありませんでしたよ？　リューセー様、どうか顔を上げてください。それと昨日も申し上げましたが、私は家臣ですので敬称は不要です。ウエンと呼び捨てになさってください」

龍聖は困ったように何度か目を瞬かせたが、すぐに「分かりました」と答えた。

「体調がよろしいようでしたら、お着替えを済ませて朝食を召し上がりませんか？」

言われて空腹に気がついた。龍聖は嬉しそうに「ありがとうございます」と答えた。


龍聖は机について、ひどく落ち着かないでいる。

あの後、ウエンが侍女を呼んで、龍聖の着替えをさせた。それも初めて見る衣装で、この国の衣だと教わった。麻のようなさらさらとした生地の衣を三枚ほど重ねて着せられた。

まず身に着けたのは白い衣で、それまで着ていた物に形が似ている、下には細身の袴のようなものを穿《は》かされた。白い薄い生地のもので、下着の代わりだと説明を受ける。

白い衣の上から、同じような丈の淡い黄色の衣を重ねる。こちらは同色系の糸で模様織がされてい
て、とても綺麗だと思った。さらにその上から藤色の衣を、打掛のように羽織らされて、首には金の
首飾りが掛けられた。首飾りには紫色の大きな宝石が付いている。

こんな風に着飾ったのは初めてで、龍聖は戸惑っていたが、ウエンにそのまま手を取られて、隣室
へと連れていかれた。

隣室は、先ほどまでいた寝所より、さらに広い部屋だった。

中央に机と椅子が置かれていて、壁際には豪奢な装飾の箪笥のようなものがいくつか置いてあった。

その上には花が飾られている。

龍聖はぽかんと口を開けて、部屋の中を見まわしていた。

「こちらにお座りください」

ウエンから言われるままに椅子に掛けて今に至る。

龍聖が落ち着かない様子で座っている間に、机の上には次々と料理が運ばれてきた。どの皿に盛ら
れた料理も、龍聖には初めて見るものばかりだ。ドキドキと胸が高鳴り、瞳を輝かせながら目の前の
料理を眺めた。

「どうぞお召し上がりください」

ウエンに促されて、龍聖は用意された箸を手に取った。

「これは……この世界の料理なのですか？」

「はい……正確には少し違うのですが……味付けなどを少しばかり大和の国の料理に寄せております。

食材や調味料などが、大和の国の物とは違うので、同じ味には出来ませんが……先代のリューセー様が好んでおられた料理を、今回はご用意いたしました」

龍聖は話を聞きながら、目の前の料理に手をつけた。野菜を煮込んだものだ。芋の煮つけに似ている。芋は里芋ではないが、食感が似ていた。味も醬油ではないが、何か似たようなもので味を付けてあるようだ。それなりに美味しい。

「いかがですか？　お口に合いますか？」

ウエンが心配そうに尋ねると、龍聖は笑顔で「美味しいです」と答えた。ウエンは安堵の息を漏らして、食事をする龍聖を見守った。

龍聖は食欲があるようで、ぱくぱくと気持ちよく食べている。

「野菜と魚が中心なのですね」

龍聖はそう言いながら、魚のつみれのようなものを、美味しくいただいた。

「はい、シーフォンの皆様は、獣の肉を食されません。野菜と魚だけになります。大和の国の民も同じようだと伺いました」

「そうですね。鳥は食べないのですか？　私達は四つ足の獣の肉はあまり食べませんが、鳥は食べます」

「鳥も食べません」

「そうですか……でも私は魚と野菜が好きなので、何も問題ありません。こちらの料理もとても美味しいです」

龍聖とウエンは微笑み合った。

食事の後、少しばかり休憩をしてから、ウエンがこの国のことを話して聞かせることになった。

竜族のこと、神からの天罰のこと、竜王のこと、守屋家との契約のこと……ウエンはとても丁寧に話して聞かせた。龍聖はまた、たびたび驚いていたが、気疲れしてしまわないように、ウエンが言葉を選んで、少しずつ理解を深められるように説明して聞かせた。

「それでは……私の役目は龍神様……竜王様に魂精《こんせい》というものを与えることなのですね。分かりました。私にその能力があるのか分かりませんが、一生懸命勤めさせていただきます」

龍聖がひどく思い詰めた様子で言うので、ウエンは「リューセー様は皆様お持ちですから大丈夫ですよ」と宥めるように言い聞かせた。

「リューセー様、ここまでの話で分からないことはございますか？」

「だ……大丈夫だと思います。それよりも……天にいらっしゃる神様はひどいですね。確かに竜族は悪いことをしたかもしれませんが、人間だって竜を殺しているのです。戦というものは、双方にそれなりの理由があります。竜族にばかり罰を与えるなんて……」

龍聖がひどく憤《いきどお》っているので、ウエンは不思議そうに首を傾げた。

「リューセー様は、竜王の伴侶になることは何も思われないのですか？」

「え？」

思いもよらない質問に、龍聖はきょとんとした顔でウエンを見つめ返した。

「龍神様に魂精を差し上げられるのは龍聖だけなのでしょう？　それに子を宿せるのも龍聖だけ……

それならば当然だと思います。私は龍神様にお仕えするために参りました。私に課せられたお役目を果たすのは当たり前のことです。そうでなければ儀式をしてここに来た意味がありません」

「男なのに子を産むということに、抵抗はないのですか？」

「……それはあります。いえ、抵抗というか……産めるのだろうかという不安はあります。でもそれらはすべて、龍神様の御業によるものですから、私が案じても仕方のないことです。今はただ無事に役目を果たせることを、心から願うばかりです」

龍聖はおっとりとした口調で、だがしっかりと言いきった。ウエンは目を丸くする。

「ウエン……正直に申し上げると、私に課せられた役目を知って、むしろ安堵しているのです。私は物心ついて間もなく、自分が龍神様にお仕えするのだと聞かされました。それからは学問も剣術も、しっかり励むように言われて、私は毎日ただひたすらに努力いたしました。学問や剣術を学ぶことは好きです。新しいことを知るのは楽しい。本を読むのも、算術をするのも好きです。でも私は……特に秀でていたわけではありませんでした」

龍聖が初めて自分のことを語り始めたので、ウエンは真剣に話を聞いた。

「代々の龍聖は神童と言われていました。私の前の龍聖も、類まれな才能をお持ちだったと聞いています。でも私は……先生から賢いと褒められてはいましたが、それは教わったことを努力して身につけていたからであって、神童と呼ばれた龍聖達のように、先生を上回るほどの才があるわけではありません。剣術に関しても、それなりに強いというだけで、私よりも強い者はたくさんいました。先代の龍聖のように、道場から師範になってほしいと望まれるほどの腕はありません。だから不安だったのです。龍神様にお仕えして、もしも戦での武功を求められたらどうしよう。学術で研究の成果を求められたらどうしよう。私が平凡だと知られて、龍神様の怒りに触れてしまったらどうしよう。ずっとそんな不安を抱えていました」

「リューセー様……」

「だけど私がやるべきことは、龍神様の……竜王様の伴侶となり、生涯をかけて魂精を差し上げ続けて、そして世継ぎを産むことなのですよね？　それならば私にも出来そうだと、少し自信が持てました。私は臆病なんです。怖がりなんです。だから人を殺《あや》めることなど出来ません。剣術の才がないのもそのせいです。人を傷つけるのが怖くて、真剣勝負が出来ないのです」

龍聖はそう言った自分を恥じているのか、眉根を寄せて少しばかり顔を歪めた。ぎゅっと強く目を瞑《つむ》りしばらく間を置いて、気持ちを切り替えるようにパッと顔を上げて首を振った。大きくひとつ深呼吸をする。

「龍神様への信仰は本物です。龍神様をお慕いしております。家族が儀式のことを『龍神様への生贄になること』だと言っていた時も、私は決してそうじゃないと思ってきました。私は龍神様にお会い出来るのを楽しみにしていたのです。ですから伴侶となり、龍神様と生涯添い遂げることは本望でもあります」

頬をほんのりと染めて、一生懸命にそう語る龍聖の姿を、ウエンは尊いものを見るようにみつめていた。

「リューセー様、陛下に……ヨンワン陛下にお会いになってみませんか？」

ウエンからの提案に、龍聖は唖然として何度も瞬きをしていた。

翌日の午後、ヨンワンは龍聖に会うために、王妃の私室へ足を運んだ。

そこで待っていたその人を見て、ヨンワンは逸る胸の鼓動を抑えるのに必死になった。

「お初にお目にかかります。守屋龍聖と申します。ヨンワン陛下には、降臨の際に助けていただいたにもかかわらず、気を失ってお礼も言えなかったことをお詫びいたします」

龍聖は緊張した面持ちで深く頭を下げて謝罪の言葉を告げた。ヨンワンは優しく微笑みながら、首を横に振った。

「詫びなどいらないよ。君はとても大変な目に遭ったんだ。君の身を案じていたが、元気そうで何よりだ。私がエルマーン王国の国王ヨンワンだ。私も改めて、はじめましてと言っておこう」

龍聖はおずおずと顔を上げた。ヨンワンが思っていたよりもずっと優しい声で、話しかけてくれたからだ。一目ご尊顔を……と思って顔を上げると、一番に真っ赤な髪が目に飛び込んできた。

『なんという見事な赤だろう』

龍聖はそう思って息を呑んだ。腰まで届く長く艶やかな髪は、燃えるような深紅の色をしていた。その色には覚えがある。金色の竜から飛び降りてきた人物がそうだったと思い出した。

その人はとても心配げに、龍聖の名前を叫んでいた。

『あの時の方が……この目の前にいらっしゃる竜王様……』

離れてはいるが、彼の背がとても高いことは分かる。龍聖よりも頭ひとつ以上大きいだろう。すらりとした長身で、顔立ちは筋の通った高い鼻と、形の良い口、眉はきりりと整っており、眼差しはとても柔らかだった。瞳が金色なことに、少しばかり驚いた。

『確かに……仏様のお姿に似ていらっしゃる』

龍聖は何度も見た龍成寺の本堂に祀られている仏像の顔を思い出した。

「リューセー様、お座りください」

そっと後ろからウエンに耳打ちをされて、ヨンワンから座るように促されていたことに気がついた。

ヨンワンの姿に見惚れていて、ぼんやりとしていたようだ。

龍聖は羞恥で赤くなり、慌てて椅子に腰かける。

ヨンワンは龍聖が座るのを待って、自分も椅子に座った。二人の間はかなり離されている。龍聖は部屋の奥にいて、ヨンワンは出入り口から少し入ったところに椅子が用意されていた。

ここまで離れる必要があるのか？　とも思ったが、用心に越したことはない。こうしてゆっくりと龍聖を見て、話が出来るだけで嬉しいとヨンワンは喜んでいた。

ウエンから報告があったのは昨日の午後だった。一晩眠って、元気になった龍聖と、ウエンは色々な話が出来たようだ。

そして驚くべきことに、龍聖は伴侶となることも、自分の役割もすべて承知したのだという。

「私はぜひとも一度陛下に会っていただきたく思います。リューセー様もそれをお望みです」

と、そんなことを言われて、会わない理由はない。

すぐにダイレンに言って、予定を調整させた。それからは、ヨンワンの頭の中は龍聖のことばかりだった。昨夜はほとんど眠れなかった。

「まだ三日目だから落ち着かないだろう。少しずつ慣れてもらうしかないが、不便なことがあればなんでも遠慮なく言うのだよ？　ウエンは君の側近だ。君のためならばなんでもしてくれる」

「お気遣いいただきありがとうございます。ウエンはとても親切にしてくれるので、不自由はありません」

「食事は口に合ったようだね」

「はい、たくさん食べてしまいました」

龍聖はまだ硬さはあるものの、ヨンワンの優しい口調に釣られるように、会話を続けることが出来た。

「好きな色は何色だい？」

「色……ですか？　そうですね……赤と緑が好きです」

「赤……赤が好きなのか？」

「はい……私の家の庭に椿という花の咲く木があります。冬になると赤い花が咲くのですが、雪が積もると、白い中にその赤い花が見事に映《は》えて……私はその色が好きなのです」

ヨンワンはその花を知らないが、情景は目に浮かんだ。何より赤が好きと言われて、嬉しくないわけなどない。

「陛下は何色がお好きなのですか？」

「私は紫が好きだよ」

「紫……あっ」

龍聖は、今自分が着ている服が紫だということに気がついた。昨日も藤色だったが、ヨンワンの好きな色だからなのかと思って、ちらりとウエンを見た。ウエンは静かに微笑んでいる。

「君は紫がとてもよく似合うね。だけど緑や赤も似合いそうだ。この部屋は、まだ壁や絨毯が白いけれど、君の好きな色に変える予定なんだ。赤はちょっと落ち着かなくなるかもしれないから、緑にすると良いかもしれないね」

「はい……そのようにしたいと思います」

龍聖はすっかり緊張が解けたようで、笑みを零しながら頷いている。そんな自然に零れる笑顔がかわいいと、ヨンワンは思わず見惚れてしまった。

「こ、婚姻の儀式は、六日後に行うことになった。延期したとはいえあまり日にちはない。リューセーは、それまでに覚えなければならないことがあって大変だと思うが、頑張ってくれると嬉しい」

「はい、頑張ります」

ヨンワンはその返事に満足そうに頷いて、ゆっくりと立ち上がった。

「それでは私はこれで失礼する。次に会うのは婚姻の儀式の時になるが……その日を楽しみにしているよ」

「はい、私も……楽しみにしております」

龍聖が恥ずかしそうに答えて、ヨンワンは柔らかな笑みを浮かべた。そのまま静かにヨンワンと従者が立ち去り、部屋の中にはいつもの平穏が訪れた。侍女達も緊張が解けたようだ。

龍聖は大きな溜息をついて、がくりと椅子に崩れ落ちた。

「リューセー様、大丈夫ですか？」

ウエンが驚いて龍聖に駆け寄ると、龍聖は上気した顔で幸せそうに微笑んでいた。

「なんて尊いお方なのでしょう」

龍聖がうっとりと呟く。

「私はあのように偉い身分の方は、人前では笑わないのだと思っていました。だけど……ヨンワン陛下は、菩薩《ぼさつ》のような優しい慈愛に満ちた笑みを浮かべられる。私は心臓が止まるかと思いました」

ほうっと吐息を零しながら、龍聖が夢心地でそう語るので、ウエンは思わずクスクスと笑いだしていた。

「陛下をお好きになられたのですね？」

「はい……とても……」

龍聖は幸せそうに頷いた。


龍聖は、純白の婚礼衣装に身を包んでいた。異国の初めて見る不思議な衣装。頭や首にもたくさんの宝飾品が飾られている。だが今は緊張していて、それについて何も考えることは出来なかった。

ウエンから習った儀式の作法を、何度も頭の中で反芻する。

「リューセー様、私はお側におりますので、何かありましたら、いつでもお呼びください」

神殿へと向かう前に、ウエンがそっと龍聖に耳打ちした。だがその言葉も、頭の中に入ってこないほどに緊張していた。

蒼白になった顔の龍聖に、ウエンはとても心配そうにしていたが、あとはもうなるようになると思うしかない。

たとえ少しばかり何か失敗したとしても、優しい陛下ならば、許してくださることだろう。ウエンはそう思って祈るしかなかった。

たくさんの兵士に守られて、長い廊下を進み神殿へ向かう。神殿にはヨンワンが待っていた。

扉が開き神殿の中に入る。その不思議な内装と荘厳な雰囲気で、龍聖はますます緊張が高まっていった。視線の先に、ヨンワンがいるはずなのだが、視線が定まらず良く見えない。どうやって歩いたのかさえも分からずに、祭壇の前まで来てヨンワンの隣に立った。膝が震えて今にも崩れ落ちてしまいそうだ。

神殿長が何かを詠唱《えいしょう》し、式は順調に進んでいる。

突然、目の前でボウッと赤い炎が燃え上がった。それで初めて龍聖は、はっと我に返る。

「リューセー、右手を」

すぐ側で低くて艶のある優しい声がした。耳に柔らかいその声に、ほっと少し緊張が和らいだ。右手を上げると、ヨンワンがその手を取って、中指に指輪を嵌める。するとそれまで朦朧《もうろう》としていた視界が、一気に開けた気がした。

神殿長が、婚姻が結ばれたことを高らかに宣言し、参列していた者達が一斉にひざまずいた。

「さあ、参ろう」

ヨンワンが、龍聖の手を取って言ったので、龍聖は頷いた。

手を引かれて連れられるままに歩いた。衣装に慣れなくて歩きづらかったが、ヨンワンが気を遣ってゆっくりと歩いてくれていた。

廊下を歩き、階段を上り、龍聖の部屋がある階に辿り着くと、中央にある入り口から、ぐるぐると天まで続いているのではないか？　というような螺旋状の階段を上り始めた。ようやく頂上まで上りきると、そこはとても広い部屋に繋がっていた。高い天井の大きなその部屋には、金色の巨大な竜が待っていた。

「あっ……」

龍聖は驚いて足が竦んだ。思わずヨンワンの手をぎゅっと握り返す。

「シャンロンが怖いかい？」

「しゃんろん？」

「彼の名前だよ。あれは私の竜だ。ウエンから私達の話は聞いた？」

「はい、あの竜はシーフォンの半身だと」

「そう。あれは私自身でもあるんだよ？　リューセーは、私のことが怖い？」

「いいえ、いいえ」

龍聖は慌てて首を振った。

「それはよかった。じゃあ……そうだな。しばらく目を瞑っていなさい」

言われて龍聖は素直に目を閉じた。するとふわりと体が持ち上げられて、驚いて目を開けた。ヨンワンが、龍聖の体を抱き上げていたのだ。

「あ、あ、あの……」

「約束だよ。私が良いと言うまで目を瞑っていなさい」

「は、はい」

言われてまた慌てて目を閉じる。

ヨンワンが歩きだすのが分かった。どこかに連れられていくのだろうと思う。龍聖はヨンワンにぎゅっとしがみついたまま、強く目を瞑っていた。

途中とても強い風に吹きつけられて、外に出たのだなと思った。なんだかヨンワンが歩いているとは思えないので、どういう状況にいるのかとても気になったが、目を開けたら、また失態を犯してしまいそうで、今は言われるままにぎゅっと目を閉じ続けた。

やがてふわりと体が浮くような感覚がして、ヨンワンが歩いているのが分かった。

「さあ、もう目を開けて良いよ」

言われて恐る恐る目を開けた。最初に見えたのはヨンワンの顔だった。とても優しく微笑んでいる。龍聖は恥ずかしくなって、視線を逸らして辺りを見まわした。見たことのない建物の入り口のようだ。

「ここは？」

「ここは北の城だよ。初代竜王ホンロンワン様が建てた城だ。ここの説明は聞いたかい？」

「あ、はい聞きました……婚姻の儀式の後、三日間竜王様と契りを交わすための場所だと」

「そうだ……これを済ませなければ、私達は正式な夫婦になれないのだ。嫌かもしれないけれど、我慢をしておくれ」

「嫌だなんて……」

龍聖が否定の言葉を言いかけたが、ヨンワンは龍聖を抱き上げたまま、また歩きだした。城の中へ入っていく。薄暗い城の中、点々と灯された灯りを頼りに進む。しばらく歩いて、ようやく奥にある大きな扉の前に辿り着いた。そこで龍聖は下ろされた。

「着いたよ」

重い扉をヨンワンがゆっくりと開くと、突然眩しいほどの光が溢れ出した。眩しくて目を閉じたが、手を引かれて歩きだしたので、少しずつ目を開いていった。

そこは光に溢れた白い大きな部屋だった。床も壁も白い石で作られている。天井には、きらきらと光る石のようなものが埋め込まれていて、それがまるで太陽のように部屋を明るく照らしている。

広い部屋の奥まで進むと、左右にふたつ扉があった。そのひとつの前にヨンワンが立つ。

「リューセー、指輪をここの穴に押し入れておくれ」

龍聖は言われるままに、扉の窪みに右手の指輪を押し当てた。ヨンワンも同じように、もうひとつの窪みに指輪を押し当てる。すると扉がガコンと音を立てて少し開いた。

「この部屋は我々しか入ることの出来ない部屋なんだ。王と王妃の指輪がなければ、この扉を開くことは出来ない」

ヨンワンが説明をしてくれて、少し開いた扉に手をかけて、大きく開いてみせた。部屋の中はそれほど広くはなかった。赤く淡い光に照らされている。中央に大きな台座のような物がある。

ヨンワンが少し離れた机の上に置いてあった大きな布の塊《かたまり》を抱えて戻ってきた。

「あれはベッドだよ。寝るための用意は、自分でやらないといけないんだ。侍女はここに入れないからね」

ヨンワンが笑いながらそう言ったので、龍聖はようやく事情を把握した。

「あ、私がやります」

慌てて敷布を受け取ると、広げてベッドを整えた。なんとか寝所の準備を終えると、龍聖はヨンワンの方に向き直り深々と頭を下げた。

「陛下……あの……私を伴侶として認めてくださりありがとうございます。精一杯務めさせていただきます。なにとぞよろしくお願いします」

「リューセー……座ろうか？」

「え？」

意を決して挨拶をしたのに、ヨンワンにそう流されたので、龍聖は驚いたようにヨンワンをみつめた。ヨンワンは苦笑しながら頭をかいている。

ヨンワンは龍聖の手を引いて、部屋の中央にある石造りの机と椅子のあるところまで来た。

「少し座って話をしないか？」

「はい」

龍聖は素直に頷いた。ヨンワンと龍聖は隣り合って座り、互いに向き合った。ヨンワンはなんだか落ち着かない様子だ。龍聖はどうかしたのだろうかと、不思議そうにヨンワンをみつめている。

「リューセー、君とは六日前に会って、少しばかり話をしただけだ。お互いにあまりよく知らない仲だ。その上君は、見知らぬ土地で、知り合いも誰もいない中で日々を過ごしている。とても不安だと思う。私の伴侶になることを、承知してくれてありがとうと言うのは私の方だ。普通はきっと……抵抗があるはずだ。特に君はこの世界に来た時の印象が最悪だっただろう？　怖い思いをして……」

「陛下、あの……発言をお許しいただけますか？」

ヨンワンが龍聖のことを気遣いながら、言葉を選んで話しているのを見て、龍聖の方がいたたまれずにそう口を開いた。

「も、もちろんだよ。何か言いたいことがあればなんでも言ってくれ」

「陛下はとてもお優しいので、私のことを気遣ってくださっているのは分かります。ですが陛下が心配なさるようなことは何もありませんから大丈夫です。私はここでこれから何をするのかもちゃんと理解しています。顔も見たこともない相手と、いきなり祝言をあげるのは私の世界でもよくあることです。というか当たり前のことです。結婚は家同士がするものですから、親が決めた相手とするのが普通です。夫婦になって、そこから互いに知り合って信頼を深めていけばいいだけです。それは今の私と陛下も同じではないでしょうか？　それとも……陛下が私を相手では、そういう気になれないというのならば話は別ですが……」

ヨンワンはその言葉に、飛び上がるほど驚いた。

「何を言うんだい！　そんなわけがないだろう！　私はあの日君に会ってから、ずっと君のことばかり考えていたんだ。君とこうして伴侶になれてどれほど嬉しいことか……」

「本当ですか？」

龍聖は感激に身を震わせた。その顔があまりにかわいくて、ヨンワンは抱きしめたいという衝動に駆られた。

「リューセー……抱きしめてもいいかい？」

「は、はい」

龍聖は慌てて返事をして、ヨンワンがその体をそっと抱きしめた。

「本当に儀式を続けても良いのかな？」

「はい」

耳元で囁かれて、龍聖は消え入るような声で返事をした。

ではやろう……と言っても、気まずいことには変わりなかった。二人はしばらくベッドに並んで座っていたが、ヨンワンが決意したように立ち上がり服を脱ぎ始めた。それを見て龍聖も慌てて立ち上がると、同じように服を脱ぎ始める。

慣れないボタンに苦戦しながら、ようやく龍聖が服を脱ぎ終わると、隣ではすでに全裸になったヨンワンが立っていた。筋肉の付いたそのたくましい体軀に、龍聖は思わず見惚れてしまった。それに比べて自分の裸など、みっともないだけだと恥ずかしくなる。二人は全裸のまま向き合って、恥ずかしそうに俯いた。

「あの……私の方は……儀式の前に、準備してありますので、そのまま入れていただいて大丈夫です……あとはヨンワン様の方で、用意が出来ましたら……」

龍聖はそう言って、ちらりとヨンワンの股間を見た。とても太くて長くて立派な男根だ。陰嚢《いんのう》も大きく、精をたくさん溜めていそうだ。少しばかり頭が持ち上がりかけている。まったくの無反応というわけではないようなので、龍聖は少しだけ安堵した。

「君の香りを嗅げば、たぶん……すぐに大丈夫だと思う」

ヨンワンが恥ずかしそうに頬を染めてそう言った。

「私の香り……」

「その指輪を外せば、香りが放たれるはずだよ」

ヨンワンがそう言うと、龍聖は自分の指輪をじっとみつめた。恐る恐る指輪を外す。すると途端に二人の間に、不思議な香りがふわりと広がった。

ヨンワンには龍聖の香りが、龍聖にはヨンワンの香りが届く。互いにしか効果のない媚薬のような香り。それは鼻腔をくすぐり、体を熱くさせ、頭を刺激する香りだ。

二人とも頬を上気させ、少しずつ息が乱れていく。ヨンワンの男根がみるみる質量を増し、むくむくと頭を持ち上げ始めた。

「リューセー」

ヨンワンは、龍聖の香りに誘惑されていた。だが羞恥心と龍聖を案ずる気持ちが邪魔をして、頭の中で葛藤《かっとう》していた。

龍聖は白い肢体を、うっすらと朱に染めて、はあはあと荒く息を乱している。体がひどく熱かった。陰茎がじんじんと疼《うず》いている。勃起して先端から透明な汁が溢れ出していた。後孔がひくひくと疼いている。儀式の前に、自分でそこをほぐしておいた。みそぎのように体を洗った際に、そこで中を丁寧に洗い、いつでも受け入れられるように準備したので、やけに疼いて仕方がなかった。

ついヨンワンのそそり立つ男根へ視線を向けてしまう。あんなに太くて長い男根を、自分の中に入れることが出来るだろうかと、少しばかり不安になった。だけど受け入れなければ、リューセーとしての役目を果たせない。龍神様に命を賭《と》して仕える覚悟を決めたはずだ。

でも……と、何度もくじけそうになるのは、怖いとか嫌だとかそういう感情ではなかった。

『恥ずかしい』その思いで泣きそうになる。目の前にいるのは、心優しい青年だ。龍聖のことを気遣って、とても優しく接してくれる。とても王様とも龍神様とも思えない美しい青年だ。

その彼に、自分の醜態《しゅうたい》を晒すのが恥ずかしかった。何度もくじけそうになりながら、必死の思いで役目を果たそうとした。

「ヨンワン様……お願いいたします……」

龍聖が震える声でそう言った。ヨンワンの体がびくりと反応する。

「リューセー……その……大丈夫なのか？」

「大丈夫です……お願いします」

龍聖はそう言って、少しばかり尻を浮かせた。本当は手をついて尻を上げるようにと、春画を見て覚えたのだが、とてもそんな恰好は出来そうにない。だが体の奥が疼いていて、交わらなければと、役目をいやでも思い出す。羞恥で死にそうだと思ったが、体はヨンワンを求めている。それは自分でも認めるしかなかった。ヨンワンの香りに酔っている。繋がりたいと心から願った。

目の前にある龍聖の尻を見て、ヨンワンはゴクリと唾を飲み込んだ。白くて丸くて、とても柔らかそうな双丘が目の前にある。その割れ目の中央に、小さな穴があった。ひくひくと蠢《うごめ》いて、時折口を開けるその後孔は、とても性欲をそそられるものだった。

たぶんヨンワンが初めて感じる性欲だと思う。

股間の昂《たかぶ》りは、痛いほどに膨張している。へそに着くほど反り上がった男根は、その鈴口から汁を溢れさせていた。もう今にも爆発しそうだ。

これをあの孔《あな》に入れるのだということは分かっている。龍聖もそれを求めている。だがあんな小さな孔に入るのだろうか？　龍聖を傷つけてしまうのではないだろうか？　そんな不安が頭をよぎる。

「ヨンワン様」

龍聖がせつない声で呼んだ。もうこれ以上の我慢は無理だ。

ヨンワンは、両手で龍聖の尻を掴んだ。柔らかな双丘が、掌《てのひら》の中でふにふにと弾力を持っている。

両手の親指の腹で、孔の縁をぐっと広げてみた。そこは意外と柔らかくて、ぐにっと左右に伸びるように開く。そこへ亀頭をそっと宛がってみた。

男根から溢れ出る汁が、龍聖の尻を濡らした。ぐっぐっと亀頭の先を孔に押し当てると、何度目かに先端が孔の中へと入った。

「あっ」

龍聖が小さく喘ぐ。ヨンワンは荒い息遣いで、ゆっくりと腰を進めて、龍聖の中に昂りを挿入していった。

「あぁぁぁぁっ　んんっあっ……ああんっあっ……」

ゆっくりと肉を割って、大きな熱い塊が体の中へと入っていく。龍聖はその熱さに、喘ぎ声を止めることが出来なかった。ぎゅっとシーツを握りしめて喘ぎ続けた。

ヨンワンは両手を龍聖の腰に移動させて掴むと、ぐっと引き寄せてさらに昂りを深く差し入れていった。龍聖の中はとても狭くて熱かった。男根が締めつけられて、その快楽は、何物にも代えがたいほど心地よく、頭の中が真っ白になる。じわじわと下腹部に血が集まるような感覚がした。はあはあと、荒ぶる息遣いが収まらない。無意識に腰がゆさゆさと痙攣《けいれん》するように動いた。抽挿《ちゅうそう》するまでもなく、中に入れただけでもう爆発してしまいそうだ。

「うっうっうっ……出る……ううっ……出るっ……」

ぶるっと体が震えて、それと同時に弾けるように、腰がびくびくと痙攣した。快楽の波が背筋を通って一気に駆け抜け、頭の中が真っ白になって、龍聖の中に大量の精液が放たれる。

「ああっあっ……あぁぁぁっっ」

龍聖は背を反らせながら、びくびくと体を震わせて達した。だがヨンワンの腰の動きが止まらない。細かく痙攣するように前後に抽挿を続けている。射精が止まらないのだ。抽挿の動きに合わせて、隙間から厭《いや》らしい音を立てながら、乳白色の精液が溢れ出てくる。

「うっうっうっ……あぁっ……んっんっ」

ヨンワンは苦し気に顔を歪めながら喉を鳴らして腰を動かし続けている。自分でも止められなかった。

「ああっあんっ……やぁっいやっ……ぁはっあっ……ぃやあっあああんっ」

攻められ続けて、龍聖はただ喘いだ。太い楔を体の真ん中に打ち込まれ続けているような激しい攻めに、言葉もなく喘ぐしかない。何も考えられない。

「ううっうっ……ふぅっふぅっふぅっ……んんっ……」

ヨンワンがまたぶるりと体を震わせた。湿った淫猥《いんわい》な音がして、中に納まりきらない精液が溢れ出す。それは龍聖の股を伝って、シーツに染みを作った。二度射精して次第に体の熱が引いていった。

ヨンワンは龍聖から体を離し、息を乱しながらぐったりと横たわる龍聖をみつめていた。恐る恐る手を伸ばして、背中を撫でたが反応がなかった。龍聖の尻は、ヨンワンの精液で汚れている。それをみつめて、犯してしまったことを改めて確認すると、ヨンワンは眉間にしわを寄せた。熱が引くと共に冷静になっていく。香りの効果も切れてしまった。

龍聖をそっと抱き上げて、ベッドの中央に仰向けに寝かせると、上掛けを掛けてやる。乱れている髪を撫でるように整えてやった。美しい顔。こんなに美しい龍聖を、肉欲のままに犯してしまったのかと、ひどく自分を恨んだ。こんなつもりではなかった。

もっとちゃんと愛して、大切にして、優しく抱くつもりだったのに……。

ヨンワンはベッドの縁に腰を下ろすと、頭を両手で抱え込んで大きく溜息をついた。


龍聖はふと目を開けた。そこは赤い色の淡い色に包まれた部屋の中だ。意識が混沌としている。何度か目を開けたり閉じたりを繰り返し、やがてようやく、自分がどこにいるのかを思い出して、それと共に目が覚めた。

辺りを見ても誰もいなかった。ベッドには龍聖だけがただ一人寝かされている。

「ヨンワン様」

小さく呟くように名を呼んで、龍聖はのろのろと体を起こした。ひどく気だるい感覚が体に残る。

そうだ。ヨンワン様と性交をしたのだと思い出した。お尻に初めて入れられた。衆道の交わり方は、知識では知っていたし、龍神様の夜伽《よとぎ》の相手もしなければならないかもしれないと言われて、粗相のないようにと、後孔をほぐして入れられるように日頃から慣らしていた。でもそれは自分の手だったり、道具を使うだけで、もちろん誰とも閨《ねや》を共にしたことなどない。

自分にも同じものが付いているのだからと、入れられるものは、自分の陰茎の大きさで想像していた。だが、ヨンワン様の男根は、とても自分のものとは比較にならないほど、太くて長かった。あんなものがよく入ったものだと、思い出して頬が熱くなる。

そっと自分のお尻を触ってみた。孔に触れると、びくりと体が震える。少し敏感になっているようだ。

でも痛みはない。それに精液の跡もない。綺麗に拭かれているようだ。ヨンワン様が拭いてくれたのだろうか？　そう思ったら、申し訳なさにいたたまれなくなった。すっかり気を失って、眠ってしまっていたらしい。失態だと恥ずかしくなる。

ベッドから降りて、少し開いている扉に手をかけた。部屋の外は、とても明るくて眩しい。目を細めて辺りを見まわすと、少し離れた所の長椅子に、ヨンワンがぽつんと座っていた。床に届くほどの深紅の長い髪が、白い床に映えて美しいと思った。雪の中の赤い椿の花が思い浮かんだ。

寒い雪の中でも、真っ赤に咲き誇る椿を強くて美しいと思った。

竜王もまた強くて美しい。

龍聖は床に落ちていた衣を拾って軽く羽織ると、そのままヨンワンの側まで歩いていった。

「ヨンワン様」

声をかけると、ヨンワンの肩がびくりと揺れた。

「もう大丈夫なのかい？」

ヨンワンが優しい声でそう答えたが、こちらを振り向いてくれなかった。龍聖は黙ってヨンワンの隣に腰を下ろした。

「あの……眠ってしまって、申し訳ありませんでした。どれくらい……眠っていたのでしょうか？」

「半日くらいだと思うよ……きっと、君の体が変化していたのだと思う。苦しかったりしなかった？」

「はい、どこもなんともありません……本当に私の体は変わったのでしょうか？」

「額に印が出ているから、君はもう普通の人間ではなく、我々シーフォンに近くなったんだよ」

「印……」

龍聖は自分の額を触ってみたが、よく分からなかった。それにしても、ずっとヨンワンは、こちらを見ない。口調は変わらず優しい。低く艶のある柔らかな声だ。耳に心地よくて、龍聖はヨンワンの声を聴くと、どきどきと胸が高鳴る。

「ヨンワン様？」

ヨンワンの顔を覗き込むようにして名前を呼んだ。だがヨンワンは顔を背けてしまう。

「ヨンワン様、怒っていらっしゃるのですか？」

「なぜ？　怒っていないよ。私が君を怒る理由なんてないよ」

「じゃあ、なぜこちらを向いてくださらないのですか？」

「それは……」

ヨンワンは、うっと一瞬言葉を詰まらせた。少し言葉を選ぶように考え込む。

「君に合わせる顔がないからだよ」

「私に合わせる顔？」

龍聖は首を傾げた。

「私は君の香りの誘惑に負けてしまい、理性を失って、君を乱暴に犯してしまった。あれは性交なんかじゃない。ただの暴力だ。自分が恨めしくて仕方ないんだよ」

ヨンワンはそう言って肩を落とした。龍聖は、またヨンワンの顔を覗き込むように体を寄せた。

「泣いておいでなのですか？」

「泣いてないよ。いや、自分が情けなさすぎて涙も出ない」

「ではこちらを向いてください。私を見てください……。せっかく……体を重ねて、儀式をやり遂げて、ヨンワン様の本当の伴侶にしてくださったというのに、私のことを見てくださらないのでは悲しすぎます。ここにはウエンも誰もいない……私にはヨンワン様しかいないというのに……」

「リューセー……」

ヨンワンは驚いて、少し龍聖の方へ体を向けると、ちらりと龍聖の顔を見た。

「それとも後悔をしておいでですか？　私のことがお嫌いになられましたか？」

「それはない！　……そんなことは決してあるものか！」

慌てて勢いよく振り返り、龍聖をみつめながら、真剣な顔でヨンワンが否定すると、龍聖は嬉しそうに微笑んだ。

「それならば嬉しく思います」

ヨンワンは「あっ」と小さく呻いて、情けない顔をした。

「君こそ呆れただろう？　こんな情けない王で……」

「そんなことはありません。ヨンワン様はとても優しくて、とても純粋なお方です。確かにこんな王様は見たことありません……王様というのはもっと威張《いば》っていて、怖い方かと思っていました。だから私は、ヨンワン様で良かったと思っています。こんなに優しくしていただいて、嬉しいです」

龍聖は頬を染めて、幸せそうに笑う。そんな龍聖をみつめて、ヨンワンは、きゅっと胸が苦しくなった。これが恋なのだろうか？　と頭の隅で考える。

「ヨンワン様、私、実は少し怯えていました」

「え？」

「この部屋に来た時、とうとうその時が来たのかと、覚悟はしていましたが、私はまったく性交の経験がありませんから、きちんとヨンワン様の相手が務まるのか、怖くて怯えていたのです。でも……ヨンワン様が少し話をしようと言ってくださって、私を気遣っている姿を拝見して、私の怯えはどんどん消えていきました。そして抱きしめてくださって……私は初めて心から、ヨンワン様に抱いてほしいと願ったのです。ヨンワン様は乱暴にしたとおっしゃいましたが、私はあまりよく覚えていません」

龍聖は恥ずかしそうに俯いた。そして羽織っていた衣の前を少し開けて、自分の体をみつめた。

「どこも傷はついていませんし、乱暴なんてされていません。ヨンワン様は私を抱いて良かったのですよね？」

「もちろんだよ」

「私はヨンワン様のリューセーで良かった。平凡で臆病な私だけど、ヨンワン様はその優しさで私を包んでくださるから、何も怖いものなどないと思えてしまえるのです。本当にこんな私でよろしいのですか？」

「ああ、愛しているよ」

「あい？」

「愛おしいということだよ」

ヨンワンが甘く囁いた。龍聖は頬を染めてはにかむように笑った。

「リューセー……キスをしてもいいかい？」

「きす……ですか？」

龍聖が不思議そうに首を傾げた。ヨンワンは微笑むと、その柔らかな唇に、そっと唇を重ねた。顔が離れると、龍聖は目を丸くしている。

「これがキスだよ」

ヨンワンにそう言われて、龍聖が顔を赤らめる。

「せ……接吻《せっぷん》のことなのですね……」

龍聖は恥ずかしそうに下を向いた。

「嫌だった？」

問われて、龍聖は首を振った。

「じゃあ、もう一度してもいい？」

尋ねられて、下を向いている龍聖の耳や項が赤くなっているのを、ヨンワンは目を細めてみつめる。

「リューセー？　キスをしてもいい？」

もう一度尋ねると、龍聖はゆっくりと顔を上げた。ヨンワンを見上げる瞳は、うるうると潤んでいる。そのまま目を閉じたので、ヨンワンは再び唇を重ねた。

そっと触れるような口づけ。離れて、すぐにまた重ねた。龍聖の柔らかくて小さな唇を食《は》むように吸うと、龍聖の体が小さく震える。両手で包み込むように優しく抱きしめた。

ヨンワンは、今初めて心から『愛しい』と思えていた。たぶんこの感情に近いものは、初めて龍聖を見た時から芽生えていたのだと思う。だがそれが愛だとは、まだ分からなくて、自分でも迷っていた感情だ。

体を重ねたからではない。もちろんそれも少しはあるかもしれないが、こんなにも一途《いちず》に、自分のことを慕ってくれる美しい伴侶を、愛さずにいられるわけがなかった。

「リューセー……もしも嫌でなければ……ちゃんと君を抱いても良いだろうか？　香りの誘惑などなく、今、私は君を無性に抱きたくて仕方ないんだ」

「もちろんでございます……ヨンワン様……私はもうヨンワン様のものなのですから……」

腕の中で、龍聖がそう答えた。見なくてもわかる。頬を染めて、羞恥に震えながら言ってくれているのだ。儚《はかな》げなのに、誰よりも凜として強い私の愛しい伴侶……。


ベッドに横たえた龍聖の上に覆い被さるように、ヨンワンが体を重ねると、何度か龍聖の唇に口づけた。首筋から鎖骨へと唇を這わせて、その柔らかな白い肌を丹念に愛撫する。

薄い色の小さな乳輪をなぞるように舌先で舐めて、プクリと立った小さな乳首を強く吸い上げる。

「あぁんっ」

ちゅくちゅくと音を立てて、龍聖の乳を吸い、両手で脇から腰までのラインを何度も撫でて愛撫する。

龍聖の息遣いが次第に荒くなっていく。

お腹の柔らかな肉を吸い、唇が下腹部まで降りていくと、その先に頭を持ち上げている龍聖の陰茎を、口に含んで吸い上げた。

「ああっぁあんっあっ」

龍聖が腰を浮かせて、ふるふると震える。舌で執拗なほどに陰茎を愛撫して、龍聖を鳴かせ、甘い喘ぎを上げさせ続ける。

陰茎を解放すると、体を起こして、龍聖の両脚を左右に大きく開かせた。腰を抱き上げると、再びゆっくりと、熱い昂りを龍聖の中へと挿入する。

「あぁっ……あぁ――っ」

ぐぐっと一気に深く挿入されて、龍聖はせつない声を上げた。

「リューセー……辛くないか？」

ヨンワンは快楽の波を堪えるように、苦しげに顔を歪めて尋ねた。

「ああっ……んっ……ヨンワン様っ……」

龍聖は名を呼びながら首を振った。

ヨンワンはそれを見て、少し安堵したように息を吐くと、ゆさゆさと腰を前後に動かし始めた。

「あっ……あっ……あっ……あっ……」

突き上げられるたびに声が漏れる。熱い肉塊が抽挿されるたびに、内壁が擦られて、たまらない快楽を生む。龍聖もヨンワンも、背筋が痺れるような快楽に、溺《おぼ》れるように腰を揺らす。肉の交わり合う厭らしい音と、二人の喘ぎが重なり合った。

「リューセーっ、リューセーっ……うっくっ――っんんっ」

腰の動きが速まり、限界に達すると、龍聖の中に勢いよく精を放った。

「あっあああっ……ヨンワン様っ……熱いっ……ぁはぁっ……ああっ」

龍聖が体を震わせ達すると、きゅっきゅっとヨンワンの男根を締めつける。その快楽に恍惚《こうこつ》となりながら、残滓《ざんし》まで絞り出すように抽挿を続け、やがてゆっくりと体を離した。

はあはあと肩で息をしながら、龍聖の隣に体を横たえて、龍聖の体を抱き寄せた。

「リューセー……体は大丈夫か？」

「ヨンワン様……そんなに……心配なさらずとも大丈夫です……優しく抱いてくださって……私は幸せです」

微笑む龍聖を愛しそうに抱きしめて、髪を撫でてやる。額に口づけて、また強く抱きしめた。

「本当に……私に子が出来ますでしょうか？」

龍聖がぽつりと呟いた。

「ん？　どうしたんだい？」

「ヨンワン様は、私の体を、子が孕める体にはしてくださいますが、子宝の方は……普通の夫婦のように、性交をして、運よく授かれば産むことが出来ると伺いました。そしてシーフォンは、人間に比べると、ずっと子が出来にくいと……」

「リューセー……そんな心配はしなくてもいいんだよ。聞いたと思うけれど、私達の寿命は人間の何倍も長い。私達はこれから百年も二百年も夫婦として共に過ごすのだ。それだけの年月があれば、子の一人や二人くらい授かることは十分に出来る。時間はたくさんあるのだ。案ずることなく、緩やかな気持ちでいればいい」

耳元で優しくそう諭されて、龍聖は目を閉じて心地よく聞き入っていた。そんな甘く優しい声で言われると、そうかなと安心してしまう。

「私の兄嫁は、嫁いできてから三年、子が出来なくてとても思い詰めておりました。そのことを思い出していたのです。本当は、私はこちらの世界に来ることが出来たら……龍神様にお会いすることが出来たら、義姉様に子宝を授けてくださいとお願いするつもりでした。だけど私自身が、ヨンワン様の子を産めるかと、悩んでいる立場になってしまって……」

龍聖の話を聞きながら、ヨンワンは何度も優しく龍聖の頭を撫でていた。

「リューセー、シーフォンの間では、リューセーが子宝に恵まれると、シーフォン全体も子宝に恵まれると言われているんだ。リューセーは竜の聖人だから、影響力が強いのだよ。だから……もしかしたら大和の国でも、影響が出て、子宝に恵まれるかもしれない」

ヨンワンの話を聞いて、龍聖は一瞬明るい顔になったが、すぐにまた思い詰めた顔になった。

「ではやはり、私が子を孕まぬことには、どうしようもないということですね……ヨンワン様の子を孕めるかどうか不安でなりません」

するとヨンワンがぎゅっと強く龍聖を抱きしめた。

「ああ、リューセー……君を励ますつもりで言ったのに、逆効果になってしまった。すまない……そんなつもりはないんだよ」

「分かっています。ヨンワン様……子は授かりものです。良き時に授かるでしょう」

龍聖は顔を上げると、にっこりと笑ってみせた。

ヨンワンは、その部屋で過ごす三日の間、無理には性交をしなかった。龍聖を抱きしめて、ただ何ということはなく、話をしたり、口づけだけで睦み合ったりするだけで幸せだった。その後二度性交をしただけで、三日間の儀式は終わりを告げた。


二人が城に戻ってくると、ダイレン達弟妹と、ウエンが出迎えてくれた。

ヨンワンは、龍聖にダイレン達を、ダイレン達に龍聖を紹介する。

「よろしくお願いいたします」

龍聖が頭を下げて挨拶をするので、ダイレン達も恐縮したように挨拶を返した。

「リューセー様が兄上とこうして仲睦まじくしていらっしゃるのを見て安心しました。これから兄上のことをお願いいたします」

妹のリアンが、目に涙を浮かべながら嬉しそうに言っていると、隣に並ぶ妹のシュエンまでもが釣られて泣きそうになっている。

「まあまあ、今夜の宴の席でゆっくり話すと良いでしょう。まずはお二人ともお部屋へお戻りください。兄上は申し訳ありませんが、後ほど執務室へ来ていただけると幸いです」

ダイレンが妹達を宥めながら、こんな時に申し訳ないとヨンワンへ急ぎの仕事があることを示唆した。

「すぐか？」

「いえ、それほど急ぎませんが、ただ夜の宴の準備もございますので、それほどゆっくりはできません」

「分かった。出来るだけ早く行く」

ヨンワンは龍聖の手を取って、城の中へ入っていった。三日ぶりに戻ってきた城だが、龍聖は婚姻の儀式の時までの十日近くを、ずっと王妃の私室の中で過ごしていたので、初めて来た場所のように新鮮で、帰ってきたという感覚はない。塔の螺旋階段を降りながら、物珍しげに辺りを見まわしている。

「婚礼の儀式の後、北の城へ向かうためにここを通っただろう？　そんなに珍しいかい？」

ヨンワンが微笑みながら龍聖に声をかけた。龍聖は自分がそれほどきょろきょろとしていたのかと気づき、赤くなって小さく「すみません」と言った。

「あの時は緊張していましたし、どこに向かうのかも分からずにいたので……周りを見る余裕もありませんでした。このような造りの建物は初めてで……すべてが珍しく思ってしまうのです」

龍聖が言い訳をしたので、ヨンワンは思わず失笑した。

「逆に今は緊張していないというのなら良いことだと思うよ。君にとってこの城は、これから私とずっと共に過ごしていく我が家なのだから、早く寛げる場所になった方がいい。辺りを好きなだけ見まわして構わないし、聞きたいことがあれば聞いて構わないよ。ただ足下には気をつけてね」

ヨンワンの優しい言葉に、龍聖は嬉しそうに「はい」と言ってはにかんだ。

「戻ってくる時にお城の姿を拝見しました。とても大きなお城で驚きました」

「この城は二代目竜王ルイワン様が建てられた城なんだ。完成するのに二十年もかかったそうだよ」

「二十年！」

龍聖が驚きの声を上げたので、その素直な反応にヨンワンは笑いを堪えた。ウエンから聞いてはいたが、本当に反応が良いので色々と教えがいがあると思った。

「シーフォン全員が城の中で暮らせるようにと、こんなに大きな城を建てたんだ。当時はシーフォンも二千人ほどいて……今は六百人弱しかいないから、部屋があり余っているんだ。まあその空き部屋を利用して、四代目ロウワン様の時に神殿とか書庫とかをお作りになったのだけど……神殿は儀式の時に行ったから分かるよね」

ヨンワンは丁寧に説明をした。本来ならばこのような教えは、ウエンがやるのだが、ヨンワンは教え方が丁寧だし何よりも二人が仲睦まじくしているのが良いと思って、後ろからついてきているウエンは、終始ニコニコとしながら静かに聞いていた。

「はい、天井が高くてとても広々としていて、正面にあった竜の像がとても威厳に満ちていて素晴らしかったです。あまりきょろきょろしてはいけないと思って、出来るだけ見るのを我慢しましたけど……」

「じゃあ、今度ゆっくり見に行こうか。書庫も素晴らしいから連れていこう」

「本当ですか？　あっ……でも……ヨンワン様はお忙しいのに……」

龍聖はパアッと顔を輝かせたが、すぐに顔色を変えて申し訳なさそうに俯いた。

「確かに仕事は忙しいけれど、私には優秀な家臣がたくさんいるからね。彼らは私を休ませたがって困るくらいなんだよ。だから君との時間はいくらでも作れる。そんなに君が心配するようなことは何もないよ」

ヨンワンがにこやかに優しく言うので、龍聖は耳まで赤らめて恥ずかしそうに小さく頷いた。そんな龍聖を見て、ヨンワンが笑みを深める。

「さて、到着したよ」

ヨンワンが足を止めてそう言った。龍聖は「え？」と小さく声を漏らした。なぜならそこは知らない扉の前だからだ。

目の前には両開きの大きな扉があり、その両側に見張りの兵士が二人立っている。今まで部屋を出たことがなかったので、自分の部屋の位置関係には不案内だが、少なくともこんな両開きの扉ではなかった。扉はひとつだったはずだ。思わず辺りを見まわして『あそこじゃないかな？』と、そこから少し離れたところにある扉の前に兵士が見張りとして立っているのを見て思った。

「リューセー様、婚姻の儀式を行いましたので、これからは陛下と一緒にお暮らしになるのですよ。ここが王の私室になります」

後方からウエンがそっと告げた。それを聞いて「あっ」とまた龍聖が小さく声を漏らした。

確かに儀式の前にそう教わったと思い出したのだ。恐る恐る隣に立つヨンワンの顔を見上げた。ヨンワンは、そんな龍聖を急かすことなくじっと待っていた。目が合って、ヨンワンがニッコリと笑う。

「今日からここで一緒に暮らすんだけど、今までいた部屋は、君の部屋だから自由に使って構わないんだよ。ここには私の書斎はあるけれど、君の書斎はないからね」

ヨンワンが補足するように教えたので、龍聖はパチリと大きく目を見開いた。

「こちらとは別に、あの部屋を私がいただいても良いのですか？」

「ああ、もちろんだよ。何か趣味でやりたいこととかがあれば、それをするための部屋にしても良いし、書斎のように好きな本などを置いても構わない」

龍聖はとても驚いていたが、今のところは特別に使用する目的がないので、そのうち考えようかと思った。

「さあ、中に入ろう」

ヨンワンが合図を送ると、見張りに立っていた兵士が両側から扉を開いた。大きく開かれた入り口から中へ入る。そこには少し小さめの部屋があり、侍女が一人立っていた。ヨンワン達に深々と礼をして、そのまま横にある扉を開いた。先ほどの入り口から入ってすぐ右側にある扉を開くと、その先には広い正方形の部屋がひとつあった。濃紺を基調とした絨毯と壁紙の落ち着いた雰囲気の部屋だ。

中央には三人掛けのソファが一対とテーブルが置かれている。それ以外には、左右の壁側に四脚ずつ一人掛けの椅子が、等間隔に並んでいるだけで、他に家具などはなかった。

「ここは来賓が来た時に会ったりするための部屋だよ。まあ来賓と言っても、外からの客ではなく、主にシーフォン達だね。王族と一部の近臣以外はこの先に入ることは出来ないんだ。だから君が誰かをお茶に招いたりする時には、ここで会うか君の部屋で会うことになるんだ」

「そうなんですね……分かりました。あの、先ほど通ってきた小さな部屋は何のための部屋ですか？」

龍聖が後ろを振り返って尋ねた。『小さな部屋』と言ったが、二尾村の実家にある龍聖の部屋くらいの広さはある。六畳くらいだろうか？　他の部屋が龍聖にとっては規格外に広いので、ついそんな印象を持ってしまっただけだ。

「あれは侍女の控えの間だ。外からの来訪者への対応が主な仕事だ。伝言があったり、王か王妃に会いたいなどの用件があったりした時には、この奥に伝える役目もある。交代で常にあそこにいるんだよ」

「常にとは一日中ですか？」

「ああ、夜中もずっとだ。外にいた兵士もそうだが、一日中そこを守るのが仕事だからね。四交代ぐらいでやっているはずだ」

「それは……大変なお仕事ですね」

龍聖が感心したように呟いたので、ヨンワンは僅かに驚きの表情が浮かべたが「そうか」と周りには聞こえないほどの小さな声で呟いて、一人納得したように頷き微笑を浮かべた。

「この奥が私達の暮らす場所だよ」

話題を変えるようにヨンワンが言って、ゆっくりと歩きだした。

「失礼いたします」

ウエンがそう言って、二人を追い越して先に行き、入ってきた入り口の対面に当たる奥の扉を開いた。それはヨンワンが、一瞬たりとも歩みを遅らせる必要がないほど、絶妙な動きだった。

龍聖はヨンワンに手を引かれるままに進み、奥の部屋へ足を踏み入れた。

「わあ……」

龍聖が感嘆の声を漏らした。そこはとても広い部屋だったからだ。今まで見た部屋の中でも、一番広かった。龍聖に与えられた王妃の私室の居間もとても広いと思っていたが、ここはその倍の広さがある。

「ここが普段過ごす居間だ」

ヨンワンに紹介されて、龍聖は心弾ませながら頬を上気させて、部屋の中を見まわしている。

中央より手前にはソファセットが置かれていた。ひとつは五人くらい座れそうな大きなソファで、その対面には二人掛けくらいの大きさのソファがふたつ並べられている。間に置かれたテーブルは、白い大理石のようなもので作られている。

ソファセットの隣にはダイニングテーブルが置かれていた。十脚の椅子が並べられている大きなテーブルだった。

そんな特注のように大きな椅子とテーブルのセットが二種類も並んでいるというのに、まだ十分な広さがある。

奥には大きな窓があった。窓の側は広く場所が空けてあり、床には毛足の長い丸型の大きめの絨毯が敷かれている。そこにいくつものクッションが重ねて置いてあった。

「私は……どこで過ごせばいいのでしょう……」

龍聖は戸惑いながら、落ち着かない様子で辺りを見まわしている。そもそも椅子とテーブルというものを、この世界に来て初めて知った。王妃の私室でそれを使って、勉強をしたり、食事をしたりしていたので、ようやく慣れたし慣れれば便利だと分かったのだが、こんなに豪華な物が並んでいると、圧倒されてしまって自分の居場所が分からなくなっていた。

「どこでもいいんだよ。この部屋はこれから君の住まいになるんだ。好きなように自由に振る舞って構わないんだよ」

ヨンワンが笑いを堪えながら、龍聖に優しくそう言った。龍聖の態度や振る舞いのひとつひとつが、本当に素直でかわいいと笑みを零さずにはいられない。それはウエンや侍女達も同じのようだ。

二人が婚姻の儀式のため、北の城に行っている間に、龍聖の私物を王妃の私室からこちらに引っ越させた。龍聖の世話をしていた侍女達も移動してきている。

「ですが……これらは王様の物ですし……」

「私の物は君の物だ。君は私の伴侶だ。婚姻の儀式をして、私達は夫婦になったんだよ？　何を遠慮している？」

ヨンワンが不思議そうに首を傾げるので、龍聖は頬を染めながら困ったように上目遣いにヨンワンをみつめた。

儀式のために北の城で、二人きりで過ごした日々はとても楽しかった。ヨンワンは優しくて、龍聖を心から労《いたわ》り、慈しんでくれた。性交を強要することもなく、ただ寄り添い合って、互いの色々な話をして過ごしたりもした。優しく抱きしめてくれたり、もちろん幾度か求められたりもしたが、それは強要されてのものではなく、自然な成り行きで互いに求め合ったものだった。

本当に夫婦のように過ごすことが出来て、龍聖は龍神様に仕える使命などすっかり忘れて、ヨンワンという一人の男性を心から好きになっていた。

しかしこうして城に戻ったら、まるで夢から覚めたように、現実に引き戻されてしまっていた。王妃の部屋だけでも十分に分不相応な部屋だった。だがこの王の私室は、もっと分不相応だ。

「リューセー、おいで、案内しよう」

ヨンワンが龍聖の手を引いて再び歩き始めた。部屋を横切り奥の扉へと進む。扉を開けて、そのまま中へ入っていった。

「ここが私の書斎だ。政務が忙しくて、ゆっくりとここで読書などをする時間が今はなくて、ここに置いてある本は、皇太子時代のものばかりだ。書庫で気に入った本があれば、それを写本して自分用の本を作るんだよ」

書斎はそれほど広くはなかった。広くはないと言っても、比較対象がおかしいためそう思ってしまうだけだ。龍聖の実家の部屋ふたつ分くらい……十二畳くらいではないかと思った。

壁一面に書棚が作られていて、本はまだ半分も埋まっていない。大きな机がひとつあり、それとは別に一人掛けのソファがひとつ置いてある。

「次はこっちだ」

ぽかんと口を開けて、天井まである書棚を見上げていると、ヨンワンが手を引いて歩き出した。龍聖は慌てて後に続く。書斎を出て、対面にある扉を目指している。

「こっちが寝室だよ」

ヨンワンが扉を開けながら言った。そのまま中に入って、再び龍聖が驚きの声を上げる。

「わあ……広い……」

寝室はとても広かった。今まで龍聖が使っていた王妃の私室の寝室も、とても広くて一人で使うにはもったいないと思っていたが、その寝室より一回り以上広い。そして何よりベッドが大きかった。

「これ……ベッドですか？」

思わず聞いてしまうのも無理はない。ヨンワンはその問いかけに思わず失笑した。

「もちろんベッドだよ。他になんだと思った？」

「も、申し訳ありません……あまりに大きいので……五、六人は眠れそうですね」

「そうだね。どんなに寝相が悪くても落ちることはないと思うよ」

ヨンワンはまだクスクスと笑い続けている。よほどツボに入ったらしい。だが龍聖は、笑われていることが気にならないくらいに、ただただ唖然として部屋の中を見まわしていた。

「本当に……すべてが私の想像を超えていて……でも王様ですから、このようなところにお住まいになるのは当然ですよね」

「何度も言うけど、ここは今日から君の住まいでもあるんだからね」

何度言われても、まったくピンとこない龍聖は、ただ呆然としている。

「疲れただろう。向こうでお茶でも飲もう」

ヨンワンは龍聖の手を引いて居間へ戻った。

大きなソファに二人並んで座る。ウエンがすぐにお茶の用意を始めた。

「そのうち慣れるよ」

「……努力いたします」

楽しそうなヨンワンに対して、龍聖はとても恐縮している。

「まあ……大和の国とエルマーン王国では、まったく生活様式も違うだろうし、驚くのも無理はないよね。でも慣れる努力なんてしなくても良いんだよ？　リューセーが過ごしやすくすることが一番だと思うから、変えたいところがあればどんどん変えて構わないんだ。ウエンに相談すると良いよ」

「はい」

「今夜の宴についてだけど、あまり深刻に考える必要はないからね。ウエンから後で説明があると思うけれど、宴の席で君がやらなければならないことは、何ひとつないから……ただ座って食事をするだけだ。シーフォンの皆に君を紹介するためだけの宴だからね。時間もそんなに長くないんだ。北の城から戻ったばかりだし、君がこの世界にまだ慣れていないことも皆が承知しているからね。心配しなくて大丈夫だよ」

ヨンワンは子供に言い聞かせるかのように、穏やかな口調で宴について話して聞かせた。龍聖は真剣な顔で何度も頷きながら聞いている。あまり真剣な顔なので、ヨンワンはまた思わず笑みを零して、そっと龍聖の頭を撫でた。龍聖はびくりと反応して、みるみる頬を染める。

「じゃあ、私は少しの間行かなければならないけれど、また戻ってくるからね。ゆっくりと寛いで待っていると良いよ」

ヨンワンは少しばかり残念という顔をして立ち上がった。

「お召し替えをなさいますか？」

ウエンがヨンワンにそっと尋ねたが、ヨンワンは「どうせまた着替えなきゃいけないから良いよ」と手を振って、そのまま部屋を出ていこうとした。

「あ、あの！」

龍聖が慌てて立ち上がり声をかけた。ヨンワンが驚いて立ち止まり振り返る。

「あの……行ってらっしゃいませ」

真っ赤な顔でおずおずとそう言った龍聖に、ヨンワンは一瞬目を見開いたが、すぐにその目は細められ笑みの形を作った。

「行ってきます」

ヨンワンは龍聖に手を振り、執務室へと向かった。

龍聖は扉が閉まっても、しばらくの間見送っていた。

「リューセー様、何か軽く召し上がりますか？」

「え？　あ……いえ、あまり食欲がなくて……」

龍聖がはっと我に返り、声をかけてきたウエンを見て、申し訳なさそうに返事をした。

「どこか具合が悪いのですか？」

「いえ……緊張していたせいもあるかもしれません……今も緊張していますけど……」

龍聖がそう言って苦笑したので、ウエンは心配そうに眉根を寄せた。

「少し横になりますか？」

「いえ、本当に大丈夫です。それよりも……あの……色々と学びたいので教えてください」

「え？」

龍聖が突然、両手の拳をぎゅっと握り、思い詰めた様子でそんなことを言い出したので、ウエンは驚いてしまった。

「婚姻の儀式の前は、儀式に必要な作法などの知識と、あとはこの国のことなどを簡単に教えていただいただけです。詳しいことは儀式が終わってから、本格的に勉強してもらうと、ウエンが言っていらしたので……教えていただきたいのです」

「リューセー様……それは……」

ウエンは『それは今でなくても良い』と言おうとしたが、ただならぬ龍聖の様子に言葉を飲み込んだ。そして表情を和らげてそっと龍聖の肩に手を置いた。

「リューセー様、まずはお掛けになってください」

龍聖をソファに座らせると、ウエンは龍聖の正面に膝をついた。龍聖の顔を覗き込んで微笑みかける。

「何かお悩みごとでもありますか？」

ゆっくりとした口調で尋ねると、龍聖はウエンをみつめて、チラリと辺りを気にするように視線を動かした。それを見たウエンは顔を上げて、側にいた侍女に目配せをした。それを合図に、侍女は部屋にいた他の侍女へ何かしら合図を送り、さっと全員が静かに居間から出ていった。

「リューセー様、人払いをいたしました。ここには私しかおりません。私はリューセー様の側近です。何度も言いましたが、私の主はリューセー様です。リューセー様にだけ忠誠を誓っております。たとえ陛下であっても、私を勝手に使うことは出来ませんし、私はリューセー様の命令以外は拒否することが出来ます。私を信じていただければと思っています」

ウエンはじっと龍聖の目から視線を逸らさずに、言葉のひとつひとつを丁寧に伝えようとした。龍聖の瞳が不安そうに揺れた。

「私は……急に不安になりました……私はこれから何をすればいいのでしょうか？」

ポツリと呟いた言葉は、要領を得ていないように聞こえる。あまりにも漠然《ばくぜん》とした言葉だ。ウエンは龍聖が何に不安を感じているのだろうと、慎重に話を聞こうと思った。

「どうぞ今不安に思っていることをすべてお話しください」

ウエンが微笑みかけると、龍聖は眉根を寄せてきゅっと下唇を噛んだ。そしてふうっと息を吐く。

「私は今まで……この世界に来てから、とにかく龍神様にお仕えすることばかり考えて、毎日が一生懸命でした。婚姻の儀式をすることも、伴侶になることも、魂精を差し上げることも、子を産むということも、すべてが龍神様にお仕えするためのこと……私はこの歳になるまでずっと、そのために努力をしてきました。学問を学び、剣術を学び、龍神様にお仕えするにふさわしい教養を身につけなければならないと……だから本当にこの世界に来ることが出来て、龍神様にお会いすることが出来て、嬉しくて……今までの努力の成果をここで発揮しなければと……ただ夢中でした」

龍聖はそこまで一気に話して、ごくりとつばを飲み込んだ。ウエンはテーブルの上に置かれたカップを手に取り、龍聖にそっと手渡して「少し冷めてしまっていますが……」と言いながら、飲むように促した。

側近としては、お茶を淹れ直すべきかもしれないが、今はそれをするためにこの場を離れるべきではないと思ったので、龍聖の喉を潤すことを優先した。

龍聖は素直にお茶を一口、二口と飲んで息を吐いた。

「でも……婚姻の儀式で……ヨンワン様と二人きりになって……ヨンワン様は本当にお優しくて、私を心から慈しんでくださいました。ヨンワン様は何度も私に、伴侶になってくれて嬉しい、ずっと側にいてほしい、仲の良い夫婦になろう……そんなことを繰り返し言ってくださって……だから私の中ですっかり『龍神様にお仕えする』という使命感のようなものは薄らいでいき、ヨンワン様の伴侶として、ずっと側にいたいと心から思うようになりました。幸せだと……本当に思いました。でも……」

龍聖がヨンワンのことを口にすると、少しばかり表情が和らいで頬に赤みが差した。だが再び眉根を寄せて表情を硬くする。

「この城に戻ってきて、夢から覚めたのです。現実を目の当たりにして……不安になりました。ヨンワン様がこの国の王様だということを思い出したのです。ヨンワン様の伴侶になるということ、夫婦になるということ、それは決して簡単な話ではないのだと……普通の夫婦とは違うのだと……そう思ったら……私は分不相応だし、こんな豪華なお城の部屋に住むような身分ではなく……これからどうすればいいのかと、不安になったのです」

龍聖は今にも泣きそうな顔をしている。ウエンは『ああ……』と、心の中で深い溜息と共に感嘆の声を漏らした。

『この方は本当に純粋で素直な方なのだ』と、そう思った。

きっと今までの龍聖も、似たようなことで不安を感じたり、壁にぶつかったりもしたはずだ。だが普通であれば、この世界に来てすぐにその不安に直面するのだ。だからウエンは、側近として教育を受けた時に、婚姻の儀式までの短い期間で、龍聖の不安を少しでも取り除けるように、負の要因となる事柄などは一切教えずに、竜王に好感が持てるような話や、この国や竜王がどれほど龍聖を必要としているか、というような話を中心にするように教えられた。

しかし今回の龍聖は、そういうところが見られなかったので、ウエンは油断していたのだ。第一印象から『素直な人』と分かっていたはずだが、ちゃんと理解していなかった。

この目の前にいる青年は、純粋すぎて、素直すぎて、真っ直ぐなのだ。この世界に来たことに喜び、自分が問うべき自身の不安には目を背けて、ただひたすらに龍神様に仕えるために、教えられたことを必死で覚えて、伴侶になれと言われればそれが自分の役目だと疑問も持たずに受け入れ、子を産めと言われればそれが役目だと受け入れ、魂精を与えろと言われればそれが役目だと受け入れた。

竜王の伴侶とはどのような立場なのかという疑問を持たず、男の自分がどのようにして子を産めばいいのかと不安を覚えず、魂精など本当に自分が持っているのかと疑いもせず、すべてを素直に受け入れた。

もちろん聞いてすぐは疑問を持っていた。いちいち驚いていたのが、素直でかわいいと思った。だがすべてすんなりと受け入れたのも『素直だから』と、ウエンは誤解してしまったのだ。

それはそういう意味で素直だったのではなかった。素直で純粋だからこそ『龍神様』という存在の御業に、何ひとつ不安を覚えなかっただけなのだ。

自分は男だけど龍神様の神子として呼ばれたのだから、伴侶になるのは当然のこと。龍神様だから男でも子を成すことは当然のこと。魂精が何か分からなくても龍神様が必要だと取っていくのだから、自分はただ言われるままに与えればいい。そんな風に何も疑わずにいたのだろう。

だけど北の城で、ヨンワンという普通の青年となんら変わらぬ生身の人を相手にして、心を通わせて、慈しまれて、龍聖が言ったように『龍神様』という特別な存在のことをすっかり忘れてしまっていたのだ。

そしてこの城に戻って夢から覚めた……と龍聖は言った。

『もっと私が配慮すべきだったのだ』

ウエンは後悔したが、今そんなことを思っても仕方がない。

「リューセー様、何も心配することなどありません。陛下がおっしゃったではありませんか。今日からここはリューセー様のお住まいなのです。自由に好きに過ごしてよいのです。リューセー様はご自分の身分を気になさっているようですが、リューセー様は竜の聖人として大和の国から降臨なさったのです。リューセー様が、陛下のことを龍神様と……神様のように崇《あが》められるのと同じように、リューセー様はこの国の民から神様のように崇められている存在なのです。ですから決して分不相応などではありません」

ウエンの言葉をじっと聞いていた龍聖だったが、聞き終わると眉根を寄せて涙を堪えるように、何度か瞬きをした。

「私は……二尾村という小さな村の名主の息子です。村は栄えていて守屋家は財を成していますが、それはすべて龍神様のご加護によるもの。一介の農民に過ぎません」

「それはあちらの世界での身分でしょう？　リューセー様はこの世界では、竜の聖人であり、エルマーン王国の王妃なのです。大和の国に何千、何万といる人間の中から、ただ一人選ばれたお方なのです。他に代わりはありません。その存在自体が尊いのです。それはヨンワン陛下も同じことです。竜王は唯一無二の存在。たとえ血を分けたご兄弟であっても代わりにはなれません。そしてヨンワン陛下は、リューセー様を伴侶として迎えられた。あんなにもリューセー様を愛していらっしゃるではありませんか。それだけではだめですか？　リューセー様がここで暮らすにふさわしい理由にはなりませんか？」

ウエンは出来るだけ感情的な声音にならないように気をつけて、優しくゆっくりと諭すように話した。龍聖はウエンから目を逸らさずに、じっと聞いていたが時々眉根を寄せて何度も目を瞬かせた。絶対に泣くまいと堪えているのが分かり、ウエンは胸が痛くなった。

「私は……龍神様からの証を持って生まれましたが、龍聖と名乗るにはとても……とても凡庸なのです。学問も剣術も人並み程度の才能しか持ち合わせていません。それでも優秀な先生にご教授いただいたので、私も必死になって努力してなんとか才能があるように見られるまでにはなりました」

龍聖は時々大きく息を吸いながら、ぽつりぽつりと自分のことを語り始めた。

「私には双子の弟がいて、彼は子供の頃から共に寺に通って剣術を習っていました。とても才能があり私よりもずっと強かったのですが、私とは違い守屋家の三男として、家の仕事をしなければならないため、それ以上の教えを受けることが出来ませんでした。私だけが町へ行き、学問所に通って高等な学問を教わり、道場に行って腕利きの師範から剣術を学びました。そんな時、私はよく思ったのです。彼が道場に通えばもっともっと強くなっていただろう。弟は学問を学ぶのが嫌いでしたが、決して頭が悪いわけではありませんでした。仕事で必要な程度の読み書きや算術はすぐに覚えていたので、学問だってちゃんとしたところへ通えば、私よりもずっと才能に秀でていただろう。彼の方が龍聖と呼ばれるのにふさわしいだろうと……」

龍聖の声が少しばかり上ずった。ぐっと下唇を噛み俯いて、涙が引くのを待っているようだ。ウエンも眉根を寄せて、辛そうに龍聖を見守っていた。

「私は弟に嫉妬《しっと》していました。同じ顔、同じ姿で生まれたのに、才能は弟の方があり、背もいつの間にか弟の方が高くなっていて、臆病な私に比べて弟は胆力もある。こんなにも恵まれているのに、なぜ私が龍聖なのだろう？　なぜ私が龍神様の証を持って生まれてきたのだろう？　弟が羨ましい。そんな風に思っていました。だけど弟は、そんな私に自分が身代わりになると言うのです。守屋家の誰もが、龍神様の儀式で龍聖は命を捧げて生贄になるのだと思っていました。だから弟は自分が代わるというのです。自分よりも私の方が生きるべきだというのです……私は恥ずかしくなりました」

龍聖は顔を上げてウエンをみつめた。大きな黒い瞳からポロリと涙がひとつ零れ落ちた。それはとても綺麗な涙だとウエンは思わず見入ってしまった。

「こんな私だから、なんとしても龍神様のために身を尽くして働かなければならないのです。だからこの世界に来ることが出来て本当に嬉しかった。命を捧げるのが嫌だというわけではないのです。ただ私は私のことをあまり好きではありません。龍神様に捧げるに値する命なのかさえも自信がないのです。だからこの世界に来ることが出来て、私が龍神様のために役立つことがあるというのならば……本当に嬉しかったのです。でも……」

龍聖はそこまで話して、ポロポロと堰《せき》を切ったように涙を零した。ウエンがハンカチを出して、龍聖の涙をそっと拭った。ただ何も言わずに、涙を拭い続けた。龍聖も時々小さくしゃくり上げるだけで、何も言わなかった。ただ静かに涙を零している。しばらくそうしていたが、ようやく感情の昂りが静まったのか、龍聖の涙は止まった。何度か大きく深呼吸をして、気持ちを整える龍聖の姿は、なんとも痛々しかった。

ウエンは龍聖の話を聞いて、そんなに自分に自信がないのに、生まれながらに定められた『リューセー』という重責に耐えながら懸命に努力し続けて、龍神様にお仕えするという一念だけでここにいるというのならば、それはどれほどの孤独と重圧なのだろうと、龍聖の境遇を思った。

「私はこんな立派なお城の……こんな立派な部屋で贅沢《ぜいたく》をして、ウエンやたくさんの侍女達に傅かれるような人物ではないのです。ウエンが言うように、私は……リューセーという存在は、ヨンワン様のために必要な存在なのは間違いないと思いますし、だから竜の聖人と尊ばれるのも分かります。歴代の龍聖は、その『リューセー』の名に恥じぬ立派な方々だったから、その方々の功績でそういう風に崇められるのだと思います。でも私は……」

「リューセー様、それならばまずは『王妃』という肩書はお忘れください」

「え？」

今までずっと黙って聞いていたウエンが、不意にそんなことを言い出すので、龍聖は驚いて目を丸くした。泣いたせいで赤く充血している目を、ウエンは『おかわいそうに』と思いながら微笑みかける。

「王妃とはどんなことをしなければならないのか、自分は王妃にふさわしいのか……そんなことはお考えにならず、王妃という肩書自体はなかったことにしてください」

「な、なかったこと？　そんなこと出来るのですか？」

龍聖はとても驚いて、少しばかり前のめりになった。ウエンは動じることなくただ微笑んでいる。

「正直に申し上げれば出来ません。王妃という肩書がなくなるわけではありません。でも王妃としての仕事や役目をしなくて済むようには出来ます。私から陛下にお伝えしておきますので、リューセー様は何も心配しなくて結構です」

「いえ、でもっ……そんなことをしたらヨンワン様にご迷惑が……」

「他の国と違って、我が国の場合は、王妃としての仕事よりも、リューセー様としての役目の方が、比較にならないほど重要視されています。ですからリューセー様がリューセー様としてやるべきことをやっていただければ、何も問題はありません。何よりもリューセー様は、この世界に来てまだ数日しか経っていないのです。これから覚えていただかなければならないことはたくさんあります。この国の言葉や、習慣などです。それらを覚えて、ここでの生活に慣れてきたら、もう一度考えればいいことではないでしょうか」

龍聖は唖然としていた。少しばかり混乱しているようで、視線をさ迷わせながら、時々眉根を寄せたり、少しばかり安堵したように表情を緩めたり、動揺する様が顔に出ていた。

「でも……」

言い淀む龍聖の膝に置かれた手の上に、ウエンがそっと手を添えた。

「リューセー様は、陛下の伴侶になって良かったと思われたのでしょう？　陛下のことをお慕いされておいでなのでしょう？　魂精を陛下に差し上げることも、陛下の御子を授かることも、嫌ではないのでしょう？」

ウエンが言うことのひとつひとつに、龍聖はしっかりと頷き返した。

「でしたらリューセーの役目を果たすことだけをお考えください」

ウエンがそう言って同意を求めるように、小首を傾げながら微笑む。

「本当に……本当にそれだけで良いのですか？」

ようやく安堵したのか、表情の和らいだ龍聖がすがるように言った。

『それでも十分に大変なことなのに、それだけと言ってしまわれるなんて……リューセー様は紛れもなくリューセー様ですね』

ウエンは心の内で溜息をつき「はい」と龍聖に答えた。

「ですがここで生活することについては、観念なさってください。他に住むところなどありませんし、何より陛下はここにお住まいなのです。陛下と別々に暮らすわけにはいかないでしょう」

「わ、分かりました」

龍聖は恥ずかしそうに赤くなって頷いた。そんな様子を見て、ウエンはようやく安堵の息を漏らした。

「それでは早速ですが、今夜の宴について簡単にご説明いたします。先ほど陛下もおっしゃっていましたが、今夜の宴の主旨は、リューセー様のお披露目です。今まで誰もリューセー様に会うことは叶いませんでしたので、無事に婚姻の儀式が済んだということを、シーフォンの皆様に報告するためのものです。ですからリューセー様は皆様がお揃いの宴席で、ただお食事をなさるだけです。ただ食事の間、皆が順番に御前に進み出て挨拶をいたします。でもリューセー様は、ただ微笑んで頷くだけで結構です。何も話す必要はありませんし、相手も何も話しかけてはきません。ですから何も心配はいりません」

龍聖はきょとんとして聞いている。

「あの……それは……私が王妃の仕事を……」

「いいえ、それはまったく関係ありません。これはリューセー様の役目です。先ほど言いましたように、リューセー様のお披露目の宴ですから、王妃というのは関係ないのです。そしてこれは代々変わらず行われる行事です。歴代のリューセー様も、皆同じようにしております」

「本当ですか？」

「はい、リューセー様は北の城から戻ったばかりだということも、リューセー様がまだこの国の言葉を話せないことも皆承知しております。ですから何も話さなくていいのです。陛下のご兄弟は、何か話しかけられるかもしれませんが、挨拶程度ですし、大和の言葉がお分かりですから、あまり難しくお考えにならなくて結構です」

「そうですか……」

龍聖は笑みを浮かべて、大きく息を吐いた。

「ただしひとつだけ……宴の最初にご挨拶の言葉を述べていただきます。自己紹介をただ一言だけですが……この国の言葉で言えるように覚えていただきます。短い簡単なものですから、すぐに覚えられると思います。よろしいですか？」

「はい！　もちろんです。教えてください」

いつもの龍聖に戻ったと、ウエンはほっとした。

「その前に少しお休みになりませんか？　お疲れでしょう」

「いいえ、大丈夫です」

強がっているが、気を張っているだけだろうとウエンは困ったように目を細めた。

「では少しだけ目を冷やしましょう。お泣きになったので、赤くなっておいでです」

「あっ……」

指摘されて、龍聖は慌てて両手で自分の目元に触れた。

「擦らないでくださいね。寝室へ行きましょう」

ウエンに連れられて、龍聖は寝室へ向かった。ベッドに座らされて、ウエンは「少しお待ちくださ い」と言い残してどこかへ去っていった。

「お待たせいたしました。仰向けに寝ていただけますか？」

ウエンは水盤を持ってすぐに戻ってきて、龍聖に横になるように言った。龍聖は素直に従って、仰向けに横になる。

脇のテーブルに置いた水盤に、手拭いを浸して絞ると、そっと龍聖の目の上に乗せた。熱を持った目元が冷やされて気持ち良かった。

「気持ちいいです」

龍聖がうっとりと呟いた。

「しばらくこうしていれば、赤みが取れます」

「ありがとうございます」

ウエンはしばらく様子を見て、新しい手拭いと替えた。すると龍聖が寝息を立てていることに気づいた。ウエンは思わず口元を綻ばせる。

思惑通りにいったと思ったのだ。

ウエンは龍聖の体の上に、そっと薄手の毛布をかけてその場を離れた。

「私はこれから陛下のところへ行ってまいります。すぐに戻りますから、それまでリューセー様から目を離さないようにしておいてください」

ウエンは侍女にそう指示を出して、王の執務室へ向かった。

王の執務室には、ヨンワンと宰相のダイレンの二人だけがいて、他の者は人払いされていた。ウエンはヨンワンの正面に立っているが、かなり距離を置いている。

突然面会を求めてきたウエンから、龍聖についての報告を聞いたヨンワンは、机に肘をついて両手を合わせながら、その手の上に顎を乗せて深刻な表情で思い悩んでいた。執務室に沈黙が流れる。

側で聞いていたダイレンも、表情を曇らせていた。ヨンワンを気にするように見ている。

やがて沈黙を破るように、ヨンワンが大きな溜息をついた。顔を上げてウエンを真っ直ぐにみつめる。

「知らせてくれてありがとう。もう一度確認のために聞くけれど、リューセーは私と婚姻を結んだことを、思い悩んでいるわけではないんだね?」

ヨンワンは深刻な顔をしているが、口調はいつもの穏やかで柔らかなものだった。ウエンはしっかりと頷いた。

「はい、陛下の伴侶になったことは、とても嬉しいとおっしゃっています。北の城にてお二人で過ごした時間は、とても幸せだったと……ただ王妃という自分には分不相応な地位に就いたことに、とても戸惑っていらっしゃるのです。どうすればいいのかと、王妃という想像を超えた重責に押しつぶされそうなほど不安を覚えていらっしゃいます」

「王妃など……」

ヨンワンは何か言いかけて、溜息と共にそれを流した。自分の考えを振り払うかのように首を横に何度も振った。

「大したことではないなどと、軽口にも言うものではないな。確かに王妃という地位は、普通の民から見れば雲の上の存在のようなものだ。だが我が国においては、他国の王妃とは少しばかり意味合いが違う。我らは国を作ったから竜王が国王となった。だから伴侶は性別に関係なく、対外的に王妃と呼んでいる。でも我らにとっては王妃というよりも、リューセーはリューセーだ。地位がどうこうというよりも、リューセーという存在が尊いのだ」

「おっしゃる通りです。リューセー様にもそのようにご説明をいたしました。ですから王妃という役目は忘れるようにと言ってあります」

「それでいい……それで別に構わないな？」

ヨンワンはウエンの返答に満足そうに頷き、ダイレンに確認した。

「はい、王妃としての務めで言えば、来賓への接待は別にされなくても構いません。そこは陛下が頑張っていただければ……。工房部門の最高責任者は妹のリアンが代理を務めています。シーフォンの婦人会の代表は妹のシュエンが代理を務めています。それぞれ当分は二人に任せて問題ありません。大きな務めはそれくらいでしょうか？」

ダイレンの答えに、ヨンワンは同意して大きく頷いた。

「リアンとシュエンには君から事情を説明してくれ、私からはテイランとヘイヨウに説明をしておく。今夜の宴では、リアン達を除いては誰もリューセーに、話しかけることはないから特に気にすることはないと思うが、リューセーに近づく者があれば、今後当分は王妃という言葉は禁句にする。そう申し伝えてくれ」

「かしこまりました」

ダイレンは恭しく頭を下げた。

「ウエン、聞いた通りだ。お前はとにかくリューセーを支えてほしい」

「もちろんです。もう二度とリューセー様を、不安で泣かせるようなことはしないと誓います」

ウエンは厳しい表情で深々と頭を下げた。

「まあ、そんなに自分を責めないでくれ。お前はよく仕えてくれていると思うよ。ありがとう」

ヨンワンの言葉に、ウエンはさらに深々と頭を下げた。


ふと龍聖が目は覚ました。目の前が暗くて何も見えないと一瞬思ったが、すぐに目の上に何かが載せられていることに気づき、そっと手で触った。濡れた手拭いだと分かってそれを外しながら、上体を起こした。ぼんやりとした顔で辺りを見まわし、見慣れない部屋だと首を傾げて、やがてそこが寝室だということに気づいた。

途端に頭が冴えわたり、しっかりと覚醒《かくせい》する。

「あのまま……眠ってしまったんだ」

手に握る濡れた手拭いには覚えがある。泣いてしまって腫れた目を、ウエンが冷やしてくれたのだ。だがそこからの記憶がないので、どうやらすぐに寝落ちしてしまったようだ。

恥ずかしさで一気に頭の先まで血が上り、ところでどれくらい寝ていたのだろう？　と考えた瞬間、まさか翌朝まで寝てしまったのかと、一気に血の気が引いた。

慌ててベッドから下りて、裸足のまま扉に飛びつき勢いよく開けた。

隣室の居間では、ウエンがテーブルで何か書き物をしている。扉が勢いよく開いたので、驚いたように顔を上げてこちらを見た。そして龍聖を見てニッコリと微笑み立ち上がった。

「お目覚めになられたのですね。よくお休みいただけましたか？」

ウエンがそう言いながら龍聖の方へ歩いてくる。

「あ、あ、あの……申し訳ありません。私、いつの間にか眠っていたようで……あの、私……」

「リューセー様、そんなに慌てずとも大丈夫ですよ。ほんの二刻ほどお休みになられただけです。まだお昼を少しばかり過ぎたくらいで、夜の宴までは十分に時間があります」

龍聖の心中を察して、ウエンが先に龍聖が知りたいであろうことを伝えた。龍聖は驚きながらも大丈夫なのだと分かって、少しばかり安堵したように落ち着きを見せた。

「何かお召し上がりになりませんか？　食欲がないようでしたら、果物か何か軽いものだけでも少しお腹に入れておかれた方がよろしいかと思います」

「あ、はい……ではいただきます」

龍聖は素直に頷いたが、まだ身の置き所がないように佇んでいる。ウエンはそっと龍聖の背中に手を回してエスコートした。ダイニングテーブルの側まで連れてくると、椅子を引いて「どうぞ」と座るように促す。龍聖は自然な流れで席に着いた。

「すぐにご用意いたしますのでお待ちください」

ウエンはそう言い残して去っていった。

しばらくして侍女が料理を運んできた。野菜がたくさん入ったスープと、魚のつみれのようなものを焼いた物、パンと小さめに切られた果物などが、龍聖の前に並べられた。

ウエンがお茶を運んできて、テーブルの上に置いた。

「軽めのものばかりにしましたが、無理に全部を召し上がる必要はありません。食べられる分だけお召し上がりください」

「ありがとうございます」

龍聖は礼を言って、手を合わせて「いただきます」と言った。箸を持って食事をとる。

ウエンからは食べられる分だけで良いと言われたが、残してしまうのはもったいないと思って、龍聖は少しばかり困ったように食べていた。

空腹ではあるのだが食欲がない。少しまだ体がだるい気がしていた。あんなに泣いたのは久しぶりだったので、そのせいかもしれない。

そんなことを思いながら食べていたが、泣いたことについてウエンはまだ何も触れていない。気を遣わせているのかと、気になってチラチラとウエンに視線を送る。

「どうかなさいましたか？」

「あ、いえ……」

「リューセー様、本当に残して大丈夫ですよ。リューセー様が残された分は、侍女達に下げ渡されますので、無駄になるわけではありません」

「え？　そうなんですか？　じゃ、じゃあ……」

「リューセー様、一応侍女達の食事は別にあるのですが、陛下やリューセー様が残された場合を想定して、最低限の量を用意しているのです。だから食べ残しが少なくても、別に困るわけではありませんから、どうかわざと残したりなどなさらないでくださいね」

龍聖が言いかけた言葉を遮るように、ウエンが忠告したので、龍聖は赤くなって、侍女達はクスクスと笑った。

「あの、申し訳ないのですが、これ以上は食べられません」

龍聖はそれからも一生懸命食べたのだが、半分ほど残してしまった。

「はい、どうぞお気になさらずに、あちらでゆっくりなさってください」

ウエンは龍聖の手を取り、ソファの方へ移動させた。龍聖が恐縮している間は、この部屋の中での居場所をウエンが決めてやることにしたのだ。

きっと龍聖は『自由にしていい』と言われても、この慣れない部屋の中でどうしていいのか分からないだろうと思ったからだ。

新しいお茶を淹れて、ソファに座る龍聖の前に置いた。

「リューセー様、もしもよろしければ、先ほどご説明しましたように、今夜の宴で自己紹介をしていただく言葉を覚えてみませんか？」

ウエンの提案に、龍聖ははっと表情を変えた。

「覚えます！　ぜひ教えてください！」

それから龍聖は、ウエンから簡単なエルマーン語の挨拶を習った。丁寧に発音の仕方から習って、何度も言葉を復唱した。

「はい、よろしいかと思います」

ウエンから合格点を貰って、龍聖は安堵の笑みを漏らした。その後、宴の段取りを教わった。

「本当に何も話さなくても良いのですか？」

ウエンが改めて、宴の最中は順に挨拶に来たシーフォンの者達に対して、ただ笑みを浮かべて頷くだけで良いと言われて、心配そうに尋ね返す。

「頷くだけで結構です。相手も名前などを名乗るだけですから、会話の必要はありません。そもそもリューセー様から話しかけない限り、相手は何も話しかけてはならないというのが決まりです。リューセー様はまだエルマーン語がお分かりになりませんよね？　話しかけない限り、向こうから話すことはありません」

「そうですか」

龍聖は再度確認したことで、少しばかり安心したようだった。そんな龍聖の様子を見て、ウエンも内心ほっとしていた。

「ウエン様」

そこへ侍女が何かを伝えにやってきた。そっと耳元で伝えると、ウエンは頷いて侍女に小声で指示を出す。

「リューセー様、お体を綺麗になさいませんか？」

「あ、はい、ありがとうございます」

言われて龍聖は少しばかり恥ずかしそうに頬を染めて目を伏せた。この世界で、少しばかり慣れない習慣のひとつだった。最初に言われた時はお風呂のことを言っているのかと思った。『大和の方は綺麗好きですよね』と言われたからだ。しかし実際は風呂ではなかった。

洗い場のような別室に連れていかれて、そこで全裸にされて、侍女やウエンが龍聖の体を丁寧に拭いてくれるのだ。最初は水で濡らした手拭いで拭き、その後少し目の粗い布に何かを含ませたもので、垢すりのように念入りに優しく体中を擦られる。そしてまた水で濡らした布で拭かれて、それが終わると簡素な長椅子のようなものにうつ伏せに寝かされて、全身に香油が塗られるのだ。

香油は油と言っても少しもベタベタしていなかった。花のようなとてもいい香りがする。

その時に髪も一緒に洗われるのだが、髪は少しずつ水で濡らして布で拭くというのを繰り返される。

この国は年中夏のように暑いので、お湯に浸かるという習慣がないらしい。アルピンという一般国民達は、体も拭かず、時々水浴びをするくらいだそうだ。

竜王を含めシーフォン達も、元々は同じような生活だったらしいが、龍聖が来てから毎日体を拭くという習慣が出来たようだ。

ウエンはともかく、侍女達のような女性に体中を拭かれることが恥ずかしくて、どうしてもこの習慣に慣れそうもないと思っていた。

『本当はお風呂に入りたいけれど、そんなことは言えないし……龍聖が来てから清潔になったみたいだけれど、その時にお風呂を提案しなかったのだろうか？　うちには昔からお風呂があったから、昔の龍聖も風呂に入っていたはずだけど……』

龍聖は体を綺麗にしてもらいながら、そんなことを考えていた。

ちなみに龍聖は知らないのだが、二尾村の守屋家に家風呂が作られたのは、三代目龍聖の頃からだった。

『いつか、お風呂を作ってもらえるように頼んでみようかな……贅沢になるかな？』

龍聖がぼんやりとそんなことを考えていると、ウエンが何かに目を止めて顔色を変えていた。

「リ、リューセー様!? それは……」

急にウエンが驚きの声を上げた。それには龍聖だけではなく、周りにいた侍女達も驚いて手を止めた。

「え？ ウエン、どうかしたのですか？」

「リューセー様、その左腕の文様は……いつから赤くなっていたのですか？」

「え？ 文様？」

ウエンが珍しく狼狽えているので、龍聖は不思議そうに自分の左腕を見た。確かに手の甲から肘の辺りまで刺青のような不思議な文様がある。龍成寺で儀式をした時に出来たものだ。

ウエンが言うように、文様は赤い色をしている。そういえば元は藍色だったような気がする。最近できたものなので、龍聖自身にはあまり馴染みがなくて、言われて初めて気がついたといった様子だった。

「いつからでしょう……？」

龍聖が首を傾げていると、ウエンの方はひどく慌てていて、侍女にすぐに龍聖に服を着せるように指示をしている。

「ウエン、これが赤いと何かあるのですか？」

「リューセー様……まだ確かではありませんが……左腕の文様が赤くなるのは、ご懐妊の証だと言われています」

「……ご懐妊？」

「陛下の御子を身籠られているということです」

「え……」

龍聖は完全に固まってしまった。侍女達の間にはざわめきが起こる。皆嬉しそうに顔を見合わせた。

「まだ確かではないためお祝いの言葉は控えさせていただきますが、とても喜ばしいことです。とりあえず医師の診察を受けて様子を見ましょう」

ウエンは侍女達にあまり騒ぎ立てないように注意を促しつつ、至急医師を呼ぶように指示を出した。一気に慌ただしくなる。

ウエンは龍聖を寝室へ連れていき、ベッドに横になるように促した。龍聖はまだ状況を把握出来ずに、不安そうな顔をしている。

「リューセー様、もしも懐妊されていることが確認されましたら、陛下をお呼びいたしますね。きっととてもお喜びになると思いますよ」

ウエンは龍聖の不安を解こうと、笑顔で話しかけた。

「あの……婚姻の儀式が終わったばかりなのに、こんなに早く懐妊するものなのですか？」

「正直に申し上げると、今までこんなに早く懐妊されたリューセー様はいらっしゃいません。ただ婚姻の儀式で、陛下とリューセー様が交わることで、リューセー様の体がシーフォンと似たようなものになり、また子を孕むことが出来る体に変化いたします。それは以前にお教えしたと思います」

龍聖はしっかりと頷いた。

「もちろん婚姻の儀式で交わる目的は、リューセー様の体を変化させるだけではありません。リューセー様の体が変化された後も、北の城で子を作る行為をなさったのでしたら、それで懐妊したとしても決しておかしな話ではありません」

　龍聖はそれを聞いて真っ赤になった。どの段階で自分の体が変化したのかは分からないが、三日間の儀式の間何度か性交をしたので、それが原因だと言われると何も言い返す言葉はない。

「ウエン様、医師が参りました」

　侍女の報告で、ウエンは龍聖に会釈をしてその場を離れた。すぐに医師を伴って戻ってきたので、龍聖はすがるような目でウエンをみつめた。

「大丈夫ですよ」

　ウエンが微笑みかける。

「リューセー様、医師のジャンスウと申します。実はリューセー様が降臨されたばかりの時に、一度お体を診《み》させてもらっております。あの時は意識を失っていらしたので、ご挨拶が出来ませんでしたが……改めてご婚姻の儀式が恙《つつが》なく行われましたことをお喜び申し上げます」

　ジャンスウが深々と頭を下げたので、釣られるように龍聖も頭を下げた。見た目は四十歳くらいの中年の男性だ。藍色の少し癖のある長い髪を、後ろでひとつに結んでいる。

「あ、ありがとうございます」

「それではお体を診てもよろしいですか？」

「はい、お願いいたします」

　龍聖がペコリと頭を下げて了承したので、ジャンスウは「失礼」と言って龍聖の左手の文様を確認した。それから脈を計り、両手で首の付け根、耳の下を触診し、「これを口に咥えてください」と言って、小さな棒を咥えさせた。それはすぐに取り出されて、龍聖が咥えていた部分をじっとみつめている。

そしてジャンスウは頷いて、龍聖とウエンを交互に見た。

「間違いありません。ご懐妊されておいでです。おめでとうございます」

笑みを浮かべてジャンスウが言うと、龍聖とウエンは目を丸くして互いにみつめ合った。

「え、ウエン……」

「リューセー様！　ああ！　なんということでしょう！　おめでとうございます！　すぐに陛下にお知らせをしなければ！」

ウエンは喜びの声を上げて、侍女に知らせを走らせた。

「熱がおありですが、お体の方は大丈夫ですか？」

「あ……あの、北の城から戻ったばかりで、部屋も変わったし……それで興奮して体が熱いのかと思っていました。確かに食欲がありません」

「これからさらに熱が上がると思いますので、このままお休みになってください。解熱の薬などは、ウエン様に処方しておきますので、リューセー様は何もご心配はいりません」

ジャンスウは、穏やかな口調で龍聖に説明をしながら、ベッドに横になるように促した。龍聖は言われるままにベッドに横になったものの、困惑した様子でジャンスウをみつめた。

「お医者様……あの……私はこれからどのようにして子を産むのですか？」

「竜王の御子は皆様卵の形でお生まれになります。小さな卵ですから、産むのが大変ということはありません。ただ出産の際には少しばかり下腹が痛くなります。妊娠期間は大体五、六日程度です。その間は体が熱くなり熱が出ます。リューセー様の場合、いつご懐妊されたのか分かりかねますので、儀式の初日からと考えて、早くて明日以降、遅くても五日後ぐらいにご出産なさると思います。でも……おそらくですが早いかもしれません」

「卵で……産むのですか？」

龍聖は驚いて目を丸くしている。

「竜族は元々卵から生まれるのです。人の体に変えられて、女性のシーフォンが子を産むようになってからは、人の体は人の赤子と同じように生まれますが、男子の場合半身の竜は卵の状態で一緒に生まれてきます。竜王の御子はリューセー様がお産みになりますから、人間の女性ではないので卵でお産みになるのだと思います」

龍聖は話を聞きながら、思わず自分のお腹を触っていた。

「さっき私が咥えた棒はなんですか？」

龍聖はふと、不思議に思ったことを尋ねてみたくなっていた。龍聖の問いに、ジャンスウは思わず笑みを零して、一度しまった物を鞄《かばん》から取り出して見せた。

「これは竜の鼻の骨で出来ています。魔力を感知すると赤く変わるのですが、魔力が強いほど色が濃くなります。リューセー様は魂精を体内にお持ちですが、魔力はお持ちではありません。ですがご懐妊されると、お腹の中に竜王の卵が宿っているので、その魔力にこの棒が反応します。先ほどはとても濃い赤になっていましたので、間違いなく卵が育っていると思われます。出産が早いかもしれないと言ったのも、その赤が濃かったためです。魔力の濃さから、卵の育ち具合を考えると、昨日、今日、懐妊した様子ではなさそうです。リューセー様が妊娠中に熱を出すのも、その魔力のせいです。体が魔力にあてられて熱を出すのです。魔力酔いのようになって頭痛や吐き気を感じる場合もあります。

食欲がないのもそのせいでしょう。リューセー様は頭痛などどこか体の不調はありませんか？」

「いいえ、大丈夫です……なぜ鼻の骨なのですか？」

「竜は鼻の部分が一番敏感なのです。遠くにいる仲間の魔力も鼻で感じ取れます」

ジャンスウは自分の鼻を指で押さえながら、ニッと笑ってみせた。龍聖も思わず微笑む。ジャンスウは取り出した棒を龍聖に見せながら、先端をぎゅっと摘んだ。棒は手に持つ柄となる半分が木で出来ていて、半分が白い棒だった。その白い部分が鼻の骨なのだろう。

ジャンスウが摘んでいた手を離すと、その部分が淡く赤い色になっていた。

「今は分かりやすくするために摘んだ指先から魔力を流しました」

龍聖によく見えるように翳《かざ》して見せたので、龍聖は寝ていた頭を少し持ち上げて興味深いという顔でみつめている。

「リューセー様は好奇心がおありなのですね」

ジャンスウがくすりと笑って言うので、龍聖は赤くなりながら「すみません」と小さく謝った。

「リューセー様、お待たせして申し訳ありません。解熱の薬湯をお作りいたしました。これをお飲みになってください」

ウエンが盆に薬湯の入ったカップを載せて戻ってきた。ジャンスウが、ベッドの前から退いて場所を空けると、ウエンが代わりにベッドの側にひざまずき、薬湯を差し出した。

龍聖は上体を少し起こしてカップを受け取り、ふうっと息をかけて冷ましながら薬湯を飲んだ。少し苦いが飲めないほどではない。龍聖は眉根を寄せながら、なんとか薬湯を飲み干した。

その時だった。バタンッと荒々しく扉が開く音がして、誰かが駆けてくる足音が聞こえた。

「リューセー！」

叫びながら寝室に飛び込んできたのはヨンワンだった。

「ヨンワン様」

ヨンワンは執務室からずっと走ってきたのか、肩で息をしている。ヨンワンは期待に満ちた顔で、医師のジャンスウを一度見た。ジャンスウは微笑みながら「おめでとうございます」と言って頭を下げた。その瞬間、ヨンワンは破顔して、龍聖の下へ駆け寄った。

「リューセー！　すごいよ！　君は本当にすごい！」

ヨンワンは興奮気味に言いながら、龍聖の手をぎゅっと強く握った。

「ヨンワン様……喜んでいただけますか？」

「もちろんだよ！　こんなに嬉しいことが他にあるものか！　いや……君に初めて会った時の喜びと同じくらいかな……とにかく本当に嬉しいよ。本当に……ああ、騒いでしまってすまない。君は安静にしていなければならないんだよね。何も気にせずにゆっくりお休み」

ヨンワンは龍聖の頭を優しく撫でた。

「あ……でも……ヨンワン様、今夜の宴は……」

「大丈夫だ。日を改めよう。まったく気にしなくていいんだよ。宴はいつでも出来るんだから、今は君の体が何よりも大事だ。気にしないでお休み」

ヨンワンは優しく優しく、子供をあやすかのように龍聖を宥めて眠りにつくまで側にいた。

ジャンスウはとっくに去り、ウエンと侍女も寝室を出て、龍聖と二人きりになっていたことに、龍聖が眠った頃ようやくヨンワンは気がついた。

そっと寝室を出ると、いつの間に来たのか居間のソファにダイレンが座っていた。

「来ていたのか」

ヨンワンが少しばかり驚いて呟くと、ダイレンは遺憾だとばかりに眉根を寄せた。

「一緒に執務室を飛び出したのを覚えていらっしゃらないのですか？　まあ、兄上が信じられないような速さで駆けていってしまったので、私は遅れて到着しましたけど」

ダイレンはお茶を飲みながら、非難めいた口調で言った。

「ごめん、ごめん……あんなに全力で走ったのはいつぶりだろうね」

「兄上が階段を三段ほど飛ばして上がっていくので、警護の兵士達が気の毒でした」

二人は思わず吹き出した。

「何はともあれおめでとうございます」

ダイレンが改まって祝いの言葉を述べた。ヨンワンは向かいのソファに腰を下ろしながら、嬉しそうに「ありがとう」と答える。

「宴の方は……」

「もう中止の連絡済みです。中止の理由がこんなめでたいことなのですから、文句を言う者など誰もおりません」

「そうだね」

ヨンワンは大きく溜息をついて魂が抜けたようになってしまった。

「兄上？　大丈夫ですか？　どうかなさいましたか？」

「いや……なんだか信じられなくて……だって私達は婚姻の儀式をしたばかりなんだよ？　何もかも

がこれからのはずだったのに……もう子が生まれるなんて……私はまだ親としての心構えもない。それどころか夫婦としてもまだ何も……私はリューセーと何も関係を築けていないんだ。どうしたらいいだろうと……なんだか急に不安になってしまったんだよ。私は父親になれるのだろうか？」

　ヨンワンが途方に暮れたように弱音を吐くので、ダイレンは思わずニヤつきそうになる口元を押さえながら首を横に振った。

「そんなこと……父親なんて子供を育てるうちになっていくものですよ。最初から父親になれる者などいません。私などは今だってちゃんと父親らしいかと問われると、自信を持ってそうだとは答えられませんよ」

「そんなものなのかい？」

「卵が孵《かえ》るまでに一年はかかります。まずはその間に覚悟を決めればいいでしょう。兄上はリューセー様ともっと分かり合って夫婦の絆を深めるのが先だと思いますよ。そうすれば二人で親らしくなっていけるでしょう」

　ダイレンの話に何度も頷きながら、今度はヨンワンが思わずニヤけそうになる口元を押さえた。

「なんですか？」

　ダイレンが怪訝そうに眉根を寄せると、ヨンワンがたまらず失笑する。

「本当に君は頼りになるよ。いや、私よりもずっと年上で、経験豊富な君を前に、そんな言い方は失礼だとは思うのだけど、あの小さかった弟だと思うとつい……からかっているわけじゃないんだ。許してほしい」

　ダイレンは少し赤くなりながらも、肩を竦めて溜息をついた。

「私が兄上に対して威張れるのは、年上だということぐらいなんです。頼れると言っていただけただけで十分ですよ。からかわれているなどとは思っていません」

「ありがとう」

ヨンワンが柔らかく微笑むので、ダイレンは敵《かな》わないなと思った。


翌日の夕方、突然その時が来た。

龍聖が激しい腹痛を訴えて、ウエンが医師を呼び慌ただしく出産の準備が整えられる中、龍聖はあっさりと卵をひとつ産み落とした。

「竜王の印……これは……お世継ぎの誕生です」

ヨンワンが慌てて駆けつけたのは、ちょうど卵を出産した直後だった。ヨンワンの顔を見るなり、その場にいた全員が恭しく頭を下げて「お世継ぎのご誕生を心からお祝い申し上げます」と言った。

「え⁉」

ヨンワンが驚くのも無理はない。不意を衝《つ》かれて呆然としたまま寝室の入り口で立ち尽くすヨンワンに、ウエンがリューセーの下へ行くように促した。

恐る恐るという足取りで、ヨンワンがベッドの側へ行くと、額に汗を浮かべながらも、ヨンワンの顔を見るなり安堵した笑みを浮かべる龍聖がいた。

「ヨンワン様」

「リューセー……体は……大丈夫か？」

「はい……今はもうなんとも……卵は無事に生まれました。ご安心ください」

頬を上気させながら、仕事を成し遂げたという満足気な笑みを浮かべて、龍聖が視線を医師の方へ向ける。

ちょうど医師のジャンスウが卵の状態を確認し終わり、ウエンに渡そうとしていた。

「竜王の印が……ほら、こちらに」

ウエンが柔らかな布で卵を包みながら、そう言ってヨンワンに見せた。光の加減で淡く七色に輝く白い卵の表面には、竜の頭のように見える赤い模様が浮かび上がっている。

「綺麗に洗ってからお渡しいたします」

ウエンはそう言って、側に用意されたぬるま湯の入った大きな器で、卵を丁寧に洗った。布で優しく拭き上げて、改めてヨンワンに卵を差し出した。

「どうぞ抱いて差し上げてください」

「わ、私がか？」

「もちろんでございます」

ひどく焦っているヨンワンを見て、ウエンもジャンスウも侍女も笑みを零した。恐る恐る包んである布ごと卵を受け取った。とても小さな卵だ。鶏の卵よりも二回りほど大きいが、それでも片手の掌にすっぽりと収まる。さすがにまだ『我が子』という実感は持てないが、その卵の美しさには魅入《みい》られた。

「リューセー……私達の卵だよ」

そろりそろりととても慎重に歩きながら、ベッドの端に腰を下ろして、手に持っていた卵を龍聖の枕元に置いた。龍聖は少しばかり頭を上げて、卵を覗き込む。

「まるで真珠のようですね」

龍聖が目を細めてうっとりと呟いた。

「リューセー様、卵に触ってみてください。卵はリューセー様の魂精で育ちます。優しく触れば、リューセー様の手から魂精が、卵に注がれるのですよ」

ウエンにそう教えられて、龍聖は一度チラリとヨンワンを見た。ヨンワンは微笑みを浮かべて頷き、龍聖に大丈夫だと言っているようだった。龍聖は恐る恐る卵に触れた。卵の表面はツルツルと滑らかで、硬いと思っていた殻《から》はなく、弾力をもって柔らかだった。

「柔らかい」

龍聖は一瞬びくりと手を離した。思っていた感触と違っていたからだ。不安そうに視線をウエンへ向けた。

「大丈夫ですよ」

ウエンも優しく微笑む。

「卵は柔らかいですが、意外と表面は丈夫です。多少爪を立てても破れることはありません」

医師のジャンスウが補足するように言った。それを聞いて、龍聖は少しばかり安堵したように、再び卵に触れた。

「温かい」

「生きていますからね」

「……本当に私達の子供なのですね」

「はい、これから一年間、毎日卵に魂精を与えれば、かわいらしい赤子が孵りますよ」

それは皆が思い描く幸せな未来だった。


「本当に大丈夫かい？」

「はい、嘘のようになんともありません……ヨンワン様、その質問、朝からもう三度目ですよ」

ヨンワンと龍聖は、二人で仲良く歩きながらそう言い合って微笑み合っている。二人の後ろをウエンと護衛の兵士達が、仲睦まじい様子に癒されながら歩いていた。

「ここだよ」

「ここですか？」

二人が向かっていたのは卵の保管室だ。王の私室の隣に用意されているその部屋は、生まれた卵を一年間大切に守るための部屋だった。

かつて竜王の卵が攫《さら》われるという事件が起きた。三代目竜王の頃だ。その頃は今と比べて、城内の警備が徹底しているとはいいがたい状況だった。

その悲しい事件を機に、卵の保管室が作られたのだ。そこは恐らく城の中でも一番強固な警備態勢が敷かれていた。

元々最上階にある王が住まう階層は、城の中でも特に厳重に警備されている。その中でもさらに厳しいのが卵の保管室だ。

入り口の前には常に兵士が警備のために立っているのはもちろん、扉には常に鍵が掛けられている。

鍵を開けて中に入ると、部屋の真ん中にもうひとつ小部屋があった。

「この扉は中からしか鍵が掛けられないんだ。まあ正確には外から開ける方法もあるのだけれど、それは極秘情報だ。部屋の中には常に卵の護衛責任者がいて、卵を守ってくれている。ここには専属の侍女も四人いて、交代で世話をしてくれているんだよ」

ヨンワンが部屋の隅に控えて頭を下げている二人の侍女を指しながら、龍聖に説明をした。龍聖は珍しそうに部屋の中を見まわしている。

「この小部屋の壁の中には、竜の鱗がびっしりと埋め込まれているんだ。だから爆薬を使っても壁を壊すことは出来ないよ」

「すごいですね」

龍聖は目を丸くして、小部屋をじっと眺めている。

ヨンワンが扉をこんこんとノックした。すると覗き窓が中から開いて、誰かがこちらを見ているのが分かった。すぐにカチャリと鍵の開く音がして扉が開かれた。

中から現れたのは、まだ年若い青年だった。深緑の短い髪をした精悍《せいかん》な顔立ちの青年は、小部屋から一歩進み出て、ヨンワンと龍聖に恭しく礼をした。

「ようこそお越しくださいました。ヨンワン陛下、リューセー様、私は卵の護衛責任者を仰せつかりましたシュアンと申します。一命を賭して卵をお守りいたします」

「シュアン、大変な仕事だが、君を信頼して預ける。一年間頑張ってほしい」

「はい」

ヨンワンに激励されて、シュアンは頬を上気させながら再び深々と頭を下げた。

「シュアンはダイレンの息子なんだよ。元々は外務部で外交の仕事をしていたんだが、今回卵の護衛責任者に任命したんだ。これから一年間、彼がずっとこの部屋で卵を守り続けることになる。リューセーはこれから毎日顔を合わせることになるね」

龍聖はヨンワンからの説明を受けて、シュアンに対して深く頭を下げた。

「シュアン様、どうぞよろしくお願いします」

「リューセー様、どうぞ頭をお上げください。さあ、中にお入りになって、卵を抱いてください」

シュアンに促されて、ヨンワンからも入るように背中を押されて、龍聖は小部屋の中に入った。

「わあ……」

龍聖は思わず驚きの声を漏らした。小部屋の中は想像以上に狭かった。三畳ほどの広さがあるかどうかという感じだ。外観の印象よりも狭いのは、それだけ壁が厚いのだろうと思った。天井も低く、長身のヨンワンはギリギリ頭が付かないくらいだ。

龍聖とヨンワンとシュアンの三人が入っただけで、部屋の中はいっぱいという感じになってしまう。そのためか、ウエンは中に入ってこずに外で待っていた。

部屋の中央には、重厚な石の台座が置かれている。その上の、金で装飾された受け皿に、ガラスのような透明の大きな丸い器が設置されている。器の中は水でいっぱいに満たされ、その中に小さな卵が浮かんでいた。

シュアンが器の蓋《ふた》を取った。

「卵を取り出してください」

龍聖は言われるままに、器の中に両手を差し入れた。水と思っていたものはぬるま湯だった。人肌と同じくらいの温度にしてあるようだ。卵をそっと掬《すく》い上げて、シュアンが用意していた布に包んだ。

「そちらにお座りになって、ゆっくりと卵をお抱きになってください」

シュアンは、部屋の脇に設置されている布張りの長椅子を指示した。狭い小部屋の中に、大きなソファは置けないのだろう。だが長椅子にはクッションが並べられて、ゆったりと座ることが出来た。

龍聖はウエンから事前に教えられた通りに、膝の上で卵を両手で包み込みながら、じっとしていた。一刻ほどそうしていれば良いと言われたのだ。

龍聖の隣にヨンワンも腰を下ろした。

「シュアン様はずっとこの部屋にいるのですか？　大変ではありませんか？　眠るのもここですか？　食事も？」

龍聖が堰を切ったように、次々と質問をするので、通訳するヨンワンの言葉を聞きながら、シュアンは少し困ったように笑みを浮かべた。

「まだ一日目ですから……大変という実感はありません。時々侍女に替わってもらい小部屋から出ることは出来ます。食事は小部屋の外でとります。ですがこの部屋自体から外に出ることは滅多《めった》にないですね。眠るのはこの小部屋の中で眠ります」

「ずっとこの部屋に一人ですか？　退屈しませんか？」

「そうですね……用がある時以外はずっと一人ですね。でも意外とやることはあるので、それほど退屈はしません。まあ今までの仕事に比べれば座っているだけの時間が長いので、暇かと言われれば暇かもしれませんけど……」

シュアンはそこまで答えて、はっと顔色を変えた。王の面前で『暇』と口にしてしまったことに気づき、失言だったと顔色を変えたのだ。

　そんなシュアンに、ヨンワンは微笑みながら「大丈夫だよ」と言った。

「暇だなんて……こんな狭い部屋にずっと一日中、それもこれから一年間も居続けなければならないのです、ただそれだけでも大変だということは分かりますから、暇だと言ってもそうではないことは分かっています」

　龍聖が擁護してくれたので、シュアンは安堵したように表情を緩めた。

「一刻ごとに水温を確かめます。この台座の中に温石が入っていて、器の水を温めています。熱くなりすぎたり、冷たくなったりしないように注意が必要です。水は毎日入れ替えて、その時に部屋の中の掃除もします。もちろんそれは侍女が行いますが、私はその時に万が一のことがないようにするために、卵を持って小部屋の外に避難します。その時が一番大変で……万が一のために避難するのに、その私が卵に万が一のことをしてしまったら、もとも子もありませんから……最大限の注意を払い慎重に卵を抱えています。一番緊張するし、神経がすり減りそうになります。ですがこれだけは絶対に、慣れたりしないよう心掛けるつもりです」

　表情を引きしめながらシュアンが説明を続けた。そして側に置いてあった箱を抱えて、龍聖達に蓋を開けてみせた。その箱は両手に抱えられる程度の大きさをしている。箱の中には布が分厚く貼ってあり、中央に丸い窪みがあった。蓋の内側にも厚く布が張ってある。

「この中に卵を入れて運びます。多少の衝撃では、中身に影響はありませんが、それでも運ぶ時にはとても神経を使います」

「重いのですか？」

「いいえ、箱の外側は竜の鱗で作られているので、頑丈ですがとても軽いのです」

「これも竜の鱗なのですね……」

龍聖が感心したように眺めている。ヨンワンはそんな二人の会話を、ニコニコしながら聞いていた。

それからシュアンの元の仕事のことや、家族のことなど他愛もない質問を、龍聖が次々とするので会話が盛り上がり、一刻という時間はあっという間に過ぎた。

「リューセー様、そろそろよろしいかと」

開いている扉から、ウエンが顔を覗かせてそう声をかけた。

「あ、もうそんな時間ですか……シュアン、おかげで楽しい時間になりました。また明日来るのが楽しみです」

龍聖はヨンワンに支えられるようにして立ち上がりながら、にこやかな笑顔をシュアンに向けた。

「こ、光栄です」

シュアンは思わず頬を染めて答えた。

卵を慎重に器に戻して、龍聖はほっと息を吐いた。

「じゃあ、行こうか」

「はい」

「シュアン、引き続きよろしく頼むよ」

「かしこまりました」

ヨンワンがシュアンに声をかけて、シュアンは深々と頭を下げて二人を送り出した。

「さて、リューセー、せっかくだから少し散歩をしないかい？」

廊下に出たところで、ヨンワンがそんなことを言い出した。

「え、でも……ヨンワン様はお仕事がお忙しいのではありませんか？　そのようなことをする時間はあるのですか？」

鋭い指摘に後ろで控えていたウエンが思わず失笑しかけて、慌てて両手で口を塞いだ。ヨンワンは苦笑しながら頭をかいた。

「大丈夫だよ。一応……それくらいの時間の余裕はある。それに婚姻したばかりなのだから、今はリューセー様との時間を優先してくださいと、宰相からありがたい指令が下ったんだよ」

ヨンワンはとりあえずダイレンの名を出して、龍聖を納得させることにした。龍聖は小首を傾げてから、少し頰を染めて嬉しそうに微笑む。

「ありがたいお言葉ですね」

「だろう？　だから散歩をしよう……リューセーは城の中を知らないからね……どこに連れていこうかな……中庭に出てみないかい？」

「中庭ですか？　はい、行きたいです」

「じゃあ行こう」

ヨンワンは龍聖の手を握って歩き始めた。その後ろにウエンと護衛の兵士達が続く。階段を三階層分降りて、長い廊下を歩いた。

「この階には神殿があるんだ。婚姻の儀式を最初にしたところだよ。覚えているかい？」

「はい……神殿は覚えていますが、どうやって行ったのかは覚えていません」

「まあ、それは当然だな。中庭に行った後、神殿を覗いてみよう」

「はい」

龍聖は繋いでいるヨンワンの手を意識しながら、はにかむように微笑んで頷いた。こうしているとヨンワンが王様であるということを、ついつい忘れてしまいそうだ。ヨンワンはとても優しい。いつも龍聖を気遣ってくれる。大切に扱ってくれる。

大和の国にいた頃も、優しい人はたくさんいたが、こんな風に優しい殿方はいなかった。もちろんそれは男同士だからというわけではない。相手が女性であっても、こんなに相手に優しく接する者などいない。

父が母に優しくしているところなど見たことがない。一緒に手を繋いで歩くなど言語道断だ。もちろん父が母に冷たかったというわけではない。妻として大切にしていたはずだが、こんな形ではない。男は働いて、妻や子を養い、家を守るのが務めだった。その点良く働いて、村人からも慕われて、役人からの心証も良く、金や食い物で妻や子に苦労をかけたことがなかった父は、良き父であり良き夫であったはずだ。龍聖も尊敬していた。

夫婦喧嘩をしたところなど見たことはない。父が母を怒鳴りつけたこともない。母が父のことで泣いたりしたのも見たことがない。夫婦仲は良かったはずだ。

だけど……やっぱり違う。こんなにも違うなんて、龍聖はどうしたらいいのか分からなくなってしまう。

「ほら、ここが中庭だよ」

ヨンワンに言われてはっと我に返った。目の前には美しい緑が広がっていた。

ガラス張りの扉を開いて、手を繋いだまま外へ踏み出した。広々とした中庭は、綺麗に短く刈られた芝が、緑の絨毯のように広がっていた。一番奥には背の高い木々が、壁のように並んで生えていて、その側には、色とりどりの花々が咲き乱れる花壇が、綺麗に一列に並んでいる。

柔らかな草を踏んで歩くと気持ちが良かった。日差しがとても強くて、芝の上に濃い色の影が落ちる。だが吹き抜ける風が心地よくて、それほど暑さを感じなかった。

「どうだい？」

「久しぶりに太陽の下に出るので、日差しが気持ちいいです」

「そうだね、ずっと部屋の中にいたからね。だけどこれからは好きな時にここに来ると良いよ」

「はい」

「そういえばリューセーは、あまりテラスには出ないのだね？　高いところは嫌いかい？」

「え？　あ、いえ……そういうわけではないのですが……」

ヨンワンの問いかけに、龍聖は一瞬表情を曇らせて口籠った。ヨンワンはそんな龍聖を見て、少しばかり眉根を寄せた。

「あの木の向こうはどうなっているのですか？」

話を逸らすように龍聖が、奥の木々を指さした。

「ああ、あの向こうは断崖絶壁だから、間違って落ちないように、あのように木を植えているんだよ。だけど別に柵があるわけではないから、あまり近づかない方が良い」

「そ……そうなんですね……でもそう言われると、ちょっと見に行きたくなりますね」

龍聖が笑いながら言ったので、ヨンワンはすぐに優しい表情に戻って、龍聖の手を引いて歩き出した。

「じゃあ、行ってみよう。私がしっかりと手を握っているから大丈夫だ」

「はい、ヨンワン様がいると大丈夫だと思えます」

少し照れたような顔をして龍聖がそんなかわいいことを言うので、ヨンワンはとてもご機嫌になりニコニコと笑いながら、気持ち足取りも軽くなっていた。

その時、すーっと目の前の地面に大きな影が横切った。不思議に思った龍聖が空を見上げると、一頭の竜が頭上を通過しているのが目に入った。かなり上空を飛んでいるのだが、体が大きいので近くに感じる。

龍聖はビクリと体を震わせて固まってしまった。思わず空いている方の手で、ヨンワンの腕にしがみついていた。

「リューセー？」

ヨンワンが不思議に思って声をかけると、龍聖は少しばかり顔を上げてヨンワンをみつめ返した。顔が強張っているのが分かる。

「どうしたんだい？」

ヨンワンには何が起きたのか分からなくて、急にそんな様子になってしまった龍聖に驚いてしまった。

「だ、大丈夫です」

「大丈夫という顔ではないだろう？　どうしたんだい？」

ヨンワンがそう尋ねている最中にも、再び二人の上に影が落ちてきた。龍聖はまた体をびくりと震わせる。今度はヨンワンにしがみついていたため、その体の震えはヨンワンにも伝わった。

ヨンワンは空を見上げて、頭上を飛び去る竜の姿をみつめた。

「もしかして……竜が怖いのかい？」

「だ、大丈夫です、ヨンワン様がいれば……大丈夫ですから」

とても大丈夫そうではない顔でそんなことを言われて、はいそうですかと納得するほどヨンワンは愚かではない。

「中に入ろう」

ヨンワンはそう言うなり、ひょいっと龍聖を抱き上げてくるりと向きを変えた。後ろに控えていたウエン達が驚いた顔で立ち止まる。龍聖も驚いて目を丸くしていた。一瞬にして怖いなどという気持ちが消え去ってしまった。

ヨンワンはウエン達を気にすることなく、大股でスタスタと歩きだした。

「ヨ、ヨンワン様、あの……大丈夫……大丈夫ですから！」

「大丈夫じゃないよ」

ヨンワンは小さな声でそう呟いた。

「え？」

龍聖は聞き取れなくて聞き返したが、ヨンワンは言い直すことなく歩き続けて、城の中に入ってしまった。だがそこでは下ろしてくれずに、スタスタと廊下を歩き続ける。龍聖は下ろしてもらえなくて、困り顔でふと後ろを見た。ウエン達がひどく慌てた様子で追いかけてきている。ウエンと目が合って、龍聖が困った顔をすると、ウエンは目を丸くして首を傾げている。

ウエンには何が起こったのかまったく分からないのだが、どうやら龍聖も分かっていないようなので、陛下の気まぐれか？　と思いながら、とにかく後を追った。

龍聖がようやく下ろしてもらえたのは、神殿の中に入ってからだった。そっと下ろされて、そのまま置いてある長椅子に座らされた。ヨンワンが龍聖の前に膝をついて屈み、龍聖の手をそっと握りしめて顔を覗き込む。

「リューセー、降臨した時の体験のせいで、竜が怖くなってしまったんだね？」

ヨンワンはとても穏やかな口調で尋ねた。みつめてくる視線もいつもと変わらず柔らかい。龍聖はこの柔らかな眼差しが好きだった。少しばかり細められた両目は、長い真紅の睫毛《まつげ》に縁どられて、金色の瞳がキラキラと輝いて見える。じっとみつめられているのに、眼力は柔らかく優しい。いつまでもみつめていたいし、みつめられると吸い込まれそうな気持ちになる。

龍聖は頬を上気させて、ぼんやりとみつめ返すだけで何も答えられずにいた。

「リューセー？」

ヨンワンがもう一度名を呼んだので、龍聖は我に返った。

「あ、あの……」

「あの時のことが心の傷になってしまったんだね」

ヨンワンが優しく囁くように言った。それは胸に染み渡るような心地よい声だった。龍聖はじわりと目頭が熱くなったが、別に泣くつもりはなかった。ヨンワンが言うほど竜が怖いわけではない。確かに怖いけれど、あの時竜に何かされたわけではないし、怖い目に遭ったというわけでもない。

得体の知れない巨大な生き物に対して、単純に恐れを抱いているだけだ。臆病なので、昔から得体の知れないものには、ひどく怯えてしまうところがあった。虫とか魚とか、初めて見る生き物には怖くて近寄れない。ただそれだけだ。

それなのにヨンワンが、こんなに心配してくれて、こんなに優しく気遣ってくれて、そのヨンワンの優しさと温かさに感動して、目頭が熱くなってしまった。ここで泣いたらヨンワンをさらに心配させてしまう……と、龍聖はひどく焦ってしまった。

激しく瞬きをしたら、逆効果で涙がひとつポロリと落ちてしまった。それを見て、ヨンワンが憐れむように眉根を寄せた。

「あ、あの、違うのです。ヨンワン様、違うのです」

「何が違うんだい？」

「この涙は怖くて泣いたのではありません。それに竜も……怖いけど……あの時怖い目に遭ったからではありません……あの……ごめんなさい」

ヨンワンの両手が、すっと伸びて龍聖の体を抱きしめた。

「謝らなくてもいい」

龍聖の耳元で、ヨンワンが優しく囁いた。龍聖は耳まで赤くなり、なんとか誤解を解かなければと、必死に考えた。

「あの、あの、今謝ったのは、私が誤解させてしまったことで、ヨンワン様に心配をおかけしたことを謝ったのです。本当に……本当に大丈夫です」

龍聖が一生懸命に言うので、ヨンワンは抱きしめていた腕を緩めて、龍聖の顔を覗き込んだ。

「本当に大丈夫？」

「はい、大丈夫です」

龍聖は出来る限り、元気よく答えた。笑ってみせたりしたが、少しばかり表情が強張ってしまった。

ヨンワンが右手の親指で、そっと龍聖の目元を拭った。

「だけど竜が怖いのだろう？」

「怖い……怖いです。見たことのない生き物ですし……大きいですし……あの、ただの印象でそう思っているだけです。本当に竜達には何もされていませんから、何か害があったわけではありません。心も体も傷ついていません」

「本当に？」

「本当です」

「だけど……じゃあ北の城へ行く時は、さぞや怖かっただろうね」

「行きも帰りも、ヨンワン様が気遣ってくださって、目を閉じるようにおっしゃったので、それほど怖くありませんでした。それに……シャンロン様は龍神様なので、初めてお見かけした時も、とても美しいと見惚れてしまいました。それでもやはり怖いと思ってしまうので、直視出来ませんが……」

龍聖は困ったように笑みを作った。ヨンワンはそんな龍聖の頭を撫でる。

「だからテラスには出ないんだね……気づいてやれなくてすまない」

ヨンワンがとても申し訳なさそうに、眉根を寄せて謝罪するので、龍聖はまた目頭が熱くなった。

しかしぎゅっと目を閉じて頭を横に振った。

「私は竜の聖人ですから……大丈夫です。慣れればきっと怖くなります。どうか気になさらないでください」

ヨンワンはしばらく黙ってじっと龍聖をみつめた。

「分かった」

ヨンワンはニッコリと微笑み立ち上がった。龍聖に手を差し伸べて立ち上がらせる。

「さて、ここが神殿だよ」

気持ちを切り替えるためか、ヨンワンは明るくそう言って、辺りを見まわした。龍聖も辺りを見まわして「わあ」と小さく声を上げる。

「正面の像が、初代竜王ホンロンワン様の姿を象《かたど》ったものだ。この神殿には代々の竜王とリューセーが眠っている。我々にとってホンロンワン様は神ではないし、竜王達も神ではない。それに我らは神への信仰はない。だからここは人間達が作っている神殿とは意味合いが異なる場所だ。シーフォンがホンロンワン様に勇気や癒しを貰いに来る場所なんだよ」

「勇気や癒し……」

龍聖は改めて正面にそびえるホンロンワンの石像を眺めた。そして手を合わせて祈る。

『どうか私に勇気をください』

ヨンワンは黙って龍聖を見守っていた。ちらりと視線をウエンに向けると、ウエンは深々と頭を下げていた。

「さて、行こうか」

「はい」

ヨンワンは再び龍聖の手を握って歩き始めた。

神殿を出て、廊下をしばらく歩き、大きな両扉の前で足を止めた。

「ここが書庫だよ」

ヨンワンはそう言ってゆっくりと扉を開いた。

「わあ……」

中に入ると、龍聖がまた小さく感嘆の声を漏らす。

そこはとても広い部屋だった。入ってすぐの正面には、大きなテーブルがみっつ、二列に合計六つ並んでいた。そこを中心に、両側にはたくさんの本棚が並んでいる。本棚は左右とも奥にもずっと並んでいる。一体ここにはどれほどの書物があるのだろうと、龍聖は目を丸くした。

「私の祖父、四代目竜王ロウワンが作った書庫だ。世界中から色々な本を収集している。本はとても高価な物なので、ここにある大部分の物は写本だ。他国から原本をお借りして、写本を作っている」

「どれくらいの数の本があるのですか？」

龍聖が興味津々という顔で尋ねると、ヨンワンは少し困ったように首を傾げて苦笑した。

「すまない……私はあまり書庫のことは分からないんだ。本は読むのだけれど、お祖父様のように情熱を傾けてはいないからね……ここには書庫を管理する学者達がいるんだ。分からないことがあれば、学者達に尋ねれば良いし、読みたい本があればいつでも好きなだけ借りてきて構わないよ」

龍聖はそれを聞いて、瞳を輝かせながら、本棚にびっしりと並んでいる本を眺めた。だがすぐに残念そうな表情に変わった。

「私にはこの国の言葉を習う方が先ですね」

龍聖が溜息をつきふと向けた視線の先に、少年達の姿を見つけた。端のテーブルに着いていた三人の少年と一人の大人の女性は、突然の龍聖達の訪問に驚いていたのだ。

龍聖はこの世界に来て初めて見る子供に、思わず目を細めて嬉しそうに近づいた。

「ごきげんよう、ここで何をなさっているんですか？　お勉強？」

話しかけてみたが、言葉が通じるはずもなかった。四人は慌てて立ち上がり、龍聖に向かって深々と頭を下げる。

「彼らは勉強をしているんだよ。ここにはシーフォンの子供達が、勉強をしにやってくる。学者達が勉強を見てやるんだ」

ヨンワンが代わりに説明をした。

「邪魔をしたな。気にせず勉強を続けなさい」

ヨンワンがそう声をかけたのを聞いて、龍聖は言葉が違うのだということに気がついた。赤くなって、慌てて少年達と一緒にいた女性に頭を下げた。

「す、すみません。お邪魔しました」

真っ白な髪を綺麗に結い上げた若い女性は、目を丸くしていたが釣られるように頭を下げ返した。

「行きましょう」

龍聖はこれ以上邪魔にならないようにと、ヨンワンの手を握って歩きだした。ヨンワンはそんな龍聖を見てクスリと笑う。

「あの若いご婦人も学者様なのですか？」

「そうだね……若いからまだ学士かもしれない。学者見習いのようなものだ」

「でもすごいですね」

龍聖は感心したように微笑みながら、ヨンワンと共に書庫を後にした。

「さてそろそろ部屋に戻ろう。リューセー、すまないが私はこのまま仕事に向かうよ。ウエンと部屋に戻っておくれ」

廊下に出たところでヨンワンが残念そうに言った。

「はい、色々なところを見てとても楽しゅうございました。ありがとうございます。どうぞお仕事を頑張ってください」

「ああ、気をつけて帰るんだよ」

ヨンワンは龍聖の頬にそっと口づけた。龍聖はびくりと体を跳ねさせて、真っ赤になりながらウエンと共に帰っていった。


それから三日後に、中止になってしまっていた宴が行われることになった。

その日の夕方、ヨンワンが着替えのために部屋に戻ってくると、すでに正装に着替えた龍聖《りゅうせい》が、見るからに緊張した面持ちで待っていた。

ヨンワンも着替えを終えて、緊張した顔で座っている龍聖の下に向かった。

「リューセー、リューセー」

何度か呼んで三度目にようやく、はっとした顔で龍聖はヨンワンを見た。

「ヨンワン様……」

「緊張しているのかい？　前にも言っただろう？　食事をしに行くだけだ。君は何も話したりしなくていいんだよ」

「は、はい」

それでもがちがちに硬くなっている龍聖の手を握ると、少し冷たかった。ヨンワンは龍聖の手を優しく撫でながら、そっと立ち上がるように促した。

「こっちにおいで」

ヨンワンは龍聖を連れて窓辺へ向かった。

「リューセーは、ここからの景色をどう思う？」

「え……き、綺麗《きれい》だと思います」

窓の外には、空と赤い山と山の裾野に広がる緑の大地が見える。空は夕日の赤で紫色に変わりつつあった。

「今は日が暮れ始めているけれど、エルマーン王国の風景はくっきりとした色が印象的だと思わないかい？　赤い山と真っ青な空と緑の大地……大和の国にはない風景だと、母上から聞いている」

「そうですね。私のいた国には、あのような赤い岩山はありませんし、空もこちらの方がずっと濃い青色だと思います。日差しが強いせいか、緑も鮮《あざ》やかです」

「この世界でも、他国へ行ってもこのような景色はないよ。エルマーン王国だけだ。そして私はこの景色を眺めていると気持ちが落ち着いてくる」

龍聖はふと隣に立つヨンワンの顔を眺めた。ヨンワンは遠くをみつめながら、とても優しい顔をしていた。ヨンワンの金色の瞳が動いて、龍聖と視線が合った。

「私もね、よく緊張するんだ。昔、父に連れられて初めて外遊に行った時などは、前の晩は一睡も出来なかった。今でも時々、ひどく緊張することがあるよ。そういう時は、心を無にするんだ」

「心を……無にする？」

「うん」

ヨンワンは爽《さわ》やかに笑って、再び遠くをみつめた。

「心を無にする呪文があるんだ……『青、赤、緑』ってね」

「青、赤、緑？」

龍聖がその言葉を復唱しながら目を丸くするので、ヨンワンは目を細めながら頷《うなず》いた。

「そう、このエルマーン王国の景色を表した呪文だよ。高く広がる空の青、国を守る高く険しい岩山の赤、そして豊かな大地の緑。青、赤、緑……と何度も繰り返して呟《つぶや》き、この景色を思い出すと、不思議と心が凪《な》いで無になれる。どこにいても、この景色を思い出せるように、この景色を見ながら普段からこの呪文を呟くんだ。そうして緊張する場面で、こっそりと心の中で呪文を呟く。そうしたら緊張が解けていくんだよ」

「青、赤、緑」

龍聖はその言葉を呟いた。すると不思議なことに心が凪いでいくのを感じた。龍聖はこの呪文を唱《とな》えると、エルマーン王国の景色ではなく、今この話をしてくれた爽やかなヨンワンの笑顔が思い浮かんだ。心が凪いでいくと共に、胸の奥がふんわりと温かくなる。

龍聖の手が温かくなったので、ヨンワンは安堵《あんど》の息を吐いて龍聖をみつめた。

「もう大丈夫だね？」

「はい」

龍聖は微笑みを返した。

「じゃあ行こうか」

二人は仲良く手を繋《つな》いだまま歩きだした。


卵が孵《かえ》るまでの一年は、龍聖にとって本当にあっという間だった。この世界に来たばかりの龍聖には、たくさん学ばなければならないことがあり、毎日の勉強と卵に魂精《こんせい》を与えることで、日々が慌ただしく過ぎていった。

それと同時に、ヨンワンとの仲を深める時間にもなった。ヨンワンは龍聖が考える以上に、龍聖のことを想い、龍聖との時間を大切にしてくれた。卵に魂精を与えるための時間には、出来る限り一緒に来てくれたし、仕事も忙しいはずなのだが毎日、日が暮れる前には部屋に戻って夕食を一緒にとってくれたりした。

ヨンワンは龍聖とたくさん話をしてくれた。毎日どんなことをして過ごしているのかというような他愛もない話から、大和《やまと》の国の話を聞いてくれたり、ヨンワンがエルマーン王国の話をしてくれたり、外遊で訪れた他国の話をしてくれたりするのだ。

そんな時、ヨンワンは常に龍聖の手を握り、肩を抱き寄せて話をする。龍聖はそんな風にスキンシップ過多な人との付き合いが初めてだったので、最初は戸惑い恥ずかしく思っていたが、ヨンワンが心から龍聖を愛し、大切にしてくれているという想いが伝わってきて、龍聖もまたヨンワンを愛し、大切に思うようになっていった。

それは今までずっと龍聖がヨンワンに対して抱いていた崇拝や尊敬の念とは、まったく違う想いであり感情だった。家族に対するものや、友人に対するものとも違う。温かく、時にはひどく熱く、胸を焦《こ》がす想い。愛し愛されることは、これほどに幸せなことなのかと龍聖は心から喜びを覚えた。

二人の仲睦まじい様子は、ウエンや侍女達も幸せにした。そして侍女達の他愛もない噂話として、瞬く間に城内に広がり、国中にも広がっていった。

『ヨンワン王とリューセー様はとにかく仲が良くて、いつも幸せそうに寄り添っていらっしゃるそうだよ』

城下町で、郊外の畑で、アルピンの女性達が井戸端会議で、そんな話を嬉しそうに口にする。酒場でアルピンの男性達が自慢話のように語る。それが兵士達の話題になり、警備長官のテイランが笑い話のようにダイレンに語る。

「良い話じゃないか」

ダイレンは面白そうに目を細めた。

「我らにとってはからかいのネタだが、アルピン達の中では自慢話みたいに広まっているのが面白いと思ったんだ」

テイランが笑いながら話すのを、ヘイヨウも頷《うなず》きながら聞いている。

「我が国を訪れた商人たちが、散々その話を聞かされて帰国していくようだから、そのうち他国でも有名になるんじゃないかな」

「外交的には良いことだろう？」

ダイレンがニヤリと笑って尋《たず》ねると、ヘイヨウは顎《あご》を摩りながら「悪い話ではない」と答えた。

「陛下ご自身は知っているのか？」

テイランの問いに、ダイレンは肩を竦《すく》めた。

「耳に入っていないことはないだろうな。だけど兄上のことだから、特に恥ずかしいとかは思っていないと思うよ」

「そこなんだよなぁ……新婚さんをからかうという楽しみがないんだよな」

テイランはそう言って、悔しそうに首を振っている。それを見てダイレンとヘイヨウは大笑いをした。

自分の周りでそんなことが起きているとは知らない龍聖は、ヨンワンとの愛を育《はぐく》むことで勉強にも熱が入り、一年が経つ頃にはエルマーン語での日常会話を難なくこなせるようになっていた。そしていよいよ卵が孵る日が来た。

その日は朝からヨンワンと共に、卵の部屋を訪れていた。早朝に護衛責任者のシュアンから、本日中に卵が孵りそうだという知らせが届いたのだ。

卵は大きく成長していて、数日前から殻《から》が固くなっていた。保管器から取り出された卵は、柔らかな綿の上に布が敷かれた籠《かご》の中に安置されている。

それをヨンワンと龍聖が、息を殺してじっと見守っていた。二人は手を握り合って、僅《わず》かな卵の動きにも、一緒に一喜一憂していた。

卵の表面にはいくつものひびが入っていき、やがてパリッと大きな音がして、大きなひびが入ったかと思うと、ポロリと殻が崩れて穴が空いた。赤い髪の毛がチラチラと見えている。それを見て、ヨンワンと龍聖が嬉しそうに顔を見合わせた。

「赤い髪の毛が見えました」

「ああ、見えたね」

二人でほのぼのと喜び合う姿に、思わず相好《そうごう》を崩しながらウエンがそっと声をかけた。

「殻を割ってあげてください」

二人は促されて、少しばかり戸惑いながらも卵の殻を割る手伝いをした。中の赤子を傷つけないように慎重に殻を取り除いていく。ようやく半分ほどの殻が取り除かれると、中で体を丸めてもぞもぞと動いている赤子の姿が現れた。

「ああ……なんと愛らしい……」

丸々と太った赤子の姿に、龍聖が思わず呟いた。同意を求めるようにヨンワンへ視線を移すと、ヨンワンは溶けるような笑顔で龍聖とみつめ合った。

「抱いてあげてください」

ウエンに言われて、二人は恐る恐る卵の中から赤子を抱き上げた。頭にはふわふわとした柔らかな赤い髪が生えている。龍聖が胸に抱き上げると、赤子は薄く目を開けた。

「ああ、金色の瞳……ヨンワン様と同じですね」

「そうだね」

ヨンワンは頷きながら、嬉しそうに目を細めた。ヨンワンは壊れ物に触れるように、赤子の頬に指で触れた。とても柔らかくてふにふにと弾力がある。いつまでも触っていたくなる。

「ヨンワン様、この金色の卵はなんですか？」

龍聖は赤子がずっと宝物のように胸に抱いている金の卵を、不思議そうにみつめた。

「ああ、それはこの子の半身だよ。いずれシャンロンのように大きな金色の竜になる」

「これが？」

龍聖は目を丸くした。赤子が胸に抱いている金の卵は、鶏の卵ほどの大きさしかない。これがあの巨大な竜になるとは、とても信じられなかった。

「これからゆっくりと百年以上もかけて成長するんだよ。卵から孵るのはずっと先の話だ」

「そうなのですね」

説明を聞いてもまだ不思議そうにみつめる龍聖の前で、ヨンワンは赤子が抱いている金色の卵をそっと取り上げた。するとそれまで穏やかだった赤子が、みるみる顔をくしゃくしゃにして、真っ赤な顔で火がついたように泣き始めた。

「わっ！　あっ……どうしたのですか!?」

「卵を取り上げられて怒っているのさ」

ヨンワンは楽しんでいるのか、ほのぼのとした様子で微笑みながらそう答えた。その言葉に龍聖は、ますます驚いたのだが、龍聖の腕の中で赤子は全身真っ赤になって、卵を探すかのように手足をばたつかせて宙をかいている。龍聖があやしても、まったくおさまる様子はなく、こんな小さな体のどこに、それほどの力があるのだろうと驚くくらいに、抱いている龍聖の腕を小さな両足がめいっぱいに蹴ってくる。

あまりにも激しく泣くので、龍聖は困惑した様子でヨンワンをみつめた。

「か、返してあげたらいかがですか？」

「いや、この卵は私が預かる。この子が半身に再会出来るのは、竜王に即位してからだ」

「え……それは……」

龍聖は一瞬聞き間違えたかと思った。竜王に即位するのは何百年も先の話だ。それでは百年後の成人した時でさえ会えないということなのだろうか？　と咄嗟《とっさ》に思って尋ねようとしたが、それは別の声に遮られた。

「リューセー様、御子をお渡しください。綺麗に洗って服を着せます。産湯《うぶゆ》に浸ければ泣き止みます」

「あっ、はい」

小部屋の外からウエンが声をかけたので、龍聖は立ち上がり赤子をウエンに渡した。龍聖はそこで入り口の側《そば》に佇んでいるシュアンと目が合った。

「シュアン様、一年の長い間、卵を守ってくださってありがとうございました」

龍聖が丁寧に礼をすると、シュアンは深々と頭を下げ返した。

「私こそお世継ぎをお守りするという光栄な役目を仰《おお》せつかり、光栄でございました」

にこやかに礼を述べたシュアンの顔は、少しばかりやつれてはいるが、晴れ晴れとしていた。その顔を見れば、シュアンの言葉が儀礼的なものではないのだと思えた。

毎日この部屋に通い続けていた龍聖は、卵の護衛責任者という役目の大変さを分かっているつもりだ。辛いだけではなかったのだと分かっただけで、龍聖は心から安堵出来た。

「しばらくはゆっくり休んでくださいね」

「いえ、早く元の仕事に戻らなければ、私のことなど忘れられてしまいそうです」

シュアンが真面目な顔で首を振ると、ヨンワンがその肩を軽く叩いた。

「シュアン、今は気が張っているから分からないだろうが、心身共にかなり疲弊《ひへい》しているはずだ。ひと月は養生が必要だ。君にはこれからも我が国のために働いてもらわなければならない。体を万全に整えてほしい。ダイレンにもそう伝えてある」

ヨンワンからそう言われて、シュアンは困ったように照れ笑いをして頭を下げた。

「お心遣い痛み入ります」

龍聖もそんなシュアンに何度もありがとうと礼を述べた。

そこへ綺麗に洗われ、産着に包《くる》まれた赤子を抱いて、ウエンが戻ってきた。龍聖が受け取ると、赤子はパッチリと大きく目を開けて、じっと龍聖の顔をみつめている。思いきり泣いて、産湯に浸かって、すっかり目が覚めたようだ。龍聖はその愛らしさに思わず笑みを零《こぼ》した。

「この子の名前は決めてあるのですか？」

龍聖がヨンワンに尋ねると、ヨンワンは赤子の顔を優しい眼差《まなざ》しでみつめた。

「ジュンワン……ジュンは恵みという意味があるのだよ」

「ジュンワン……よい名ですね」

龍聖は腕の中の赤子を愛しげにみつめながら微笑んで頷いた。

ジュンワンには乳母が二人と専属の侍女が二人ついて、交代で世話をした。龍聖は熱心に、乳母から赤子の世話の仕方を習って、一生懸命に手伝った。

「リューセー様、シーフォンの赤子は、とても成長が遅いのです。歩けるようになるまで十年以上かかります。手のかかる赤子の期間は、長いですから、どうぞあまり根を詰めないようになさってください。ご自身の普段の生活習慣を崩さないことが大切ですよ」

この一年ですっかり龍聖の性格を把握したウエンが、真面目で努力家の龍聖が、赤子の世話にのめり込むことのないように、先にそう釘を刺してきた。龍聖はその指摘に、少しばかり驚いて目を瞠《みは》ったが、ウエンの真面目な顔を見て、表情を曇らせた。

「それは分かります。私もまだまだ勉強しなければならないことがありますし、ジュンワンだけにすべての時間をかけるわけにはいかないことも承知していますが……少しは世話をしないと、私が親であるということに、ジュンワンが気づかないのではないかと思うのです。それに少しでも私が一人で世話が出来れば、乳母達が休憩することが出来るでしょう？　交代するとは言っても、朝も夜も一日中見なければならないのですから、せめて食事の時間くらいゆっくりさせてあげたいではありませんか」

龍聖の言い分に、ウエンは溜息をついた。

「リューセー様のお気持ちは分かりますが……せめて夜は乳母達に任せて、子供部屋で寝かせるようになさってください」

それを聞いた龍聖は、さらに驚いてすぐに反論した。

「でも夜泣きをした時、私が抱いて魂精を与えるとすぐに泣き止むのです」

「それが癖になるのですよ？　別にお腹が空いているわけではありませんから、リューセー様の魂精で泣き止ませる必要はありません。人間の赤子であれば、夜泣きをするのはほんのひと月、ふた月の話ですが、シーフォンの赤子の場合は一年以上続くのです。それを寝室でリューセー様がずっと世話をされていたら、リューセー様だけではなく、陛下も寝不足で体調をお崩しになりかねません」

最後の言葉に龍聖は顔色を変えた。ヨンワンのことを言われてしまったら、反論は出来ない。むしろ自分がそこまで考えていなかったことに、ショックを受けて眉根を寄せた。

「ヨンワン様のことまで気配りが出来ていませんでした。考えが甘かったようです。すみません」

肩を落とす龍聖に、ウエンは笑みを浮かべて宥《なだ》めるように言った。

「リューセー様は努力家ですから、なんでも一生懸命になるのは仕方がありません。でも子供の成長にはとても長い年月がかかります。一日一日の時間は、人間の子供の時間とはまた違います。そんなに焦らずとも、リューセー様は十分に親として御子を育てていらっしゃいますよ」

龍聖はようやく納得して、ジュンワンの世話は、日中に少しずつ行うようにした。しかし勉強にはより一層熱心に励むようになっていた。これでは何の解決にもなっていないと、ウエンは頭を抱えてしまった。

「勉強も根を詰めすぎるのは良くないのですが……」

ウエンが眉根を寄せて、不服そうに呟いた。

「ウエン、実は……私はエルマーン語の読み書きを早く習得して、やりたいことがあったのです」

龍聖の思いがけない告白に、ウエンは驚いて「なんでしょうか？」と身を乗り出して尋ねた。

「書庫に行って、読みたい本があるのです」

「読みたい本ですか？　言っていただければ私が借りてまいりますよ？」

「それが……」

龍聖は頬に手を添えて、どう説明しようかと考えた。

「私はあちらの世界で、一生懸命に料理の勉強をしたのです」

「料理の勉強ですか？」

「はい、龍神様に美味しいものを召し上がってもらいたくて……その……以前にも話しましたが、私は龍神様を神様の一柱と考えていましたから……あちらの世界では神様に供物《くもつ》をお供《そな》えする際は、農作物をそのままお供えしていました。それで龍神様は野菜などを生のまま召し上がるのだと思っていたのです。だから料理すればもっと美味しいのだとお教えしたいと思って……」

龍聖は恥ずかしそうに打ち明け始めた。

「ですがこちらに来てみたら、専属の料理人がいらして、とても豪華なお食事が出されて……正直がっかりしたのです。その上、ヨンワン様は私からの魂精があれば、本当は食事などいらないのだと知って、さらにがっかりしたのです」

しょんぼりとする龍聖を見て、ウエンは「ああ……」と言って気の毒そうに眉根を寄せた。

「ですがヨンワン様と夫婦になって、ヨンワン様のことを心からお慕いして、ずっとお側でヨンワン様のことを見続けているうちに、なんだかとても気の毒になってきたのです」

「気の毒に……ですか？」

「はい」

龍聖は頷いたが、一瞬話すのを躊躇《ちゅうちょ》するように視線を落とした。

「ヨンワン様は外遊などで他国の人間達と食事をする時のマナーを身に着けるために、普段から食事を召し上がっていらっしゃいます。本当は必要ないものなのに……あまり美味しくない物を食べなければならないなんて気の毒だと思ったのです」

龍聖の言葉を聞いて、ウエンがひどく狼狽《ろうばい》した。

「お、美味しくありませんか？　我が国の料理は美味しくないのですか!?」

「あっ！」

龍聖はしまったとばかりに、両手で口を塞いで視線をさ迷わせた。目の前でひどく顔色を変えているウエンを見て、申し訳ないとぎゅっと目を閉じる。

「ち、違います！　違います！　ごめんなさい！　言い方が……不味《まず》いとかではないのです。美味しくないだけで……いえ、あの、美味しいです。美味しいですけど……その……なんというか……何かが足りない感じのする料理なのです」

龍聖が赤くなりながら一生懸命言葉を探して伝えようとするが、まったく上手《うま》くいかずに途中から少し涙目になっていた。

「リューセー様、別に怒っているわけではないので、正直に言っていただきたいのです。毎日のお食事ですから、何かご不満があるようでしたら改善いたします」

「不満というか……あの……ごめんなさい」

これ以上追及すると泣いてしまいかねないので、ウエンは少しばかり困ったように考え込んだ。龍聖にとって毎日の食事が、美味しいものではないのだろうということは理解した。先代の龍聖の時から、料理の仕方は変わっていないはずだ。料理人は何度も入れ替わってはいるが、皆、見習い時代からずっと働いているので、料理方法はきちんと受け継がれている。

ウエンが子供の頃に、側近候補として城に召し抱えられて、初めて城の料理を食べた時は、こんなに美味しい料理があるのかと驚いた。

アルピンの家庭料理は、決して不味くはないのだが、料理の種類は少ないし、使用される材料もそんなに多くないので、単調なものになってしまう。手の込んでいない『素朴な料理』という言い方が合っているかもしれない。

それに比べれば、城で出されている料理は、どれも手が込んでいて、種類も豊富で『ご馳走』には違いないはずだ。

来賓をもてなす宴のために、時折外務部の者達に料理の味見をしてもらうのだが、他国で食べる料理と比べても遜色《そんしょく》がないというお墨付きも貰っている。

これはきちんと龍聖の言い分を聞いた方が良いと、ウエンは改めて思った。

「リューセー様、先ほどは思ってもみなかったお言葉を聞いたので、恥ずかしながら狼狽《うろた》えてしまいました。私があのように動揺したせいで、リューセー様を驚かせてしまい申し訳ありませんでした。リューセー様のおっしゃることにはとても興味があります。ぜひ詳しくお聞かせいただけないでしょうか？」

ウエンは平常心を心掛けて穏やかな口調で尋ね直した。

龍聖はそんなウエンを、しばらくじっとみつめていたが、気持ちの整理がついたのか再び話を始めた。だがひどく言葉を選んで、慎重に話をしているのが分かる。

ウエンは龍聖が動揺してしまわないように、出来る限り表情には出さないようにして、真面目な顔で聞くことにした。

「こちらの世界の料理は、私がいた国の料理とはまったく違うもので、彩《いろど》りも綺麗だし、盛り付けも綺麗だし、美味しいと思いました。でも毎日食べるうちに、何か物足りないと感じ始めたのです。美味しいのですけど……感動するほど美味しいと感じるものがなくて、何度でも食べたいと思うようなものもなくて……私はあちらの世界にいた時に、大好物というものがあったのです。その食べ物ならば毎日でも食べられるくらいに好きだというものです。でもこちらの料理にはそういうものがなくて……なぜだろうと考えた時に、味が単調なのだと気づきました。どの料理も同じような味付けなので、毎日違う料理を食べているはずなのに、どれを食べても飽きてしまうのです」

それはウエンには思ってもみない言葉だった。『どれを食べても飽きる』とはどういうことだろうと思った。驚きと共に不可解に感じたが、かろうじて表情には出さずに済んだ。何度も頷いて先を促すと、龍聖は安堵したように続きを話し始めた。

「こちらの料理の味は、辛い、甘い、しょっぱいくらいしかないのです。どれも……たぶん調味料が塩か砂糖か辛子しかないのでしょう」

「他にも何かあるのですか？」

ウエンは料理には詳しくないので、どの料理にどんな調味料が使われているのかは分からないが、塩、砂糖、辛子くらいは分かる。味もそれで想像がつく。だがそれ以外にもあるのだと言われると、材料も味もまったく想像がつかなかった。

「私のいたところでは『うまみ』というものがありました。辛いにうまみを足す。甘いにうまみを足す、しょっぱいにうまみを足す……そういうことで、味に深みを出して変化を付けることが出来るのです。たとえば……よく出てくる野菜のスープですが、味付けは塩だけですよね。煮込んだ野菜からもうまみは出ますけど、野菜の種類を変えたところでそこまで味の変化はありません」

ウエンは話が難しくなってきたと思い、手帳を出して書き留め始めた。『うまみ』が何かは分からないが、龍聖が言おうとすることはなんとなく理解出来た。

「私がいた国の伝統的なスープに『味噌汁』というものがあります。これは魚の燻製や海藻などから出汁《だし》を取り、そこに豆や麦を発酵させて造った味噌という調味料を入れて、野菜を入れて、塩で味を調えるというスープです。知らない人が聞けばとても難しい手の込んだ料理のようですが、作るのにそれほど時間はかかりません。でも二重、三重にスープの味を調える調味料を入れますから、うまみも出るし、味わいも深くなります。入れる具材によってもまた味が変わるので、飽きることなく食べることが出来ます」

ウエンは驚きながら聞いていた。その『ミソシル』というものがどんなスープなのか想像もつかないが、聞いているだけでとても手が込んでいて美味しいような気がした。

そういうことならば、味が単調と言われても仕方がない。不味くはないが何か足りない。美味しくないという意味も理解出来た。

「リューセー様、おっしゃることが良く分かりました。それで書庫で読みたい本というのはなんでしょうか？」

「この世界の植物や魚介類についてどのようなものがあるのか調べたいのです。そしてこの世界の料理についても知りたい……そしてもっと美味しくすることが出来るのか、研究したいのです」

「リューセー様……」

ようやく龍聖が書庫に行きたい理由が分かったのだが、それはウエンの想像を超えたものだったので言葉を失ってしまった。

料理というものは、料理人から教わるものだと思っていた。現にエルマーン王国の過去の歴史書によれば、昔はアルピンの家庭料理でシーフォン達の食事も賄《まかな》われていたようだが、他国の人間を国内に招き入れるにあたり、リューセーの助言によって、他国の地位のある者に出しても恥ずかしくない料理を覚えるために、他国の料理人を招いて料理を習ったりしていたようだ。

だが目の前にいる龍聖は、とても真面目な顔で『研究したい』という。分かるようで分からない……いや、正直に言うとまだあまり理解出来ずにいた。

「リューセー様……料理を研究するというのはどういうことなのでしょうか？　私に何かお手伝いは出来ますか？」

龍聖はウエンの真面目な反応に、嬉しそうに目を細めた。否定されなかったので安堵したのだ。

「まずは本で私が知っている植物や魚などと似たものが、この世界にもあるのかということ、そしてこの世界の料理に、私が知っている料理と似たようなものがあるかということを調べる……まずはそこからです。似たような植物や魚などが見つかれば、その実物を手に入れたいと思います。実物を見て、煮たり焼いたりして、同じような味や食感なのかを調べて、最終的には私の国の料理を再現出来るのか？　というところまでやりたいのです。それには……たぶん実物を手に入れる方法が私には分かりませんので、ウエンの手をお借りすることになると思います」

ウエンは目から鱗《うろこ》が落ちた思いがした。龍聖の言う『研究したい』の意味が分かると共に、そのような方法で料理について知ることも出来るのかと思ったからだ。ウエンの頭の中では忙しいほどに、色々とやらなければならないことの段取りがされていく。

「承知いたしました。出来る限りのお手伝いをさせていただきます。でもひとつだけ……お伺《うかが》いしてもよろしいですか？」

ウエンはどうしてもひとつだけ心に引っかかることがあった。料理を美味しくしたいという理由は分かったのだが、龍聖の人となりを考えれば、それはなんだか龍聖らしくないことのように思えた。それは今までの龍聖が、料理について特に言及しなかったことにも繋がるが、『不味いというわけではない』『美味しい』という今の料理を、『飽きる』という理由だけで、変えようとするなんて龍聖らしくないと思ったのだ。

そんな嗜好の違いだけで、変えようとするなんて龍聖らしくない。

「なんですか？」

龍聖が明るい表情で聞き返す。すでにその瞳は、新しいことへの探求心に輝いていた。

「リューセー様はなぜそこまで料理にこだわるのですか？　不味いわけではないとおっしゃったのに……」

『我慢出来ないというようなことでもないのでしょう？』とまでは言わなかった。気持ち的にはそういうことなのだが、我慢という言葉を使うほど今の料理に不満があるとは思えない。だから心に引っかかったのだ。

「ヨンワン様に美味しいものを食べていただきたい……私達は食事をしなければ死んでしまいますから、たとえ不味いものがあっても我慢して食べることは出来ます。良薬口に苦しと言いますが、体に良いというものならば、不味くても食べるでしょう？　でもヨンワン様は違う。必要がないのに食べなければならないのならば、せめて美味しいものを食べてほしいのです。ヨンワン様にも大好物を作って差し上げたいのです」

龍聖はほんのりと頬を染めながら、生き生きとした表情で語った。

それを聞いたウエンは思わず破顔していた。龍聖のヨンワンへの想いを受け止めたからだ。

「承知いたしました。一緒に書庫へ参りましょう。学者に相談すれば、良い本を探してくれます」

龍聖はウエンと共に書庫へ向かった。

龍聖が書庫に来るのは一年以上ぶりだ。ヨンワンに城の中を案内されて来た時以来だ。中に入ると、独特の紙の匂いと静寂に包まれた空気を感じた。以前来た時と同じように、テーブルについた数人の子供達が、真剣な顔で勉強をしていた。

龍聖は邪魔をしないように、そっと中へ進んだ。ずらりと並ぶ書棚に近づき、整然と並べられた本の背表紙を眺めても、どれが何の本かも分からない。後ろに控えたウエンを、助けを求めるように振り返ると、ウエンが前に進み出て、じっと本を眺めた。

「こちらには植物の本はなさそうですね」

ウエンも分からないようで、辺りを見まわしている。

龍聖が誰かに尋ねようとウエンと同じように辺りを見まわしていると、目の前を見たことのある人物が通った。

「あ、あの……すみません」

龍聖は思わず声をかけていた。その相手は足を止めて龍聖を見るなり、とても驚いたように目を見開いて固まってしまった。

純白の艶やかな髪を、綺麗にゆい上げている。赤と黒の髪留めが白い髪に映《は》えて美しかった。翡翠《ひすい》色のドレスの上に、漆黒の上着を羽織っている。漆黒の上着は学者達がお揃いで着ているもので、書庫で働く者の証《あかし》のようだった。

「お忙しいところにすみません。本を探したいのですが、お手伝いいただけますか？」

「は、はい、私でよろしければ喜んで伺います」

彼女は緊張した面持ちで、少し声を上ずらせながら返事をした。その返事に、龍聖は安堵の表情で微笑んだ。

「植物辞典と魚や海藻などについて書かれている辞典があれば見たいのですが……出来れば挿絵のあるものが良いです。もしもいくつか種類があるならば、見比べたいので出来るだけたくさんあると嬉しいです」

龍聖は時々不安そうにウエンの顔を見ながら、探している本についてそう尋ねた。不安だったのは自分のエルマーン語が、きちんと相手に通じているのか心配だったからだ。

今では侍女や乳母と、普通に会話が出来ているので大丈夫だと思うのだが、そこは気心の知れた相手だ。多少龍聖の発音が悪くても、相手が察してくれて会話に支障はない。しかしまったく面識のない相手との会話はこれが初めてだった。その上日常会話とは少し違う話をするのだ。龍聖は一言一言に気を遣いながら、ウエンが微笑んで頷くので、それを頼りに会話を続けた。

「は、はい、それでしたら私がお持ちいたしますので、お掛けになってしばらくお待ちください」

彼女はそう言って会釈《えしゃく》をすると、少しばかり慌てた様子で去っていった。どこからか「走るな！」と叱責の声が上がる。

龍聖はウエンに促されて、側にあるテーブルについた。龍聖の存在に気づいた人々が、遠巻きにちらちらと視線を送ってくる。

龍聖は少しばかり居心地が悪そうに俯《うつむ》いていた。

しばらくして先ほどの女性がたくさんの本を重そうに抱えて、ふらふらと歩いてくるのが見えた。

「ウエン、あの方を手伝ってあげてください」

ウエンはすぐに動いて、女性が持つ本をすべて抱えて戻ってきた。その後ろを赤い顔で女性が追いかけてくる。

「こんなにたくさん……ありがとうございます」

「リューセー様のお役に立つとよいのですが……」

女性はそう言ってそのままもじもじとして佇んでいる。龍聖は不思議そうに首を傾げたが、ウエンにそっと耳打ちをされて、はっとしたように口を開いた。

「お名前をお伺いしてもよろしいですか？　こちらの学者さんでいらっしゃいますか？」

ウエンから『彼女は自己紹介の挨拶《あいさつ》をしたいけれど、リューセー様から声をかけなければ勝手に挨拶出来ないのです』と言われて、そういえば宴の時にそんな話をされたのだと思い出した。あれからあまり社交的な交流がなく、会うと言えばヨンワンの妹達くらいだったのですっかり忘れていた。

「はい、私はツァイファと申します。こちらで学士の仕事をしています。何卒よろしくお願いいたします」

「ツァイファさん、貴女がいてくださってよかったです。以前私がここへ来た時にもお会いしていますよね。宴の時にもいらしたけれど、あの時は何も話せませんでしたから……私はまだシーフォンの方々と面識がないので、少しでも知っている顔があると安心します」

龍聖がにこやかにそう挨拶を返すと、ツァイファは頰を上気させて、両手で口を押さえながら、ふるふると体を震わせている。

「お、覚えていていただけたなんて……感激です。身に余る光栄です」

ツァイファは感動に身を震わせていた。あまりの喜びに倒れてしまいそうだが、それはなんとか堪《こら》えている。

「それでは早速拝見しますね」

龍聖は積まれている本から一冊を手に取って開いた。それは植物辞典だった。全頁ではないが、所々に絵が描いてある。パラパラと眺めては、分からないことを、ツァイファに質問をして、揃えてもらった本をすべて確認した。

「これと、これと、これをお借りしていってもよろしいですか？　何か覚書が必要でしょうか？」

「いいえ、そんな……リューセー様がお読みになるのに、そのようなものは必要ありません。どうぞこのままお持ちください」

ツァイファは終始緊張した様子でいたので、深く考えることが出来ずにそんなことを言っているが、本を書庫から持ち出すには、相手が誰であろうとも覚書は必要なはずだった。ウエンはそんなことを思って、とりあえず借りていく本の書名を控えて、その紙をツァイファに渡した。

「書類を用意していただければ、後ほど私が署名いたしますのでお知らせください」

ウエンが小声でそっとツァイファに耳打ちすると、ツァイファは「あっ」と小さく呻《うめ》いて、ますます赤くなり身を固くした。

「それではお借りいたします。また分からないことがあったら、お尋ねしてもよろしいですか？」

そんなツァイファには構わず、龍聖は満足そうに微笑んで退室の挨拶をした。すでにウエンは本を抱えて立っている。

「もちろんです。いつでもお待ちしております」

ツァイファは深々と頭を下げて、龍聖を見送った。いつまでもいつまでも、頭を下げ続けているので、学者達から叱責を受けたのだが、それは龍聖も知らないことだ。


ヨンワンが王の私室に戻ってくると、龍聖がソファで本を読んでいた。

「おかえりなさいませ」

龍聖が立ち上がり微笑みながら出迎える。ヨンワンは龍聖をそっと抱きしめて頬に口づけた。

「先に寝ていていいと言ったはずだが……」

「まだ眠くありませんし、それほど遅い時間でもありませんから」

すでにウエンも侍女も下がらせていて、龍聖が一人で待っていた。

「遅くまでお仕事大変でしたね」

「久しぶりの外遊だから、その前に片付けなければいけない仕事がたくさんあってね」

ヨンワンが脱いだ上着を受け取りながら、龍聖は心配そうに眉根を寄せた。

「何かお飲みになりますか？」

「いや、もうこのまま休もう」

「はい」

二人は仲良く手を繋いで寝室に向かった。

薄地の寝間着に着替えた二人は、ベッドに並んで座った。ヨンワンが龍聖の肩を抱き寄せて、そっと口づけをする。

婚姻の儀式をして間もなく二年になるが、未だに口づけをすると、龍聖は恥ずかしそうな顔をする。それがかわいくてヨンワンは口元を思わず緩ませてしまう。

「今日は何をして過ごしたんだい？」

口づけの合間に、ヨンワンが囁くように尋ねた。

「午前中はいつものように勉強をして、午後はジュンワンの世話を少しして、リアン様が遊びにいらしたので、お茶を飲みながら色々な話をして、それから本を読んで過ごしました」

「相変わらず大忙しだね。お昼寝の時間はないのかい？」

「ありません」

二人はクスリと笑い合った。

「明日からの外遊は、どうかお気をつけていってらしてください」

「心配かい？」

「はい」

素直に頷いた龍聖の額に口づけた。頬にも口づけて、唇を甘く吸う。

「リューセー……その……久しぶりなのだけど、抱いても良いだろうか？」

「そのようなこと、お尋ねにならないでください」

赤くなって目を伏せた龍聖を、ヨンワンは抱きしめて何度も口づけをした。

龍聖が卵を産んでから、孵るまでの間は性交を控えるようにと医師から言われていた。万が一、また懐妊してしまった場合、龍聖の体の負担になるからだ。

ヨンワンは忠実にその約束を守ったのだが、婚姻の儀式をしてすぐのことだったため、新婚らしいことを始められないまま、どちらかというと初々しい恋人同士のように、毎日身を寄せ合って、手を繋いで、口づけを交わして、愛を育んできたので、それが当たり前になりすぎて、卵からジュンワンが誕生した後も、なんとなく性交をしないままでいた。

だが若いヨンワンが、決してそれで満足していたというわけでもなく、かわいい愛しい愛妻を、抱きたいという衝動がないわけではない。

きっかけが摑めなくて、半分は我慢していたのだ。

しかし久々の外遊で、三日間も国を離れることになる。龍聖と三日間も離れるなんて寂しいし辛いと思った。なんとなくこれをきっかけに……という気持ちになっていたのだ。

恥じらう龍聖を愛しく思いながら、断られなかったことに安堵する。

そっと丁寧に寝間着を脱がせながら、龍聖の肌に直接触れると、華奢《きゃしゃ》な体が微《かす》かに震えた。龍聖は男だし、大和の国では剣術で鍛《きた》えていたという体は、ほどよく引きしまって腕にも筋肉が付いている。だが骨が細いのか、全体的に体が細くてヨンワンに比べるととても華奢なのだ。

強く抱いたら折れてしまいそうで、壊れ物を扱うようにそっと抱きしめて肌を撫でた。

婚姻の儀式の時は夢中で、訳が分からないまま抱いた。実は今も訳が分からないのだが、龍聖の肌の滑らかさと、少し汗ばんで吸いつくような手触りに興奮している。

薄く筋肉の形が浮き出ている胸と腹の辺りを、両手で何度も撫でると龍聖が小さく声を漏らした。感じているのかと思うと、たまらず欲情してしまう。

「リューセー」

囁くように名を呼ぶと、ぴくりと体が震えた。愛しい。

胸にある小さな突起を指の腹で捏《こ》ねまわし、そのたびに反応するのを確認しながら、次第に動きが大胆になる。

首筋を強く吸い上げて、そのまま舌を這わせていく。体中を舐めまわしたいという衝動に駆られて、それをなんとか押しとどめた。まるで獣のようで嫌われると思ったからだ。

龍聖には優しくしたい。痛いとか辛いとか、そういう目には遭わせたくない。

龍聖が気持ちよくなるようにと、気にしながら体中を愛撫した。龍聖は敏感になっていて、脇や足の付け根を撫でるだけで、息遣いが荒くなっている。時々小さな声を漏らすのもかわいい。

「あっああっ」

後孔を指で探り当てて撫でると、少し大きな声を上げた。ぶるりと龍聖が体を震わせる。

「ヨ、ヨンワン様……そこは……私が……自分で……」

「リューセーは何もしなくていいよ。気持ち悪かったら言うんだよ。君には気持ち良くなってほしいからね」

優しく囁くと、龍聖は耳まで赤くなって泣きそうな顔をしている。確か婚姻の儀式の時は、自分で後ろの始末をして、入れるばかりだとヨンワンに向かって尻を出した。あの時の死にそうなくらいに恥じらう顔が忘れられない。かわいそうになったが、あの時は香りのせいで自制が利《き》かずにそのまま交わってしまった。

だけどもうあんなことはさせられない。

そっと壊れ物を扱うように。後孔を指先で解していく。指を舐めて濡らしながら、チュクチュクと少しずつ後孔の中に指を入れて動かせば、次第に柔らかく広がっていく。

龍聖も息を乱しながら喘ぎを時々漏らし始めた。

「あっあっ……んんっ……ふっんん……ああぁぁぁっ」

龍聖が腰を震わせた。先に達してしまったようだ。陰茎から透明な蜜を滴《したた》らせている。龍聖は今の体になって、白い精液を出せなくなった。男としての機能は残っているが、男性としての生殖能力はなくなっているのだ。

「あああっ……あっあぁぁっあっ」

せつない声を上げながら、指で後孔を弄《いじ》られて、体を震わせて身悶《みもだ》えている。かなり柔らかくなったと指を抜いて、龍聖の細い腰を抱えながら、開いている小さな後孔に昂《たかぶ》りをゆっくりと挿入した。

愛しい龍聖のすべてがかわいい。よく今まで何もせずにいられたものだと思う。こんなにかわいくて、こんなに艶やかだというのに……。

少し抵抗を感じながら、狭い中を押し進めていく。龍聖の中は熱かった。限界に近い昂りを締めつけられて、ヨンワンはぐっと唾を飲み込んだ。奥歯を噛みしめて堪えなければ、すぐにも達してしまいそうだ。

あの香りはもうしないはずなのに、ほんのりと朱《しゅ》に染まった白い肢体から、ふわりと濃厚な香りがしたような錯覚に陥《おちい》る。

ヨンワンは自分の中に荒々しいものを感じて、やはり元は獣かと舌打ちする。だが決して龍聖に酷いことはしまいと自らの獣性を捩《ね》じ伏せた。

ゆっくりと腰を揺すって、龍聖の中を擦っていく。刺激がたまらず、喉を鳴らした。

「リューセー……愛している」

愛しい愛しいリューセー。溢《あふ》れる思いを口走る。

「ヨンワン様……」

求めるかわいい声に、ぶるりと腰が震えた。先ほどよりも少し速い動きで、抽挿《ちゅうそう》を繰り返す。湿った厭《いや》らしい音を立てて、肉塊が出し入れされる。そのたびに龍聖が甘い喘ぎを漏らした。

気持ちいいのだろうかと、薄目を開けて龍聖の顔を見ると、恍惚《こうこつ》とした美しい顔がそこにあった。

ベッドを軋《きし》ませながら、腰を動かして龍聖の中に熱い精を注ぎ込んだ。

「ああっあっ……あぁぁっああっあぁぁぁっ」

「リューセー、リューセー……リューセー……」

頭が上手く働かなくて、ただ名前を何度も呼んだ。愛しているという言葉は、もう何百回も頭の中で繰り返している。

ゆるゆると腰を揺すって残滓《ざんし》まで絞り出して、龍聖の体から離れた。

そっと体を抱きしめて、何度も口づけをした。龍聖の腕が背中に回り、抱きしめ返してくる。愛しい。

「リューセー、愛している」

「ヨンワン様……嬉しい……」

離れがたいと思うほど愛している。ヨンワンは気だるい心地よさに身を委ねながら、龍聖を抱きしめて目を閉じた。


「行ってくるよ」

王の私室で旅立ちの言葉を告げた。

龍聖の腕に抱かれているジュンワンの頬に口づけると、まだ何も分からぬ顔で「きゃあ」と声を上げて笑う。その頭を何度も優しく撫でて、額にも口づけた。

「気をつけていっていらしてください」

「ああ、出来るだけ早く戻る」

ヨンワンは龍聖に口づけて、優しく頬を撫でた。

龍聖には、シャンロンの塔まで見送りに来なくていいと言ってあった。竜が怖いという龍聖を気遣ってのことだ。龍聖は「大丈夫ですから」と言ったけれど、まだ赤子もいることだからと、無理矢理納得させてテラスから見送ってほしいと告げた。

龍聖からすればテラスに出るのも勇気がいるだろう。だが最近は時々テラスに出ていると言っていたので、そう頼んだのだ。

塔の上からシャンロンに乗って飛び立ち、随行する護衛のシーフォン達の竜が追いつくのを待って、王国の空を二回ほどゆっくりと旋回《せんかい》した。

テラスに龍聖がいるのを確認して手を振ると、龍聖も手を振り返すのが見えた。なんだか少しせつない気持ちになって『行きたくないな』と、ヨンワンが思った時、それを叱咤するように金色の竜が、勇ましい咆哮《ほうこう》を上げた。

ヨンワンは苦笑して「出発だ」と声をかけて、東の空に向かって旅立っていった。

二年ぶりの外遊は、セイラム王国、デュマ王国、メリリ公国の三ヶ国だ。共に友好国だが、ヨンワンの知らない国だった。

即位後、初めて行ったのは古くからの友好国であるリムノス王国だ。絶対的な信頼があるため、新王としての初めての外遊先に選ばれた。

その後の外交は来賓への国内での対応のみで、外遊には出ていなかった。今回ようやく二度目の外遊が行われることになった要因は、世継ぎの誕生にある。

ヨンワンの身に万が一のことが起きたとしても、竜王の世継ぎがいれば安心だからだ。国交を結んでいる国への訪問は必須だ。今回の三ヶ国以外にもまだ行かなければならない国はあるし、もう少し国交を結ぶ国を増やさなければならないとも思っていた。

まずは国交のある国を回って、今の世界情勢を把握しなければならない。

最初に行くセイラム王国は、北東の海岸沿いにある大国だ。エルマーン王国からは、馬車ならば二十日近くかかる距離だが、竜でならば五刻ほどで到着する。

夕暮れ前には到着する予定だ。

「今日は緊張していないようですね」

テイランが、すっと竜を近づけて声をかけてきた。

「だけどもう帰りたくなっているよ」

ヨンワンが笑いながら答えると、テイランが冷やかすように口笛を吹く。

「若いって良い！」

テイランの言葉に、シャンロンがグググッと笑った。

「お前が笑うな」

ヨンワンが少し赤くなってシャンロンに文句を言った。

外遊は予定通り順調に進み、三ヶ国を無事に回ることが出来た。何も問題は起きず、どの国とも有意義な話し合いをすることが出来て、周辺諸国の情報も手に入った。

すべてが順調だったという気持ち的な余裕もあって、ヨンワンは帰路につきながらふとずっと考えていたことを実行しようと決心した。

「テイラン！」

ヨンワンが叫ぶと、後方にいた竜が、スーッと近くまで進み出てきた。

「呼びましたか?」

「少し寄り道をしたいんだけど」

互いに声を張って会話を交わした。

「寄り道? まあ別にいいですが……どこに寄るんですか?」

「南だ」

「南?」

「私についてきてくれ」

ヨンワンはそう言って、シャンロンに命じて進路を変えた。テイランは慌てて、他の者達に指示を出すとヨンワンの後を追いかけた。


「シャンロン、少しずつ高度を下げて近づいてくれ、もしも攻撃されたらすぐに上昇して離れること」

ヨンワンの指示に、シャンロンはグルルッと鳴いて応《こた》えた。

「陛下! お待ちください! この先にはリズモス大森林地帯があります」

「分かっている! そこに行くんだ」

「陛下!」

「君達は少し離れてついてきてくれ」

テイランの制止を振り切り、ヨンワンはリズモス大森林地帯へ近づいていった。次第に高度を下げて近づくが、矢が飛んでくる気配はない。

警戒しつつもそのまま森の端に舞い降りた。

ヨンワンがシャンロンから降りると、次々と他の竜達も舞い降りてきた。

「陛下！」

テイランがひどく慌てた様子で一番に駆けてくる。

「どういうつもりですか！　ここは危険です！」

「攻撃してこなかっただろう？　大丈夫だ」

ヨンワンは辺りを見まわしながら、なんともないというようにいつもの穏やかな調子で答える。テイランとの温度差が、テイランを苛《いら》つかせていた。

「しかし……エルフ達は何をしてくるか分かりません。それにエルフだけじゃない。森の住人は他にもいます」

「そのエルフに会いに来たんだ」

「なんのためですか？」

テイランはかなり怒っていて鼻息が荒い。ヘイヨウ達も駆けつけてきた。皆険しい表情で、辺りを警戒している。

「昔、父上から話を聞いて……一度、エルフの王に会って謝罪したいと思っていたんだ。父上もそうしたいと思っていたようだった。昔は無理だったかもしれないけれど、私は六代目だ。あれから千年以上が経つ。今のエルフの王が何代目かは知らないけれど……少しは冷静に話し合いが出来るくらいには時間が経ったと言ってもいいのではないだろうか？　私はこのまま互いに無視し合うよりも、一度きちんと謝罪する形を取りたいんだ。謝罪で済む話ではないと思うけれど……決裂してもう二度と関わらないとなってもそれはそれでいい。とにかくけじめをつけたい」

ヨンワンが静かに思いを語り始めたので、皆は黙って聞いていたが、最後まで聞いたところでそれはテイラン達を納得させられるものではなかった。

だがヨンワンの固い決意を感じたテイランは、諦めたように溜息をついて「頑固者が」と呟いた。

「テイラン、二人ほど護衛を選んでくれ。私とテイランとその二人の四人で行く、残りはここで待機だ。万が一、私に何かあったら、助け出そうとせずにすぐにここを離れて国に戻れ。二次被害は防がなければならない。誰かが国に報告する必要もある。その後どうするかは、ダイレンとリューセーが相談して決めるだろう。ただ……出来ればもうここには関わるな。そう伝えろ」

ヨンワンは魔力をのせた声でそう命じた。それは竜王の絶対命令で、シーフォン達が逆らうことが出来ないものだった。

ヘイヨウ達は眉間にしわを寄せながら、深く頭を下げた。

「テイラン、行くぞ」

テイランが護衛を二人選んで、ヨンワンの後についていった。

「シャンロン、ここは任せたぞ」

ヨンワンはいつもの柔らかな表情に戻り、シャンロンに手を振って森の中に入っていった。

そこは深い森だった。木々はどれも樹齢何百年という大木で、木立は高く空が遠い。だが薄く日差しは入っているので暗くはなかった。

足下の地面の半分以上は苔《こけ》に覆われていて、ヨンワン達の足音を消してくれる。だがそれは敵の足音も隠すということだ。

テイランはかなり警戒しながら歩いていた。

「テイラン、私が広範囲の魔力探査をしながら歩いているから、そこまで警戒しなくても大丈夫だよ。唯一警戒するべきは、エルフの矢だ。飛距離はかなり遠く、それでいて狙いは正確だ。気づいた時にはもう射られているだろう」

「冗談でも笑えませんね」

テイランはむすりとした顔でそう返事をした。護衛の若いシーフォンは、緊張のあまり、額に汗をかいている。

「エルフはともかく、他の亜人もいないのでしょうか?」

四人は黙々と歩いた。二刻ほど歩いただろうかという時に動きがあった。

シュンッと風を切る音がして「止まれ!」とヨンワンが叫んだのと、ヨンワンの足下にサクリと矢が刺さったのは同時だった。

テイラン達は殺気立って剣を抜いて構えながら、辺りに目を光らせた。

ヨンワンは冷静に地面に刺さった矢を抜いて、つぶさに観察するようにみつめた。

「隼《はやぶさ》の風切り羽……これはエルフの矢だ」

ヨンワンが小さく呟いた。

「侵入者よ、そこまでだ」

その時森の中に朗々《ろうろう》とした声が響いた。それはとても不思議な声だった。怒鳴っているわけではない。むしろ静かな声音だったが、森中にこだまするほどの声量だ。

「森の主、エルフの民か？」

ヨンワンが声を張って問いかける。

「邪竜よ、すぐに立ち去れ！」

ヨンワンの問いには答えずに、そう声が響き渡る。ヨンワンは一瞬考えた。

「テイラン、剣をそのまま地面に置け、他の二人もだ」

ヨンワンが小さな声でそう指示した。それと同時にヨンワンも自分の剣を抜いて、ゆっくりとひざまずきながら地面に置いた。テイラン達も仕方なくそれに従う。

「エルフの王に謁見を求める。私は竜王ヨンワン。先の謝罪に参った」

ヨンワンは再び声を張り上げて伝えた。すると森は静寂を取り戻した。何も返答はない。気配も感じない。

ヨンワンはひざまずき、頭を垂れたままじっと待った。するとすぐ近くで微かに落ち葉を踏む音がした。ヨンワンが顔を上げると、いつの間に現れたのか、十人のエルフが弓を構えて立っていた。

ヨンワン達は身動きも出来ずに、固まったまま唾を飲み込む。

金色の長い髪、尖った耳、細くしなやかな体、作り物のように整った美しい相貌《そうぼう》、紛《まが》うかたなきエルフだった。

「立て」

中央に立つエルフの男が冷たい口調で一言、言った。ヨンワン達はゆっくりと立ち上がる。すると四人のエルフが近づいてきて、地面に置かれた剣を拾い上げた。

「ついてこい」

そう言って中央の男が背中を向けて歩きだそうとしたが、すぐに足を止めて振り返った。

「お前、すぐに魔力を収めろ。亜人どもが怖がって逃げ出したではないか」

ヨンワンに向かって冷たくそう言い放った。ヨンワンは一瞬何を言われているのか分からなかったが、不快そうな顔でじっと睨《にら》みつけられて、『魔力を収めろ』と言われたのが、魔力探査のことだとようやく気づき、慌ててそれを止めた。

「申し訳ありません」

ヨンワンが謝罪すると、エルフは何も言わずに再び歩き始めた。他のエルフ達はまだ弓を構えて威嚇している。その中を無言で歩いた。

しばらく歩いていると前方に巨木が現れた。その幹の太さは、大人が両手を広げても十人以上は必要なほどだ。

幹の中央には人一人が入れるほどの洞がある。真っ暗で奥は何も見えなかった。

先導するエルフは迷うことなく洞の中に入っていった。ヨンワンもそれに続く。普通に考えれば、一、二歩も踏み入っただけで、先に入ったエルフにぶつかるだろう。だがどれほど歩いても、誰にも何にもぶつからない。真っ暗で何も見えない。前を歩くエルフが僅かにぼんやりと光っているだけだった。それを頼りにしばらく歩くと、突然視界が開けた。

そこは夜の森だった。空には星空が広がり、月も出ている。月明かりに照らされて、正面には丸く広い石畳の広場があった。周囲の木々に吊るされたたくさんのランプに火が灯《とも》り、よく見ると木々の間には、蔦で作られた橋や通路が繋げられていて、木の上には小さな小屋がいくつもあった。それは不思議な光景だった。

階段を下りて、中央の広場に到着すると、先導していたエルフが「ここで待て」と言って、どこかに去っていった。後ろからついてきていた他のエルフ達も去っていき、ヨンワン達四人だけが残された。

「陛下……いかがいたしますか」

テイランが辺りを警戒しながら、そっと耳打ちをした。

「ここで待てと言われたんだ。待つしかないだろう」

「ですが……」

「丸腰で相手の本拠地にいるんだ。どうすることも出来ない。待つしかない」

ヨンワンは冷静だった。不思議と警戒心はなかった。エルフ達の態度はとても歓迎ムードではなかったが、ひどい扱いを受けたわけではない。手足も縛られていない。武器は取り上げられてしまったが、返してもらえそうな気がしていた。

ヨンワンが想像していたよりもずっと、好意的に迎えられた気がしたので不安はなかった。

「よくぞ来たな黄金竜の若芽よ」

突然、すぐ側で声がした。目の前に一人のエルフが現れたので驚いた。どこから現れたのかも分からない。テイランが辺りを警戒していたはずなのに気づかなかった。

ヨンワンはすぐに冷静さを取り戻して、その場にひざまずいた。

「突然伺いましたことを深くお詫びいたします。私は竜王ヨンワン、この者達は私の家臣です」

「知っているよ。まだ生まれて間もない幼子だ。私はエルフの王フェリシオン、この森の主だ。それで何をしに来た？」

エルフの王は尊大な態度で朗々と話した。石畳に届くほど長い金の髪、蔦を模《も》した金の王冠を被《かぶ》り、光沢のある白金のローブを身にまとった美しい男だった。全身が淡く輝いている。

表情のない整った顔と紫の瞳が、冷たい印象を与えていた。

「先の謝罪をしに参りました」

「ほう……」

フェリシオンは微かに眉を上げて、じっとヨンワンをみつめた。

「なぜそなたが謝る」

「代々我ら竜王は、エルフの王に謝罪をしたいと願って参りました。しかしそれが叶わぬまま時が過ぎ……私は六代目竜王です。初代ホンロンワンから千年以上の時が流れました。エルフの王が怒りを収めて、我らの話を聞いていただけるだけの年月が経ったのではないかと思い参りました」

「謝って済むことだと？」

「思っていません」

ヨンワンは即答した。フェリシオンは鼻で笑い少しばかり考えるように上を見た。やがてからかうように目を細めながら、ひざまずくヨンワンを見下ろして口の端を上げた。

「私は最初から怒ってなどおらぬ」

「え？」

フェリシオンは抑揚《よくよう》のない声でそう言ったので、ヨンワンは驚いて思わず顔を上げた。フェリシオンの顔をみつめても、何を考えているのかまったく読めない。

「ホンロンワンは私の唯一の古い友だった」

フェリシオンは昔話を語るように、静かに話し始めた。

「竜にしては珍しく他のものとの関わりに興味を持っていた。竜とは孤高の生き物。同族であっても関わりを嫌い排除しようとする。だが彼は違った。聡明なものだった。だから友になった。長き時を生きる……同じ時を共有する。そんな友がいるのも良いと、私が初めて思った相手だ。だが……彼は過《あやま》ちを犯した。愚かな同族を排除することが出来ず、自らが神の裁きを受けた。私が怒ったのは……森を燃やしたからではない。ホンロンワンが人間になったことを怒ったのだ。もう私と共に長い時を生きる友ではなくなった。ここは人間の来るところではない。だから近寄れば攻撃をしたのだ」

それはとても衝撃的な内容だった。聞きたいことばかりだ。だがきっと問うても答えてはくれないのだろうと、冷たい紫の瞳をみつめながらヨンワンは思った。

「誤解は解けた。もうここに用はないだろう。自分のいるべき場所に帰ると良い」

フェリシオンは淡々と告げて、ヨンワン達に背を向けた。

「エルフの王よ、ひとつだけ教えていただきたい。なぜ私に会ってくださったのですか?」

フェリシオンは背を向けたまま何も答えなかった。静かな時が流れる。やはり無駄かとヨンワンが諦めて立ち去ろうかと思った時、フェリシオンが口を開いた。

「私は歳を取った。もう二千年も生きている。我らに老化はないと思っていたが……まさかあのような気持ちになるとは……歳を取ったとしか言いようがない」

フェリシオンは独り言のように呟いているが、声音にはひどく自嘲《じちょう》の念が感じられる。フェリシオンは何か思案するように一度口をつぐんだ。そしてゆっくりと振り返り、ヨンワンと視線を交わし

た。

「空から舞い降りてきた黄金竜に懐かしさを覚えた」

そう言って、目を細めて微笑んだ。一瞬だったが、表情のないエルフが初めて見せる感情だと思った。ヨンワンの胸には、不思議とホンロンワンへの郷愁の想いが込み上げてきた。

フェリシオンは再び背を向けて、静かに消えるようにいなくなった。

気がつくと側には最初に会ったエルフ達が立っていた。だが今度は弓を構えていない。

「森の出口まで送ろう」

リーダーのようなエルフが、淡々とそう告げてついてこいというように歩きだした。ヨンワン達が慌てて立ち上がり後を追う。来た時と同じように、真っ暗な道を通って外へ出た。そこは先ほどの場所ではなく、森の端に近いところだった。近くにシャンロンの気配を感じる。

「二度と来るな」

エルフはそう冷たく言ったが、怒っているわけではないのだとヨンワンには分かった。剣が返されてエルフ達は霞《かすみ》のように消え去った。

残されたヨンワン達は、とても不思議な気持ちで佇んでいた。

「陛下……エルフとは不思議な種族ですね」

「本来は我ら竜族も、人間達から見ればあのようなものだったんだろう。不思議だと感じるのならば、エルフの王が言ったように、私達は人間になったということだ」

ヨンワンはしばらくの間森の奥をみつめていた。

本当は謝罪だけが目的ではなかった。シーフォンの生き残る道を教えてほしいと思っていた。しかしきっとエルフの王はそんなヨンワンの思いも分かっていたのだろう。そして何も聞けなかったのは、聞く必要がなかったということなのだ。

「エルマーン王国に帰ろう」

ヨンワンはそう言って歩きだした。


青空を飛び去っていく金色の竜を、エルフの王はじっとみつめていた。

「お前達はとっくに神に許されているのだ。これからも続くお前達の繁栄がその答えになるだろう。ホンロンワンよ……お前は面白い道を選んだのだな」

その顔には柔らかな笑みが浮かんでいた。


王の執務室では、ソファに座るヨンワンの向かいに、ダイレン、テイラン、ヘイヨウの三人が厳しい表情で座っていた。ダイレンなどは頭を抱えている。

外遊から帰ってくるなり、ヨンワンは龍聖にただいまという暇もなく、テイランとヘイヨウによって強制的に執務室に連れてこられた。もちろん表向きは何事もなく無事に戻りましたという体裁を取り繕っていた二人だったが、出迎えに現れたダイレンに大至急の報告があると告げた。そして龍聖に会いに行くというヨンワンの首根っこを押さえたテイランを先頭に、全員でぞろぞろと移動してきたのだ。

執務室に入るなり、何事かと困惑していたダイレンに、テイランが魔の森での一件を説明した。それを聞いたダイレンは驚愕し、詳細まではまだ知らなかった待機組のヘイヨウも顔面蒼白になった。そして今に至る。

「えっと……いくらでも叱られるから、とりあえずリューセーに無事に帰ったことを伝えさせてほしいのだけど……心配するから……」

ヨンワンは困ったように眉を曇らせ、目の前の三人を見ながら懇願した。しかしそれはあっさりと却下される。

「連絡だけならもう手配済みです。各国からの土産と共に、残務処理があるのでとウエン宛に使いを出しました。陛下、まずはなぜあのような行動に至ったのかご説明をお願いします」

テイランが厳しい表情で、ヨンワンを睨みつけながら口火を切った。幼馴染みのそんな顔は初めて見るなと、ヨンワンは他人事のように呑気《のんき》に思っていた。

「陛下？　お答えください」

「テイラン、君にはちゃんと言ったじゃないか。もう忘れてしまったのかい？」

いつもと変わりない穏やかな口調のヨンワンに、テイランは苛立ちを覚えて眉間のしわを深くした。

「私が聞いているのは、エルフの王に会いに行った理由ではありません。なぜ事前に相談もなく、まるで思いつきのように行ったのですか？　こちらは何も準備が出来ていなかった。奇跡的に何事もなく済んだから良かったようなものの、行くのならばもっと計画を立てて準備を整えてから行くべきです」

テイランの言い分はもっともで、ヘイヨウは隣で苦悶《くもん》の表情をしながらも頷いている。ダイレンはまだ頭を抱えたままだ。

「それは……思いつきで行ったからだよ」

ヨンワンは穏やかにほのぼのとした口調でそう答えた。一瞬、部屋の空気が凍りつき、次に激震が走ってバラバラと崩れ落ちる。そんな現象が本当に起きたのではないかというほど、部屋の中にいた全員が、ヨンワンの言葉に衝撃を受けた。

「なっ……」

テイランは驚きと怒りで言葉を失った。

「兄上、いくらお世継ぎが誕生して、兄上が自由に行動出来るようになったとはいっても、それはあくまでも建前の話です。本来であれば出来る限り兄上には、国外へ出て行ってほしくはありません。危険だからです。悪意をもって害そうとする者だけではなく、いつどこでいかなる事故に巻き込まれないとも限りません。皆が兄上の身を案じています。もちろんそれは竜王だからというわけではない。私や妹達は家族として、兄上の身を案じています。家臣や国民も皆同じです。そして何よりもリューセー様のお気持ちをお考えください。兄上はまだ結婚間もないリューセー様を残して、死んでも良いと思っているのですか?」

それまで頭を抱えていたダイレンが、代わりに苦言を呈《てい》した。その表情は憤《いきどお》りとも嘆きとも言いがたい複雑なものだった。

ヨンワンは驚いたように目を瞬かせて、考え込むように目を閉じた。しばらくの沈黙の後ゆっくりと目を開ける。

「言うまでもないけれど……そんなことを思っているはずがない。皆も分かっていると思う」

ヨンワンは薄く目を開けたまま、淡々と告げた。それはヨンワンらしくない言い方だと、その場にいる者には分かる。先ほどのように、緊迫した空気の中ほのぼのとしている方が、むしろヨンワンらしいのだ。空気を読まないと思われがちだが、攻撃的な物言いを上手くかわすにはちょうどいい。人によっては苛つかせるだけのこともあるが、ヨンワンがふわふわとかわし続ければ大抵は相手がやる気を失ってしまう。言い争いを避けるヨンワンなりのやり方なのだ。

ダイレン達の間に、ヨンワンの不興を買ったか？　という空気が流れる。一瞬にして居住まいを正した三人が、真面目な顔つきに変わった。

「禁書には明確なことは書いてなかったけれど、天罰を受けた後のホンロンワン様が、人間以外の種との関係をどうしていたかが気になったんだ。狂った竜が大地を炎で焼き尽くして殲滅《せんめつ》しようとしたのは、人間だけではなく獣達もそうで……この大地に生きるもの達へ怒りをぶつけたんだ。だから我らは天罰を受けて、人間を傷つけられなくなったし、獣を食べることも出来なくなった。では古き者達は？　この大地に生きていたのは人間と獣だけではない。人ならざるもの達も多くいた。リズモス大森林地帯も半分が焼失したという。父上からは、森の主であるエルフの怒りを買っているから、リズモス大森林地帯には近づかないようにと言われた。攻撃されるからと」

ヨンワンはゆっくりとカップを手に取りお茶を一口飲んだ。三人を順番に眺める。『お前達はそれを心配していたのだろう？』と眼差しが語っていた。

三人は姿勢を正したまま、まるで説教を聞く子供のように大人しくしている。

ヨンワンは半分ほどお茶を飲んで、ゆっくりとカップをソーサーの上に置いた。

「父上の話では、お祖父様からそう言われて、実際に近づいたことはなかったようだ。そしてそれはお祖父様も同じだったみたいだ。少なくとも四代目以降の竜王は、教えを守ってリズモス大森林地帯には近づいていない。ただ、エルフの王に謝罪したいという気持ちを伝え続けていた……。私は考えたんだ。では誰がリズモス大森林地帯へ近づき、エルフからの攻撃を受けたのだろう？　と。エルフの光輪の矢のことも、竜がどれくらい傷を負ってしまうかということも、どこまで近づけば攻撃をされるのかということも、とても明確に伝わっている。誰かが一度試していなければ、分からないことばかりだ」

ヨンワンは腕組みをして首を傾げた。

「三代目の歴史書にも二代目の禁書にも、エルフのことは何も書かれていなかった。歴代の歴史書の中で唯一エルフのことが書かれていたのは、初代ホンロンワン様の建国記だけだ。ただ一行……魔の森の半分を焼きエルフの怒りを買った、と……つまり、近づいて攻撃されたのはホンロンワン様だ。そして近づいたのは謝罪するためだったのだろう。私はそう結論づけた。だからエルフに謝罪したいというのはホンロンワン様の願いなんだ。そう思ったら確かめたくなった。これは以前からずっと考えていたことだよ。今日寄り道したのはただの思いつきだけどね」

最後にそう締めて、ヨンワンは肩を竦めながら微苦笑した。話は終わったのだが、三人は無言のまだった。ヨンワンは三人をしばらく眺めて溜息をついた。

「お前達に心配をかけたことは謝る。だけど事前に相談していたら、行くのを許してくれたかい？絶対に反対されて話し合いにもならなかっただろうと予想出来るよ。だって私までの六代かけて為しえなかったことなのだから……無茶をしなければ為せないことなんだ」

三人は同時に顔を顰《しか》めた。自分は反対しただろうと、それぞれが思ったからだ。そしてそれをヨンワンに指摘されて耳が痛い。

「私の行動は無謀だったかもしれないけれど、私はこれからジュンワンに『魔の森には近づくな、エルフの怒りを買ったから攻撃される』と言わなくて済むんだ。『本当は謝罪をしたいのだが』などとも言わなくて良くなる。これからは『魔の森には近づくな。我らは古き者達と袂《たもと》を分かった。我らは人間になったのだ。あそこへ行く資格はもうない』と言い伝えなければならない」

ヨンワンはにこやかに笑いながら、残りのお茶を飲み干した。

「ようやくホンロンワン様の願いを叶えたのだ。エルフの王に会えて良かった。私は不思議とエルフの王にホンロンワン様を重ねてしまったよ」

ヨンワンは爽やかに笑って立ち上がった。

「兄上？」

「陛下？」

三人は我に返り、急に立ち上がったヨンワンを不思議そうに見上げた。そんな三人を、ヨンワンも不思議そうにみつめ返す。

「話は終わったよ？　もう帰っても良いだろう。疲れたんだ。仕事は明日」

いつものほのぼのとした穏やかな笑みでそう言って、答えも聞かずにヨンワンは執務室を後にした。

パタリと扉が閉まると同時に、三人は大きく息を吐いて、姿勢を崩す。

「テイランが兄上を怒らせるから」

「それを言うならばダイレン、お前だろう。お前の言葉で陛下は怒ったのだ」

「そもそもテイランとヘイヨウは兄上に同行していたのだから、必死になって止めればよかったのに、止められなかったことを棚に上げて、兄上を今更問いただすのはどうかと思いますよ」

テイランとダイレンが揉め始めたので、ヘイヨウが呆《あき》れながらも仲裁に入った。

「二人ともそれくらいで……いくら陛下が思いつきだと言っても、あの慎重派の陛下が考えなしに動くわけがないでしょう。森に近づいて攻撃をされなかった時点で、安全だろうと判断して先に進んだのだと思います。もしも上空で攻撃を受けていたら、そのまま近づくことなく去ったはずです」

「そんなことは分かっている！」

テイランとダイレンが同時に怒鳴っていた。ヘイヨウは目を丸くして、二人を交互にみつめた。なぜ自分が怒られなければならないのかと、理不尽な気持ちになり眉間に深いしわを寄せながら、ゆっくりと立ち上がった。

「勝手にしてください。私は報告書をまとめなければならないので、これにて失礼いたします」

ヘイヨウは二人を一瞥して、さっさと執務室を後にした。

「怒らせたな」

「お前がな」

「貴方だろう」

ダイレンとテイランはまた口論を始めたが、本気で喧嘩をしているつもりはなく、ただ互いになんとも言えない苛立ちを解消したいだけだった。その苛立ちは自分に対するものだ。

型にはまった考え方しか出来ず、埃《ほこり》を被った正論を振りかざし、目くじらを立てて小言を言う老害になり果ててしまっていた自分に気づき、若き王を失望させてしまったと後悔していた。

そんな自分に苛立ちを覚える。

「私はいつの間にか、兄上のことを世間知らずの青二才だと、どこか軽んじていたのかもしれない。いや、兄上の優秀さは分かっているが……経験不足という点で軽んじていたと思う。私の方が年上で経験豊富だから、兄上も頼りにしてくれるはずだと……とんだ阿呆《あほう》だ。ただ歳を取っているだけだ」

ダイレンはぶつぶつと自嘲しながら呟いた。

「それは私も同じだ。私はいつからヨンワンのことを幼馴染みではなく、息子のようだと思い込んでいたのだろう……我ながら恥ずかしい」

二人はお互いの愚痴《ぐち》を聞き、苦笑し合った。

「私の執務室へ行かないか？　いい酒がある」

「それはぜひ」

二人は肩を並べて歩きだした。


「お招きにあずかりありがとう存じます」

入り口で恭《うやうや》しく礼をする菫色《すみれいろ》の髪の女性に、龍聖は立ち上がり微笑みながら声をかけた。

「ランメイ様、どうぞこちらにおかけください」

龍聖はテーブルを挟んだ向かい側の席を指して、座るように促した。ウエンが中へと案内する。

静々と優雅に歩き、龍聖の向かいに座る姿に、龍聖は思わず見惚れてホッと息を吐いた。

『お人形みたいだ』と敢《あ》えて口には出さないがそう思った。

サラサラと絹糸のように艶のある長い髪は、品のある菫色をしている。透き通るような白い肌。顔がとても小さくて、でも目は大きい。飴色《あめいろ》の瞳に菫色の長い睫毛《まつげ》が影を落とす。

龍聖よりも年上のはずだが、童顔でかわいらしい。

ランメイは、ダイレンの娘だった。ヨンワンを通じてダイレンから『娘に会って話をしてやっていただけないか』と頼まれた。

それで龍聖から、ランメイにお茶会の招待状を送ったのだ。

ジュンワンが卵から孵って、ちょうど一年が経っていた。龍聖がエルマーン王国に降臨してから二年。エルマーン語の会話や読み書きの勉強も進み、会話はすでに問題なく出来ていたのだが、あまり自信がなくて、今までリアンやシュエンなどの身内以外の人を、お茶会に招いたことがなかった。

だがダイレンからの頼みということもあり、ウエンとも話し合って、ランメイを王妃の私室に招き、二人だけのお茶会を開いた。

「リューセー様にお誘いいただけるなんて夢のようです。昨夜はあまり眠れませんでした」

ランメイは頬を染めながら、嬉しそうにそう言った。

「私も楽しみにしていました。今までリアン様やシュエン様と何度かお茶会をしたことはあるのですけど……大和の言葉が分かる女性がお二人しかいなくて……でもようやくエルマーン語での会話に自信がついたので、思いきって歳の近いランメイ様をお誘いしたのですけど……私の言葉はおかしくないですか？」

「はい、とても綺麗にお話しになっていますよ」

「良かった」

二人はニコニコと笑い合い、すぐに打ち解けることが出来た。

お茶とお菓子を楽しみながら、二人は他愛もない会話を交わした。

『娘は最近、何か悩みがあるようで塞ぎ込んでいるのです。結婚して十年になります。夫婦仲は良いはずなのですが、妻が聞いても何も言わないようで……もしもリューセー様が聞きだしてくださることが出来れば、ありがたく思います』

ダイレンがそう言っていたと、ヨンワンから聞いている。龍聖は他愛もない話をしながら、ランメイの様子を観察したが、特に塞ぎ込んでいるようにも見えない。どう切り出そうかと、きっかけを模索していた。

「ランメイ様は、何か趣味はおありなのですか？」

「趣味ですか？　そうですね……レースを編むのが好きです」

「レースをですか？　すごいですね。ぜひ今度見せてください」

「リューセー様にお見せ出来るようなものではありません」

ランメイが赤くなって首を振る。髪に付けた銀の髪飾りが、シャラシャラと音を立てた。

「綺麗な髪飾りですね」

龍聖が髪飾りを褒めると、ランメイは嬉しそうにはにかんだ。

「夫からの贈り物です。他国に食料の買い付けに行った時に、そこで見つけたからと買ってきてくれました」

ランメイはそう言って右手でそっと髪飾りに触れた。珍しい形の髪飾りだ。頬を上気させた嬉しそうな様子を見て、夫婦仲は本当に良いのだなと思った。

「優しい旦那様なのですね。外務部に所属でしたよね」

「はい、先日は今まで買い付けたことのない変わった種類の豆類を色々と探しまわったと言っていました」

それを聞いて龍聖が、目を丸くした。

「私の依頼の品をランメイ様の旦那様が探してくださっていたのですね！」

「え？　リューセー様のご依頼だったのですか？　主人は特にそのようなことは言ってなくて……」

ランメイは手を頰に添えて首を傾げながら言った。また髪飾りが小さくシャラリと鳴る。

「私からの……というと王命と思って責任を感じられるので、伏せられたのでしょう」

龍聖が目を細めてひとつ頷いた。ランメイはまだ首を傾げている。

「リューセー様が……豆をどうかなさるのですか？」

「実は今、料理を研究していて……私が作ろうとしている物に合う食材を探しているのです」

「料理の研究ですか？」

ランメイがひどく驚いたので、龍聖は思わず破顔した。ランメイは、龍聖が肩を震わせて笑うのをみつめながら、自分が思わず大きな声を出してしまったことを恥じて、真っ赤になって誤魔化《ごまか》すようにお茶を飲む。

「私の国の料理を再現したいと考えています。正確には……私の国の調味料を再現して、この国の料理に上手く使うことは出来ないかと研究しているのです」

ランメイは両手で口を押さえて目を丸くしながらも、その眼差しは好奇心からキラキラと輝いていた。

「リューセー様は料理が出来るのですか？」

「はい、祖国にいた頃に学んでいました」

「すごいですね」

今度は龍聖の方が首を傾げた。

「そんなに驚かれるとは思いませんでした。料理を作ったことはないのですか？」

「ありません！　そもそもどうやって料理が作られるのかも知りません。料理人が作っているという話は聞いていますけど……想像したこともありません」

「……調理場に入れないのは、私が王妃だからかと思っていたのですが、シーフォンの皆さんも自分で料理はしないのですね」

龍聖はそう言って感心したように何度も頷いた。

龍聖は書庫で借りた植物辞典を元に、この世界にある豆類や穀物類を調べた。そして現在エルマーン王国で料理に使われている食材についても調べて、まずは豆から研究することにした。

味噌や醬油を作るために大豆が欲しいのだが、そもそも大豆と同じ豆があるのか？　というところから調べ始めたのだ。エルマーン王国で食されている豆は、二種類あったがどちらも大豆ではなかった。色も形も大きさも異なるものだったので、代用品になるか調べるために、煮たり、粉にしたり、色々としたかったのだが、まず調理場に入ることを止められた。

王専属の調理場は、王の私室と同じ階層にあった。そこで専属の料理人達が料理を作っているのだが、龍聖が入ってはいけないと言われて、まずはその難関を突破することから始めなければならなかった。

ウエンを説得し、調理場の責任者を説得してもらって、ようやく少しの時間ならば良いということで決着した。朝と昼の間と、昼と夜の間。調理人の手が空くそれぞれ一刻ほどだけ、龍聖が調理場を使えることになった。龍聖が使用する間、調理場からは人払いがされて、龍聖の手伝いはウエンがした。

調理場には刃物があるし、火も使うので、たとえ信頼のおけるアルピンの料理人達であっても、万が一のことを考えて、調理場内に龍聖と共にいることを禁じられたのだ。それが調理場を使用する条件だった。本当は料理人に手伝ってもらえると嬉しいのだが、事前に使用する調理器具などを用意してもらって、なんとか対応することが出来た。

なお、使用時間が限られるため、豆を水に浸けて置くなど時間のかかることも、事前にお願いしていた。

「やはり故郷の料理を懐かしく思われますか？」

ランメイが労《いたわ》しげに顔を曇らせて尋ねてきた。龍聖はやんわりと微笑み返して首を振る。

「懐かしいとは思いますが、郷愁の想いでこのようなことを始めたのではありません。元々、こちらに来る前からこういうことをしたくて料理を習い始めたのですから……」

「こういうこと？」

「はい、ヨンワンに美味しいものを食べてもらいたくて作ろうと思ったのです。あちらの世界にいた時から、龍神様の下へ行ったら……龍神様というのはあちらの世界での竜王様の呼び名なのですけど……龍神様に美味しい料理を召し上がっていただきたいと思って、一生懸命料理を習ったのです」

「大和の国ではそのように男性も女性も、身分にかかわらず皆様料理をするのですか？　リューセー様の大和の国でのご身分も、領主のご子息だと聞いたことがありますが……」

領主ではなく村の名主《なぬし》なのだが……と龍聖は思ったが、それを説明するとややこしくなると思って、特に否定はしなかった。この世界の村・町・領・国などの単位と、それぞれの主の立場と、大和の国でのそれはかなり意味合いが違っていると、色々と学んでいるうちに分かってきた。

龍聖自身も色々と学んで分かったことなので、それを簡単に説明するのは難しい。この世界の村と村長、大和の国の村と名主の立場は同じではないのだ。確かに役割としては、領主の方が近いような気もする。

「そうですね。私は領主の息子でしたが、もちろん領主もその息子も料理などは普段いたしません。でも私は龍神様にお仕《つか》えすると決まっていましたから、私の独断で料理を習ったのです。お恥ずかしい話ですが、私はこちらの世界のことが分からなかったため勘違いをしていたのです」

龍聖は少し頬を染めて、きまりが悪そうに頬をかいた。

「勘違い……ですか？」

ランメイは純粋に不思議に思って尋ね返した。

「あちらの世界では、神様に供物を奉納するのですが、それは神様のおかげで豊作だった作物を、お礼にと捧げるものです。ですから農作物をそのままの形で奉納します。穀物や野菜などです。私はそれを見ていたので、神様は生のまま作物を召し上がるのだと思っていて……龍神様を神様と思っていましたから……お仕えするならば美味しく料理して召し上がっていただきたいと……そんなことを思っていたのです」

龍聖は話しながら、さらに頬を染めて笑いだした。ランメイも目を丸くして聞いていたが、龍聖が自分のことを明るく笑い飛ばすので、釣られるようにクスクスと笑って聞いている。

「ではリューセー様は、陛下のためだけに料理を学ばれたのですね。でも生で食べているのではなかったと、お分かりになって驚きになったでしょう？」

「はい、最初はがっかりしました。私が作らなくても、専属の料理人が見た目も綺麗で美味しい料理を作っていたのですから……それにそもそもヨンワンは、私の魂精があれば本当は食事などしなくても良いのだとも聞いて……」

龍聖はそう言って再び楽しげに明るく笑いだした。ランメイも一緒に笑い、後ろに控えているウエンも控えめに笑っている。その場がとても和やかになった。

「でも……それでしたらどうして料理の研究を？」

ランメイは笑ったせいで上気している頬に手を添えて、不思議そうにした。

「……もっと美味しいものを作って食べてもらいたいなと思って……しなくてもいい食事をしているヨンワンに、少しでも食事が楽しいと思ってもらえるように……今はジュンワンもいますから」

そう言って龍聖がニッコリ笑うと、ランメイはひどく感動していた。

「素晴らしいですわ。ぜひ一度私も料理を研究されているところを見てみたいです」

「ええ、ぜひ一度ご覧になってください……そうだ。話が出たついでに……ジュンワンに会いますか？　リアン様から、シーフォンの女性達の間で、ジュンワンに会いたいという声が上がっていると聞いたのですが……」

「え！　お目にかかれるのですか!?　ぜひ！　ぜひお会いしたいです」

ランメイが飛び上がりそうな勢いで興奮気味に言うので、龍聖は笑いながらウエンに合図をした。

ウエンが一度部屋を下がり、しばらくしてジュンワンを抱いた乳母と共に戻ってきた。乳母がジュンワンを龍聖に渡したが、その間両手で口を押さえて、喜びの声を上げそうになるのを我慢しながら、瞳を輝かせてジュンワンをみつめるランメイの姿があった。

「ランメイ様、ジュンワンです」

改めて腕に抱いているジュンワンを、顔が良く見えるように傾けてみせながら紹介した。ランメイは感嘆の息を漏らした。

「ああ……なんてかわいらしいの……」

「抱いてみますか？」

「え!?　そ、そんな……よろしいのですか？」

「はい、少しだけならば」

龍聖は立ち上がり、ランメイに近づくと、ゆっくりとジュンワンを差し出して、ランメイの腕に抱かせた。ランメイは恐る恐るという感じで腕に抱き、壊れ物を扱うようにしっかりと抱きしめた。

「意外と重いのですね」

「ええ、腕の中のぬくもりと重みが、我が子の存在をしみじみと感じさせてくれます。少しずつでも重くなってくれれば、それが喜びにもなります」

龍聖の話を聞きながら、ランメイは腕の中のジュンワンに目を細める。金色の大きな瞳が一生懸命に、ランメイの顔をみつめていた。

「ランメイ様？」

龍聖は思わずランメイの肩に手を添えた。ランメイがポロポロと涙を零し始めたからだ。ランメイは自身でも驚いたように、慌ててジュンワンを龍聖に返そうとした。龍聖はジュンワンを受け取り、そのまま乳母に渡して下がるように伝えた。そしてランメイに寄り添い、そっと背中を撫でる。

「大丈夫ですか？」

ランメイは俯いて静かに泣いている。龍聖は何度も優しく背中を撫でた。

「赤ちゃんが……欲しい……」

ランメイはとても小さな声で呟いた。それは側にいる龍聖だけがかろうじて聞ける程度の声だった。

『それが悩み？』

龍聖は眉根を寄せる。義姉の佐和《さわ》の顔が脳裏に浮かんだ。

「ランメイ様、もしもよろしければ私に打ち明けてくださいませんか？　何かお悩みのことがあるならば、吐き出した方が楽になりますよ？　私では解決出来ないかもしれませんが、それでも……一人で抱えるよりも、私も一緒に抱えられますから」

龍聖はランメイの耳元で囁くように告げた。ランメイは小さなバッグからハンカチを取り出して、そっと涙を拭《ぬぐ》っている。その手が微かに震えていた。

「私……子供が欲しいのです……でも……」

「シーフォンは子が出来にくいと聞きました。ランメイ様はまだ若いし、ゆっくりとその時を待てばいいと思いますよ？」

龍聖が慰めの言葉を告げたが、ランメイはゆるりと首を振った。

「そうではありません……そういうことでは……」

ランメイは苦しげに否定した。ゆるゆると首を振るたびに、髪飾りがシャララと音を立てる。それが先ほどとは違い、悲しい音に聞こえた。

「何か子が出来ない訳があるのですね？　それで悩んでいらっしゃる？」

図星だったようで、ランメイは首を振るのをやめた。ただ俯いて涙を流している。

「それを私に話してはいただけませんか？」

さらに問いかけたがランメイはただ黙って泣くだけだった。その反応に龍聖は何かを察して顔を上げると、ウエンに目配せした。しばらく下がるようにと告げたつもりだったが、ウエンは無言で首を横に振った。護衛のために離れられないというつもりのようだ。龍聖は一度ランメイへ視線を向けて、再びウエンに目配せした。今度は強い意志をこめて合図を送ったので、ウエンは仕方がないという顔をして、一礼をしてから部屋を去っていった。

龍聖はその場に膝をついて、ランメイの顔を覗き込んだ。

「ランメイ様、人払いをしました。この部屋には私達だけしかいません。よろしければ話していただけませんか？」

そこまで突っ込んで聞いていいのか迷ったが、龍聖の再三の問いかけに、ランメイは強がって誤魔化すことも、失礼しますと無理矢理帰ることもしなかった。それならば話を聞いてほしいということなのだろうと龍聖は判断したので、ここまでの強引な行動に出たのだ。

床に膝をついてまで、ランメイに寄り添う龍聖の態度に、ランメイは驚いてしまった。慌ててハンカチで涙を拭いながら「リューセー様、椅子におかけください」と懇願した。

「話してくれますか？」

龍聖がもう一度問いかけた言葉に、ランメイが頷いたので、龍聖は立ち上がり椅子に座り直した。

「リューセー様……お騒がせしてしまったことをお詫びいたします」

ランメイは深く頭を下げた。涙はもう止まっているようだ。顔を上げて憂《うれ》いのある表情で話を始めた。

「私に子が出来ない理由は……主人とそういうことをしていないからなのです」

ランメイは眉根を寄せて恥じるように目を伏せた。龍聖は思いもよらない告白に、一瞬息を呑んだ。返す言葉を模索する。

「お二人は……仲がよろしいと思ったのですが……」

「夫婦仲は良いです。決して喧嘩をしているわけではありません。主人はとても優しくて……私を愛してくれています。私も主人を愛しています。主人の子が欲しいと思い悩むほどに……」

ランメイは震える声で説明した。そのまま沈黙が訪れる。

「それではなぜ？　なぜ子作りをなさらないのですか？」

一瞬躊躇したが、ランメイにはその問いかけが必要なのだろうと思って、踏み込んだ言葉をかけた。たぶんその性交をしていない理由が、誰にも相談出来なかった一番の悩みなのだろうと思った。夫婦の不和の疑惑を否定する言葉に、嘘はないと感じた。豆の買い付けに行ってもらったのは最近のことで、そういう仕事の内容まで妻に話しているのならば、普段からよく会話をしていて仲の良い証拠だと思ったからだ。

「すべては私のせいなのです」

ランメイは振り絞るように言って、きゅっと下唇を噛んだ。泣くのを堪えているのだ。潤んだ飴色の瞳が揺れている。龍聖はじっとみつめ返して、ランメイの次の言葉を待った。

「婚礼をした最初の夜が……初めてでした。私は……それまで思い描いていたそれとは違い……ひどく痛みを伴うその行為に恐怖を感じて抵抗してしまいました。それでも一度はなんとか最後までいたしましたが……その後は上手くいかず……私が怖がって身構えるせいで、どうしても出来なくなったのです。私は自分が悪いことは分かっているので、主人に謝罪をし、決して主人との行為が嫌だというわけではないと、必死で誤解を解きました。それから何度も試してみたのですが上手くいかなくて……いつしか止めてしまったのです」

その告白はとても勇気がいっただろうと、龍聖は憐れむようにランメイをみつめた。だがランメイの表情は先ほどに比べるとずっと冷静になっている。誰にも言えずにいたことを吐露《とろ》して、気持ちが落ち着いたのかもしれない。龍聖はそう感じて、このまますべてを話してもらった方が良いと思った。

「どのくらいしていないのですか？」

「……ずっとです。試してみたのは最初だけですから、結婚して十年の間……ずっとしていません」

「夜は……寝室は共にしているのですか？」

「はい、一緒のベッドで寝ています。主人がいつも言うのです……一緒にいるだけで幸せなのだから、何も気にしなくていいのだと……本当に……主人はとても優しくて……私への態度は何も変わりません。だから周囲もそんなことになっているとは、誰も気づいていないでしょう」

龍聖は驚くと共に不思議に思ってしまった。そんなに長い間仲の良い夫婦が、性交せずにいられるのだろうか？　と思ったのだ。お互いに愛し合う仲の良い夫婦だ。一緒のベッドで寝ているにもかかわらず何もしないなんて、よほどご主人が我慢強いのだろうか？　と思ったが、たぶんそんな簡単な話ではないのだろう。彼女がここまで思い悩み、自分のせいだと責め続けている。ご主人はなぜ何もしようとしないのだろう？　いくら彼女が拒んだからと言って……。

「ランメイ様……その……何度も試してみたとおっしゃいましたが、いつも痛くて出来ないのですか？」

龍聖は、女性の体のことは分からないが、性交がいつまでも痛いだけだというのはおかしいと感じた。それならば他の女性達だって、出来ない人が増えてもおかしくない。遊女達がそんなに痛いのを我慢して商売にしているのもおかしい。男の方だって、いつまでも愛する人が痛がり続けるのは、もちろん嫌だしやる気も失せてしまうだろう。

ランメイがいつまでも痛がって、ご主人がかわいそうに思って、やる気が失せてしまったというのならば分かるが、一般論としてはおかしな話になってしまう。そんなにいつまでも痛いというのは、どこか体に異常があるのではないのだろうか？　龍聖はそう思って尋ねてみたのだ。

とても繊細なことを尋ねたので、龍聖は緊張して身を固くした。すぐにでも謝罪するつもりで身構える。

ランメイは視線を落として、何か考えているようだ。

「そこまで……至っていないのです。私が怖がって……無意識なのですけど、身を固くするので主人が哀れに思ってしまうようなのです」

それは龍聖の想像以上に深刻な問題なのではないかと思った。ランメイのご主人が優しすぎるのだろうか？　龍聖は彼のことをまったく知らないので、すべては想像でしかない。これではランメイの悩みを解決してあげることは出来ないと思った。

「ランメイ様……色々と言いにくいことを話していただいてありがとうございます。私も出来る限りお力になりたいと思っています。ですが今この場で良い助言は出来そうにありません。申し訳ありません」

龍聖はそう正直に言って頭を下げた。それを見て、ランメイは我に返り、激しく首を横に振った。

「リューセー様、どうか頭をお上げください。話を聞いていただけただけでも良かったです。泣いたらなんだかすっきりといたしました。今まで誰にも言えなくて、自分一人で思い詰めて苦しかったのです。リューセー様はなんだかとても話しやすくて、不思議なお方ですね」

ランメイが安堵の笑みを漏らしたので、少しは気が晴れたのならば良かったと、龍聖もほっと胸を撫で下ろした。

「ランメイ様、一人で思い悩んでいても何も解決いたしません。今、ランメイ様に必要なのは気晴らしをすることだと思います。ですからぜひまた近いうちに私とお茶会をいたしましょう。そうだ！近々私の料理研究を見学しにいらっしゃいませんか？」

龍聖の申し出に、ランメイは歓喜の声を上げた。

「よろしいのですか!?　リューセー様さえよろしければ私はいつでも大丈夫なので、お気軽にお声がけください！　私、料理自体がどうやって作られるのかも知りませんから、とてもとても興味があります」

ランメイの笑顔に、龍聖は嬉しくなって頷いた。

「それでは出来るだけ早く日程を決めてお誘いいたしますね」

「ありがとうございます」

ランメイは、龍聖の優しさに心から感謝していた。

お茶会を終えて、龍聖は席を外していたウエンに、簡単にランメイとの話の内容を伝えた。もちろん夫婦の事情について詳しくは伝えなかったが、ランメイの悩みは子供が出来ないことのようだと説明した。

「そうでしたか……でもそれではリューセー様も何もしてあげられませんね。ですがお帰りの時のランメイ様のご様子を見た限りでは、とても晴れ晴れとしていらっしゃいましたから、話を聞いてもらっただけでも救われたのではないでしょうか？」

ウエンは聞いた話の範囲内で、そう結論づけた。

「そうなんですけど……なんとかしてあげられないものかと思っていて……私の義理の姉と重ねてしまって、他人事のように思えないのです」

龍聖が物憂げに呟くと、ウエンは眉根を寄せて溜息をついた。

「リューセー様のお気持ちは分かりますし、お優しいリューセー様は放っておけないだろうと分かっていて申し上げますが、子がなかなか出来ないと悩んでいるシーフォンの女性は、たくさんいらっしゃいます。ランメイ様はまだお若いですし、ご結婚されてから十年ですから、それほど深刻な話ではございません。もちろん早くに授かる方もいらっしゃいますが、平均して二十年目くらいに第一子を授かるのが普通です。五十年かかったという方もいらっしゃるくらいです。リューセー様が深刻に受け止められる必要はありませんよ」

ウエンは龍聖の気持ちを軽くしようとして言ってくれている。でも彼女の場合は、そんな簡単な話ではないのだけれど……と、本当のことは言えないので「そうですね」と返事をして納得したふりをした。

「ですがリューセー様にお子様が出来ると、シーフォンの出生率も上がると言われています。今日のランメイ様の反応を見ても分かるように、とても気持ちが高揚《こうよう》して、自分も子供を産みたくなるようです。きっとこれをきっかけに、ランメイ様もお子を授かるのではないでしょうか」

「それは……私の子でなくても、誰でも赤子を見たらかわいいと思って、自分も欲しいと思うものではないのですか？」

龍聖は不思議そうにしている。

『リューセーが子を授かればシーフォンの出生率も上がる』という話は、龍聖も何度か聞いていた。リアンやシュエンからも言われた。その時はなにかそういう効果でもあるのかと思ったのだが、今日の様子を見てウエンがそう言うのであれば、それは医学的な効果ではなく、ただ母性本能をくすぐられるというだけの話ではないのかと思ってしまった。

「リューセー様の影響ですよ。私も詳しいことは分かりませんが、リューセー様は竜の聖人ですから、何かしらシーフォンに影響を与えても不思議ではありません。リューセー様がご出産された後シーフォンの出生率が上がるというのは、実際に歴代の記録として残っていますので、確かなことなのです」

「そうなんですか？」

「はい」

ウエンは笑みを浮かべながら自信をもって頷いた。

「それならば……私は責任重大ですね……」

龍聖が何気なくポツリと呟いたのを聞いて、ウエンの顔色が変わった。先ほどまでの自信満々の表情は消え失せて、ひどく狼狽している。

「リューセー様はすでにお世継ぎを産んでいらっしゃいますから、十分に貢献なさっています。それも今までになく早いご懐妊ということもあり、シーフォンの皆様のリューセー様への感謝は、とても大きいのです。女性の方々がリューセー様にお会いしたい、ジュンワン様を一目見たいという盛り上がりもそこから来ているのです。別に二人目も産まなければなどと、責任を感じる必要はございません」

ウエンのあまりの狼狽ぶりに、龍聖は思わず失笑していた。

「ウエン、そんなに心配しなくても大丈夫ですよ。分かっています。子は授かりものですから……それにまだジュンワンは赤子です。しばらくはジュンワンの世話に徹したいので、次をなどとまだ考えてはいません」

龍聖が笑いながらそう言うので、ウエンは安堵すると共に苦笑した。

「ウエンは本当に心配症ですね。私に対して過保護すぎるのではありませんか？　でもいつも感謝しています。ヨンワンとジュンワンの次に大好きですよ」

「もったいないお言葉です」

ウエンは少し照れたように顔を赤くして頭を下げた。龍聖はクスクスと笑って「王の私室へ戻りましょう」と告げた。

その日の夜、ウエン達が下がるのを待って、龍聖は思いきってヨンワンに尋ねることにした。

「ランメイ様のご主人がどのような方かご存じですか？」

果実酒の入ったグラスをヨンワンに渡しながら尋ねた。ヨンワンは突然の質問に一瞬考えるように、じっと龍聖をみつめた。龍聖は唐突すぎたかと、少しばかり恥ずかしそうに頬を染めて視線を逸らす。

先ほどまでは、ジュンワンの話をしていた。ヨンワンは、毎日頑張って早く帰ってくるのだが、ジュンワンはまだ赤子ということもあり、いつも眠っているところしか見ることが出来ない。

残念がるヨンワンに、今日のジュンワンの様子を話して聞かせるのが毎日の日課になっていた。一緒に食事をしながら、ジュンワンの話をして、食事が終わってソファに移動して寛ぎながら、またジュンワンの話をする。

一歳のジュンワンは、人間の赤子でいうとまだ生まれてふた月くらいの乳児だ。首がようやく据わったかというところで、一日の行動と言えば、寝ているか、泣いているか、機嫌良くしているかという程度の違いしかない。そんなジュンワンの話を、毎日そんなにすることがあるのかと、傍から見たら驚かれるかもしれないが、ヨンワンはたとえ同じ話でも喜んで何度も聞いてくれるのだ。

これはジュンワンが卵から孵る前に、話題の中心が龍聖だった頃も同じで、毎日龍聖がどんなことをしていたかを聞きたがり、エルマーン語の勉強しかしていない時でも、その話を喜んで聞いてくれていた。

ヨンワン曰《いわ》く、愛する者の話ならばどんな話でも嬉しいし、何度同じ話を聞いても飽きることはないのだという。

そんなヨンワンに、ジュンワンの話を中断して、突然ランメイの夫の話をしたのだ。ヨンワンが驚いて動きを止めるのも無理はなかった。

「そういえば、ランメイとお茶会をすると今朝言っていたね。ランメイの様子はどうだった？　もしかして悩みというのは夫のことなのかい？」

「あ、いえ……そういうわけでは……ただどんな方なのか知りたくて……」

龍聖は少し言い淀むように言った。ヨンワンはそれをどう受け取ったのか、思い出すような素振りをしてから口を開いた。

「外務部に所属しているソウシンという名の青年だ。歳はランメイよりも十歳ほど上だったはずだから……百三十歳くらいだと思う。私は王として知っている程度で、直接には面識はないが好青年だと聞いている。優秀で仕事がよく出来るのでダイレンが気に入って、ランメイに紹介したのが、二人が結婚したきっかけだと聞いている。ソウシンもランメイも互いに一目惚れだったようで、結婚が決まるのも早かったみたいだ。とても仲睦まじくて、ソウシンは仕事で他国に行くたびに、必ず妻への土産を一生懸命に選ぶから、仲間から良くからかわれているそうだ」

「今日も先日お土産に貰ったという髪飾りを、嬉しそうにつけていました。ランメイ様から話を聞いて、私もとても仲の良い夫婦だと思いました」

ヨンワンと龍聖は、互いの話を聞いて頷き合った。だがヨンワンはまだ気にかかることがあるというように、じっと龍聖をみつめて何かを探っているようだ。龍聖は苦笑して隠すことを諦めた。

「実は……ランメイ様の悩みは、子供が欲しいというものでした」

龍聖の言葉に、ヨンワンは少しばかり当てが外れたという顔をした。

「悩みって……まだ結婚して十年だろう？」

「そう言われると思いました。ウエンからも同じことを言われたので、ヨンワンが今言おうとしていることは言わなくても結構です」

龍聖はやんわりと断ったが、ヨンワンは少しばかり不服そうな顔をした。

「そういう単純なことではないんです」

「単純ではない？　どういうことだい？」

問われて龍聖は困ったように視線をさ迷わせた。どこまで言おうかと迷ったが、核心を隠して上手く相談することは出来そうにないと思った。

「ヨンワン、約束してください。今から話すことは絶対に誰にも言わないと……ランメイ様の名誉にかかわることなのです。たとえ父親のダイレン様であっても、絶対に言わないでください。私もヨンワンにも誰にも言わないつもりでしたが、ただランメイ様の話を聞くだけではなく、出来れば力になりたくて……でも私はランメイ様のご主人のこととか何も情報がないので、こうして誰かに聞くしかなくて……」

ヨンワンは龍聖の頬をそっと撫でた。

「心配しないで、絶対に誰にも言わないから……約束するよ」

龍聖は頷き、ランメイの悩みを打ち明けた。だが彼女の女性としての繊細な部分は出来るだけ包み隠して、言葉を選びながら説明をした。

話を聞き終わったヨンワンはとても難しい顔で考え込んでいる。

「私が疑問に思うのは、ご主人がなぜそこまで我慢するのかということです。もちろん愛する妻のことを思って、無理強いしたくないという気持ちは分かりますが……ランメイ様がひどく嫌がったり、拒んだりしているわけでもないのに……」

龍聖の言葉に頷きながら、ヨンワンは眉根を寄せた。

「もしかしたら……血の力のせいかもしれない」

「血の力ですか？　それは何ですか？」

「私達が竜だった頃、その力関係は魔力量によって決められていたんだ。弱い竜は決して強い竜には逆らえない。竜の魔力量は長く生きて何度も生まれ変わった分だけ多くなる。竜は不老不死ではない。千年を超えると肉体の老化が始まり次第に弱くなっていくので、ほとんどの竜は弱くなる前に肉体を捨てて生まれ変わる。竜に雌雄の性別はなく、交配もしない。肉体を捨てると決めたら、すべての魔力を使って体内に卵を作る。そして卵から孵った子竜は死んだ自身の体を食い破って生まれ出るんだ。つまり産む親も自分、生まれる子も自分ということだ。子竜は自力で飛べるようになるまでは、元の体の中にあった竜の宝玉を抱えて眠りにつき、宝玉から貰う魔力で成長する。竜王の間に宝玉があったのは覚えているかい？」

ヨンワンに問われて、龍聖は思い出していた。儀式をした小部屋の中に赤い光を放つ玉があった。ヨンワンから『竜の宝玉』だと教えられたことを思い出した。

「はい、あの部屋は宝玉の魔力に満ちているから、私の体の変化に伴う苦痛などもすべて取り払われるのだと教えていただきました」

龍聖の返事にヨンワンは微笑みながら頷いた。

「宝玉の魔力は半永久的に失われることはないが、これも元の持ち主である竜の力の強さが反映されている。あの宝玉はホンロンワン様の宝玉だから、ずっと長い間あの部屋を魔力で満たし続けていられるのだ」

龍聖はふと神殿にあるホンロンワンの石像を思い浮かべていた。あのような威厳のある竜の宝玉ならば納得出来た。

「千年生きた竜はそれだけ魔力が強くなる。そして生まれ変わりまた千年生きれば、魔力は積み重なっていく。ホンロンワン様は何度も千年の生を繰り返した結果、魔力が強大になり、ある日金色の巨竜として生まれ変わったのだと言われている」

「……弱い竜というのはどういうことですか？」

龍聖は素朴な疑問を投げかけた。ヨンワンは、良い質問だというように目を細めて頷いた。

「ホンロンワン様が竜族を統《す》べるまでは、竜達は互いを敵だと思っていた。同族という概念がなく、自分の縄張りに入るものがあればすべて敵で、命をかけて戦っていたんだ。負けた竜は即死ならばもう生まれ変われないが、かろうじて息があれば最後の力を振り絞って生まれ変わることが出来る。さっきも言ったように、竜の魔力量は長く生きて何度も生まれ変わった方が強い。例えば百年しか生きていない竜は弱い。たとえ生まれ変わっても弱い。頑張って少しでも長く生きなければ……百年で生まれ変わって、また次の生も百年くらいしか生きることが出来ないとしたら……相当頑張って運良く何度も生まれ変わらなければ、千年生きた竜には敵《かな》わないだろう。そしてそういう竜の力の差があるまま、シーフォンにされてしまった。我らは……シーフォンはもう生まれ変わることは出来ない。初代の力関係のまま血族が継がれていっているんだ」

龍聖は話を聞きながら考え込んだ。強い竜と弱い竜、強い血族のシーフォンと弱い血族のシーフォン、目に見えない格差がそこにあるという。竜だった頃は弱肉強食で、弱い竜達は生きるために強い竜から逃げ続けていたのだろう。ならばシーフォンは？

「強い血族のシーフォンと弱い血族のシーフォンがいるのでしたら、彼らが共に生きていくのは難しいのではありませんか？」

なんだか色々と心配になって、龍聖が困惑しているのを見て、ヨンワンは微笑みながら龍聖の肩を抱き寄せた。

「竜だった頃は本能のままに生きていた。直情型だった。だが人間にされて理性というものを持つようになった。仲間同士で傷つけ合うのはいけないと悟った。そしてその理性を常に保てるように竜王という存在がある。竜王の強大な魔力によって、シーフォン達は理性が保たれ続けている。野生の本能にある残虐性を抑え込んでいるんだ。だから竜王がいなくなれば、シーフォン達は竜だった頃の残虐な生き物に戻り、互いに殺し合い滅亡してしまうんだ」

龍聖はそれまで学んできたエルマーン王国の歴史や、竜王の存在についての話の意味が、すべて繋がったように思えて、はっとした顔をヨンワンに向けた。ヨンワンはただ頷いた。

「人間として生まれ、人間として生きてきたシーフォンは、成人後それぞれの立場で働いている。役職の上下は年齢や能力による上下であり、そこには差別意識はない。でも実際には血族としての上下が加味されている。それは差別とはまた違うものだ。本人の性格や能力に関係なく、竜本来の強弱……魔力量による強弱はどうすることも出来ない。弱い血族のシーフォンが上役に就いた場合、その者がどれほどの人格者であり、人望があり、仕事における能力が高かったとしても、強い血族の者には逆らえない。それが本能だ。部下が強い血族の者だった場合、命令出来ず管理出来ない。たとえ本人同士が親しい間柄で、差別意識などまったくなかったとしても、それはどうすることも出来ないんだ」

「だから各部門の長には、ロンワンが就いているのですね」

「そうだ」

龍聖はこれまでヨンワンが話してくれたことを、じっくりと考えて精査した。そしてある結論に達して、顔色を変えてヨンワンをみつめた。それはヨンワンも考えていたことのようで、視線を交わしながらヨンワンは残念そうに眉根を寄せている。

「ランメイの旦那様は……弱い血族の方なのですか？」

「それほど弱いというわけではないが……恐らく血族の初代が強い竜だったのだろうというだけで、ロンワンの血はどこにも入っていない」

「では……ランメイ様の方が強いのですね？」

「そうなるな」

それでようやく夫婦の謎が解けたと龍聖は思った。ランメイに性交に対しての恐怖心があり、口や態度では拒まなくても、無意識下に恐怖があるため緊張して身を強張らせてしまったら、血の力でランメイよりも弱者である夫は逆らうことは出来ないだろう。十年も何も出来ずにいるのも頷ける。さすがに今は、ランメイも怖がってはいないのかもしれないが、何度か試した時に、魔力差による敗北を無意識下で夫が感じてしまったのならば、その後無理に抱こうなどとは考えられないはずだ。

そう思い至った時、龍聖はあることに気がついた。

「ヨンワン……もしかしたらランメイ様のような思いをしている女性は他にもいらっしゃるのではないでしょうか？　子供が出来にくいという原因のひとつと考えるのは早計でしょうか？　シーフォン

の方々の婚姻条件などはありますか？」

龍聖の言葉はヨンワンの想像を超えたものだった。そのようなことを考えたことは今までなかった。だが言われてみれば確かに……と思える。ランメイの問題はとても繊細なものだ。ランメイのように誰にも相談できずにいる女性も少なくないだろう。誰にも相談出来ないから、シーフォンの間でも今まで問題視されてこなかったことなのかもしれない。

「婚姻条件か……特に何もないはずだ。本人同士が気に入れば……というくらいだろう。我々シーフォンは女性を大事にしている。男女比で女性が少ないというせいもあるし、子を産んでもらう大切な存在という意味もある。だから婚姻に際しては、女性の方の意見が優先されるんだ。女性が嫌だと言えば結婚は成立しない。血の力関係について、まったく今まで問題視されなかったというわけではないんだ。あまりにも格差がある場合には婚姻が成立しない。その場合はそもそも二人の間に愛は芽生えない。本能が忌避《きひ》する相手を、好きだとは思えないからね」

龍聖は頬に手を添えて考えながら、ヨンワンの話を聞いていた。

「では……ランメイ様達のように、普通に惹かれ合うには影響がない程度の力の格差で、女性の方の力が上という関係だった場合には起こりうる事案なのですね」

「そういうことになるね」

すると龍聖がさらに不思議そうに首を傾げた。

「それでは姫君の婚姻はどうなるのですか？　リアン様もシュエン様もお子様がいて、夫婦関係も良好ですよね？」

「ロンワンの婚姻はそもそも別案件だね。ロンワンはロンワン同士でしか婚姻が成立しない。だがロンワンの男性の場合は、妻にするのはロンワンでなくても問題はない。あまり力の格差がない相手を選ぶのが普通だ。女性の場合も同じではあるが、竜王の実子の場合は必然的に一番力が強くなってしまうから、女性の方が強いということになる。その場合は出来るだけ格差のない相手……ロンワンの男性でかなり年上の相手と婚姻を結ぶことになる。年齢による経験値で力の差を埋めるという感じだ。リアンとシュエンの夫は、どちらも彼女達と五十歳以上歳が離れているんだ」

「そうなのですね……」

龍聖は納得出来たもののランメイの問題は、何ひとつ解決していないと気づいて落胆した。今更別の相手と……と言えるわけはない。そもそも二人は愛し合っているのだ。そんなことを理由に引き離したくはない。だがシーフォンにとっては、子孫を残すことは何よりも大事なことだ。『そんなこと』という言葉で簡単に切り捨てるわけにもいかない。

大和の国……日ノ本《ひのもと》では、子を産めない妻は離縁されるということがよくあった。それに比べると、シーフォンの女性は子が産めなくても、責められることはない。シーフォンは元々子が出来にくいと言われているので、子が出来ないのは妻のせいではないと皆が分かっている。婚姻の決定権は女性が持っているし、勉強や仕事も……仕事には制約があるが、女性が希望すれば自由に出来る。それを思うと、シーフォンの女性は大切にされているのだなとつくづく思う。

でも子が出来ないと悩む女性がいるのは、どこも同じなのだ。

考え込んで項垂《うなだ》れている龍聖を、ヨンワンは優しく抱きしめて額に口づけた。

「ランメイのことはそう悲観するような問題ではないと思うよ。少なくとも原因が分かったのだから、それを改善出来るように努力すればいい」

「改善出来るのですか？」

龍聖は顔を上げて、ヨンワンに期待の眼差しを向けた。ヨンワンは目を細めて、もう一度龍聖の額に口づけた。

「二人の力の差は、普段の関係に影響を与えるほどではない。ランメイが強く拒否しない限りは、ソウシンが逆らえないことはないはずだ。つまり……今、その本能が邪魔をしているのであれば、二人はきちんと言葉で話し合うべきだろう。ランメイは最初の経験で行為に対して恐怖を感じただけで、ソウシンとそうなることを拒んだわけではないこと。ランメイはソウシンの子が欲しいと思っていること。それをきちんと伝えたうえで、ソウシンはランメイの恐怖心をなくすための努力をしなければならない。そうやって互いが努力して歩み寄れば、解決出来るんじゃないかと私は思うんだ……。私達だってそうだろう？　私は初めて君と交わった時に、乱暴にしてしまったことを後悔していた。でも君はそんな風には思っていないと、私に歩み寄ってくれた。だから愛し合うことが出来た」

ヨンワンは龍聖の背中を撫でて、微笑みながら唇を重ねた。やんわりと吸われて、龍聖は頬を染めてうっとりとした眼差しを向ける。

「ヨンワンは、本当になんでもお分かりになるのですね。相談してよかったです」

「私の方こそ、君のおかげで良い気づきが出来たよ。子が出来ない夫婦の調査をして、妻が血の力が強い夫婦がいないかどうか確認したいと思う。ああ……だがランメイのことがきっかけで調べ始めたと、ダイレンに気づかれるとかわいそうだから、そちらが解決した後に少し様子を見てから調査をすることにしよう」

「はい、よろしくお願いします」

龍聖が嬉しそうに微笑んだので、ヨンワンも龍聖の額に額をくっつけて微笑んだ。

数日後、龍聖はランメイを料理研究に誘った。ウエンには事情を話して彼女が調理場に入ることを許してもらった。

調理場に入ったランメイは、物珍しそうに調理場の中を見まわしている。

「ここをお借りしているのは二刻の間だけなので、急いで作りましょう。今日はランメイ様が来てくださったから、ただの実験ではなく菓子を作りたいなと思います」

「え、菓子を作るのですか？　リューセー様は菓子が作れるのですか？」

ランメイが目を丸くして大袈裟《おおげさ》に驚くので、龍聖は笑いながら作業台の上に鍋や器を並べた。袖を捲り上げていると、ウエンが側に来て捲った袖が落ちないようにリボンで縛ってくれた。

龍聖はウエンに「ありがとう」と礼を言い、改めてランメイに向き直った。

「今日はこの豆を使って菓子を作ります。私は今、この世界に存在する色々な豆を使って料理の研究をしているんです。私のいた国にある調味料を作るのが目的なんですけど、同じ種類の豆か、あるいは代替えとなる豆を探しています。今日使用する豆は、私が探しているその豆とは違うのですが、菓子に使える豆です。カラン豆という豆で、青臭さが少なく、食感や味が私のいた国の『小豆《あずき》』という豆に似ているんです。これはランメイ様のご主人が探してきた豆なんですよ」

龍聖は手際よく手を動かしながら、鍋に入っている豆をランメイに見せた。赤茶色の豆はすでに茹でられているようだ。ランメイは興味深いという顔で、鍋の中を覗き込んでいる。

「時間短縮のため、事前に料理人に頼んで下茹でをしてもらっています」

龍聖はそう言いながら鍋の中の豆を摘《つま》んで、指で硬さを確認している。いくつか豆の状態を確認して、満足したように頷いた。次に鍋の中に砂糖を入れて火にかけた。

「豆を砂糖で煮ます」

「砂糖で？　想像出来ません。豆というとスープに入っていたり、魚と一緒に煮込んでいたりするものしか知りません。食事に出てくる印象しかないです」

「豆のお菓子は美味しいですよ」

龍聖はにっこりと笑った。

龍聖は豆を焦がさないように注意しながら煮込んでいった。調理場に甘い香りが漂う。ランメイはずっと真剣に、調理の様子をみつめている。やがて豆は煮上がり、龍聖は火を止めて豆を潰し始めた。

「それは何をしているのですか？」

「豆を潰して餡子《あんこ》にするんです」

「アンコ？」

「はい」

龍聖は潰した豆を皿に移して、軽く広げるように盛った。スプーンで少し取って食べてみる。そして微笑んで満足そうに頷いた。

「よく出来ています。ランメイ様も味見してみますか？」

「は、はい」

ランメイが頬を上気させて期待の眼差しを向けるので、龍聖はスプーンに餡子を少量掬《すく》って渡した。

ランメイはスプーンを受け取り、しばらく餡子をまじまじとみつめていたが、決心したようにぱくりと口に含んだ。次の瞬間目を丸くして驚いたかと思うと、咀嚼《そしゃく》しながら興奮して瞳を輝かせている。

「甘くて美味しいです！　初めての食感です。豆とは思えません！」

ランメイの感想を聞きながら、龍聖は後ろに控えているウエンにも味見をさせていた。ウエンも驚いている。

「さて、では次の作業に取りかかります」

「え？　これで出来上がりではないのですか？」

「はい、まだこれからです」

龍聖はフフッと含み笑いをして、ウエンに指示を出して鍋を片付けて蒸し器の用意をさせた。龍聖は用意していた小麦粉に、壺から何かを移し入れている。

「それはなんですか？」

「酒麹《さけこうじ》です。お酒を造る素のようなものです。これとお酒を小麦粉に混ぜ合わせると、発酵してふんわりとした皮になります。これも研究して作ったんですよ。本当は米麹が一番良いんですけど、今のところ私の国の米と同じ物が見つかっていなくて……色々な豆や麦で麹を作って試しました」

龍聖の説明を聞いても、ランメイにはまったく分からなかったが、そもそも調理しているところを見るのが初めてなので、すべてを興味深く眺めている。

龍聖はせっせと小麦粉を捏ねて生地を作った。それをいくつかの小さな塊《かたまり》に分けていく。

「ランメイ様、せっかくですから少しお手伝いをしてもらえますか？」

「は、はい、もちろんです」

龍聖はウエンに目配せした。ウエンは龍聖の意図をすぐに理解して、ランメイの側に行き「失礼いたします」と断りを入れて、ランメイの袖を少しばかり捲り上げた。

「ありがとうございます」

ランメイは戸惑っていたが、袖を捲られた理由を理解して礼を述べた。

「ではこれを……このように広げて、中に先ほどの餡を入れて、こうして包み込みます」

龍聖は丁寧に餡を生地で包む手順を教えた。

「こ、こうですか？」

「はい、お上手です」

ランメイがひとつを包む間に、龍聖は手際よくみっつ包んでいき、用意していた生地も餡子も綺麗に包み終わった。

「あとはこれを蒸し器で蒸したら出来上がりです」

龍聖は蒸し器にすべてを入れて蓋《ふた》をして火にかけた。作業台の脇に置かれている砂時計をひっくり返して、蒸し上がりを待つ。

「いかがでしたか？」

「何もかもが初めての経験で興奮しています。料理ってこんな風に作っているのですね。いつも特に何も気にせずに食べていました」

ランメイの感想を聞きながら、本当にお姫様みたいだなと思っていた。龍聖のいた世界では、武家の奥方でも自ら作りはしなくても多少なりとも料理の知識はあるはずだ。公家《くげ》や大名の姫君なら、台所すら行ったことはないかもしれないので、きっとこんな感じかもしれないと思った。

「この城で働く料理人はとてもよく勉強していると思います。私の研究のために時々手伝いを頼むのですが、こちらの指示通りに丁寧にしてくれるので、とても助かっています。先ほど、豆の下ごしらえを頼んでいたと言いましたが、あれもただ茹でるだけではないのです。火加減や時間も重要ですし、灰汁《あく》取りが一番重要で、何度も水を換えて茹でなければならず、手間がかかります。それをこちらの指示通りにきちんとしてくださるので助かっているのです」

「それは研究にも必要なことなのですか？」

「もちろんです。何種類もの豆を、同じ条件で茹でて、茹で上がりの時間や硬さ、噛んだ時の食感や味などを比較しなければなりません。研究では茹でるだけではなく、麹を作ってみてそれぞれの豆で検証するのですが、最初のうちはこれが一番大変でした。この国は気温が高くて、空気が乾いていますから、麹を作るのに適していなくて、条件を合わせるのに苦労しました」

聞いたものの結局何を言っているのかランメイにはさっぱり分からなかったが、龍聖がとても熱心に研究をしているということと、とても嬉しそうに語っていることに自分も嬉しくなって、ニコニコと微笑んで聞いていた。

そうしているうちに砂時計の砂が、全部下に落ちた。話に夢中になっている龍聖に、ウエンが声をかけたので、龍聖は慌てて蒸し器の蓋を開けた。

ふわりと調理場に甘い酒の香りが広がる。

「上手く出来ました」

龍聖は満足そうにそう言って、蒸し器を火から下ろした。ランメイが蒸し器の中を覗き込むと、湯気の中に丸く白い物が並んでいる。蒸す前に比べると、倍ほどに膨《ふく》らんでいて、とても柔らかそうに見えた。

「わあ……パン……とは違うのですね？」

「はい、これは饅頭《まんじゅう》と言います」

「マンジュー？」

「はい、とても柔らかくて美味しいですよ。ではお茶の時間にしましょうか」

龍聖は後のことを侍女達にお願いして、ウエンと共にランメイを連れて、王妃の私室へ向かった。

王妃の私室で、二人が向かい合って座り、ウエンがお茶の用意を済ませたところで、先ほどの饅頭を侍女が運んできた。皿にこんもりと盛られた饅頭からは、まだほかほかと湯気が上がっていた。

テーブルの中央に置かれたのを、ランメイが頬を上気させながら期待の眼差しでみつめている。

「どうぞ召し上がってください」

龍聖はそう言いながら、お手本になるようにまずは自分の取り皿に饅頭をひとつ取った。

「ちょっとはしたないと思われるかもしれませんが……これはこうして手に取って食べるのが良いんですよ」

龍聖はそう言って手元に置いた取り皿に載る饅頭を、手摑みにすると真ん中から半分に割った。

「熱いですから気をつけてくださいね」

龍聖はそう言いつつ、割った饅頭の断面をランメイに見せた。白く柔らかそうな皮に包まれて、黒い餡子が艶やかに光って見えた。ランメイは「わあ」と感嘆の声を漏らしながら、真似をして取り皿にひとつ取り、一旦自分の前に皿を置いた。見るからに熱そうなので、少しずつ指先で温度を確認して、そっと手で摑み半分に割った。

「ああ……とてもいい香りですね」

ランメイはうっとりと呟いて、その半分をさらに半分に割った。ちらりと龍聖に視線を送り、龍聖が饅頭をぱくりと食べているのを見て、同じように四分の一にした饅頭をぱくりと口にした。

中身の餡子が少し熱かったが、周りの皮の部分はふわりと柔らかくて、お酒の風味と餡子の甘味が口の中いっぱいに広がった。

ランメイは目を見開いて、両手で口元を押さえた。頬を上気させて目を細める。なんとか咀嚼して飲み込むと、ほうっと息を吐いた。

「リューセー様！　すごいです！　こんなお菓子は初めてです！　パンよりもずっと柔らかいし……ああ、美味しいです！」

歓喜の声を上げるランメイを見て、龍聖は嬉しそうに笑いながら、故郷の懐かしい味を味わっていた。

しばらくはお茶と饅頭を楽しみながら、先ほどの調理の感想などを、和気あいあいとした雰囲気で語り合った。頃合いを測り、龍聖がウエンに視線を送ると、ウエンは軽く一礼して侍女と共に部屋を出ていった。

「ランメイ様……実は……今日は大事なお話があって、ランメイ様をお誘いしたのです。もちろん先日料理にお誘いするという約束もしましたので、それに便乗してということもあるのですけど……よろしいですか？」

龍聖が改まって言うので、ランメイは飲みかけていたお茶のカップを置いて、何度か目を瞬かせて「はい」と答えた。

「先日、ランメイ様の話を伺ってからずっと考えていたのです。私に何か出来ることはないかと……それで失礼ながらご主人のことなどを調べさせてもらいました。あ、調べるというとなんだか語弊《ごへい》がありますね。ただ私はランメイ様のご主人のことをまったく存じ上げなかったので……どのような方なのかを、人伝てに聞いただけなのです」

そこでようやくランメイは、龍聖が言っている言葉の意味を理解した。先日のお茶会で、ランメイが打ち明けた悩みについてのことなのだ。ランメイはみるみる顔を赤らめて、恥ずかしそうに俯いてしまった。

「あのような話をお聞かせしてしまい……リューセー様のお心を煩《わずら》わせてしまって……本当に申し訳ありません」

「そんなことはないです。貴女はヨンワンの姪……家族ではないですか」

龍聖が宥めるように優しく言うので、ランメイは顔を上げて「ありがとうございます」と消え入るような声で答えた。

龍聖はそれから『あくまでもこれは私の推論です』と前置きをして、ランメイと夫のソウシンの『血の力』の関係によって、このような事態になっているのではないか？　と伝えた。ランメイが恐怖心から拒否したことで、互いに意識していない部分で、力の上下関係が出来てしまったのではないか？　という話をした。

「ランメイ様とソウシン様は互いに惹かれ合って結ばれたのですから、普段はそのような血の力など関係ないのだと思います。ソウシン様の血筋も上位の方だと伺いました。それでも……ランメイ様が強く拒否した場合は、力の影響が出てしまうのではないでしょうか？　だからソウシン様も何も出来なくなってしまっているのかと……」

龍聖の話を聞くうちに、ランメイの顔色がどんどん悪くなっていった。

「私……どうしたらいいのですか？　私は彼と子を作ることが出来ないのですか？」

絶望したように呟いたランメイの唇が震えていた。

「ランメイ様！　落ち着いてください！　大丈夫です！　大丈夫だからこそ、私はこの話をランメイ様にしたので、救いがないならばこんな話はいたしません」

ランメイの色を失った顔を見て、龍聖は慌てて説明した。なんとか気を取り直してもらおうと、一生懸命訴える。

「本当です！　一度、私の話を最後まで聞いてください！」

「は……はい」

ランメイは震える声で返事をした。不安そうに龍聖をみつめる。龍聖は大きく息を吸い、自分こそ落ち着かなければと、ぎゅっと両手を握りしめた。

「実は私も似たような経験があるのです」

ニッコリと笑って穏やかに話を始めた。

「ランメイ様が恥ずかしさを堪えて私に打ち明けてくださったのですから、私もお話しいたします。実は私もヨンワンに抱いていただいた時に、ヨンワンが落ち込んでしまったことがあるのです。初めてのことで余裕がなくて、私のことを乱暴に扱ってしまったと言って……それは見ていて気の毒なほどに落ち込んでしまっていました。でもそれはお互い様で、私だって初めてのことで最初は少し怯えていたのです。余裕がなくて何も覚えていなくて、私はヨンワンに失礼なことをしなかっただろうか？　満足していただけただろうか？　と案じていました。だから私はそれをヨンワンに正直に言ったのです」

龍聖は懐かしそうな顔で、少しばかり思い出に浸るように視線を落として黙り込んだ。ランメイは思わぬ龍聖の告白に、じっと息を殺して見守っている。リューセー様と陛下が、まさかそんなことをと驚いたのだ。

「私とヨンワンは正直に自分の気持ちを伝え合って、お互いにちゃんと思い合っているということを分かり合えたのです。あの時、ヨンワンが私に弱音を吐いてくださらなかったら、私も怯えていたという正直な気持ちを伝えることはなかったでしょう。そうしたら私とヨンワンは、互いに誤解し合ったまま、二度と抱き合うことが出来なかったかもしれません。ええ、そうです。ランメイ様達のように……」

ランメイがはっと顔色を変えて、龍聖が言おうとしていることに気づいたようなので、龍聖は微笑んで頷いた。

「でも私は決してランメイ様達の今の状況が悪いとは思っていません。だってお二人は十年もの間変わらず愛を育んで、とても仲睦まじいではありませんか。だからやり直すのは難しくないと思います」

「本当ですか？　本当にそう思われますか？」

ランメイが藁《わら》にもすがるような眼差しで尋ね返した。龍聖は力強く頷いて、柔らかく笑みを浮かべた。

「二人でちゃんと話をしてください。夫婦なのですから、隠しごとはない方が良いです。まずは誤解を解きましょう。ランメイ様が、今はもう抱かれることに恐怖を感じていないこと、子供が欲しいということ、それをきちんと伝えるべきです。感情的にならずに、正直に話してください。そして旦那様の気持ちもきちんと話してもらってください。お二人に今一番必要なことは、互いが胸に秘めているわだかまりを取り除くことだと思います」

ランメイは龍聖の話を聞きながら、ぎゅっと胸元を押さえた。

「恥ずかしいと思います。勇気がいると思います。だけど一人で思い悩んでいる苦しさに比べたら、そんなことなどなんともないと思いませんか？」

「……思います」

ランメイは思い詰めた顔で頷いた。

「ランメイ様の旦那様ならば、きっと真剣に話を聞いてくださると思うし、ランメイ様の想いに応えてくださると思います。それで互いの誤解を解いてすっきりしたら、ただ抱きしめ合うだけで良いと思います。きっとそれだけで、相手の想いが分かるはずです」

龍聖の穏やかで優しい話し方に、ランメイは肩の力が抜けるのを感じ、勇気が湧いてきた。みるみるランメイの表情が明るくなっていく。その目にはうっすらと涙が浮かんでいた。

「リューセー様……ありがとうございます。なんだか……出来そうな気がします」

ランメイの前向きな言葉に、龍聖は笑顔で頷いた。

「饅頭をお土産にお持ちください。二人で仲良く食べたらきっと上手くいきますよ」

「はい、彼も気に入ると思います」

そう言ってランメイが笑ったので、龍聖も安堵の息を漏らしながら微笑んだ。

それからしばらくして、笑顔のランメイが上手くいったと報告してきた。ダイレンからも、娘がすっかり明るくなったと、直接龍聖に喜びと感謝の言葉が告げられた。

ヨンワンは数ヶ月様子を見た後、ほとぼりが冷めた頃に、子のない夫婦への調査を始めた。その結果半数近くの夫婦が、妻の方の血の力が強いということが判明した。

これを受けてヨンワンは、重臣達との会議の席でその事実を報告した。家臣達の間に動揺が走った。年配の者達の中には、もしかしたら自身に当てはまる者がいたのかもしれない。

「陛下……それが分かったところでどうすればよいというのですか？」

家臣の一人が疑問を投げかけた。

「正直に言えば、これは私的な問題だ。夫婦間の問題を私が王の名のもとに、踏み込んで何か命令を下すというのは違うだろう。もちろん私に相談があれば、いつでも聞く用意はある。それと対策としては……まったくないというわけではない」

ヨンワンは皆の顔を一通り見まわして、この問題に対してどれくらい真剣に受け止めているのかを見定めていた。会議の間は少しざわつき、皆がヨンワンの言葉を待っている。ヨンワンは軽く頷いた。

「すでに夫婦である者達については、先ほど言った通りだ。私が口を出すことではない。だが未来ある子供達に対し、少しでも回避する手助けをしてやることは出来る。六十歳未満の娘には、釣り合う相手を親が見定めて、早いうちから結婚の約束をしておくのだ。もちろん親同士の間での約束だ」

ヨンワンの提案に、再びその場がざわついた。

「六十歳未満の子供は、家族以外の者とは会えないから、本人が誰かを見初《みそ》めるということもない。早くから許婚《いいなずけ》となった二人を、会わせておくのも良いだろう。ああ、許婚というのは幼い頃から結婚の約束を交わしている者のことを言う。これはリューセーから聞いたのだ。大和の国では珍しくはないそうだ。それにこちらの世界でも人間達の間ではよくある話らしい。ヘイヨウから聞いた。どうだろうか？　一度よく考えてみてほしい。あくまでもこれは私からの提案で王命ではない」

ヨンワンはそう言葉を締めて、その話はここで終わりとした。だが会議が終了した後も、家臣達はその話題を口に出し、それぞれで意見を交わし合っている。ヨンワンはその様子を見て、皆が真剣に考えてくれるのはとても良い傾向だと思った。

それはいつもと変わらぬ穏やかな朝だった。ふと気配に気づき、ヨンワンが目覚めると龍聖が起きてベッドから降りようとしているところだった。

「おはよう。早いんだね……いや、もしかして私が寝坊しているのかな？」

ヨンワンは眠そうな目を瞬かせながら声をかけた。龍聖は振り返り優しく微笑んだ。

「いいえ、どちらでもありませんよ。おはようございます。起こしてしまってすみません。今はいつも起き出す時間です」

「じゃあ……君が私を置いてこっそりと抜け出すところだったんだね。私を寝坊させる気だったのかい？　ひどいなぁ」

ヨンワンは少しもひどいと思っている様子もなく、いつもの穏やかな口調で微笑みながらそう言って体を起こした。龍聖はクスリと笑って、ヨンワンと口づけを交わした。

「置いていくつもりはありませんよ。ただなんとなく早くから目が覚めていて、二度寝しようにも出来なくてしばらく横になってヨンワンの寝顔をずっと眺めていたんですけど……あんまりヨンワンが気持ちよさそうに寝ているのが悔しくて、外の景色を眺めに行こうかと起き上がったのです」

龍聖はからかうような言い方をして目を細めた。ヨンワンは苦笑して肩を竦める。

「やっぱり私を置いていこうとしたんじゃないか……私だってリューセーと一緒に朝の景色を眺めたいよ」

ヨンワンはベッドから急いで降りて、龍聖と手を繋いでテラスに向かった。カーテンを開けて窓を大きく開け放つ。朝の少しひんやりとした風が部屋の中に吹き込んだ。正面の赤い岩山の向こうに朝日が見える。二人は眩《まぶ》しそうに目を細めた。

「良い朝だ」

ヨンワンは龍聖の肩を抱き寄せた。

「ヨンワン、そんなに心配しなくても、私は以前よりは竜が平気になったのですよ？　頭上を竜が飛んでいても驚かなくなりました。テラスに出ても大丈夫です」

龍聖がヨンワンを見上げながら言うので、ヨンワンも龍聖をみつめて目を細めるとクッと口の端を上げた。

「君がそう言うのならばいいけれど……ところで今日は何かよほど楽しみにしていることがあるみたいだね」

「え!?」

図星を指されて、龍聖は赤い顔で目を瞠った。

「どしてそう思うのですか？」

「君のことならば誰よりも分かるよ。たぶん君よりもね」

ヨンワンは龍聖の額に口づけて、中に入ろうと言った。

二人は侍女を呼んで着替えを済ませて寝室を出た。居間ではすでに朝食の準備が行われていて、侍女が次々と料理を運んできていた。とても美味しそうな匂いが辺りに広がっている。

龍聖はその香りを嗅いで、嬉しそうにほくそ笑んだ。

「あれ？　なんだかいつもと違う香りがするね。とても美味しそうな香りだ」

「そうですか？」

龍聖は冷静を装いつつ、頬が少しばかり緩んでしまう。ヨンワンに気づかれないように顔を背けながら、朝食が用意されたテーブルに向かった。

二人は向かい合って座り、ヨンワンは並べられた料理を見て、気になる香りの元を探した。

「これだ……このスープがいつもののものとは違うようだ。見た目はそんなに変わらないように見えるけど……いつもの野菜スープだよね？　だけどスープが濁っている。なんだろう？」

「食べましょう」

龍聖が促すように言ったので、ヨンワンは素直に頷いてスプーンを手に取った。手前に置かれたスープをじっと観察するようにしばらくみつめてから、ひと掬い取って口に入れる。するとすぐに驚きの表情に変わった。

「美味しい！」

ただ一言。単純な感想だが、少なくとも龍聖は今まで食事の席で、ヨンワンが「美味しい」と感想を口にしたのを聞いたことがない。

ヨンワンにとって食事とはただの人間としての習慣だ。それ以上でもそれ以下でもなかった。

「これはなんだい？　どうしてこんなに美味しいんだい？」

そのヨンワンが珍しくすごい勢いでスープを飲んでいる。龍聖は失笑した。

「そんなに気に入っていただけました？」

「君かい？　君がこのスープに魔法をかけたのかい？」

「魔法はかけていません。それは私の国のスープで味噌汁と言います」

「ミソシル？」

「はい、元はいつもの野菜スープなのですが、スープの……液体の部分がいつもと違うのです。私が研究して作った調味料を使っているのです」

龍聖が種明かしをしたので、ヨンワンは目を丸くして、もうほとんど中身が残っていないスープの器を見つめた。

「君が色々な豆や海藻などを取り寄せて調べていたというアレなのかい？」

「はい」

龍聖が『エルマーン王国で味噌や醬油を作る』研究を始めてから、すでに二年の月日が流れていた。

「皆様の協力のおかげで、ようやく完成いたしました。熟成に一年間かけましたので、ずいぶん時間がかかってしまいましたけど……」

龍聖はそう言いながらも満面の笑顔だった。ヨンワンの『美味しい』の一言が何よりも嬉しかった。

「すごいね、そのミソとショウユというもので、こんなに美味しくなるのかい？」

「これには味噌しか使っていませんが、他にも作り方に工夫をしております。この国の野菜スープは、野菜を煮込んだものを塩と胡椒で味付けしただけでした。ですがこの味噌汁は、煮干しから取った出汁に味噌を溶かして作っています。煮干しというのは小魚を一度煮て乾燥させたものです。煮干しの出汁と野菜から出るうまみと味噌で味付けをしているので、とても濃厚な味わいになっているのです。いつものスープよりも三重に美味しさを重ねているのです」

ヨンワンは説明を聞いて、改めてスープの器を見つめた。視線を動かして側にいた侍女に、おかわりを頼んでいる。

「そんなに気に入ってもらえましたか？」

「気に入ったのもだけど、君が今説明してくれたものを、もう一度確認しながら飲みたいと思ってね」

嬉しそうなヨンワンに、龍聖も嬉しそうに笑う。

「この世界の料理に関する本を読んで分かったことなのですが、この国で一般的な主食になっている野菜スープは、他国では、平民がよく食べる安くて手頃なスープだそうです。どこの国でも特に決まった作り方があるわけではなく、余り野菜を使っても作れるものなので、広く知られています。ただスープの美味しさの位置づけとしては一番格下になります。貴族や王族など、上流階級の方々が飲むスープは、動物の骨や肉などを煮込んで作ったスープです。これは野菜スープに比べると濃厚な味わいがあり、格段に美味しさが違うのと、手間やお金もかかるので高級な扱いになっています。でもシーフォンには食べられませんから、必然的に野菜スープが、この国での一般的な料理になったのだと思います」

ヨンワンは運ばれてきた味噌汁のおかわりを飲みながら、真剣に龍聖の話を聞いている。龍聖はそんなヨンワンを微笑ましくみつめながら、丁寧に説明を続けた。

「大和の国の食事は、野菜と魚が中心ですから、エルマーン王国の食事と変わらないと思いました。ですから同じ材料で作れば、お口に合うのではないかと思ったのです。私達、大和の者は獣の肉の代わりに魚から出汁を取ります。煮干しというのは小魚を煮て天日干しで乾燥させたものです。とても味わい深い出汁が取れます。それから昆布という海藻からもうまみのある出汁が取れます。そこに味噌や醤油といった野菜から作った調味料で味付けをするのです」

龍聖はそこまで説明をして、自分の味噌汁を一口飲んだ。「美味しい」と小さく呟いて、満足そうに微笑んだ。

「ここまでの味を再現するのに、かなり試行錯誤をいたしました。お口に合うか分からなかったので、今回は味噌汁だけを提供いたしましたが、美味しいと言っていただけたので、これからは色々な料理を提供出来ると思います。大和の国の料理はもちろんですが、元々あるこの国の料理に、上手く合わせることが出来れば、シーフォンの皆さんにも気に入ってもらえるのではないかと思っています」

二杯目の味噌汁を完食したヨンワンが、尊敬の眼差しで龍聖をみつめた。

「君の努力と情熱には感服するよ。本当に素晴らしい……君も故郷の味を楽しむことが出来て嬉しいだろう」

「はい」

龍聖は笑顔で頷いて、味噌汁を美味しそうに飲んだ。

「陛下、恐れながら発言をお許しください」

控えていたウエンがそう口を挟んだ。

「ああ、構わないよ」

ヨンワンがご機嫌で承諾したので、ウエンは一歩進み出た。

「こちらの料理をリューセー様が研究されたのは、すべて陛下のためなのでございます」

「え？」

「ウエン、それは……」

ヨンワンは目を丸くして、龍聖は赤くなってウエンを窘《たしな》めようとした。

「リューセー様はこちらの世界に来たら龍神様に美味しい料理を食べてもらいたいからと、あちらの世界で料理の修業をなさっておいでてでした。ですがこちらに来てみれば、専属の料理人がいるし、リューセー様ご自身も王妃という立場におなりで、料理を作る必要がなくなってしまいとても残念に思っていらっしゃったのです」

ヨンワンはその話に驚いて、龍聖を改めてみつめた。龍聖は恥ずかしそうに俯いている。

「ですが陛下と一緒に過ごしていく中で、本来であれば必要のない食事を、外交などのために、義務的に日頃から召し上がっておいでだと知り、陛下がお気の毒だとおっしゃったのです。人間達のように命に関わるならば、なんでも食べるのだろうけれど、義務として食べているのならばせめて美味しいものを食べてほしいと……そうおっしゃって、料理の研究を始められたのです。リューセー様の努力と情熱はすべて陛下のためのものなのです」

「リューセー！　それは本当かい？」

ヨンワンは思わず立ち上がっていた。龍聖は困ったように笑うだけで何も言わなかった。ただチラりと恨めしそうにウエンに視線を投げただけだ。ウエンは澄ました顔をしている。

龍聖の二年間の努力をずっと側で見ていたので、黙っていることが出来なくなったのだ。しかもヨンワンが、龍聖が故郷を懐かしんで料理を作ったと誤解しているのは、とても放置出来ることではなかった。

ヨンワンは龍聖の側まで来て、その手をそっと握った。龍聖はおずおずと立ち上がり、赤い顔でそっと窺うようにヨンワンの顔を見上げた。ヨンワンは感極まった表情をしていた。そしてぎゅっと龍聖を抱きしめた。

「ああ、リューセー……君はなんて素晴らしい人なんだろう。残念なことに私はこの気持ちを上手に伝え表す言葉を見つけることが出来ないんだ。ただただ……君を愛しいと抱きしめることしかできない。だけど本当に感動しているし、感謝している。愛しているよ、リューセー」

龍聖は恥ずかしさで何も言葉を返せなくなっていたが、とても嬉しくて胸がいっぱいになっていた。

「愛しているよ」

ヨンワンが何度も繰り返す言葉を聞きながら、幸せそうにヨンワンの背中に両手を回して、逞しい胸に顔を埋めた。

その後、龍聖の特訓を受けた料理人達は、自らも試作を繰り返して、和食の良さをエルマーンの料理に反映させることが出来るようになった。この調理法は、他のシーフォン専属の料理人達にも伝わり、シーフォン達の間でも評判になった。

「皆様が美味しいと喜んでいましたよ」

龍聖はランメイと仲良くお茶を飲みながら、ランメイからそう報告を受けて、嬉しそうに頷いた。

「ランメイ様にも美味しいと気に入っていただけて嬉しいです」

「むしろ美味しすぎて困っています。食べすぎるのも良くないと、医師に叱られたのですよ？」

ランメイはそう文句を言いつつも、幸せそうに自分の大きくなったお腹をそっと撫でた。龍聖は明るく笑いながら、本当に良かったとしみじみと心の中で呟いて、饅頭を一口頬張った。

第4章

緩やかに時は流れていた。

ヨンワンと龍聖の子ジュンワンもすくすくと育ち、元気に走りまわれるくらいになっていた。龍聖がこの世界に来て十六年。夫婦仲も誰もが羨むほどに円満で、幸せな日々を過ごしていた。

ヨンワンの治政は順調で、特に外交に力を注いでおり、貿易が盛んに行われ、目に見えてエルマーンの国内も豊かになっていた。

ヨンワンは、諸外国の王達に人気があり人望も厚く、かつてないほど多くの国が、エルマーンと友好同盟を結びたがった。

アルピンの人口も増え、龍聖の影響からかシーフォンも子供が多く生まれて増えつつあった。

平和で豊かなエルマーン王国。穏やかなヨンワン王の人柄のように、国内も争いのない穏やかな国だと、他国からの旅人達は口を揃えて言った。

そんなある日思いもよらない知らせを持った客が、エルマーン王国を訪れた。

ヨンワンは貴賓室へ向かっていた。本来であれば他国からの来賓は国賓でない限り、謁見の間で会うのが普通なのだが、とても大事な話があると告げられたため、貴賓室で会うことにしたのだ。

なお、通常国賓などを迎える貴賓室は、謁見の間の側に用意された部屋だ。王の私室に併設されている貴賓室ではない。

ヨンワンが部屋に入ると、ソファに座って待っていた男性が立ち上がり、恭しく頭を下げた。初めて見る顔だ。歳は五十歳くらいに見える。暗い茶色の巻き毛を後ろでひとつに結んでいる。立派な口髭を蓄《たくわ》えた上品な雰囲気の男性だった。

「お初にお目にかかります。リムノス王国のクロード・デュヴァル侯爵と申します。本日は王の名《みょう》代《だい》として、ヨンワン陛下に大切な話をするために参りました。このような場所をご用意いただき感謝いたします」

「デュヴァル侯爵、遠路はるばるお越しくださり、お会い出来たことを嬉しく思います。どうぞおかけください」

　ヨンワンが挨拶を返して、先にソファに座ったので、侯爵も一礼をして座った。

「お初にお目にかかりますとご挨拶をいたしましたが、実は陛下が即位されてすぐに、我が国へいらした時に一度お目にかかっております。ただ宴の席の末席におりましたので、他の貴族達と一緒にご挨拶をしただけですから、ヨンワン陛下はご記憶にないと思います」

　侯爵は場を和ませようと思ったのか、大事な話からではなく、他愛もない会話から始めた。ヨンワンも特にそれを気にすることなく、会話に乗った。

「そうでしたか……結局あれから忙しくしていたため、なかなか貴国への訪問が叶わず……四年前に二度目の訪問を果たしたきりですが、ジェルヴェ陛下はお元気でいらっしゃいますか？」

「その件ですが……実は我が王ジェルヴェ陛下は崩御《ほうぎょ》されました」

「えっ!?」

　ヨンワンは何気なく聞いたつもりだったが、想像もしていなかった言葉を返されて、あまりのことに言葉を失ってしまった。

「陛下は突然お倒れになり、治療の甲斐なく崩御されました。ですが陛下の遺言により、その事実はしばらく伏せられております。私は陛下の遺された指示に従い、秘密裏にこちらへ参りました。ジェルヴェ陛下から託されたお言葉がございます。本来ならば書簡をお渡しすべきところですが、万が一のことを考えて陛下は書簡には残されませんでした。口頭でお伝えすることをお許しください」

ヨンワンの動揺する姿をよそに、侯爵は淡々とした口調で事実を述べていった。話がどんどん進んでいくので、ヨンワンは動揺しながらも、会話を遮った。

「デュヴァル侯爵、お待ちください……申し訳ないが突然のことに混乱しています。ジェルヴェ陛下は一体いつお亡くなりに？　なぜ貴方が秘密裏の行動を……万が一のこととは一体どういうことなのですか？」

ヨンワンは動揺していた。続けざまに質問をぶつけると、侯爵は落ち着いた様子で頷いた。

「混乱されるのもごもっともだと思います。まずジェルヴェ陛下が身罷《みまか》られたのは、十二日前のことになります。私はその日のうちに国を発ちました」

そう答えた侯爵の顔は、ひどくやつれて見えた。リムノス王国からエルマーン王国まで、馬車で十五日はかかる距離だ。それを十二日で来たのだとすれば、休みなく走らせてきたのだろう。侯爵の顔に疲れが色濃く出ているのも頷ける話だ。

「ジェルヴェ陛下崩御の事実は、死去から十五日後に公表するということになっています。ですから三日後には我が国だけではなく周辺諸国にも報せが届くでしょう。このエルマーン王国にも……。その前にヨンワン陛下に、我が王の遺言をお伝えしなければならないと急ぎ参りました。ジェルヴェ陛下の遺言は次の通りです。ヨンワン陛下におかれましては、ジェルヴェ陛下の葬儀は欠席されますように。それと同時に国交断絶を言い渡していただきたい。そしてしばらくの間は、リムノス王国に関係する者とは関わりを持たないようお願いしたい」

「葬儀に参列出来ないのですか⁉　なぜです⁉」

「ヨンワン陛下の身の安全のためです」

ヨンワンは不満を露《あらわ》にして抗議したが、侯爵はとても落ち着いた様子で答えた。

「ヨンワン陛下は、かつて内々にリムノス王国の未来について、ジェルヴェ陛下と約束を交わされておいでです。そのことを知っているのは、王妃様と宰相と私の三人のみです。リムノス王国の今後についての王の遺言が公開されるのは葬儀の後ですが、ジェルヴェ陛下はお倒れになる前に、皆の前で私に王家の刻印と国庫の鍵をお渡しになりました。ジェルヴェ陛下は最近の体調の変化から、すでに死期を悟っていらしたのでしょう。遺言も含めて、すべての準備を早くから整えておいででした。この十数年をかけて、陛下は信頼のおける重臣たちへの根まわしをしておいでだったのです。もちろん王国を滅ぼして、私に君主の座を譲るという具体的な話まではしていらっしゃいませんでしたが、王亡き後王家の血筋にこだわっていては、他国からの侵略を許すことになり、初代から築き上げてきた商業と文化の中心であるこの国を、真の意味で滅ぼすことになる、それは即ち王国に安穏と腰を据える貴族達の自滅の道になるのだ、貴族同士が派閥争いをしている場合ではないと、そう重臣達を説得していたのです。国は王と貴族のものではなく国民のものだというのが、代々の王が言い続けていた言葉です。王は最後までそれを全《まっと》うしようと努力なさっていた」

ヨンワンは侯爵の話を沈痛な面持ちで聞いていた。四年前、最後に会った時のジェルヴェ王は、変わらず元気そうだったが、先の約束については、まるで忘れたかのように一切口に出すことはなかった。その時ヨンワンは少しばかり不思議に思ったのだが、以前相談された時に、これから色々と準備が必要だと聞いていたので、王は元気そうだし特に問題はないかと思っていた。

きっとあの時もすでに水面下で着々と準備を進められていたのだ。

『ヨンワン陛下が何もお変わりなくて安心しました』と笑いながら言ったジェルヴェ王のことを、ふと思い出した。あの時は健康の話なのかと思っていたのだが、そうではなかったのだ。

たぶん王はヨンワンのことを信頼していて、リムノス王国に対しての変わらぬ態度のことを言っていたのだろう。

「崩御の報せが流れれば、国内はかなり混乱するでしょう。葬儀までに遺言の中身が漏れないとも限りません。私はすでに目を付けられていますし、勘の良い者ならば何かあると考えるでしょう。さすがに王国を滅ぼして君主をすげ替えるなどとは思っていないでしょうが……少なくとも王家の庶流《しょりゅう》にあたる貴族達が、動きを見せることは間違いありません。ですから私の身も安全とは言いがたく……それもあって王は、私をエルマーン王国への使者として国外に出されたのでしょう。書簡という形ある物にしなかったのもそういうわけです。もしも私が襲われた場合に、エルマーン王国との繋がりが露見してしまいます。ご迷惑をかけてしまう。それを避けるための手段なのです」

冷静に淡々と語りながらも、侯爵の顔色は悪くどれほど過酷な日々を送ってきたのかと心配になってしまう。ヨンワンは眉根を寄せながら首を軽く振った。

「迷惑など……私は最初にお話を聞いた時から、協力を惜しまないと決めています。今も何ひとつ気持ちは変わっていません」

ヨンワンの言葉に、侯爵は深く頭を下げた。

「ありがたいお言葉……何よりも心強いです。葬儀をご欠席いただき、国交断絶していただくのも一連の流れで作戦です。そうすることでジェルヴェ陛下を失ったリムノス王国に、エルマーン王国が愛想を尽かしたと思わせるのです。王家の途絶えたリムノス王国には争いの種しかなく、関わらない方が良いと、エルマーン王国が早々に判断したと、他国に思わせる。これによって他の国々の動きも変わるでしょう。特にヨンワン陛下もご承知だと思いますが、姫君の嫁ぎ先であるヌヴァール王国は注意が必要です。葬儀の後、遺言が公開されて、私が王位を継承し、王国の消滅と共に新しい国家の設立を宣言すれば、対外的には問題は解決します。まあしばらくの間反発する貴族の粛清などが必要で、国内は混乱し続けるとは思いますが、それは本当に一部の話で、商業組合と王立学舎は私の味方ですから、国民の支持がある限り反発する貴族は謀反人という形になります。そこが落ち着きましたら、改めてエルマーン王国との国交を結ばせていただければと思います」

ずっと頭を下げたままの侯爵をみつめながら、ヨンワンは溜息と共に苦笑した。

「デュヴァル侯爵、貴方はジェルヴェ王の信頼を勝ち取った方だ。そして私はジェルヴェ王を誰よりも信頼しています。つまり私にとっても貴方は信頼に値する方だ。それになにより新しい王になる方だ。そんなに頭を下げるものではありません。これからは王として大国とも渡り合わねばならない。威厳を持って歩みだしてください。私は全面的に協力すると誓います」

「ありがとうございます。このご恩は必ずお返しいたします」

デュヴァル侯爵は顔を上げて、真剣な顔でそう誓った。ヨンワンはいつもの柔らかな表情に戻った。

「ところで侯爵は葬儀に間に合うのですか？」

「はい、国葬は崩御から十日後に行うのが我が国の決まりです。今は伏せられていますから、崩御の報せは三日後……なので今から急いで帰ればギリギリ間に合います」

それを聞いたヨンワンは、少しばかり考え込んだ。そして何か閃《ひらめ》いたように、明るい表情に変わりニッコリと微笑む。

「それでは侯爵、今夜は我が国にお泊まりになってください。身の安全を考えれば、もう数日滞在していただいてギリギリに帰る方が良いでしょうが、国内の状況も本当は気になっていることでしょう。ですから今夜一晩ゆっくりお休みいただいて、明日、我々がリムノス王国の近くまでお運びいたします。竜で飛べばリムノス王国までは半日で行きます。悟られない程度の離れた場所まで運びますから、ご心配なく」

ヨンワンの提案に、デュヴァル侯爵は目を見開いて驚き言葉を失った。

「で……ですが……」

「貴方に今必要なのは休息です。鏡でお顔をご覧になった方が良い。これからしばらくはもっと大変なのでしょう？　そんな中で十二日間の強行軍など、命を縮めるようなものです。貴方は王にならなければならない。ならば体を大事にしてください。そして早く国に戻って、王妃殿下のお側にいて差し上げてください。崩御の報せを隠して、陛下がまだ生きていると見せかけるために、きっと毎日心を痛めていらっしゃることでしょう。秘密を知り、心を許せる人物は宰相と貴方だけなのですから……王妃殿下の側にいるべきです」

ヨンワンは穏やかに優しく諭《さと》すようにそう話した。それは緊迫した日々を過ごしている侯爵の胸に染みわたるものだった。

「ご厚情ありがたくお受けいたします」

侯爵は恭しく礼をした。

翌日、ヨンワンは約束通り、家臣達に命じて、デュヴァル侯爵と護衛の騎士達を数頭の竜によってリムノス王国の近くまで運ばせた。

その二日後、侯爵の言葉通りジェルヴェ王の崩御の報《ほう》が発せられ、それは瞬く間に近隣諸国へも伝わった。

ヨンワンは、ジェルヴェ王の遺言を守り、葬儀を欠席すると共に、国交締結に伴う条約の破棄を通達し、国交断絶を宣言した。これはリムノス王国民を驚かせただけではなく、国交のあるその他の国々にも大きな影響を与えた。

しかしその一方で、裏では侯爵への助力を惜しまなかった。侯爵がエルマーン王国を発つ時に、ヨンワンは侯爵に一通の書状を渡した。それはリムノス王国の商業組合と王立学舎を、エルマーン王国が全面的に支援すると約束する内容の書状だった。そこにはこのふたつが支持する侯爵家も同等に支援対象とするという一文が書かれていた。

正式に新しい国家を立ち上げる日までは、エルマーン王国は国交を結べないため、もしも何か困ったことがあれば、その書状を好きに活用して良いと侯爵に約束した。

それはジェルヴェ王の葬儀を欠席する詫びだと伝えた。

エルマーン王国は、何も変わりのない平和な日々が続いていた。

リムノス王国が、王家の断絶と共に滅びる形となり、君主が侯爵に変わったことでリムノス侯国として、元の国の体制のまま存続することになったという報せは、エルマーン王国でもとても衝撃的なこととして受けとめられた。

ヨンワンは、ジェルヴェ王の葬儀を欠席するとした時には、混乱を避けるためにダイレン達一部の家臣にしか詳細を知らせていなかったが、新国家樹立の知らせを受けて、家臣全員に今までの経緯も含めて説明をした。

一部には、リムノス王国の内乱に巻き込まれるのではないかと危惧する者もいたが、エルマーン王国にとっては長きに渡り友好を深めていた国であったため、助力を決めたことについては概《おおむ》ね理解を得ることが出来た。

それ以外は本当に平和だった。

少しばかり変わったことと言えば、龍聖が研究していた豆のうち一種を、国内で栽培し始めたことだ。それは小豆の代わりにしているカラン豆で、この豆は他国では食用ではなく、染め粉の原料として利用されている。交易で入手するには、少しばかり高額だったので、国内で栽培することにしたのだ。

それ以外の豆類は、国内で栽培出来ないことはないのだが、今まであまり交易のなかった国との良い商材になるからと、外務大臣のヘイヨウがこのまま取り引きに使うことを推奨した。

カラン豆は国内で消費するのみなので、それほど大規模に農地を開拓する必要はなく、現在ある畑の一部を使って栽培されることになった。

龍聖はその栽培を頼むにあたり、自ら農地へ行ってアルピンに挨拶をしたいと言い出したので、ダイレン達を少しばかり悩ませることになってしまった。

ヨンワンは別に構わないだろうと、いつもの、のほほんとした対応だったのだが、ダイレンとテイランは、どのようにして龍聖を連れていくかを話し合った。

「ヨンワン……以前から思っていたのですけど、私はこの国の王妃でありながら、国民達と顔を合わせたことがありません。国民達も私の顔など知らないでしょう。一度くらい城下町に降りてみるのもいいのではないですか？」

「それは良い考えだね。私もあまり城下町には降りたことがないんだよ」

二人がこんな話をし始めたので、ダイレン達はさらに頭を悩ませた。

「陛下……我らがなぜこんなに頭を悩ませているのかということをお考えになってください」

ダイレンがキリキリと痛む頭を押さえながら不満の声を零した。

「警備の心配をしているのだろう？　それならばその日一日関所を締めて、他国の者を全員国外に出してしまえば問題ないのではないか？　アルピン達のことは信頼しているから、それほど警備を厳重にしなくても良いだろう」

ヨンワンのその言葉によって、関所が一日封鎖されることになった。他国の者には事前に国外退去令が出され、国内は兵士達によって隅々まで調べられて、誰一人他国の者が残っていないことが確認された。

ヨンワンと龍聖は馬車に乗って城を出て、城下町を進み目的地である農地に向かう。そこで龍聖はカラン豆の栽培をしてくれるアルピン達に礼を述べて、城へ帰るという単純な計画だった。

だがエルマーン王国では、そのように竜王とリューセーが二人揃って、城下の道を通るなどという前例が今までになかったので、アルピン達は祭りのような大騒ぎとなった。

馬車を走らせる予定の大通りには、たくさんの花が飾られた。アルピン達は竜王とリューセーを一目見ようと、大通りに鈴なりになって待ち受けた。

二人を乗せた馬車に向かって歓声が上がる。家々の二階の窓や屋根の上にも人がいて、皆が笑顔で手を振るのが見えた。

「すごいですね！　皆さんが喜んでくださっているようなので、とても嬉しいです」

龍聖は左右に忙しく手を振りながら、満面の笑顔でヨンワンに言った。ヨンワンもこんなことになるとは思っていなかったので、嬉しそうに笑いながら龍聖と同じように手を振り頷いている。

「他国ではこれに似たようなことが度々あるそうだ。パレードと言っていたよ。兵士達に守られるようにして城まで馬車で行進するんだ。新しい王が即位した時や、婚姻をした時に行うと言っていたね。国民へのお披露目《ひろめ》になるからね」

ヨンワンの話を聞いて、龍聖は瞳を輝かせて頷いた。

「我が国も北の城から戻る時に、こうすると良いかもしれませんね。私は国民に祝福されているようで嬉しいですから、新しくこの地に来たリューセーもきっと、とても嬉しいと思いますよ」

その言葉を聞いて、ヨンワンは笑いながら龍聖を抱きしめた。

「君は本当に面白いことを考えるね！　とても良い案だと思うよ！　ジュンワンが即位したらやるように言ってみよう」

二人は城で留守番をしているまだ幼い王子のことを思って、笑い合った。その二人の姿は平和なエルマーン王国を象徴しているようだと誰もが思った。


涼しい風の入る窓辺に座り、龍聖は幼いジュンワンの相手をしていた。

「ジュンワン、ほら、これは何でしょう？」

「鳥さん」

「じゃあこれは？」

「馬さん」

龍聖は木彫りの人形を使って、ジュンワンに言葉を教えていた。

「お母さま、お父さまは？」

「お仕事で遠くの国に行っているのですよ」

ふいにジュンワンが、その小さな首を傾げながら問うたので、龍聖は微笑んで優しく答えた。

「いつ帰るの？」

「もうすぐ帰ってきますよ」

ジュンワンはそれを聞いて、甘えるように龍聖にぎゅっと抱きついた。

「お父様がいなくて寂しいのですか？」

龍聖が尋ねると、ジュンワンは抱きついたままで何も言わなかった。寂しいのだろうと思い、龍聖はジュンワンを優しく抱きしめてあげた。すると龍聖の腕の中で、ジュンワンが幸せそうに笑った。

ジュンワンは十八歳になる。人間の子供で言えば三、四歳ぐらいの幼子だ。まだ『寂しい』という感情を上手く表現出来ないようだった。明るくて優しくて、ヨンワンによく似ている。

赤子の頃から、シーフォンの女性達に大人気だった。人見知りをしなくて、誰に会っても物怖じすることなく、ニコニコしているので、皆がジュンワンに会いたがる。

そしてジュンワンに心を奪われた女性達は、皆、自分もジュンワンのような子供が欲しいと願い、そのおかげもあってかここ十年出生率が上がっている。

「お父様が帰ってきたら、シャンロンと遊ばせてもらうのでしょう？」

龍聖がそう尋ねると、ジュンワンは顔を上げて満面の笑顔で頷いた。ジュンワンは、ヨンワンの半身の竜シャンロンが大好きだった。

日中、ヨンワンが仕事でいないので、父親の代わりと思っているのか、ジュンワンはシャンロンのところに行きたがった。龍聖は、まだシャンロンに近づくことが出来ないので（部屋へ行くことは出来るようになったが）、ジュンワンを連れて塔の上まで上がり、入り口から様子を見守るだけだった。

龍聖の代わりにウエンがジュンワンに付き添って、部屋の中に入る。

「ジュンワン……まさかお父様に会えなくて寂しいのではなくて、シャンロンに会えなくて寂しいというわけではないですよね？」

龍聖が少しばかり心配顔で尋ねると、ジュンワンはかわいい仕草で首を傾げながら考えて、「どっちも」と恥ずかしそうに言った。

「どっちも……ですか。ヨンワンが聞いたら少しばかりがっかりしてしまいそうですね」

龍聖は誰に言うでもなく呟いたが、近くにいたウエンには聞こえたようで、クスクスと笑われた。

その時、侍女がウエンの下にやってきて、そっと何かを告げた。誰かが面会に来たようだ。ウエンが対応に出たのを見送って、龍聖は再びジュンワンに、木彫りの人形を見せて遊ばせ始めた。

「リューセー様！」

ひどく慌てた様子のウエンが戻ってきた。

「ウエン……どうしたのですか？」

尋ねたがウエンは深刻な表情で、チラリとジュンワンに視線を向けて黙り込んでしまった。龍聖は乳母を呼んでジュンワンを預けると、少し離れたところまで移動した。

「何かあったのですか？」

龍聖は小声で尋ねた。

「陛下が……訪問先のレティシア王国で大怪我をされたとの知らせが届きました」

龍聖は言葉を失った。一瞬、ウエンが何を言っているのか理解出来なかった。ぐるぐると頭の中を、今聞いた言葉が回り続ける。

「そ、それで……ヨンワンは……」

「今、戻ってきている最中とのことです」

ウエンは険しい表情で、報告を受けた内容を伝えた。

「戻ってって……動かしても大丈夫なのですか？」

「容態についてはまだ分かりませんが、一報を持ってきた者の話では、他国より、国に戻ってから診断、治療をした方が良いと、その場にいた者達で話し合って決めたようです。今、医師を全員集めて、すぐに対応出来るように準備をしております。到着されましたら、慌ただしくなると思いますが、どうかリューセー様は、気をしっかりとお持ちになってください」

龍聖はぎゅっと拳を握りしめて、震えそうになるのを堪えた。

「分かりました」

「ジュンワン様は、子供部屋から出さないように、乳母に指示しておきます。リューセー様、大丈夫ですか？」

「はい……大丈夫です」

とても大丈夫ではないが、気丈に振る舞うしかなかった。エルマーン王国まで連れて帰ると家臣達が判断したのならば、命にかかわるほどの怪我ではないはずだ。そう自分に言い聞かせた。

ウエンはすぐに乳母に命じて、ジュンワンを子供部屋に連れていかせた。そこへダイレンが医師達を連れてやってきた。医師達は、医療道具を寝室へ運び込んでいる。ヨンワンが到着したらすぐに治療出来るように、準備を整えていた。ウエンが医師と連携を取って、侍女に指示を出している。

「リューセー様、知らせを聞かれましたか？」

「はい、あの……本当にヨンワンは大丈夫なのですか？」

龍聖を気遣いながら、ダイレンが声をかけてきた。龍聖はダイレンの下に駆け寄り、少しでも情報が欲しいと詰め寄った。

「私も詳しくは分かりませんが、命にかかわるような大きな怪我はないようです。ただ頭を打って気を失ってしまっているらしいのです。でもシャンロンは自力で飛んでいるそうなので、私は大丈夫だと思っています」

ダイレンのその言葉は、龍聖の大きな励ましになった。

ヨンワンの半身であるシャンロンが飛べるほどに元気なのならば、ヨンワンも大丈夫なはずだ。気を失っているだけだ。そう思えた。

それから間もなくして、ヨンワンを連れた一行が帰国した。

運ばれてきたヨンワンの頭には包帯が巻かれている。医師達が診察をする間、龍聖は寝室の外で待たされた。

ヨンワンの姿を見て、少しだけ安堵した。頭の包帯は痛々しいが、聞いていた通り他に大きな怪我がなかったからだ。だが待つ間に、次第に不安が増していく。握りしめている手の先が冷たくなっていた。ヨンワンに何かあったらどうしようと、不安で押しつぶされそうになる。

「リューセー様っ！　リューセー様っ！」

肩を揺すられて我に返った。見ると心配そうな顔で、ウエンが龍聖の顔を覗き込んでいる。

「大丈夫ですか？」

「え？　あ、はい、私は大丈夫です」

「これから医師達から説明があります。それと同行していた者達が、事情説明をするそうです」

「し、診察は終わったのですか？　ヨンワンにはもう会えるのですか？」

龍聖が必死の形相《ぎょうそう》でそう言ったので、ウエンが医師の方を振り返った。すると医師が承知したというように頷く。ウエンは龍聖を連れて寝室へ入っていった。

いたからだ。

龍聖はベッドの側で一瞬足を止めた。ベッドに横たわるヨンワンが、死人のように青白い顔をして

「ヨンワン……」

龍聖はベッドまで行き、そっとヨンワンの顔に両手で触れた。温もりを感じてほっと息を吐く。その場に崩れるように膝をついて、ヨンワンの顔を覗き込んだ。安らかな寝息が聞こえる。苦しんでいる様子はない。それを確認出来ただけでも安堵した。

「リューセー様、そろそろよろしいですか？」

ウエンが龍聖にそっと声をかけた。龍聖はゆっくりと立ち上がり、ウエンに支えられながら寝室を後にした。

龍聖はソファに座った。隣にはダイレンが座り、向かい側には医師と、外遊に同行していた外務大臣のヘイヨウと、警備長官のテイランが座った。

最初に医師がヨンワンの状態を説明した。

「診察の結果、命にかかわるような大きな外傷はございませんでした。頭に裂傷がひとつ、こちらは出血が多く傷も深かったので縫いました。他には体のあちこちに打撲痕がありましたが、少し内出血をしているだけでしたので問題はありません。ただ頭を強く打たれているようなので、そちらが少し心配です。意識が戻られないのはそのせいかもしれません。ただ半身であるシャンロンは元気なようなので、何度も言いますが命に別状はないと思われます。意識が戻るのを待つしかありません」

医師の話を聞いて龍聖は、安堵して良いものかどうか微妙な気持ちになった。龍聖は表情を強張らせたまま無言だった。ダイレンは「分かった。引き続き治療に専念してくれ」と医師に告げた。

次にテイランが事故の説明をした。

「レティシア王国には昨日から滞在しており、今日は朝から王国内にある岩塩の採掘場を視察するため、フェリクス王と、家臣五名と共に、馬で現地に向かっていました。その道中、突然ヨンワン陛下の馬が暴れ出して、落馬されたのです。運悪く傾斜のある岩場の道だったため、投げ出された先が崖のようになっていました。崖といっても私の腰ほどの高さでしたが、馬上からは結構な高さで……。陛下はそのまま意識を回復されず、レティシアの城まで運んで頭の傷の手当てをいたしましたが、お目覚めになる兆《きざ》しが見られないことと、もしも陛下の命を狙ってのことならば、まだどこかに敵が潜んでいるとも考えられたため、無理を押して帰国いたしました。幸いシャンロンが元気でしたので、我々もじきに陛下の意識が戻ると思っていました」

テイランは落ち着いた様子で、淡々と報告をした。

「陛下の命を狙ったのかもというのは、何かそのように思わせることがあったのか？」

ダイレンがさらに突っ込んで尋ねた。

「はい、陛下の乗っていた馬は、暴れた後しばらくして泡を吐きながら死にました。調べると、尻の辺りに毒針が刺さっていたのです。吹き矢のようなもので狙われたようです」

「しかしおかしな話だ。それならば、馬ではなく直接人物を狙えばいいものを」

ダイレンが腕組みをしながら考え込むようにして言ったので、テイランも同意するように頷いた。

「単純にしくじっただけではないですか。馬にではなく陛下に当たっていた方が、どれほどマシだったか……」

二人の会話を聞いて、龍聖が真っ青な顔をして両手で口を押さえた。

「お二方とも言い方が！」

ヘイヨウが慌ててダイレン達を窘めた。

「リューセー様、我々には人間の毒が効かないのです。ですから陛下に毒矢が刺さっても、チクリと痛むだけで済みましたし、甲冑《かっちゅう》も着ていましたから……それでお二人は今のような発言をなさったのです」

医師が龍聖を安心させるように、代わりに説明をした。

「リューセー様、失言でした。申し訳ありません」

ダイレンとテイランが、龍聖に謝罪した。

「それで……狙われていたのは兄上か？　それともフェリクス王か？」

ダイレンが話を逸らすように質問を続けた。

「それがまだ分かりません。レティシア王国が国を挙げて調査すると言っていましたが……陛下が回復しましたら、私がもう一度確認のために行くつもりです」

テイランは、怒りを堪えるように、眉間にしわを寄せてそう言った。

「私は……ヨンワンを信じて待ちます。ヨンワンは強い人です。必ず意識は戻ります」

ふいに龍聖が口を開いた。龍聖は拳を強く握りしめたままで、自分に言い聞かせているようだった。

「リューセー様」

皆が龍聖の言葉に心を動かされた。不安な空気が一掃される。

「そうだな……リューセー様の言う通りだ。明日にはいつものように起きてくるかもしれない」

皆が望みをかけて、頷き合った。

しかし翌日になっても、そのまた翌日になっても、ヨンワンが目覚めることはなかった。

「ヨンワン、おはようございます」

龍聖は目覚めると、いつものように隣で眠るヨンワンにそう声をかけた。だが返事は返ってこない。

龍聖はヨンワンに口づけると起き上がり、服を着替えるために侍女を呼んだ。自分の着替えが終わると、ヨンワンの身支度を整える。

体を拭き、髪を梳《す》き、服を着替えさせる。侍女には任せず、龍聖が丁寧にやった。すべてが終わるまでに一刻以上かかる。だがこれは、龍聖が続けている毎日の日課だった。

ヨンワンが事故に遭ってから、間もなく一年が過ぎようとしていた。あの逞しかった体は、今はすっかり筋肉が落ちてしまっている。だがそれ以外は変わったところはなかった。血色が良いのは、ヨンワンが食事を必要とせず、龍聖の魂精があれば生きていけるからだ。これが普通の人間ならば、痩せ細って死んでいたかもしれない。

頭の傷もすっかり綺麗に治った。だからこうしていると、ただ眠っているようにしか見えない。龍聖の気配に気づいて、眠い目を瞬かせながら「おはよう」と今にも言いそうだ。

龍聖はじっとヨンワンの顔をみつめていた。こうしていると、目が覚めるのではないかという気がするのだ。だが願いは叶うことなく、龍聖は暗い気持ちで、毎日寝室を後にする。

龍聖は居間へ移動して、用意されている食事を一人で食べる。ジュンワンは食事を必要とせず、まだ幼いのでマナーを学ぶ必要もないので、一緒に食べることはない。

この一年は向かいの空席をみつめながら、静かに一人で食事をした。食事が終わると、乳母がジュンワンを連れてくるので、ジュンワンを連れて散歩に出かける。城の中を歩いたり、中庭を歩いたりする。一時間ほど遊んでやって、王の私室へ戻るのだ。

午後は料理の研究をしたり、ランメイやリアン達とお茶会をしたり、書庫へ行って学士のツァイファと本の話をしたり、またジュンワンと遊んだりして過ごす。

昼食も夕食も一人で食べて、寝室へ向かう。そしてヨンワンの体を抱きしめるようにして眠りにつく。

これが龍聖の生活だった。

いつヨンワンの意識が戻るか分からない。皆がただ待ち続けるしかなかった。

政務は宰相のダイレンが代行し、なんとか国内を治めていた。

竜王シャンロンが健在なことだけが、唯一の救いだった。シーフォンの竜達は、理性を失わず、静かにエルマーンの空を舞っている。

ヨンワンが元気な姿でいないこと以外、何ひとつ変わらない平和なエルマーン王国だった。

その日もいつものように、黙々とヨンワンの体を綺麗にした。床ずれを心配して、出来るだけ体を動かすが、時々それがひどく悲しくなる。

「ヨンワン……どうして目覚めてくれないのですか？」

話しかけても反応はない。

「ヨンワン」

龍聖は突然床に膝をつき、ヨンワンの体に突っ伏して泣いた。

「ヨンワン……ヨンワン……お願い……目を開けて！　リューセーと呼んで！　愛してると言って……貴方の優しい声が聴きたい……このままでは貴方の声を忘れてしまいそう……貴方の声が聴きたい……」

龍聖は泣き続けて、しばらくして泣き止むとのろのろと立ち上がった。ベッド脇のチェストの一番上の引き出しを開ける。中から小さな宝石箱を取り出した。蓋を開けると赤い守り袋がひとつ入っている。それを取り出して、ぎゅっと胸に抱きしめた。

『龍二《りゅうじ》、龍二、私に力を貸して……』

心が折れそうになると、この守り袋を取り出して祈った。無心にそう祈り続けた。


暗闇の中にヨンワンはいた。いつからそこでそうしていたのか分からない。気がつくと遠くから時々龍聖の声が聞こえた。

「リューセー……」

呼びかけてみるが、真っ暗な空間の中、どちらが上でどちらが下かも分からない。龍聖がどこにいるかも分からなかった。

何もすることが出来ず、歩くことも飛ぶことも出来ない。自分の体の感覚もない。

やがて少しずつ理性が戻り、記憶が戻ってきた。

最後の記憶は、馬上から放り出されたところだ。激しく地面に体を叩きつけられて、頭を強く打った。そしてそのまま気を失ったのだ。

「私は死んだのか？」

そう思うが実感はない。

どれほどの時間が経ったのか分からないまま、ある時たまらずヨンワンは叫んでいた。

「リューセー！　ダイレン！　誰か！　誰か私に返事をしてくれ！」

その叫びは、本当に声になっていたかも分からない。ただ暗闇の中でヨンワンは叫んだ。

『ヨンワン』

すると突然声がした。この声は知っている。

「シャンロン？　シャンロンか？」

ヨンワンは思わず食いつくように声をかけた。

『ヨンワン、意識が戻ったのか？』

「意識？　これが私の夢や妄想でなく、意識だというのなら戻った……というか、もうずっと前から戻っている。いや、分からない。本当にずっと前なのか……まだ一日も経っていないのか……シャンロン、ここは真っ暗なんだ。上も下も分からないような暗闇で……だから私も起きているのか寝ているのかも分からないんだ」

ヨンワンは嬉しくなって早口で捲し立てるようにしゃべった。いつも穏やかなヨンワンが、こんな風に早口でしゃべるのは珍しい。何を思ったのかシャンロンが静かになった。

「シャンロン、おい！　黙らないでくれ！　何かしゃべってくれ！」

『ヨンワン、お前がお前らしくないから戸惑ってしまったよ』

シャンロンがそんなことを言うので、ヨンワンは返事に困った。

「すまない……私も我ながらおかしいとは思っていた。でもあまりにも普通ではない状況が続いていたので……お前と話が出来て興奮してしまったんだ。シャンロン、私は生きているのか？」

『ああ、生きているとも。お前が死んだら私も死んでしまうじゃないか』

シャンロンが呆れたような口調でそう返した。

「それもそうだな、よし、いや、うん、少し冷静になってきた。頭が働いてきた。シャンロン、私は今どこにいる。馬から落ちて私はどうなった」

ヨンワンは大きく深呼吸をして、冷静さを取り戻すと順番に整理しようと質問を始めた。

『お前は自分の寝室で寝ている。意識が戻らず寝たきりだ。運の悪いことに、馬から落ちたところが小さな崖になっていて、体と頭を打って怪我をした。命に別状はなかったが、目を覚まさないままだ』

シャンロンの話を聞いて驚いたが、分からないことはまだたくさんある。

「私はどうやって国に帰ってきたんだ？」

『私が連れて帰った。私は無傷で元気だからな』

「え!?」

ヨンワンは驚いた。シャンロンが無傷で元気とはどういうことだ。

「なんでお前が無傷で元気なんだ」

『それはそうだろう。怪我をしたのは人の体の方だ。お前は死んでいないから、私は元気だ』

「なるほど……それでわたしはどれくらい意識を失っている」

『一年だ』

「一年!?　一年!?」

ヨンワンは驚きのあまり、二回も聞き返してしまった。

「そんな……ではエルマーン王国はどうなっている？　リューセーはどうしている？」

『どうもなっていない、平和だ』

「どうもなっていない？　平和？　私がこんなだというのに？」

『ヨンワン、冷静になれ。まず私が無事だから竜達に異常はない。お前も生きているからシーフォンに影響はない。国の中のことはダイレン達が頑張っているようだ。リューセーのことは分からない』

「どうして!?」

ヨンワンはそれが一番聞きたいことだったのに、と思った。

『リューセーは一度もこの塔に来ない。私を嫌っているから仕方がない』

「馬鹿なことを言うな。リューセーがお前を嫌ってなどいるものか。よくジュンワンを連れてお前に会いに行っていただろう」

拗《す》ねたようなシャンロンの言葉に、ヨンワンはむっとして反論した。

「リューセーは降臨した時に怖い目に遭っただろう。だから竜が苦手なのだ。それでも頑張って克服して、最近はテラスにも中庭にも出れるようになった。お前のところにだってジュンワンを連れていっている。それだけでもすごく頑張っていると思わないのか？」

ヨンワンの説教に、シャンロンはしばらく黙り込んだ。

『私だってリューセーと近くで話がしたいんだ。頭くらい撫でてほしい』

ヨンワンはシャンロンの言葉に眉根を寄せた。完全に拗ねている。今までシャンロンがこんなことを言ったことがないので、本音が聞けて新鮮だった。

「分かった。私が元気になったら、出来るだけ協力しよう。頭を撫でるのは難しいかもしれないが、近くで話くらいは出来るようにしてやる。だからお前も協力してくれ。私はどうなっている。どうしたら元に戻れる」

しばらく沈黙が続いた。

『私には分からない。お前は自分の体の状態が分からないのか？』

問われてヨンワンはしばらく考えた。全神経を集中させて、体を意識した。

「ずっと頭が痛いんだ。頭の後ろ……首の付け根の少し上の辺りがひどく痛い。ジンジンと痺れるような痛みだ。もしかしたらそこに何か傷があるのかもしれない」

『なるほど……それを伝えることが出来れば良いのだが……お前の意識が戻らないのもそのせいか？』

「たぶん……側にリューセーがいるのは感じるんだ。毎日私を抱きしめて魂精をくれている。私に話しかけ、時々泣いている。その声のする方へ行こうとすると、頭が痛むんだ。だからそれが障害なのだと思う」

ヨンワンの話を聞いて、シャンロンが黙り込んでしまった。何かを考えているようだ。

『魔力を使って、お前の意識の声を誰かに聞かせることは出来ないのか？』

「……どうやって」

『そこまでは私も知らない……だが出来るはずだ』

「出来るはずって、何を根拠にしている」

『魔力を持つ者は出来るはずだ……少なくともエルフは出来るだろう』

「エルフが!?　なぜおまえはそんなことを知っている」

『知っているというか……お前が以前魔の森に行った時に、森の中でお前を迎えに現れたエルフ達は精神体だった』

「え!?」

ヨンワンは驚いた。精神体だなんて知らなかった。

「エ、エルフは肉体を持っていないのか？」

『いや、肉体は持っているはずだ。よそ者の前に現れるのだ。警戒して精神体を使ったのだろう』

そう言われて思い出すと、確かに違和感があった。ヨンワンは魔の森に入った時に亜人の攻撃を警戒して魔力探査を使っていた。それなのにエルフは突然目の前に現れたのだ。魔力探査に引っかからなかった。何か摑みどころのない独特な雰囲気を持っていた。あれは精神体だったせいかと改めて感心した。

しかしエルフの王には肉体があった。強力で圧倒的な存在を感じた。

『ヨンワン、とりあえずもう寝ても良いか？　今は夜なんだ』

ヨンワンがじっと考え込んでいると、シャンロンが溜息交じりにそう言った。

「あ、そうなのか……それはすまなかった。ありがとう」

ヨンワンがそう言うとシャンロンの気配が消えた。静寂が戻ってまた元の暗闇になった。ずっと暗闇だったが、シャンロンのおかげで久しぶりに光を感じた気がした。暗闇から抜け出せたような……。

「そういえばシャンロンと私は意識が繋がっていたのだった。つまり私とシャンロンは精神体で繋がっているようなものか……だから私はシャンロンと話をしていて、この暗闇から外に出たような気持ちになったのか。シャンロンのあの部屋にいるような心地になっていた。……どうすれば精神体になれるのだろう？　どうすればリューセーに話をすることが出来るのだろう……エルフの王にやり方を聞けばよかった」

ヨンワンはようやく少しだけ解決の道が見えた気がした。魔力を使って意識を飛ばすにはどうすればいいか、精神体にはどうやったらなれるのか、ヨンワンは魔力の流れを色々と試してみた。

その時一瞬光の糸のようなものが見えた気がした。

「なんだ？　あれは……」

思わず手を伸ばしたその瞬間、突然目の前の景色が変わった。暗闇ではなくなった。ヨンワンはその光景を知っていると思った。見たことがある。ここはエルフの住み処だ……そう思った時、すぐ側で「ほお……」という声がした。

声のする方を振り向くと、エルフの王が立っていた。珍しいものを見るような顔で、ヨンワンをみつめている。

「二度とここには来るなと言ったが……面白い姿で来たので今回だけは許そう……黄金竜の若芽よ。一体何をしている」

冷たく無表情に見える美しい顔だったが、その眼差しは興味深いというように笑って見えた。

「わ、私こそお聞きしたい……なぜ私はここにいるのでしょうか？」

ヨンワンが恐る恐る尋ねると、エルフの王は片眉を上げて、ヨンワンをジロジロとみつめた。そしてフンッと鼻で笑う。

「お前は無意識に精神体になったのか……ならば悪いことは言わぬ、早く元の体に戻ると良い」

「え⁉　私は精神体になっているのですか⁉」

ヨンワンはとても驚いた。自分の手を目の前に翳《かざ》してみるが、普通の肉体との違いが分からない。透けているようにも見えなかった。

「なるほど……お前はなぜそうなったのか自覚しなければ、肉体に戻れそうにないな。では尋ねよう。自分がなぜ精神体になっているのか少しでも理由が分かるか？」

エルフの王にそう問われて、ヨンワンはさっきまでのことを思い出した。そして事故に遭ったことからの流れを出来るだけ簡潔に説明した。

エルフの王はじっと聞いていたが、やがて「なるほど」と唸《うな》った。

「確かに我らは精神体になれる。肉体も精神体も自由に扱える。ただ精神体というものは、危険な存在でもある。精神体でいることに慣れてしまうと肉体に戻れなくなるのだ。我々エルフは、不老不死だ。肉体の年齢も自由に変えることが出来る。もちろん生まれた時は赤子の姿で、成長して大人になる。そこまでは人とあまり変わらない。悪戯《いたずら》好きのエルフが時々人間と取り換え子をしてしまうくらいだ。だが成長して大人になってからは、自分の意志で成長を止めることが出来る。私のこの体は私が好きでこの年齢の外見に留めているのだ。ずっと二千年の間このままだ」

エルフの王はそう言って、両手を大きく広げるような素振りをしてみせた。

「だが長く生きると、次第に色々な感情を失う。怒ったり泣いたり笑ったり……そういうものが面倒に思えてくるのだ。そしてそのうちに肉体を持って生きるのさえ面倒になる。そうすると肉体を捨てて精神体になる。それがある意味エルフにとっての死だ。肉体を捨てればもう子孫を残すことは出来ない。種族としての終わりだからな……精神体のみで生きることを選んだエルフはここにはいられず、彼の地へ去っていく」

「彼の地とはどこですか？」

思わずヨンワンが尋ねると、エルフの王はスッと目を細めた。

「それはお前が知る必要はない」

ヨンワンはゾクリと背筋が震えた気がした。

「申し訳ありません」

「まあいい……精神体の説明はそんなところだ。お前の話をしよう。竜も我らと同じくらいに強大な魔力を持っている。だから精神体になることは簡単だ。だがお前は駄目だ。お前達はもう竜ではない。人間の体で生きなければならない。お前達は特殊で、竜の体を持ち魔力も持っているが、もう竜ではない。その体で精神体でい続けると、そのうち元に戻れなくなってしまうぞ」

ヨンワンは説明を聞いて、血の気が引く思いがした。元の体に戻れないのは困る。

「ど、どうやったら体に戻れますか？」

「……仕方ない。今回は私が手伝ってやろう」

エルフの王は、やれやれという顔をして右手を上げた。

「ま、待ってください！」

その時ヨンワンが大きな声を上げて、エルフの王を止めた。エルフの王は眉間にしわを寄せている。

「なんだ？」

「も、申し訳ありません、あの……もしもよろしければ教えていただきたいのです。どうすれば私の状態を、家族や周囲に知らせることが出来るのでしょうか？　こうして精神体になったのも、その目的のためです。私の体は意識を失っている状態のままなのです」

エルフの王は眉間のしわを解いたが、面倒くさそうな顔をしている。しばらく考えるように宙をみつめていた。

「なるほど分かった。私がここまでお前に親切にしてやるいわれはないのだが、黄金竜に免じて今回だけ特別だ。助言をしよう。お前は半身の竜と意識で繋がっているだろう。精神体にならずとも、同じように意識を繋げばいい。誰とでも出来るわけではないが、お前にとっての半身があるように、もう一人お前の半身と呼べる者がいるだろう。まだ幼いので魔力の操作が出来ないが、お前を感じ取ることは出来るはずだ。さあ、さっさと肉体に戻れ」

エルフの王は再び右手を上げた。

「最後にもう一度言っておく……二度とここへは来るな」

エルフの王は冷ややかにそう言って、上げた右手で空間をどんっと押した。するとその波動がヨンワンの体にぶつかり、後ろへ勢いよく弾き飛ばされた。

「うわあ！」

目の前にたくさんの星が光り、それがひとつの光の線になったかと思うと、ヨンワンの体に絡みついて、後ろにさらに引っ張られた。

「わっ！」

もう一度大きな衝撃を感じたと思った次の瞬間、暗闇に戻っていた。

「……体に戻った？」

それまではただの暗闇だと思っていたが、こうして戻ってきてみると、不思議なくらいに馴染みがある。ここは自分の肉体の中なのだと感じた。

「不思議な体験をしたな……」

ヨンワンはほっと息を吐いた。それにしてもエルフの王は何のかんの言って親切だなと思った。元気になったらお礼を言いたいが、今度こそ怒られそうなので、もう森には行かない方が良いだろう。

「だけどエルフの王が言っていたのって……ジュンワンのことか？　ジュンワンはまだ幼すぎるが、意識を繋げることなど出来るのだろうか？　話しかけても理解してくれるか分からないな」

ヨンワンは溜息をついた。シャンロンが今は夜だと言っていたから、朝まで待とうと思った。しかし朝が来たのが、果たして自分に分かるだろうか？　そんな不安を少しばかり覚えた。


龍聖のぬくもりを感じて手放していた意識を戻した。心地いい。おそらく龍聖がヨンワンの体を綺麗にしてくれているのだ。毎朝欠かすことなくしてくれているのを、ヨンワンは知っていた。

「ということは朝だな」

ヨンワンはそう思って、もうしばらく様子を見ることにした。まずは何とかしてシャンロンの協力を得るしかない。

あれからどうすればいいか色々と考えたが、シャンロンと話すように、ジュンワンと話すのは、たとえ意識を繋げても難しいだろうと思った。ジュンワンは幼すぎてまだ魔力を上手く扱えない。単純なものならともかく、複雑な念話を受け取るような高度なことは出来ないだろう。ならばどうするか……なんとかシャンロンの下へ誘導できないだろうか？　と思った。ジュンワンはシャンロンの言葉ならば理解できる。

シャンロンから、頭の傷のことをジュンワンに説明し、それをジュンワンが龍聖に伝えてくれれば……きっと上手くいくはずだ。

ヨンワンは早速シャンロンを呼んで、このことを説明した。

『そんなに上手くいくか？　ジュンワンは私の言葉は聞けるが、まだ幼子だ。そもそも会話自体が怪しい。色々な言葉をまだ知らない。頭の傷のことなど、難しすぎるだろう』

シャンロンは今ひとつ乗り気ではない。だがもうこれ以外に方法はない。

「単語でも良い。ジュンワン自身が理解出来なくても、単語でいくつかリューセーに伝えることが出来れば……リューセーはとても頭が良い。きっと察してくれるはずだ」

『リューセーは、私の側に来ないだろう』

また拗ねている……とヨンワンは思った。

「大丈夫だよ。きっと来るから……な、もしかしたらこれをきっかけに、リューセーがお前のことを好きになるかもしれないじゃないか」

ヨンワンはほのぼのとした口調でそう言った。

『適当なことを言うなよ』

「本当のことさ……私はそう思っている」

『分かった……出来るだけのことはする』

シャンロンの協力が得られたので、ヨンワンはほっと胸を撫で下ろした。


『ジュンワン……ジュンワン……』

ヨンワンは一生懸命ジュンワンの気配を探して呼びかけた。

ジュンワンは、窓辺で乳母に相手をしてもらいながら積み木遊びをしていた。近くのテーブルでは、龍聖が本を片手に勉強をしている。

『ジュンワン……ジュンワン……』

何度も呼びかけていると、ジュンワンがふと動きを止めて、辺りをキョロキョロと見まわした。

『ジュンワン……ジュンワン……』

「だれ?」

ジュンワンは小首を傾げて呟いた。

『お父様だよ』

ジュンワンは不思議そうにずっと首を傾げている。

ヨンワンは根気強く、『ジュンワン、お父様だよ』と繰り返し言い続けた。

「お父さま?」

ジュンワンが反応したので、ヨンワンは「よしっ」とばかりに、今度は『シャンロン』の名前を言い続けた。

「ジュンワン様？　どうかなさいましたか？」

ジュンワンが、積み木遊びの手を止めて、じっと小首を傾げながら宙をみつめるのを見て、乳母が怪訝《けげん》そうに声をかけた。するとジュンワンがすっくと立ち上がった。


「お母さま、おさんぽ」

ジュンワンが龍聖の足下に来てそう言った。

「ジュンワン様、お母様の邪魔をしてはいけませんよ」

乳母が慌てて駆け寄ってきた。

龍聖は本を閉じて、足下でじっと見上げてくるジュンワンの頭を優しく撫でた。寂しい思いをさせてしまっていると思って、自嘲しながら溜息をついた。本当は勉強など全然頭に入ってこなかった。だが何かに集中しなければ、ヨンワンのことを思って落ち込んでしまう。だからただ本を眺めていただけなのだ。

「はい、お散歩に行きましょう」

龍聖はにっこりと笑ってそう答え、ウエンを呼んで散歩に行くことを告げた。

龍聖はジュンワンと共に、廊下に出た。しかしジュンワンがいつもとは反対の方向へ駆けだした。

「ジュンワン、どこに行くのですか？　中庭はあちらでしょう？」

龍聖が呼び止めると、ジュンワンは振り返って嬉しそうにその先を指さした。

「お父さまに会いに行く！」

「お父さま？　お父さまは、お休み中だと言ったでしょう？」

龍聖は胸を痛めながら、ジュンワンにそう言って聞かせた。しかしジュンワンは大きく首を横に振った。

「お父さまに会いに行くの！」

そう言って駆けだしたので、慌てて後を追いかける。

「ジュンワン！　待ちなさい」

「ここ！　上に行くの」

ジュンワンが指さした先は、シャンロンのいる塔へと続く階段だった。

「ああ……お父様って、シャンロンのことだったのですね」

龍聖は小さく溜息をついて、ジュンワンを抱き上げた。ウエンと護衛の兵士達に苦笑しながら頷いて、階段を上り始めた。ウエン達もついてくる。

ヨンワンがあのような状態になってから、龍聖はシャンロンに会いに来ていなかった。ヨンワンは意識がないけれど、シャンロンは元気だと聞いて、なんだか会うのが怖くなってしまったのだ。もしかしたら皆が、龍聖を慰めるためにそう言っているだけかもしれない、シャンロンまでぐったりと眠っていたらどうしようと……そんな不安があった。現実を見るのが怖かった。

そして不思議なことに、あんなにシャンロンが大好きだったジュンワンが、なぜかシャンロンに会いに行きたいと言わなくなったせいもある。ジュンワンは何かを感じ取っているのだろうかと、それも不安になっていた。

でも今日は、以前と同じように嬉しそうに会いに行くと言っている。それは何か意味があるのだろうか？　龍聖は少しだけ希望を持っていた。

最上階まで上ると、そこにはとても広い部屋がある。巨大な黄金竜が住む部屋だ。ここに来るのは久しぶりだった。ジュンワンを下ろすと、嬉しそうにシャンロンの下へと駆けていく。

「お父さま！」

ジュンワンが、シャンロンの側まで駆けていくと、シャンロンが頭を地に付けるように下げたので、その鼻先に嬉しそうに抱きついた。

龍聖はそれを不思議そうに見つめていた。

「ウエン……ジュンワンは今までシャンロンのことをお父さまなんて呼んだことがないのに……なぜあんなに嬉しそうに呼んでいるのでしょうか？」

「さあ……」

ウエンも不思議そうに首を傾げている。

ジュンワンは一生懸命に色々な話を、シャンロンに聞かせていた。シャンロンは目を細めて、それを静かに聞いている。

龍聖は入り口近くから、遠目にそれを見守っていた。しかしふと、ジュンワンの話を聞くシャンロンの顔が、ヨンワンの顔と重なって見えた。半身なのだから……そう自分に言い聞かせる。

シャンロンが、グググッと喉を鳴らした。それを聞いて、ジュンワンが楽しそうに笑う。ジュンワンはシャンロンと話が出来るのだ。

「お母さま！」

ふいにジュンワンが振り返って大きな声で呼んだ。

「どうしたの？　ジュンワン」

「お父さまが助けてって」

「え？」

龍聖はびくりと震えた。顔色が変わる。何を言っているのかと思う。

「な、何？　助けてって……」

するとシャンロンが、またググッと何か言った。ジュンワンが頷いてくるりと振り返った。

「頭！　頭の後ろ！　痛い痛いって！　助けてって！　お父さまが、お母さまにそう言ってって！」

龍聖は驚いて大きく目を見開いた。ダッと駆けだすと、ジュンワンの下へと行き、目の前のシャンロンの顔を見上げた。金色の瞳が、龍聖をじっとみつめている。とても優しい眼差し。それはヨンワンと同じ瞳だった。

「ヨンワン……」

思わず名を呼ぶと、シャンロンはゆっくりと一度目を閉じて開いた。まるで呼びかけに応えてくれたようだ。

「ヨンワン、頭が痛いのですか？」

龍聖がそう話しかけると、シャンロンはグルッと小さく鳴いた。龍聖を怖がらせないように気を遣っているようだ。

「どこが痛いのですか？　頭の後ろ？　ここですか？　ここ？」

龍聖は自分の頭の後ろを見せながら、手で色々と押さえてみせた。必死だった。ヨンワンが自分に何かを伝えたがっている。そう思った。

龍聖が頭と首の境目の辺りを手で押さえた時、シャンロンがグルッと鳴いた。

「ここですか？　ここが痛いのですね……ああ……ヨンワン……」

龍聖は泣きそうになるのを我慢して、ジュンワンを抱き上げると、出口に向かって駆けだした。

「お母さま？」

ジュンワンが驚いて、不思議そうに龍聖の顔を覗き込む。龍聖は、出口で一度足を止めると振り返った。シャンロンはじっとこちらをみつめている。ヨンワンと同じあの優しい眼差しで……。

「リューセー様、どうなさったのですか？」

ウエンはひどく戸惑っている。だが龍聖は何も言わずに、階段を駆け下りた。

王の私室に戻り、ジュンワンを乳母に渡して、そのまま寝室へ向かう。

「リューセー様？」

ウエンが、ずっと心配そうに後を追いかけてくる。

龍聖はベッドで眠るヨンワンに駆け寄って、そっと左肩を持ち上げた。髪をかき上げて、項《うなじ》が見えるように動かす。顔を近づけて項から後頭部にかけてじっと慎重に観察する。

「リューセー様？　何をなさっておいでなのですか？」

ウエンは、急に龍聖がおかしな行動を取り始めたので、動揺していた。だが龍聖はそれどころではない。必死に目を凝《こ》らして何かを探していた。

「あっ……」

見つけた。項の上、後頭部の下の方、少し凹んでいる辺りに、髪に隠れて見えづらいが、とても小さな石のようなものが埋まるように刺さっていた。

「ウエン！　お医者様を呼んで！　すぐ！　すぐです！」

「これが刺さっておりました。恐らく神経を圧迫していたのでしょう……リューセー様がおっしゃったことが正しければ、陛下の意識もこれで戻ると思います」

医師は、小さな石片を龍聖に見せた。米粒ほどの小さな石片が鋭利に尖っている。こんなものが頭に刺さっていたなんて……そう思うと背筋が震えた。

「リューセー様」

ウエンがそっと龍聖の背中を擦る。

「これできっと陛下はお目覚めになります」

ウエンが宥めるように優しく囁いたので、龍聖は今にも泣きそうになるのを必死で堪えていた。


石片を取り除いてから二日目の朝が訪れた。だがヨンワンは目覚めない。

それでも……と龍聖は思いながら起き上がった。隣に眠るヨンワンにそっと口づける。それでもいい。以前よりも少しだけ希望が持てる気がする。これでダメでも、またきっとシャンロンを通じて、ヨンワンが何か言ってくれるはずだ。そう思えば、気持ちが少し楽になった。

じっとヨンワンの顔をみつめて「青、赤、緑」とつぶやき、一度深呼吸をして気持ちを整えた。もう一度軽く口づけると、体を起こしてベッドから降りた。

「リューセー……愛しているよ」

かすれた声が聞こえた。だがそれは知っている。低く柔らかな愛しい声。龍聖は信じがたいという表情で、ゆっくりと振り返った。そこには龍聖をみつめる優しい金色の眼差しがあった。

「ヨンワン……」

言葉にならなくて、ポロポロと涙を零した。

「リューセー……泣かないで……笑っておくれ」

「ヨンワン！」

龍聖はベッドの上に飛び上がり、ヨンワンに覆い被さるように抱きついた。

「ヨンワン！　ヨンワン！」

わぁっと大声で泣いた。

「リューセー……抱きしめてあげたいけれど、まだ体が上手く動かせないんだ……自分の手がひどく重いよ」

ヨンワンはかすれ気味の声で、ゆっくりとそう話す。

「陛下！」

龍聖の泣き声に驚いて駆けつけたウエンが、目を覚ましているヨンワンに気がついた。涙を堪えて一礼をしてから駆けだした。

「ずっと意識はあったから、君の声は聞こえていたし、君がいつも私の世話をしてくれていたのもすべて知っているよ」

ヨンワンは、龍聖にそう話した。龍聖が泣くたびに、とても辛かったのだとも言った。

「信じてくれてありがとう」

ヨンワンのその言葉に、龍聖はまた涙を零した。嬉し涙だった。

完全に筋肉を失ったヨンワンの体が、元に戻るのに一年の月日を費《つい》やした。その側ではずっと支え続ける龍聖の姿があった。そしてかわいい掛け声で応援するジュンワンの姿もあった。

「君とジュンワンには感謝している。それにシャンロンにも……」

ヨンワンがしみじみとそう言った。

「私もシャンロンには感謝しています」

「シャンロンのこと……まだ怖い？」

「いいえ、私、気がついたのです。シャンロンの眼差しは貴方と同じだということに……だから少しも怖くありません」

「じゃあ、これからもジュンワンと一緒に遊びに行ってくれるかい？　シャンロンが喜ぶよ」

「はい」

龍聖が満面の笑顔で頷いたので、ヨンワンはほっと胸を撫で下ろした。

『シャンロン、良かったな』

そう心の中で呼びかけた。

豪奢な王宮の回廊を、ゆっくりと歩く二人の男の姿があった。一人は亜麻色の髪のふくよかな初老の男性。もう一人は、人のものとは思えぬほど、目にも鮮やかな深紅の長い髪の長身の男性。

二人ともたくさんの家臣を連れてはいたが、とても穏やかな様子で会話を楽しみながら歩いていた。

「ヨンワン陛下……このたびは、我が国をご来訪くださり、誠にありがとうございました。そして変わらぬ国交をお約束くださったこと、なんと感謝の言葉を述べればいいか……」

ふくよかな男性が、足を止めて言葉を詰まらせたので、ヨンワンも足を止めて微笑みながら首を傾げた。

「フェリクス陛下……そのお言葉は、今日何度目になりますか？　もうそのことは良いと申し上げたはずです。私はこうして無事だったのですし、あれは私を狙ったもので、貴方のせいでも、この国のせいでもありません」

ヨンワンにそう言われて、フェリクス王は首を大きく横に振った。

「いいえ、まさか我が国に……それも貴族の中に、ヌヴァール王国と通じている者がいたとは……気付かずにいたことを恥ずかしく思います」

フェリクス王はそう言って、額の汗を拭った。

あの事故の後、レティシア王国は全力で捜査を行い犯人を見つけ出した。犯人の自白によりヨンワン暗殺を企《くわだ》てていたことが分かった。そして黒幕も……狙っていたのはヌヴァール王国だった。リムノス王国を手に入れ損ねたヌヴァール王国の国王は、その一連の君主交代劇の支援者として、エルマーン王国のヨンワン王が絡んでいることを探り出した。そして恨みを抱いていたのだ。完全な逆恨みである。

すべてを調べ上げたレシティア王国は、リムノス侯国と共闘して、ヌヴァール王国を攻め滅ぼしたのだ。

その顚末《てんまつ》を知ったヨンワンは、とても驚いた。

「私は外遊を再開したら、最初にレティシア王国に伺うと決めていたのです。貴国への外遊の途中で、あのようなことになってしまい、私もそれが心残りでした。こうして改めて来ることが出来て、あの時出来なかった視察も出来て、本当に安堵いたしました。フェリクス陛下、次はぜひ我が国へお越しください」

ヨンワンはこの訪問で、ヌヴァール王国を滅ぼした件について敢えて言及しなかった。裏を探れば、レシティア王国も元々ヌヴァール王国との間に軋轢が生じていた。新しく国を興《おこ》したばかりのリムノス侯国にしても、ヌヴァール王国は目の上のたんこぶだった。

両国にとって、この戦争は避けて通れないものだったのだ。ヨンワンの事件は、両国にとって良い戦争の理由にされただけなのだと、ヨンワンはダイレンから諭された。だから何も気にする必要はない……と。それもあってフェリクス王に何も言わなかったのだ。

回廊の終わりに辿り着いたヨンワンは、フェリクス王と握手を交わして帰国の途に就いた。

ヨンワンがこのレティシア王国で、不慮の事故に遭ってから三年余り。ようやく外遊が出来るまでに体が回復した。それでもヨンワンが外遊に赴くことに、家臣達は皆反対したが、ヨンワンの意志は固かった。

「絶対に安全な外遊などはないと、最初から分かった上で今まで色々な国に赴いていたはずだ。友好国に王である私が赴くことに意味がある。我らは特殊な民だ。我らの本当の正体を、誰にも知られていなくても、人間達にとって『異形《いぎょう》の者』と思われていることは間違いない事実だ。だからこそ誠意をもって相対することが、最大の信頼になる。外交に力を注がれた賢王ルイワンの頃より、堅く守られてきたことだ。私はこれからも外遊を続けるよ」

ヨンワンは家臣達にそう告げて、復活後最初の外遊先にレティシア王国を選んだ。

「陛下のおっしゃることは、もっともではございますが、リューセー様のお気持ちもお考えください」

外務大臣のヘイヨウに、そう言われた。

「リューセーは分かってくれるよ」

ヨンワンはやんわりとそう答えた。


ヨンワンと龍聖の仲睦まじさは以前以上で、ヨンワンの龍聖への愛情の注ぎぶりは、周囲を呆れさせるほどだった。

宰相のダイレンが調整するなどという気遣いをするまでもなく、ヨンワンは毎日、日が暮れる前には仕事を終えて自室へ帰ってしまうし、五日に一度は休日を要求して、龍聖と一日過ごす日を作った。

二人はよく中庭や書庫へ手を繋いで散歩に出かけるので、城中の者が二人の仲の良い姿を見慣れてしまっていた。

だから二度目の懐妊が、婚姻から二十二年目だったことは、むしろ不思議がられたくらいだった。中には『仲が良すぎるのも子が出来ないらしいぞ』とからかう者までいたほどだ。

しかしこの二度目の懐妊も、エルマーン王国を驚きと喜びに包むことになる。

龍聖が産み落とした卵はふたつだった。つまり双子だったのだ。

リューセーが双子を産んだのは初めてのことだった。これは吉兆に違いないと国中が盛り上がった。

医師達はふたつの卵を龍聖が育てることについて、龍聖の負担を心配したが、ジュンワンの時と同じように、毎日ヨンワンと二人で手を繋いで卵の部屋へ通う姿を、城中の者は微笑ましく見守った。

そしてふたつの卵から、二人の元気な王子が生まれたことで、シーフォン達の間にはすっかり出産を盛り立てる雰囲気が広まった。

成人を迎えた男女は、誰もがすぐにでも結婚を望み、女性達の誰もが子を望んだ。それによって女性達が仕事よりも子育てを優先するので、一部では人手不足で困るという声も上がったが、それを補うようにすでに仕事を引退していた女性達が仕事に復帰して、子供を持ちたい人々を後押しした。

こうしてエルマーン王国は、再び繁栄の兆しに沸き上がったのだった。

第5章

王の私室の居間では、賑やかな子供達の声が響き渡っていた。

「にぃに！　これ！」

「にぃに！　これ！」

「わあ！　仲良くしないとダメだよ！」

ジュンワンが、メイレンとヨウシュンに挟まれて、おもちゃを押しつけられていた。メイレンは、ボール遊びがしたいようで、しきりにボールをジュンワンに渡そうと押しつけている。ヨウシュンは積み木で遊びたいらしく、積み木をジュンワンに渡そうと押しつけていた。

二人にもみくちゃにされて、ジュンワンは困ったように、助けを求めて辺りを見まわしている。龍聖は少し離れたテーブルで、ウエンと話をしていた。養育係のルウシュは、少し離れたところに立ち、ジュンワン達を見守っている。

「ルウシュ！」

「なんでしょうか？」

「助けて」

「助けて？　今日は勉強をやめて、たまには弟達と遊んであげないと、とおっしゃったのはジュンワン様ですよ？」

「そ、そうなんだけど……二人とも全然言うこと聞かないし……別々のことをしたがるし……」

「お二人はまだ幼いのですから仕方ありませんよ」

ルウシュはそう言って見守っている。助けてくれる気はなさそうだ。

ジュンワンは三十四歳になる。人間でいえば六、七歳くらいの子供だ。メイレンとヨウシュンは、ジュンワンの弟で、二人は双子だった。歳は十三歳で、人間でいえば二、三歳くらいの幼子だ。

「メイレン、では先に積み木で遊ぼう。ヨウシュンと仲良く遊ぼう」

「やあ！　こっち！」

メイレンは大きな声でそう叫ぶと、持っていたボールを壁に向かって投げた。

「にぃに！　にぃに！」

ヨウシュンは癇癪《かんしゃく》を起こしかけて、積み木を両手に持ったまま地団駄を踏んでいる。

「あ、そうだ！　メイレン、ヨウシュン、追いかけっこをしよう！　私を捕まえてごらん」

ジュンワンはおもむろに立ち上がり少し走ってみせた。双子はきゃあと声を上げながら、おぼつかない足取りでジュンワンを追いかける。ジュンワンは立ち止まっては、追いつかれそうになると少し走り、止まっては二人を待ってまた走った。

メイレンとヨウシュンはすっかり夢中になって、きゃあきゃあと騒ぎながら、ジュンワンを追いかけている。ジュンワンが途中でわざとメイレンに捕まっては、再び走り始めて次はヨウシュンにわざと捕まってやった。

それぞれと追いかけっこを二回も繰り返していたら、ジュンワンは疲れてしまって、荒い息を吐きながらその場に座り込んでしまった。

「ちょっと休憩しよう」

「やだぁ！　もっともっと！」

二人にせがまれて、ジュンワンが困っているとウエンが、三人の下へとやってきた。

「メイレン様、ヨウシュン様、お菓子がありますよ」

ウエンは双子の気を引いて、ジュンワンに目配せした。ジュンワンはほっと息を吐いて笑った。

「ジュンワン様、そろそろお勉強のお時間です」

そんなジュンワンにルウシュが声をかける。

「さっきはどうして助けてくれなかったのですか？」

ジュンワンは自分の部屋へ戻り、ルウシュから文字を教えてもらいながら、膨れて口を尖らせて尋ねた。

「お二人と遊んであげると言いだしたのはジュンワン様ですよ。自分で言っておきながら、少し遊んだだけで、すぐに逃げ出すのはいかがなものかと思いましたので」

「そんなの……だって二人があんなに言うことを聞かないとは思わなかったんだよ。それに容赦なく押したりぶつかったり……」

「二人ともまだ赤ちゃんですからね。手加減なく全身でぶつかってきますから。力は思ったよりも強いですし、会話で解決することも出来ません。でもジュンワン様は、ちゃんと考えて解決したではありませんか」

「え？」

ジュンワンは書きかけの手を止めて顔を上げた。不思議そうにルウシュをみつめる。

「私が助けなかったので、ジュンワン様は、あの状況を自分でなんとかしようと考えられたのでしょう？　それで二人が同じことに興味を持って、一緒に遊べる方法を考えた。追いかけっこも、ジュンワン様は、小さな弟達のことを考えて、ちゃんと止まって待ったり、後戻りしてわざと捕まったり、とてもよい心遣いをなさっておいででしたよ」

ルウシュに褒められて、ジュンワンは恥ずかしそうに俯いて、再び文字を書き始めた。

「私はジュンワン様が、弟達と遊ぶと言ってくださったことも、とても嬉しかったのです。今日は良いことをなさいましたね。お母様も喜んでいらっしゃいましたよ？」

「お母様が？」

「はい、後で尋ねてみたらよろしいですよ」

ジュンワンは上機嫌になった。文字の練習にも精が出る。そんなジュンワンの様子を、ルウシュは微笑みながらみつめていた。

「後で中庭に参りましょう」

しばらくして、ルウシュからそう提案されて、ジュンワンはとても喜んだ。

城の中層部には、空中庭園のような中庭がある。ジュンワンは、太陽の下で思いっきり走ることの出来る中庭が大好きだった。

勉強が終わって、昼食をとりお昼寝を済ませた後、ルウシュはジュンワンを連れて中庭へと向かった。

「わ〜い！」

緑の下草の生える中庭を、ジュンワンは元気に駆けていた。力いっぱい地面を蹴って、息が苦しくなるまで思いっきり走る。それは城の中では出来ないことだ。

つまずいて転んでも、ジュンワンは平気そうに笑って立ち上がり、また元気に駆けだす。

「あまり端まで行ってはなりませんよ！　遙か下に落ちてしまいますよ」

夢中で走りまわるジュンワンに、ルウシュは大きな声で注意した。

「はーい！」

ジュンワンは笑いながら返事をして手を振った。その時、一陣の風が吹いた。思わずジュンワンは、足を止めて空を見上げた。空は真っ青で雲ひとつない。

岩山の中腹に建つ王城は、高度が高いため、常に心地よい風が吹いている。だがその風とは違うものを感じて、ジュンワンは空を仰いだのだ。

ルウシュがすぐに異変に気づいた。

「ジュンワン様！　伏せてください！」

ルウシュは叫びながら、ジュンワンに向かって駆けだしていた。

「え？」

ジュンワンがルウシュの叫びを聞いて、不思議に思うと同時に、突然ジュンワンの上に影が落ちた。見上げるととても大きな黒い鳥が、すぐ目の前まで迫っていた。鋭い爪を持つ大きな脚を、ジュンワン目がけて伸ばしている。

ジュンワンは、倒れ込むように地面に伏せた。キィィィーッと耳に痛い鳥の鳴き声が、すぐ側で聞こえた。ジュンワンと、鳥の間にキラリと光が走る。ルウシュの抜いた剣が、一閃したのだ。バッと鳥の羽が激しく散った。

バサバサと大きな羽音がして、黒い羽を散らしながら、鳥は空へと舞い上がっていった。そのまま諦めて飛び去るかと思ったが、再び向きを変えて、こちらへと向かってくるのが見えた。

「ルウシュ！」

「私の後ろにお隠れください」

地面に片膝をつき、剣を構えているルウシュの後ろに、ジュンワンは這うようにして移動した。ルウシュの背中越しに、そっと空を見上げると、黒い鳥がどんどん近づいてくるのが見えた。

ジュンワンはぶるりと身震いをしたが、不思議と怖くはなかった。ルウシュが護《まも》ってくれると信じているからだ。鳥は大きく羽を広げて、滑空する姿勢になった。その時、オオオッと鳴き声を上げて、横から一頭の竜が物凄い速さで飛んでくると、大きな黒い鳥を、脚で摑んでそのまま上空へと飛び去っていった。

ジュンワンは驚いて、ぽかんと口を開けたまま、竜の飛び去った方をみつめていた。

「殿下！」

「ジュンワン殿下！」

騒ぎを聞きつけて、近くにいた兵士達が慌てて駆け寄ってきた。

ルウシュは立ち上がると、ジュンワンの腕を摑んで立ち上がらせた。

「お怪我はありませんか？」

ルウシュに尋ねられて、まだぽかんとしたままのジュンワンが、コクリと頷いた。

「殿下、大丈夫ですか？」

「だ、大丈夫だ。心配ない」

ジュンワンは兵士達に答えると、ルウシュの手をぎゅっと握った。

「後でここにさっきの鳥を持ってこさせるので、ダイレン様に報告してください。もしかしたら、どこかの手の者が、鳥を操っていたかもしれません」

ルウシュは冷静に兵士達に指示を出して、ジュンワンの手を引いて城の中へと戻った。

「さっきの竜は、ルウシュの竜ですか？」

歩きながらジュンワンが尋ねたので、ルウシュは微笑みながら頷いた。

ジュンワンが王の私室に戻ってくると、龍聖が泣きそうな顔でジュンワンをしっかりと抱きしめた。先に知らせが行っていたのだ。

「リューセー様、申し訳ありませんでした。次からは中庭の上空を私の竜で見張らせて、二度とこのようなことがないようにいたします」

「ルウシュ、ありがとう。良いのですよ。無事ならば……私は貴方を信じていますから」

龍聖はルウシュに向かって礼を言った。

「お母様、心配かけてごめんなさい」

「貴方が無事で良かった」

龍聖は、ジュンワンの頬に口づけると、屈んでいた姿勢から立ち上がろうとして、ふらりとよろめき床に膝をついた。

「お母様」

「リューセー様」

「大丈夫です。少し眩暈《めまい》がしただけです。少し横になれば治ります」

龍聖はウエンに支えられながら、寝室へと向かった。

「お母様」

ジュンワンが不安そうな顔で後を追おうとしたが、ルウシュに止められた。

「大丈夫ですよ。ここで待ちましょう」

その時背後の扉が開き、ヨンワンが血相を変えて駆け込んできた。目の前にジュンワンをみつけると、一気に安堵した顔になり、その場に膝をついてジュンワンを抱きしめた。

「無事とは聞いていたが、お前の顔を見るまでは、気が気ではなかったぞ」

「お父様、私は大丈夫です。ルウシュが守ってくれました。ルウシュはとても強いのです。剣で鳥に切りかかり、ルウシュの竜が鳥を退治しました」

「そうか……ルウシュ、ありがとう」

「いえ、私は自分のやるべきことをしたまでです。むしろ安全確保が万全ではなかったと悔やんでおります。このような事態を引き起こしてしまい申し訳ありませんでした」

ルウシュは真面目な顔でそう言うと、深く頭を下げた。

「いいんだ。君はよくやってくれた。こうしてジュンワンを傷一つつけずに守ってくれたのだ。礼を言うばかりだよ。ありがとうルウシュ」

「お父様、それよりお母様が……」

「リューセーがどうかしたのか？」

「ご心配をおかけしたせいか、眩暈を起こされて……今、寝室で休まれておいでです」

ルウシュの報告を聞いて、ヨンワンは頷くとジュンワンの頭を撫でた。

「心配いらないよ、ちょっと父様が見てくるね」

心配そうなジュンワンに、そう声をかけて寝室へ向かった。

「リューセー、大丈夫かい？」

「陛下」

ヨンワンが寝室に入ってきたので、龍聖に付き添っていたウエンが立ち上がり、ベッドから離れて一礼をした。

ヨンワンはベッドの側に行き、寝ている龍聖の顔をみつめながら優しく声をかけた。

「ジュンワンが襲われそうになったと聞いて駆け付けたんだ。ジュンワンが無事で安堵した。君も安堵して気が抜けたのだろう？」

ヨンワンは側の椅子に座り、龍聖の頭を優しく撫でた。龍聖は微笑みながら、ちらりとヨンワンの後ろに立つウエンと目を合わせた。

その反応に、ヨンワンは不思議そうに後ろを振り返る。ウエンはヨンワンと目が合うと、何も言わずに微笑んだ。

「なんだい？」

ヨンワンが笑いながら龍聖に尋ねた。龍聖は黙って左手を差し出した。左腕の藍色の文様が、赤く色を変えていた。

「また懐妊してしまったようです」

そう言ってクスクスと笑う龍聖に、ヨンワンはとても驚いたように、龍聖の左腕と顔を交互にみつめた。

「あ……え……そ、そうなのか？　リューセー！　ああ……すごいよ、リューセー！」

ヨンワンは龍聖をぎゅっと抱きしめた。そして耳元で何度も「ありがとう」と繰り返した。

「ウエン、ジュンワンをここへ呼んでください。きっとびっくりして心配しているでしょう」

龍聖に言われて、ウエンがジュンワンを呼びに行った。ウエンに連れられて、ジュンワンが寝室へ入ってきた。ベッドに寝ている龍聖の下に駆け寄ってきたので、ヨンワンが抱き上げてベッドの上に座らせた。

「ジュンワン、母様はまた子が出来たのです。貴方の弟か妹がもうすぐ生まれますよ」

「本当ですか⁉」

ジュンワンがとても驚いたので、龍聖とヨンワンは微笑んだ。

「嬉しくありませんか？」

「嬉しいです！　でも今度は妹が良いです」

ジュンワンの素直な言葉に、ヨンワンも龍聖もウエンも、声を出して笑った。やがて龍聖は四人目の子を出産した。女の子だった。

初めての姫君の誕生に人々は喜び、国中が大いに沸いた。

龍聖は、自身の望み通り、その後も子供を産み続け、ヨンワンと結ばれてから九十八年の間に、四男二女の子宝に恵まれた。リューセーが六人もの子を産んだのは、建国以来初めてのことだった。子だくさんの龍聖の恩恵は、もちろんエルマーンの人々にももたらされた。

シーフォンの出生率は、龍聖が子を産むたびに、上がり続けた。その結果、龍聖の六人目の子が生まれた年には、シーフォンの全人口が九百人を僅かながら越えていたのだ。

「私の治世で、シーフォンを千人まで増やしたい」と言っていたヨンワンの言葉も、決して夢ではなさそうだった。

ヨンワン王の人柄を映すような、穏やかで安定した治世と、外交の活性化に伴い、国の中が活気づいたことも、ひとつの要因ではないかと思われた。

龍聖がもたらした様々な料理によって、シーフォン達が心も体も満たされたことも、影響しているかもしれなかった。それはシーフォンだけでなく、アルピン達もまた健康で丈夫な体になったとの報告があり、アルピンの人口も増え続けていた。

国が平和で幸せに満たされれば、人々もまた変わっていく。

龍聖の影響だけではなく、シーフォンの女性達が、子を産み育てたいと思えるような国になったのだという証でもあった。

城の最上階にある王の居住区は、いつも賑やかな子供達の声で溢れていた。他の階にもシーフォンの子供達の声が響いていた。数々の苦境を乗り越えてきたエルマーン王国の歴史上、ようやく『安泰期』と記される時代が来た。人々は心から安堵した。


北の城、竜王の間の明るい広間に、みっつの人影があった。

ヨンワンと龍聖、そして成人を迎えたジュンワンだった。

すらりと背が伸びて、ほとんどヨンワンと変わりない姿にまで成長していた。深紅の髪も腰まで長く伸びている。

ジュンワンは、両親と向かい合って立っていた。龍聖がその手を取り、愛しげに何度も擦り、頬を撫でてみつめた。

竜王の世継ぎは、成人を迎えると、北の城にある竜王の間で、眠りにつかなければならない。眠りについた世継ぎが次に目覚めるのは、現竜王が崩御し、次の新しき竜王が求められた時……つまり新しき御世《みよ》になった時だ。

ジュンワンは、両親の死に立ち会えず、ヨンワン達はジュンワンの戴冠を見ることが出来ない。それは今日がジュンワンと両親との永遠の別れの時であることを意味した。

「リューセー、そろそろジュンワンを送り出さないと……いつまでもこうしていてもきりがないよ」

ヨンワンがそっと龍聖を促した。

「分かっています。ジュンワン……どうか体に気をつけて……きっと貴方なら、良き王になれるでしょう。兄弟達が貴方を支えてくれます」

「はい、母上……どうか母上こそ、体をお大事になさってください。どうか二人いつまでも仲良く……私が目覚めた時、私の知らない兄弟が増えているかもしれませんね」

ジュンワンの言葉に、龍聖は涙ぐみながらも、思わず微笑んだ。

「ジュンワン、君が目覚めた時、もっとシーフォンの数が増えているだろう。賑やかで豊かな国を、君のために残すと誓うよ。君は君の良き国を作り上げなさい」

ヨンワンは、ジュンワンの頭を優しく撫でた。

「父上、父上は私の誇りです。誰よりも優しく穏やかで、人々に愛されている。私は父上のような立派な王になりたいと思います」

ヨンワンは微笑んで頷くと、ジュンワンを強く抱きしめた。それに続いて龍聖もジュンワンを強く抱きしめる。

「行ってまいります」

ジュンワンは、二人に笑顔で告げると、涙を堪えて眠りの部屋へと入っていった。

そっと両手で卵を包み込むように持ち上げると、抱きしめるように胸元で抱えた。頬を寄せて愛おしげに何度も口づける。光の加減で薄い青色にも見える真珠色の卵は、まだ赤子の頭ほどの大きさしかない。表面は、頬を寄せると本当に赤ちゃんの頬のように柔らかだった。

「私のかわいい王子」

卵に語りかけるように囁いた。

「リューセー、やはりここにいたのか」

背後から声をかけられて、龍聖はゆっくりと振り返った。長い艶やかな黒髪、透き通るような青白い顔、卵を抱きしめたままで、薄く微笑んでいる。

「ヨンワン」

龍聖は愛する伴侶の名前を呼んだ。ヨンワンは、そんな龍聖を困ったような表情でみつめ、かける言葉を探しているかのように、しばらく佇んでいた。

龍聖は何度も卵に口づけていた。愛おしむように何度も……。ただ黙って見守るヨンワン。卵の護衛官であるシュアンも、事情を察して同じく困ったように遠巻きに様子を窺っていた。

止めなければいけないことは分かっていた。そのために、ここまで龍聖を探しに来たはずだった。だが我が子に愛情を惜しみなく注ぐ龍聖の姿を見ると、ヨンワンには止めることが出来なくなる。

——陛下、恐れながら、この王子は諦めていただきます。

医師が神妙な面持ちでそう言ったのは、龍聖が卵を出産してすぐのことだった。

この懐妊は二人にとっては思いがけないものだった。二人とも、すでに壮年期の半ばを越えており、もう子を授かることはないだろうと思っていたからだ。

「いい歳をして恥ずかしいですね」

そんな風に笑いながらも、思いがけない報せに、龍聖はとても喜んでいた。二人は子宝に恵まれていて、すでに六人の子がいた。龍聖にとっては久しぶりの出産ではあったが、もう慣れたもので、難なく卵は産み落とされた。生まれた卵は王子だった。

七番目の子供。五番目の王子。

だが医師はヨンワンにだけ辛い宣告をした。

「陛下、恐れながら、この王子は諦めていただきます」

出産は問題なかったが、その後から龍聖は体調を崩し、たびたび床に臥すようになってしまった。

「今のリューセー様には、もう魂精を卵に分け与えることは難しく、お命を縮めることになります」

医師にそう言われたヨンワンは一人悩んだ末に、龍聖に真実を伝えた。

「心配しなくても大丈夫ですよ」

ヨンワンから話を聞かされた龍聖は、とても穏やかに微笑みながらそう言った。

それをヨンワンは、龍聖が卵を諦める決意をしてくれたものだと思っていた。だが違った。その後も龍聖は、皆が止めるのも聞かずに、卵に魂精を与え続けた。

ヨンワンも何度も止めようとしたが、強引に龍聖を思いとどまらせることは出来なかった。だからと言って卵を割ることも出来ない。無理に卵と引き離せば、それこそ龍聖が死んでしまうような気が

したのだ。

「また来るからね」

龍聖は、卵を保育器へ戻すと、語りかけるようにそう言った。ヨンワンの方を振り返り、ニッコリと笑って歩み寄ろうとしたところで、フラリと体が揺れた。ヨンワンが慌てて駆け寄り、倒れそうになるその体を抱きしめる。

「リューセー」

「シーッ……大丈夫です。騒がないで……部屋へ戻りましょう」

眉根を寄せるヨンワンに、龍聖は宥めるように優しく囁く。ヨンワンは一度目を閉じて、気持ちを落ち着けながら龍聖を抱き上げた。龍聖の体がひどく軽くて、ヨンワンは背筋が凍るような思いがした。卵を産んでたった半年でこんなに弱るなどとは思わなかった。

ヨンワンは龍聖を抱き上げて寝室へ連れ戻した。ベッドに横になった龍聖が苦しげに息を吐いた。ヨンワンが心配そうに手を握ると、龍聖はヨンワンをみつめて微笑む。

「ヨンワン、私達は自分達の時間がもうあまりないことを分かっていましたよね？」

「リューセー」

「私達は人間とは違うから、とてもとても長い時間を生きるけれど、それでも命は永遠ではない……私達は老いて命が尽きるのではなく、魂精が尽きた時に命が終わるのですね」

「そうだな」

ヨンワンは頷いて、龍聖の髪を優しく何度も撫でた。龍聖は微笑みながら目を閉じる。

「私は、あの子を身籠る前から、もうあまり長くないのだなと、なんとなく悟っていました。終わりが近いのだなと……でもあの子を身籠って、まだ終わりたくないと思いました。まだ死にたくないと……貴方や子供達ともっと一緒にいたい。この国でもっと暮らしたい……もしかしたら、あの子を産んで育てたら、命の期限が延びるのではないかと思ったんです。でも魂精には限りがあるのですね……」

「リューセー」

「こんなことなら、あの子を産まなければよかった」

龍聖は両手で顔を覆うと、肩を震わせて泣き始めた。ヨンワンは龍聖の体を抱きしめて、そっと背中をさすった。

「リューセー」

「あの子はどうなるのですか？　私が死んだらあの子は……まだあんなに小さな卵で、殻もまだ出来ていないのに……せめて卵が孵るまで生きたかった……あともう少し……半年もあれば孵るのに……魂精をあげたかった……あの子の顔を見たかった……」

「リューセー！　大丈夫だ。お前はまだ死なない！　私を置いて逝くな！」

「ヨンワン……ごめんなさい……ごめんなさい」

その日から、龍聖はもう二度と起き上がることが出来なくなってしまった。

ヨンワンは子供達を集めた。

「お前達に大事な話がある」

龍聖に聞かれてはならないと、ヨンワンの執務室で話がされた。

「リューセーは……お前達の母は間もなく亡くなる」

ヨンワンの言葉に、全員が息を呑んだ。ヨンワンはそんな子供達一人一人の顔をみつめて、静かに話を続けた。

「卵を産んで命を縮めてしまったのだ。その話はいやでもお前達の耳に入るだろう。だが他の者から聞いて変な誤解を生むよりは、私の口から話した方が良いと思って皆を呼んだんだ。心して最後まで静かに聞いてほしい」

いつも明るく穏やかな父のとても厳しい深刻な表情に、子供達の誰もが神妙な顔をして頷いた。子供達と言っても、ここにいる六人全員がすでに成人していた。

長子である皇太子ジュンワンは、北の城で眠りについている。双子である第二王子メイレンと第三王子ヨウシュンは、百九十六歳（外見年齢三十九歳）になる。その下の二人の妹リンファとルウファもすでに結婚して子供がおり、一番末の第四王子ネイシンも百二十四歳（外見年齢二十五歳）だった。

メイレンは外務次官として外交の仕事に携わっていた。ヨウシュンは警備副長官をしている。ネイシンは内務次官として国内の政務を取りまとめる仕事に就いている。リンファとルウファは、子育てのためにしばらく政務から離れていたが、今は龍聖の代わりに工房の責任者と、シーフォンの婦人会の取りまとめを交代で行っている。

それぞれがロンワン《王族》としての務めを果たしていた。

「あの卵を産んだことで命を縮めたのは間違いないのだが、私とリューセーの寿命はどちらにしても残り少なかった。正直に言うとあと十年あるかどうかというところだ。メイレンとヨウシュンには、国務について教え始めていたから、薄々は感じ取っていたのではないかと思う。私は今年で三百二十二歳だ。歴代の竜王の年齢を考えれば、寿命というには五十年近く早いと思うだろう。だがお前達と違い我々竜王は、老いではなく魂精の量で寿命が決まるようだ。それはつまりリューセー次第というわけだ。リューセーが元々持っている魂精の量で、私とリューセーの寿命が決まるわけだが……私のリューセーが特別に魂精が少なかったというわけではないと思っている」

ヨンワンはそこまで話して、しばらくの間目を閉じて考え込んだ。子供達に説明するための言葉を選んでいるのか、それともどこまで話そうかと悩んでいるのか、それは分からないがずいぶん深く考え込んでいるのは分かった。

だが誰も何も言わずにヨンワンの言葉を黙って待ち続けた。

「これはあくまでも私の考えで……何も根拠となるものはない」

ヨンワンは前置きのようにそう告げた。そして一呼吸置いて再び語り始めた。

「リューセーは子供を産むことで、大きく魂精を使うのだと思う。命を分け与えるのと同じくらいにだ。私達は子宝に恵まれた。恐らくそれが私達の寿命が短いことに繋がるのだと思う。あの最後の卵を産んだあと、急に体が弱ってしまったことがそれを証明している。私のリューセーが、今までのリューセーと異なることと言えばそれくらいだ。あとは……双子を産んだというのもそうだろう」

ヨンワンは一瞬言うべきか迷ったようだが、メイレンとヨウシュンの顔を見て、そう付け加えるように言った。メイレンは少しばかり顔を顰めた。ヨウシュンは眉間のしわを深くする。

「それでも私は……リューセーも同じ気持ちだが、お前達を産んで良かったと思っている。たくさんの子供達に囲まれて私もリューセーも、とても幸せだった。シーフォン達も皆、お前達が生まれたことを喜び、シーフォンの数も増えた。お前達は私達にとっても、この国にとっても宝だ。それは信じてほしい。ただなぜこの話をしたかというと、お前達にあの憐れな末っ子の卵を恨んでほしくないからだ。リューセーが死ぬのはあの卵のせいではない。もちろんお前達のせいでもない。寿命なのだ。これがリューセーの寿命なのだ」

静まり返った執務室に、二人の姫のすすり泣く声だけが響き渡った。

「リューセーの願いは最期まであの卵に魂精を与えることだ。私はもう止めるつもりはない。止めたところでリューセーが長生きするわけでもないし、止めればむしろリューセーが生きる望みをなくしてしまうだろう。そしてリューセーが身罷《みまか》った後は、私が卵に魂精を与えるつもりだ」

それまで険しい顔で黙って聞いていた王子達が、さすがに動揺して引き留める言葉を口にしようとした。だがヨンワンが右手を上げてそれを制した。

「私の寿命も残り少ないので、あの卵を孵すことは出来ないかもしれない。それでも……きっとそれがリューセーの望みだと思うから、私は残りの命をかけたいと思う。私の頼みはそれを最後まで止めないでほしいということだ。間違っても私から卵を取り上げたり、卵を隠したりしないでほしい。あれをここまで育てたのはリューセーの命であり、リューセーの願いだ。それを奪わないでほしい」

ヨンワンはそう言って頭を下げた。

「ち、父上！」

五人の子供達はひどく狼狽えてしまった。父が頭を下げるなど信じられなかった。

「私の話を理解してくれるか？」

ヨンワンは顔を上げて、いつもの穏やかな顔でそう言った。五人は戸惑うように顔を見合わせて、やがてヨンワンをみつめて頷いた。

「父上のお望みのままにいたします」

代表してメイレンが答えると、ヨンワンは安堵したように笑みを浮かべた。

「それではあまり時間がないが、これからお前達に政務を引き継ごう。皆で力を合わせれば大丈夫だ。そのために兄弟がいるのだから」

ヨンワンは皆を励ますように告げて、明るく笑った。


龍聖は数日の間眠り続けた。その間、時間の許す限りヨンワンは側に寄り添い続けた。政務の引き継ぎもあり忙しくはあったが、子供達全員が手伝って、ヨンワンが龍聖の側にいられる時間を作ってくれた。

そしてある朝、龍聖はふいに目覚めると「卵をここに持ってきてください」と、消え入るような声でヨンワンに願った。

医師は止めたが、ヨンワンは龍聖の言う通りにしてやった。

そして、最期だろうと察したヨンワンは、子供達も呼び寄せた。

卵が寝室に運び込まれて、龍聖の枕元にそっと置かれると、龍聖はそれを抱きしめるようにして頬ずりをした。

「私の坊や……名前は決めているのです。ラウシャン。この国を守る堅固な岩山の意味を持つ名前です。竜王を支え、この国を守る礎《いしずえ》になってほしい……立派な王子になって……」

龍聖はそう言うと、最後の力を振り絞るように魂精を卵に注ぎ込んだ。ふと意識が途切れそうになり、朦朧《もうろう》としながらも視線でヨンワンを探した。

「ヨンワン……」

かすれる声で名を呼ぶと、ヨンワンが強く龍聖の手を握って答えた。

「リューセー、私はここだ」

「ヨンワン……ごめんなさい。もう貴方に魂精を差し上げることが……出来そうにありません……」

「いいんだ、リューセー。私はもう十分すぎるほどに貰ってきたのだから」

ヨンワンはいつもの優しい口調で、微笑みながら答えた。龍聖はヨンワンをしばらくじっとみつめていたが、その両目にはみるみる涙が溢れてきた。

「ああ、ヨンワン、私は本当に幸せでした……貴方に会えて……貴方と愛し合って……たくさんの子供に恵まれて……何も思い残すことのない人生でした。最期にこの子を残すこと以外は……」

龍聖は愛しいヨンワンをみつめながら、想いを告げた。

「ヨンワン……先に行きます……許してください。子供達……メイレン、ヨウシュン、二人とも仲良くするのですよ。喧嘩をしてはいけません。リンファ、ルウファ、夫を支えて子供達と幸せにね……ネイシン、あまり無茶をしてはいけませんよ。皆……仲よく……この国を守ってね……ジュンワンを支えて……そしてどうか……この子を……どうかラウシャンをお願い……」

龍聖はそのまま眠るようにゆっくりりと目を閉じた。

「母上！」

「お母様‼」

それまで黙って見守っていた子供達が、ワッと泣いてすがりついた。だが龍聖は二度と目を開くことはなかった。ヨンワンは、生気の無い細い手を強く握ったまま、ただ黙って涙を流し立ち尽くしていた。

龍聖亡き後、ヨンワンが卵に魂精を与え続けたが、そのヨンワンも、ふた月後、龍聖の後を追うように静かにこの世を去った。

異世界湯けむり事情

龍聖は眩しそうに目を細めて空を見上げた。雲一つない青空が広がる。はるか上空をゆったりと舞う数頭の竜の姿が見えた。

以前に比べるとかなり怖く感じなくなったと思う、と龍聖は一人納得したように頷いて、視線を下げた。中庭で幼いジュンワンが、元気に駆け回っていた。その側に静かに見守るウエンが微笑んで立っている。

「母さまぁ～！」

ジュンワンが龍聖の方を振り返り、激しく両手を振った。龍聖は微笑みながら手を振り返して立ち上がる。

城の出入り口に続く階段に腰を掛けていたのだが、ジュンワンが呼ぶので側へ行こうと思ったのだ。確かに以前の龍聖ならば、空を飛ぶ竜を警戒して、なかなか外へ出ることが出来なかっただろう。だが龍聖自身も、それではダメだと思って、なんとか『竜は怖くない』と自分に言い聞かせて克服しようと努めていた。竜の姿に慣れるためもあり、三日に一度くらいの割合でジュンワンと一緒に中庭へ散歩に来ていた。

最初のうちはヨンワンを誘ったりしていた。ヨンワンと一緒ならば怖くなかったからだ。しかし昼間は政務があって忙しいヨンワンを、そう度々散歩に誘うのは気が引けて（ヨンワンはいつでも気軽についてきてくれるのだが）誘うのを止めた。

時々ヨンワンが寂しそうに『どうして最近は散歩に誘ってくれないんだい？』と言ってくるときだけ、一緒に行くことにしている。

龍聖は努力の甲斐もあって、かなり克服したと思っているが、実はヨンワンがシャンロンに頼んで、龍聖を中庭で見かけても近づかないように、竜達に厳しく命じてあった。そのため中庭に出てくる龍聖の気配を察すると、近くを飛んでいた竜達は一斉にかなり高く上昇するか、城から離れるようになっていた。

突然すぐ真上を竜が通過するなどということがないので、龍聖も恐怖を感じず、自然に慣れていくことができたのだ。

「母さま！　私を捕まえて！」

ジュンワンがそう言って駆けだした。

「よし！　捕まえますよ！」

龍聖がその後を追いかける。明るい子供の笑い声は、周囲の人々を和ませた。離れたところで剣術の訓練をしている若いシーフォン達は思わず手を止めて、微笑みながらその姿を眺めた。城の廊下を歩く侍女達も、にこやかに中庭へ視線を送る。

「捕まえた！」

たくさん走ってさすがに疲れて歩みを緩めたジュンワンを、龍聖がしっかりと抱きしめて大きな声でそう言った。ジュンワンは「きゃあ！」と悲鳴を上げた後、大笑いをして龍聖に抱き着いた。

「ずいぶん早く走れるようになりましたね」

龍聖も少しばかり息を弾ませながら、息子の成長に目を細めた。

「お二人とも汗をおかきになって……部屋へ戻って着替えましょう」

ウエンに促されて、二人は城の中へ戻ることにした。

王の私室へ戻った龍聖達は、服を着替えた。侍女達に汗に濡れた体を拭いてもらいながら、龍聖はぼんやりと『こんな時は熱いお風呂に入ってさっぱりとしたいものですね』と考えていた。

「どうかなさいましたか？」

ウエンに尋ねられて、龍聖はびくりと体を震わせた。ウエンはとても鋭くて、龍聖の心の機微を敏感に察するところがある。常に見張っているというようなことではなく、あえて触れずに放置してくれることもしばしばあるのだが、油断するとこんな風に追及されてしまう。

ここは触れずにいてほしかったのだけれど……と龍聖は苦笑した。

「なんでもありません」

龍聖はニッコリと笑って答えた。だがウエンは探るような目で龍聖をみつめたまま、納得していない様子だ。

たぶん……なのだが、ウエンは優秀な側近なので、龍聖が『何かを望む』心情には敏感なのだと思う。たとえ『なんでもない』と誤魔化しても、簡単には引き下がってくれない。他の時とは明らかに態度を変えるので、龍聖にもそれは分かった。だから普段は出来るだけ気をつけていたのだが、今は完全に油断していた。

「えっと……少しだけ……少しだけなんですけど、故郷の風呂を懐かしく思っただけなのです」

「風呂……ですか？」

ウエンは意外そうな表情に変わり、少しばかり考え込むような素振りを見せた。その反応を見て、龍聖は驚いた。龍聖が大和の国の話をする際に、初めて聞く言葉をウエンが理解できずに戸惑うことがしばしばあるのだが、今『風呂』という言葉には、そういう反応がなかった。ウエンも知っている言葉なのだと思った。

「ウエンは風呂を知っているのですか？」

「知っているというか……そうですね、少しばかり本で読んだ知識があるという程度です。この国にもリューセー様にも直接は関係がないので、深くは知らないのですが」

「この国にも……私にも関係がない？　それではこの世界にもどこかに風呂があるのですか？」

龍聖は思わずその言葉に食いついていた。龍聖の反応に、今度はウエンが驚いている。

「はい……北方の山岳地帯付近では、地下から湯が湧き出る場所がいくつかあるようで、そういう場所を持つ国には風呂という施設があると本で読みました」

「温泉!?　温泉が湧いているのですね！」

さらに気持ちが高まった龍聖に、ウエンは何度か目を瞬かせた。

「リューセー様は風呂に興味がおありなのですか？」

「もちろんです。出来ることなら入りたいです……あっ」

釣られるようにうっかり口を滑らせてしまったことに気づいて、龍聖は赤くなって口元を引き締めた。

「リューセー様は風呂に入りたかったのですね……ずっと前からですか？」

「そ……そうですね……でもこの世界にはないのかと思っていたので……」

これ以上隠しても仕方がないので、正直に言ったものの少し気まずくなって視線をそらした。ウエンは頻に手を添えて考え込んでいる。龍聖が珍しく何かを欲しているので、それを叶えたいと思っているのだろうが、どうすればいいのか悩んでいるようだ。

「すみません……贅沢な願いだと思ったので、今まで口に出すことが出来ませんでした」

龍聖は申し訳なさそうに眉を下げて呟いた。

「リューセー様は王妃なのですから、それくらいのものを所望しても構わないのですが……地下から湧き出るお湯をどうやって手に入れれば良いのか……友好国にあればいいのですが……」

ウエンが困ったようにそう呟くのを聞いて、龍聖は驚いて目を丸くした。

「そんな！　温泉水を運んでほしいだなんて思っていません！　私はただ風呂があれば……それも私一人が入れる程度の小さなものがあればと思っただけです！」

「リューセー様……それはどういう……」

どうやら龍聖とウエンの間で、少しばかり考えにずれが生じているようだった。ウエンからくわしく問われて、龍聖は互いの意見のすり合わせをすることにした。

「私の国でも温泉……地下からお湯が湧き出るところがありましたが、私の言う風呂とはそういう意味ではなくて、人が入れるくらいの大きさの木で出来た桶にお湯を溜めて入るものです。お湯は普通に水を火で沸かすのです。私が住んでいたところでは、家に風呂がありましたし、家に風呂がない人は、町の共同浴場に入りに行っていました」

龍聖の説明をウエンは驚きつつも真剣に聞いていた。

「この城には水浴び用の部屋がありますから、そこに湯舟を作ってもらえたら嬉しいなと、時々考えていました。あそこは十分な広さがあると思うので……」

「ではリューセー様は以前より、水浴びをする度に風呂に入りたいと思っていらしたのですね」

ウエンが深刻な表情で呟くので、龍聖は慌ててそれを訂正した。

「いいえ、いつもというわけではないのです。時々です。水浴びでも十分ありがたいと思っています」

ウエンはそんな龍聖をみつめながら、何度か頷いてニッコリと笑った。

「その湯舟という風呂を作りましょう」

「え!? そんな簡単に……良いのですか?」

「今伺った感じだと、それほど難しいものではないのですよね? 人が入れるくらいの大きな桶を作って、それにお湯を貯めればよろしいのでしょう?」

「はい、そうです」

龍聖はおずおずと答えた。

「それならば大丈夫です。一応陛下にお許しを頂かなければいけませんが……陛下がダメだと言うはずもありませんので、すぐに取り掛かることが出来ます」

ウエンは自信を持ってそう言った。だがそれを聞いた龍聖は、声にならない悲鳴を上げて、両手で口を押さえた。

「そんな……ヨンワンに我が儘を言うと呆れられてしまいます……」

「我が儘などではありませんよ。リューセー様は今まで一度も欲しいものをねだったりしたことがないではありませんか。いつも陛下が、リューセー様に何か欲しいものはないかとお尋ねになるでしょう? 陛下はもっとおねだりをしてほしいのですよ?」

ウエンがおかしそうに破顔しながら言うのを聞いて、確かにいつもヨンワンに尋ねられているなと思い出した。特に外遊に行く時などは、土産に欲しいものなどを聞かれるのだが、龍聖はいつも『あなたが無事にお帰りくださるのが私の望みです』と答える。その度にヨンワンが嬉しそうな残念そうな複雑な表情をしていたと思い出していた。

「そう……でしょうか……」

「はい、ですから詳しくお聞かせいただけますか？」

ウエンに促されて、龍聖は風呂について説明をするためにしばらく考え込んだ。実家の風呂を思い出す。

風呂の浴槽は、土竈《どがま》に大きな鉄鍋がはめ込まれていて、その上から木の桶を被せてあった。そこに水を溜めて竈に火を焚いて湯を沸かし、入る時は蓋板を底に沈めて入る、いわゆる五右衛門風呂だった。

しかし水浴び場に浴槽を作るとなると、窓のない室内なので、そこに竈を置いて火を焚くわけにはいかないな……と思い至った。

「私の実家にあった風呂は、直接火を焚いてお湯を沸かせるものでしたが……水浴び場にそれは作れないと思うので、先ほど言った通り人が入れるくらいの大きな桶を作って、そこにお湯を運んできて貯めるしかないと思います。でも……それは大変ですよね……」

「いいえ、今も水浴びの際には水を運んできていますから、それがお湯に変わるだけですし、それほど難しいことではありません。桶はどれくらいの大きさですか？」

「座ってお湯に浸かりますから深さは……」

龍聖は一通り風呂についての説明をした。だが内心では、本当にこんなことを頼んでも大丈夫なのだろうか？　と不安になっていた。

それから四日後には湯舟が完成したので、龍聖はとても驚いた。四日目のある日、工房の職人らしきアルピン達が、木材を持って現れたかと思うと、その日のうちに完成したと言われたのだ。

「え!?　も、もうですか？」

「事前に工房で湯舟を作成し、一旦それを分解してこちらで組み立てたので、早く完成したように見えるのですよ。ここですべての作業をすると何日も水浴びが出来なくなってしまいますからね」

　ウエンは当然という顔で答えたが、龍聖が驚いたのはそこの部分ではない。風呂が欲しいと言ってから、まだ四日しか経っていないことに驚いたのだ。あの日の夜には、すでにヨンワンに報告が行っていたようで、嬉しそうな顔で『もっと早く言ってくれれば良かったのに』と、龍聖がおねだりしたことを喜んでいた。だからウエンの言う通り、湯舟の制作許可は、秒で降りたのだろうなとは思っていたのだが、それから龍聖の曖昧な『湯舟についての説明』を元に、一から湯舟を作成したのだ。早いと驚くのも無理はないだろう。

　まだ目を丸くしたまま固まっている龍聖を見て、ウエンは説明が足りなかったと思ったようで、龍聖を宥めるように再び語り始めた。

「工房では城内で使用する家具だけではなく、交易に出荷するための家具などを作るために、様々な種類の木材が用意されています。リューセー様に伺った湯舟についての情報を伝えたところ、すぐに材料は揃えられるという返事でしたので、そのまま作らせました。材料さえそろっていれば、あとは加工するだけですから……それに要は桶のように水を溜めるものだと、用途も分かりやすかったので、工房の者達も早く完成させることが出来たのでしょう。特に急かすようなことはしていませんのでご安心ください」

　龍聖の性格まですべて把握した完璧な説明を終えたウエンは、そのまま龍聖の背を軽く押して、水浴び場へ案内をした。

そこで完成した湯舟を見た龍聖は、更に驚きの声をあげる。

「こんなに大きな湯舟を作ったのですか!?」

そこにあったのは大人二人が余裕で入れるほどの大きさの、枡《ます》形の湯舟だった。龍聖が想像していたものと、大きさの面でかなり違ったので、困惑した表情で思わずウエンを振り返ってみつめた。

「リューセー様がジュンワン様と一緒に入りたいので少しばかり大きく作って欲しいとおっしゃっていましたので……それを陛下にお伝えしたところ、自分も一緒に入ってみたいと仰せになり……」

「ヨンワンも一緒にですか!?」

知らなかった事実に、龍聖は思わず変な声を上げてしまった。

「私を呼んだかい？」

そこへひょっこりとヨンワンが顔を出したので、龍聖は飛び上がるほど驚いてしまった。そんな龍聖の肩を抱きしめながら、ヨンワンはご機嫌な様子で完成した湯舟を、珍しそうに眺めている。

「リューセー、喜んでもらえたかな？」

「は、はい……ありがとうございます。予想を超えた……出来栄えに……驚いてしまいました」

ヨンワンもウエンも侍女達も、皆が嬉しそうに期待の眼差しを向けてくるので、否定的な態度を少しでも取るわけにはいかないと、龍聖は懸命に笑顔を作って礼を述べた。

『こんな大ごとになるとは思いませんでした！』という後悔の悲鳴は、ぐっと胸の奥にしまい込む。

「早速入ろうか」

ほのぼのとした顔で、ヨンワンがそんなことを呟くと、それを待っていたように一斉に侍女達が動き始めた。

お湯が入った樽が載った木製の台車を押す兵士が、次々とやってきて湯舟に湯を貯めていく。侍女も水を入れた桶を運んできて、湯舟の湯加減を調整し始めた。

あれよあれよという間に、風呂の支度が出来てしまい、龍聖はヨンワンに肩を抱かれたまま唖然と立ち尽くしていた。

「リューセー様、お湯加減はこれくらいでよろしいですか？」

ウエンに声を掛けられて、ようやく我に返った。

「は、はい」

龍聖は促されて、湯舟のお湯に触れてみる。少し温いと感じたが、風呂初体験のヨンワンも入るのであれば、これくらいが妥当だろうか？　と思案する。

「いかがですか？」

もう一度ウエンに尋ねられて、龍聖は慌てて「結構です」と答えた。


「はあ……」

龍聖は大きく息を吐いた。驚きすぎてかなり疲れてしまったが、肩までゆっくりとお湯に浸かって、心から至福の吐息を漏らす。

お湯はかなり温《ぬる》めだが、それでもたっぷりとした湯に体を浸すのが、こんなにも心地よいものだったのかと、しみじみと感じていた。やはり日本人は風呂が好きなのだなと痛感する。

「喜んでくれて嬉しいよ」

隣ではすでに耳まで顔を赤くしたヨンワンが、満面の笑顔で満足そうに龍聖をみつめながらそう言った。

「ヨンワンのおかげです。ありがとうございます」

龍聖はそう礼を述べながらも、湯舟の隣でヨンワンの深紅の長い髪を一纏めに束ねて、湯に浸からないようにと侍女が持っているのを、笑いをこらえて眺めた。

龍聖の髪はそこまで長くないので、軽く結い上げている。

「母さま！　お湯ですね！」

龍聖の膝の上には、初めての風呂に、これまた赤い顔で喜んでいるジュンワンの姿があった。

龍聖は色々な意味で幸せだなと思いつつ、のぼせる前に二人にはもう上がってもらった方が良いなと、そっと口元をほころばせた。

あとがき

皆様こんにちは。飯田実樹です。

「空に響くは竜の歌声　花盛りの竜の楽園」を読んでいただきましてありがとうございます。

十三冊目になるこの本は辛いことは一切なし！　幸せいっぱいで平和な時代の竜王らしく六代目竜王ヨンワンは、ほんわかと優しくて「ザ・王子様」という感じです。龍聖も平和な時代に生きたので、剣術よりもお料理ができる料理男子！　子沢山で良妻賢母という感じです。ヨンワンは今までの竜王にはないヒロイン味があり、そのせいかひたき先生のイラストもめちゃ可愛い！　龍聖と二人でキラキラ少女漫画のようです。平和ですね。幸せですね。その上主役級の存在感を出したエルフの王フェリシオン様の登場で、さらにキラキラ度もアップしたと思います。

しかし、予知能力のある皆様ならば薄々感じていらっしゃるでしょうが、嵐の前の静けさ……暗黒期に入る前の幸せ絶頂期のお話です。いつもならば二人が幸せに暮らしました。という半生で終えるところですが、どうしてもラストを書かなければならず、そのため最後の方は少し駆け足に感じてしまったかもしれません。でもラストの重要人物の登場は、次巻への予告でもあります。

今回駆け足で端折られたように感じられたたくさんの子供達は、次巻で活躍しますので、そちらをお楽しみにしてください。

ひたき先生、ウチカワデザイン様、編集部、営業部の皆様、この本に関わってくださった皆様に感謝します。そして応援してくださる読者の皆様にも感謝します。

次巻でまたお会いしましょう！

『空に響くは竜の歌声　花盛りの竜の楽園』をお買い上げいただきありがとうございます。
この本を読んでのご意見、ご感想など下記住所「編集部」宛までお寄せください。

アンケート受付中
リブレ公式サイト　https://libre-inc.co.jp
TOPページの「アンケート」からお入りください。

初出　空に響くは竜の歌声　花盛りの竜の楽園
＊上記の作品は2017年に同人誌に収録された作品を加筆・大幅改稿したものです。

異世界湯けむり事情………書き下ろし

空に響くは竜の歌声
花盛りの竜の楽園

著者名　飯田実樹

発行日　2021年11月19日　第1刷発行

発行者　太田歳子

発行所　株式会社リブレ
〒162-0825 東京都新宿区神楽坂6-46 ローベル神楽坂ビル
電話　03-3235-7405（営業）　03-3235-0317（編集）
FAX　03-3235-0342（営業）

印刷所　株式会社光邦
装丁・本文デザイン　ウチカワデザイン
企画編集　安井友紀子

Printed in Japan
ISBN978-4-7997-5497-9